Ullstein Kriminalroman

Ullstein Kriminalromane
Lektorat: Georg Schmidt
Ullstein Buch Nr. 10566
im Verlag Ullstein GmbH,
Frankfurt/M – Berlin
Titel der amerikanischen
Originalausgabe:
Sideswipe

Deutsche Erstausgabe

Umschlaggestaltung:
Horst Kraus
Umschlagbild:
Uwe Arens

Printed in Germany 1988
Gesamtherstellung:
Ebner Ulm
ISBN 3 548 10566 1

Dezember 1988

Vom selben Autor
in der Reihe
der Ullstein Bücher:

Miami Blues (10493)
Auch die Toten dürfen hoffen (10504)

CIP-Titelaufnahme
der Deutschen Bibliothek

Willeford, Charles:
Seitenhieb / Charles Willeford. Übers. von
Rainer Schmidt. – Dt. Erstausg. –
Frankfurt/M; Berlin: Ullstein, 1988
(Ullstein-Buch; Nr. 10566: Ullstein-
Kriminalroman)
Einheitssacht.: Sideswipe <dt.>
ISBN 3-548-10566-1
NE: GT

Charles Willeford

Seitenhieb

Übersetzt von Rainer Schmidt

Ullstein Kriminalroman

Für Jim, Liz und Jared

Das Leben ist eine Anstrengung, die einer
besseren Sache würdig wäre.

Karl Kraus

Es gibt 'ne Menge Scheißkerle da draußen!

William Carlos Williams

Dreister Überfall am hellichten Tag: Ladenbesitzer erschossen

Los Angeles (UPI) – Bei einem dreisten Raubüberfall am hellichten Tag wurden Samuel Stuka, 53, und seine Frau Myra, 47, die Besitzer des Spirituosengeschäfts »Golden Liquors«, 4126 South Figueroa Street, heute vormittag um zehn Uhr von einem großen Mann mit grauem Cowboyhut mit einem Schrotgewehr niedergeschossen und tödlich verwundet, so Detective Hans Waggoner, University Station, der die Untersuchungen leitet.

»Es gab einen Augenzeugen«, teilte Waggoner der Presse mit, »und wir verfolgen gegenwärtig mehrere Spuren. Der Mann war allein und fuhr in einem roten Fahrzeug davon, entweder in einem Camaro oder in einem zweitürigen Nissan mit Heckspoiler.«

Der Augenzeuge, dessen Name nicht genannt wurde, hörte nach Angaben des Detectives die beiden Schüsse und ging hinter einer Hecke neben dem Geschäft in Deckung. Er sah, wie der Mörder seinen Wagen bestieg und davonfuhr, konnte jedoch das Kennzeichen nicht feststellen.

»Das Vorgehen des Täters ist uns vertraut«, sagte Waggoner, »und wir haben ein paar gute Hinweise.« Weitere Ausführungen machte er angesichts der laufenden Ermittlungen nicht.

Mrs. Robert L. Prentiss, die Tochter des Ehepaares, die mit ihrem Gatten und ihren beiden Kindern Bobby, 4, und Jocelyn, 2, in Covina wohnt, gab an, ihr Vater habe das Geschäft vor drei Monaten erworben, nachdem er aus Glen Ellyn, Ill., nach Los Angeles gezogen sei, um möglichst nah bei seinen Enkelkindern zu sein.

»Er war halb pensioniert«, erklärte sie, »aber er brauchte etwas, wohin er täglich gehen konnte. Deshalb hat er den Laden gekauft. Meine Mutter half ihm nur vorübergehend aus –« Mit diesen Worten brach Mrs. Prentiss zusammen und konnte nicht weitersprechen.

Der Raubüberfall auf »Golden Liquors« war der dritte Überfall auf eine Spirituosenhandlung in dieser Woche im südwestlichen L. A., aber Mr. und Mrs. Stuka seien die ersten Geschäftsinhaber gewesen, die ermordet wurden, sagte Waggoner. Ein Schrotgewehr sei auch bei den beiden anderen Überfällen verwendet worden.

»Mr. Stuka hat wahrscheinlich auf irgendeine Weise Widerstand leisten wollen«, meinte Detective Waggoner. »Das ist ein Fehler, wenn der Räuber ein abgesägtes Gewehr hat.«

1

Detective Sergeant Hoke Moseley vom Miami Police Department öffnete die Tür seines Hauses in Green Lakes und schaute nach links und nach rechts. Dann huschte er mit nacktem Oberkörper und nackten Füßen, bekleidet nur mit faltig hängenden Boxershorts, hinaus und hob den *Miami Herald* vom Rasen auf. Um sechs Uhr morgens gab es kaum Grund für solche Schamhaftigkeit. Seine Nachbarn waren noch nicht auf, und der Himmel im Osten nahm eben erst einen perlmuttgrauen Schimmer an.

Die Zeitung wurde meistens um halb sechs in der Frühe von einem zornigen Puertoricaner in einem weißen Toyota zugestellt, der mit seinen willkürlichen Würfen aus dem vorüberjagenden Auto niemals denselben Punkt auf dem Rasen traf. Der Fahrer war immer noch zornig, dachte Hoke an einem dieser Morgen, als er hinter der Fliegentür stand und auf die Zeitung wartete, weil Hoke die frankierte, selbstadressierte Weihnachtskarte des Zeitungsboten an ihn zurückgeschickt hatte, ohne einen Fünfer oder einen Scheck als Trinkgeld beizulegen.

In der Küche zog Hoke die glitschige transparente Umhüllung von der Zeitung ab, knüllte sie zu einer Kugel zusammen und warf sie in die überquellende Einkaufstüte, die als Müllbehälter diente. Er las den ersten Absatz sämtlicher Meldungen auf der Titelseite. Ein schiitischer Hijacker im Libanon hatte eine weitere amerikanische Geisel getötet. Der neue Fahrpreis für die Metrorail würde (vielleicht) einen Vierteldollar, einen halben Dollar oder einen ganzen Dollar betragen, aber bei dem allerneuesten Fahrpreissystem würde dies wahrscheinlich davon abhängen, an welcher Station der Fahrgast die Bahn bestieg. Einem achtzehnjährigen Haitianer, der kürzlich sein Examen an der Miami-Norland High School bestanden hatte, war es auf wunderbare Weise gelungen, eine Berufung an die US Air Force Academy zu erhalten, und der Kongreßabgeordnete, der für die Berufung verantwortlich war, hatte jetzt herausgefunden, daß der Junge ein illegaler Einwanderer war, der im Inhaftierungslager in Krome auf seine Abschiebung wartete. Diese Meldung erinnerte Hoke an den geschmacklosen Witz, den Commander Bill Henderson ihm gestern in der Cafeteria des Departments erzählt hatte.

»Woher weißt du, daß ein Haitianer in deinem Garten war?«

»Woher denn?«

»Dein Mangobaum ist kahlgefressen, und dein Hund hat AIDS.«

Hoke hatte nicht gelacht. »Das haut nicht hin, Bill.«

»Wieso nicht? Ich find's komisch.«

»Nein, es haut nicht hin, weil nicht jeder einen Mangobaum im Garten hat und weil nicht jeder Haitianer AIDS hat.«

»Aber die meisten.«

»Nein. Ich habe keinen Mangobaum und du auch nicht.«

»Ich meine AIDS. Die meisten Haitianer haben AIDS.«

»Auch nicht. Ich glaube, die Zahl liegt bei weniger als einem halben Prozent.«

»Leck mich am Arsch, Hoke.« Henderson stand vom Tisch auf und verließ die Cafeteria, ohne seinen Kaffee auszutrinken.

Hokes Reaktion auf Hendersons Schmuddelhumor war ein weiteres Signal gewesen, aber Hoke hatte es nicht bemerkt, und Henderson auch nicht. Normalerweise pflegte Hoke, wenn Bill einen seiner Witze erzählte, wenigstens zu grinsen und zu sagen: »Das ist gut«, selbst wenn es ein aus dem Zusammenhang gerissener Gag aus einem Johnny-Carson-Monolog war, den Bill sich notiert hatte.

Aber Hoke hatte seit über einer Woche nicht mehr gelächelt, und seit fast einem Monat hatte er über nichts mehr gelacht.

Hoke streute sich eine großzügige Portion Trauben-Nuß-Müsli in ein Plastiksieb und ließ heißes Wasser aus der Leitung darüberlaufen, um die Flockenmischung so weich zu machen, daß er sie essen konnte, ohne sich sein Gebiß einzusetzen. Als das Müsli weich genug war, kippte er es in eine Schüssel und bedeckte es mit Magermilch. Dann schnitt er eine Banane hinein und schüttete ein rosarotes Päckchen »Sweet'n'Low«-Süßstoff über das Gemisch. Schüssel und Zeitung trug er hinaus in den »Florida Room«, die Glasveranda an der Rückseite des Hauses.

Die Veranda hatte nach drei Seiten hin offene, mit Jalousien versehene Fenster; eine heiße, feuchte Brise wehte vom See her hindurch. Der »Florida Room« blickte auf einen viereckigen, milchig grünen See hinaus, der früher einmal eine Kiesgrube gewesen war. Alle Häuser in diesem Teil von Miami, in Green Lakes, hatten den See hinter sich, aber nicht alle Hausbesitzer oder Mieter hatten eine Glasveranda wie Hoke. Manche hatten Rotholzdecks hinter dem Haus, andere hatten sich mit betonierten Terrassen und Grillstellen begnügt; aber alle Häuser in Green Lakes waren ursprünglich nach ein und demselben Bauplan errichtet worden. Abgesehen davon, daß sie in verschiedenen Farben gestrichen und wieder gestrichen worden waren und daß hier und da ein Autostellplatz angefügt worden war, gab es wenig erkennbare Unterschiede zwischen ihnen.

Hoke setzte sich auf einen geflochtenen Terrassenstuhl an den schmiedeeisernen Tisch mit der Glasplatte; dann erst fiel ihm ein, daß er keinen Löffel hatte. Er ging noch einmal in die Küche, holte sich einen Löffel, setzte sich wieder an den Tisch und mümmelte langsam sein Trauben-Nuß-Müsli mit geschnittener Banane, während er den Sportteil las. Ron Fraser, der Baseball-Coach der »Miami Hurricanes«, der die Mannschaft zu ihrem zweiten Sieg in der College World Series in Omaha geführt hatte, erklärte, er werde sich vielleicht in drei oder vier Jahren zur Ruhe setzen, und vielleicht werde er sogar einen neuen Vertrag aushandeln. Es mußte schwierig für einen Sportjournalisten sein, dachte Hoke, täglich etwas Neues abzuliefern, wenn es nichts gab, über das zu schreiben lohnte.

Hoke wandte sich dann dem Doonesbury-Comic strip zu; er machte sich über Palm Beach lustig, weil es die Ausweispflicht für Arbeiter einführen wollte, die nicht auf der Insel wohnten. Augenblicklich fühlte Hoke sich von einer unbestimmten nostalgischen Empfindung überwältigt. Palm Beach lag Singer Island genau gegenüber, und Singer Island war im Moment der Ort, wo Hoke gern gewesen wäre. Nicht im riesigen Vierschlafzimmerhaus, das sein Vater dort oben am Lake-Worth-Küstenkanal hatte, sondern in einem Hotel- oder Motelzimmer mit Blick auf die See, wo niemand ihn finden und zwingen könnte, die fünfzehn Tatberichte zu lesen, und auch nicht die daranhängenden fünfzehn Supplementarberichte, die »Supps«, wie sie im Department hießen.

Hoke schüttelte den Kopf, um klare Gedanken zu fassen, warf einen Blick auf die Boxergebnisse und stellte fest, daß die Cubs schon wieder ein Spiel an die Mets verloren hatten – bisher das dritte in einer Serie von drei Spielen. Angewidert warf er die Zeitung auf den Tisch. Die Cubs, dachte er, sollten in der Lage sein, die Mets in jedem Spiel zu schlagen. Was zum Teufel war nur los mit ihnen? In jeder Saison lief es so. Die Cubs lagen mit drei oder vier Spielen vor allen anderen in Führung, und mitten in der Saison schlafften sie plötzlich ab, und dann ging es senkrecht nach unten in die Supps, die Supps, die Supps ...

Die Vorhänge im Hauptschlafzimmer wurden plötzlich zurückgezogen; dahinter stand Ellita Sanchez. Hoke drehte sich ein Stück weit zur Seite und winkte matt mit der rechten Hand. Ellita, noch in ihrem rosa Babydoll, die Schultern von einem Peignoir aus purpurrotem Satin umhüllt, lächelte breit und winkte zurück. Dann wandte sie sich von der Glasschiebetür ab und watschelte zum Badezimmer, zu dem, das sie sich mit Hokes Töchtern Sue Ellen und Aileen teilte – und mit Hoke, wenn er es einmal unbesetzt vorfand.

Der Morgen hatte begonnen, ein neuer, schmorheißer, typisch schwüler Junimorgen in Miami. Es war Donnerstag, aber ebensogut hätte es Dienstag oder Freitag sein können. Die Sommertage waren alle gleich, heiß und sengend, mit spätnachmittäglichen Gewittern, die nichts dazu beitrugen, die Hitze zu lindern, und nur die Schwüle noch verstärkten. Ella Sanchez, inzwischen im achten Monat schwanger und deshalb auf unbestimmte Zeit vom Department beurlaubt, pflegte einen Topf kubanischen Kaffee zu kochen und ihn dann in der Thermoskanne zu Hoke hinauszubringen. Dann trank sie rasch eine Tasse mit Hoke, bevor sie in die Küche zurückging, zwei Spiegeleier briet und vier Scheiben von ihrem kubanischen Brot toastete, die sie dann dick mit Margarine bestrich. Der Arzt hatte Ellita angewiesen, keinen Kaffee mehr zu trinken, bis das Baby auf der Welt sei, aber sie trank das dicke schwarze kubanische Gebräu trotzdem, mindestens eine Tasse und noch öfter zwei.

»Mein Baby«, erklärte sie Hoke, »wird ein halber Kubaner sein, und deshalb sehe ich nicht ein, wieso ein oder zwei winzige Täßchen Kaffee ihm schaden sollen, bevor es geboren ist.«

Den Familiennamen des Vaters kannte Ellita nicht. Sein Vorname war Bruce gewesen; sie hatte ihn für eine Nacht (ihr erstes Abenteuer dieser Art, hatte sie Hoke erzählt) aufgelesen und war gleich schwanger geworden. Bruce, wer immer er sein mochte, wußte nicht, daß er Vater wurde; er hatte wahrscheinlich nie wieder an Ellita gedacht, nachdem er einmal die zwei Stunden mit ihr in seinem Apartment in Coral Gables verbracht hatte. Ein blonder, blauäugiger Versicherungsvertreter, fünfundzwanzig Jahre alt – das war so gut wie alles, was Ellita über Bruce wußte. Das, und daß er zwei schwarze, behaarte Muttermale einen Zoll tief unterhalb der linken Brustwarze gehabt hatte. Ellita war zweiunddreißig Jahre alt, und sie hatte sich nicht nur damit abgefunden, ein ungeplantes Baby zu bekommen, sie freute sich sogar darauf. Wenn es ein Junge würde, sollte er Pepé heißen, nach ihrem Onkel, der in einem von Castros Gefängnissen gestorben war; und wenn es ein Mädchen würde, wollte sie es Merita nennen, nach ihrer Tante, Pepés Frau, die immer noch in Kuba lebte. Ellita war es egal, ob es ein Junge oder ein Mädchen wurde, solange sie nur ein gesundes Baby bekam. Sie hatte gebetet, ihr Kind möge – weder im einen noch im anderen Fall – zwei behaarte Muttermale unter der linken Brustwarze haben, aber sie war bereit, auch sie zu akzeptieren, wenn es der Wille Gottes wäre.

Wenn Eier und Toast fertig waren, trug Ellita ihren Teller hinaus zum Glastisch und setzte sich wieder zu Hoke. Mit Messer und Gabel pflegte sie penibel das Weiße rings um das kaum gegarte Eigelb abzuschneiden und zuerst zu essen. Dann verspeiste sie das Eigelb; eines nach dem anderen schob sie auf die Gabel und schaufelte sie sich in den Mund, ohne sie ausfließen zu lassen. Diesen Teil des Unternehmens konnte Hoke fast nicht mitansehen – das flüssige Gelb, das zwischen Ellitas kräftigen weißen Zähnen hindurchquoll. Aber er konnte ihr wegen dieser Praxis, dieser abscheulichen Angewohnheit, keine Vorhaltungen machen, denn Ellita bezahlte die Hälfte der Miete und die Hälfte der Nebenkosten für dieses Haus in Green Lakes. Ellita war Hokes Partnerin beim Morddezernat, und sie würde wieder aktiv als seine Partnerin arbeiten, wenn ihr Mutterschaftsurlaub vorüber war und sie wieder arbeiten mußte; kritisieren oder beraten konnte Hoke sie deshalb nur als Polizist. Sein Vorgesetztenstatus erstreckte sich nicht auf ihr Heim, auf ihre Tischsitten oder auf ihre Gewohnheit, mit Ohrringen zu schlafen oder eine aufgesprühte Lage Moschus über ihrem allzu reichlich aufgetragenen Shalimar-Parfum zu tragen.

Hoke schlief nicht mit Ellita; er hatte es noch nie getan, und er würde es auch nicht tun. Sie war eine Kriminalpolizistin, die ihm beim Morddezernat als Juniorpartnerin zugeteilt worden war, und damit hatte sich's. Aber Hoke brauchte sie daheim, und das nicht nur, weil er die Kosten allein nicht hätte aufbringen können. Ellita war ihm zudem eine beträchtliche Hilfe bei seinen beiden halbwüchsigen Töchtern.

Die Mädchen wohnten jetzt seit sechs Monaten bei Hoke; ihre Mutter hatte sie zu ihm zurückgeschickt, weil sie von Vero Beach, Florida, nach Glendale, Kalifornien, gezogen war, um Curly Peterson zu heiraten, einen schwarzen Reserveschlagmann bei den »Dodgers«. Sue Ellen, sechzehn, hatte einen Job beim Green Lakes Car Wash, und sie gedachte die Schule endgültig aufzugeben, wenn im September die High School wieder anfinge, damit sie die monatlichen Raten für ihr neues Puch-Moped weiter zahlen konnte. Aileen, vierzehn, half im Haushalt und hatte in der Nachbarschaft ein paar Babysitterjobs gefunden, aber im Herbst würde sie wieder zur Schule gehen müssen, da sie noch schulpflichtig war. Auch sie hätte gern mit der Schule aufgehört. Beide Mädchen beteten Ellita Sanchez an, und wenn sie ihre Frühstückseier aßen, imitierten sie Ellita. Hoke konnte die Mädchen nicht daran hindern, diese abscheuliche Angewohnheit anzunehmen; wenn er ihnen etwas sagte, würde Ellita dies als indirekte Kritik an ihrer eigenen Person auffassen.

Hoke hatte dieses Dilemma mit Bill Henderson, seinem früheren Partner, erörtert, und Bill hatte gemeint, er könne nichts weiter tun, als allein zu frühstücken, vorzugsweise bevor Ellita und die Mädchen morgens aufstanden. Wenn er ihnen nicht dabei zusähe, wie sie ihre Eier aßen, und wenn er versuchte, den Gedanken daran aus seinem Kopf zu vertreiben, dann würde er es vielleicht mit der Zeit vergessen. Und Hoke hatte es sich zur Regel gemacht, so zu verfahren. Er aß seine Trauben-Nuß-Flocken draußen auf der Veranda, und wenn Ellita dann mit ihrem Teller zu ihm herauskam, goß er sich seinen Kaffee ein und verzog sich damit ins Wohnzimmer und setzte sich in seinen »La-Z-Boy«-Ruhesessel vor den Fernsehapparat, um sich die Morgennachrichten anzusehen.

Hoke war es sowieso lieber, vor den Frauen aufzustehen, damit er ins Bad konnte, um zu duschen und sich zu rasieren. Wenn der Rest erst aufgestanden war, nahm das Warten aufs Bad oft kein Ende. Ein Badezimmer war nicht genug für vier Personen, aber auf diese Weise hatte der Bauunternehmer Geld gespart, als er Mitte der fünfziger Jahre den Unterbezirk Green Lakes erbaut hatte, und es gab hier mehrere Familien, die viel größer waren als Hokes und die auch sehen mußten, wie sie zurechtkamen.

Ellita brachte die Thermoskanne mit dem Kaffee, eine leere normal große und eine kleine Tasse. Sie schenkte den Kaffee ein – einen großen für Hoke, einen kleinen für sich – und fragte, was es Neues in der Zeitung gebe.

»Ich bin fertig damit.« Hoke zuckte die Achseln. Er trug seine volle Tasse ins Wohnzimmer und setzte sich in seinen »La-Z-Boy«, aber er schaltete den Fernsehapparat nicht ein.

Als Ellitas Mutterschaftsurlaub zwei Wochen zuvor begonnen hatte, war Hoke von Major Brownley, dem Chef des Morddezernats, mitgeteilt worden, daß es keinen Ersatz für sie geben werde. Hoke hatte Ellita und einen jungen Polizisten namens Teodoro Gonzalez (der von den übrigen Detectives in der Division sofort den Spitznamen »Speedy« erhalten hatte) dazu abgestellt, für ihn die Akten der »kalten Fälle« zu bearbeiten. Zu Anfang hatte es geheißen, dies sei eine befristete Aufgabe, aber die drei hatten derartig flink ein halbes Dutzend alte Mordfälle aufgeklärt, daß der Major eine Dauerbeschäftigung daraus gemacht und Hoke die Leitung übertragen hatte. Ohne Ellita und ohne einen Ersatz für sie würde Hoke allein auf Gonzalez angewiesen sein, soweit es die Beinarbeit betraf. Gonzalez, ein intelligenter junger Polizist, aber ein Mann ohne Orientierungsvermögen, hatte an der Florida International University in Miami Wirtschaftswissenschaften studiert und nur ein Jahr lang als Streifenpolizist in Liberty City gearbeitet, ehe er zur zivilen Kriminalpolizei und zum Morddezernat befördert worden war. Verdient hatte er sich diese Beförderung im Grunde nicht; man hatte sie ihm zukommen lassen, weil er ein Latino mit akademischem Diplom war. Der schwarze Sergeant der Streifenpolizei in Liberty City hatte Gonzalez für die Beförderung empfohlen, aber das war geschehen, weil der Sergeant den Mann um jeden Preis hatte loswerden wollen. Trotz Stadtplan in seinem Streifenwagen, und obgleich Streets und Avenues in Miami nach einem simplen System angelegt sind (Avenues verlaufen in Nord-Süd-Richtung, Streets in Ost-West-Richtung), hatte Gonzalez die Hälfte seines Streifendienstes damit zugebracht, sich zu verirren, und er hatte sich als unfähig erwiesen, die Adressen zu finden, zu denen man ihn geschickt hatte. Gonzalez war willig und liebenswürdig, und Hoke mochte den Jungen, aber Hoke wußte, wenn er ihn mit Laufarbeiten beauftragte, einer wichtigen Funktion bei der Bearbeitung kalter Fälle, dann würde Gonzalez den größten Teil seiner Zeit damit verbringen, irgendwo in der Stadt umherzuirren. Einmal hatte Gonzalez es nicht einmal geschafft, zum Orange Bowl Stadium zu gelangen, obwohl er es von der Schnellstraße hatte sehen können: Er hatte die Ausfahrt nicht gefunden, die ihn hingeführt hätte.

Gonzalez hatte indessen den Antrag für Hokes Steuerjahresausgleich abgefaßt, und Hoke hatte dreihundertachtzig Dollar zurückbekommen. Gonzalez hatte auch für Ellita die Formulare ausgefüllt, und sie hatte hundertachtzig Dollar herausbekommen, obwohl sie damit gerechnet hatte, dreihundertzwanzig nachzahlen zu müssen; seither bewunderten sie beide Gonzalez' Begabung im Umgang mit Zahlen. Hoke hatte Gonzalez die Verantwortung für Zeitpläne und Fahrtenbücher übertragen, und es gab nie mehr Probleme bei der Kostenerstattung. Hoke wußte jedoch nicht recht, was er darüber hinaus mit Gonzalez und den fünfzehn neuen Supps anfangen sollte, die am Tag zuvor in sein Eingangsfach gelegt worden waren.

Die Supps drehten sich allesamt um neue kalte Fälle, die nach Hokes Meinung noch zu warm waren, als daß man sie als inaktiv hätte bezeichnen können. In Wirklichkeit waren es einfach schwierige Fälle, die anderen Detectives im Dezernat als hoffnungslos erschienen. Aber sie waren noch viel zu frisch, als daß sie hoffnungslos hätten sein können, hatte Hoke festgestellt, als er sie am Nachmittag zuvor durchgeblättert hatte. Hoke bekam solche Unterlagen mit der internen Post, denn Major Brownley hatte eine Notiz ans Schwarze Brett gehängt und die Detectives der Division angewiesen, die kalten Fälle, die sie gegenwärtig bearbeiteten, an Sergeant Moseley weiterzuleiten. Diese neuen Fälle, die zu den zehn hinzukamen, die Hoke aus den alten Akten zur Bearbeitung ausgewählt hatte, weil sie noch Möglichkeiten bargen, waren nach Hokes Auffassung nicht hoffnungslos. Selbst beim flüchtigen Überlesen der neuen Supps hatte er den Eindruck gewonnen, daß die Detectives noch sehr viel eingehender daran hätten arbeiten können, bevor sie ihm die Akten aufhalsten. Worauf es tatsächlich hinauslief, folgerte Hoke, war, daß diese faulen Hunde eine Möglichkeit gefunden hatten, ihre Schreibtische aufzuräumen und knifflige Ermittlungen an ihn und Gonzalez abzuschieben. Alle fünfzehn Supps hatten gelbe Reiter auf den Aktendeckeln, was bedeutete, daß diese Verbrechen keiner Verjährungsfrist unterlagen, weil es sich um Fälle von Mord, Vergewaltigung oder Verschwinden handelte. Hoke begriff, daß sein Schreibtisch die neue Abladestelle für mehr und mehr Fälle von solchen Detectives sein würde, denen die Routinespuren ausgegangen waren und die jetzt vor der mühseligen Aufgabe standen, sich neue, *nicht* routinemäßige Aspekte auszudenken. Es war damit zu rechnen, dachte er finster, während er seinen Kaffee austrank und die Tasse auf den Zeitungstisch neben seinem »La-Z-Boy« stellte, daß noch ein paar mehr von der Sorte in seinem Eingangsfach lagen, wenn er in sein winziges Büro im dritten Stock des Reviers Miami kam.

Hoke hörte auf, an diese neue Erkenntnis zu denken. Dann hörte er überhaupt auf zu denken, schloß die Augen und lehnte sich im Sessel zurück.

Die Mädchen standen auf. (Sie teilten sich ein Schlafzimmer, Ellita hatte das Hauptschlafzimmer, und Hoke hatte die winzige Zwei-mal-zweieinhalb-Meter-Schlafkammer an der Rückseite des Hauses neben dem »Florida-Room«, die ursprünglich als Arbeits- oder Nähzimmer gedacht gewesen war.) Sie gingen ins Bad, duschten und machten sich ihr Frühstück zurecht. Sie plapperten draußen im »Florida Room« mit Ellita, aber sie störten Hoke nicht, als sie ihn mit geschlossenen Augen in seinem Sessel sitzen sahen. Um Viertel vor acht gab Sue Ellen ihm einen Kuß auf die Stirn (was er anscheinend nicht merkte), bevor sie ihr Moped bestieg und zum Green Lakes Car Wash zur Arbeit fuhr. Ellita und Aileen spülten in der Küche das Geschirr und trockneten es ab, und um acht tippte Ellita Hoke behutsam auf die Schulter, sagte ihm die Uhrzeit, und daß das Bad, falls er noch einmal hineinwolle, wieder frei sei. Aber Hoke antwortete nicht.

Um halb neun sagte Ellita zu Aileen: »Ich glaube, dein Vater ist in seinem Sessel eingeschlafen. Du solltest ihn wecken und ihm sagen, daß es halb neun ist. Ich weiß, daß er heute arbeiten muß, denn gestern abend hat er mir noch erzählt, daß er fünfzehn neue Supps hat, die er heute durchlesen muß.«

»Es ist halb neun, Daddy«, sagte Aileen und zerzauste mit der Rechten die steifen schwarzen Haare auf Hokes Rücken und Schultern. Wann immer Aileen Gelegenheit dazu hatte, befühlte sie mit Vergnügen die Haare auf Hokes Schultern und Rücken mit den Fingerspitzen.

Hoke antwortete nicht, und sie gab ihm einen nassen Kuß auf die Wange. »Bist du wach, Daddy? Hey! *Du da*, alte Schlafmütze, es ist nach halb neun!«

Hoke öffnete die Augen nicht, aber an der Art, wie er atmete, erkannte sie, daß er nicht schlief. Aileen hob ratlos die mageren Schultern und berichtete Ellita, die eben die Wäsche aus dem Korb zu drei Bergen sortierte, daß sie es aufgegeben habe, ihren Vater zu wecken. »Aber in Wirklichkeit ist er wach«, meinte sie. »Das sehe ich. Er tut nur so, als ob er schläft.«

Aileen trug ein weißes T-Shirt mit einem »Mr. Appetizer«-Hot Dog auf der Brust; das braune Würstchen war mit etwas Eigelb von ihrem Frühstück bekleckert. Ellita deutete mit dem Finger darauf, und Aileen zog das T-Shirt über den Kopf und reichte es ihr. Aileen trug keinen Büstenhalter, und sie brauchte auch keinen. Sie war ein großes, dürres Mädchen mit pubertären Brustknospen; ihr aschblondes, lockiges Haar war kurzgeschnitten, wie es in den fünfziger Jahren die Jungen getragen hatten. Von hinten hätte man sie für einen Jungen halten können, auch wenn an ihren Ohren silberne Ringe baumelten, denn in Green Lakes trugen viele Jungen ihres Alters ebenfalls Ohrringe.

Aileen ging in ihr Schlafzimmer, um sich ein sauberes T-Shirt zu holen, und Ellita begab sich ins Wohnzimmer. »Hoke«, sagte sie, »wenn du nicht in die Stadt fährst, soll ich dann anrufen und sagen, du bist krank?«

Hoke in seinem Sessel rührte sich nicht. Ellita zuckte die Achseln und verschwand in der Wirtschaftskammer neben der Küche, um die erste Ladung Wäsche in die Maschine zu stopfen. Dann machte sie das Bett in ihrem Schlafzimmer (die Mädchen hatten ihre Betten selbst zu machen), hängte ein paar Sachen in ihren begehbaren Wandschrank und gab Aileen anderthalb Dollar fürs Mittagessen. Aileen und ihre Freundin Candi Allen, die eine Straße weiter wohnte, wollten schwimmen gehen; die Mutter der Freundin würde sie zum Venetian Pool nach Coral Gables fahren. Sie würden bis drei Uhr dort bleiben, und dann würde Mrs. Allen sie abholen und nach Green Lakes zurückbringen. Mit einer Plastiktüte von Burdine's, in der ihr Badezeug steckte, verließ Aileen das Haus, nachdem sie ihrem Vater noch einen Kuß gegeben hatte und mit den Fingerspitzen durch das Haar auf Rücken und Schultern gefahren war.

Als Hoke sich um elf Uhr immer noch nicht aus seinem Sessel gerührt hatte – er hatte in seine Shorts uriniert, und auf dem braunen Cordpolster war ein großer feuchter Fleck –, war Ellita so besorgt, daß sie Commander Bill Henderson im Morddezernat anrief. Henderson, der ein paar Monate zuvor zum Commander befördert worden war, arbeitete jetzt als Verwaltungsleiter des Dezernats; der gesamte Papierkram des Dezernats, der eingehende wie der ausgehende, lief über seinen Schreibtisch, und er bearbeitete ihn oder leitete ihn an jemand anderen weiter. Bill hatte keine Freude an dieser neugeschaffenen Position, und die dazugehörige Verantwortung gefiel ihm ebensowenig, aber die Vorstellung, Commander zu sein, machte ihm Spaß, und das zusätzliche Geld auch.

Ellita erzählte Bill, daß Hoke seit dem Frühstück in seinem Sessel saß, daß er sich in die Unterhose gepißt hatte, und daß sie ihn, obwohl er wach war, nicht dazu bringen konnte, ihre Anwesenheit zur Kenntnis zu nehmen.

»Holen Sie ihn ans Telefon«, sagte Bill. »Ich rede mit ihm.«

»Sie verstehen mich nicht, Bill. Er sitzt einfach da. Seine Augen sind jetzt offen, und er starrt die Wand an, aber er sieht die Wand im Grunde nicht.«

»Was ist los mit ihm?«

»Ich weiß es nicht, Bill. Deshalb rufe ich Sie ja an. Ich weiß, daß er heute zur Arbeit gehen muß, weil er gestern fünfzehn neue Supps bekommen hat, die er heute vormittag durchlesen muß.«

»Erzählen Sie ihm«, sagte Bill, »daß ich ihm eben noch fünf dazugegeben habe. Hab' sie vor ungefähr einer Viertelstunde Speedy Gonzalez in die Hand gegeben.«

»Ich glaube nicht, daß das einen Eindruck auf ihn machen wird.«

»Erzählen Sie's ihm trotzdem.«

Ellita ging ins Wohnzimmer und erzählte Hoke, Bill Henderson habe ihr aufgetragen, ihm zu sagen, daß er jetzt fünf weitere Supps zu lesen habe, zusätzlich zu denen, die Bill ihm gestern geschickt habe.

Hoke reagierte nicht.

Ellita kehrte zum Telefon in der Küche zurück. »Er hat nicht mit der Wimper gezuckt, Bill. Ich denke, Sie sollten Major Brownley sagen, daß da etwas nicht stimmt. Ich glaube, ich sollte einen Arzt anrufen, aber das wollte ich nicht tun, ohne vorher mit Ihnen oder mit Major Brownley zu sprechen.«

»Rufen Sie keinen Arzt, Ellita. Ich setze mich ins Auto und spreche selber mit Hoke. Wenn ihm nichts Ernstes fehlt – und ich glaube nicht, daß es der Fall ist –, dann kann ich ihn decken, und Major Brownley wird niemals etwas davon erfahren.«

»Haben Sie schon zu Mittag gegessen, Bill?«

»Nein, noch nicht.«

»Dann besorgen Sie sich unterwegs nichts; ich mache Ihnen hier etwas zurecht. Bitte. Kommen Sie sofort.«

Ellita ging ins Wohnzimmer zurück, um Hoke zu sagen, daß Bill unterwegs sei, aber Hoke saß nicht mehr in seinem Sessel. Im Bad war er auch nicht. Sie öffnete die Tür zu seinem Schlafzimmer und fand ihn ausgestreckt auf seiner schmalen Armeepritsche. Er hatte sich das Laken über den Kopf gezogen.

»Ich habe Bill gesagt, daß du dich nicht wohlfühlst, Hoke, und er kommt sofort. Wenn du mit dem Laken über dem Gesicht wieder einschläfst, kriegst du nicht genug Luft, und dann wachst du nachher mit Kopfschmerzen auf.«

Die Klimaanlage im Zimmer lief, aber Ellita drehte sie auf *High-Cool*, bevor sie die Tür schloß. Für die Nacht genügte *Low-Cool*, aber die Sonne beschien diese Seite des Hauses, und am Nachmittag würde es zu warm werden.

Bill kam; er zog Hoke das Laken vom Gesicht und redete ungefähr zehn Minuten lang auf ihn ein. Hoke starrte an die Decke und antwortete auf keine von Bills Fragen. Bill war ein massiger Mann mit großen Füßen und einem mächtigen Bauch, und er hatte ein brutales, von Metallkronen blitzendes Lächeln. Als er aus Hokes Zimmer kam, trug er seine braun-weiße Leinenkreppjacke über dem Arm, und die Krawatte hatte er abgenommen.

Ellita hatte zwei Sandwiches mit Thunfischsalat gemacht und eine Dose Campbell's Tomatensuppe aufgewärmt. Als Bill in die Küche kam, stellte sie seinen Lunch auf ein Tablett und fragte, ob er im Eßzimmer oder lieber draußen im »Florida Room« essen wolle.

»Hier drinnen«, sagte Bill; er zog sich einen Eames-Stuhl an den weißen Sockeltisch im Eßzimmer und setzte sich. »Da draußen ist es ohne Klimaanlage zu heiß. Als ich herkam, hieß es im Radio, es soll heute fünfunddreißig Grad heiß werden, aber mir kommt's jetzt schon heißer vor.«

Bill biß in ein Thunfischsalatsandwich, süß von gehackten Vidalia-Zwiebeln, und Ellita tunkte zwei gehäufte Eßlöffel »Le Creme« in seine dampfende Tomatensuppe.

»Was ist das denn?« Bill runzelte die Stirn.

»›Le Creme‹. Es verwandelt eine gewöhnliche Tomatensuppe in einen Gourmetschmaus. Ich hab' in *Vanidades* davon gelesen.«

»Als Sie mich anriefen, Ellita, dachte ich, Hoke macht sich vielleicht einen Spaß, und ich war drauf und dran, ihm einen Tritt in den Arsch zu geben, weil er Ihnen einen solchen Schrecken einjagt. Aber es ist klar, daß etwas mit ihm nicht stimmt.«

»Das hab' ich ja versucht, Ihnen zu sagen.«

»Ich weiß. Aber ich finde immer noch nicht, daß wir Major Brownley davon informieren sollten. Hat Hoke über Übelkeit oder dergleichen geklagt?«

»Nein. Es ging ihm gut, als ich ihm heute morgen den Kaffee machte; da hatte er schon die Zeitung gelesen.«

Bill rührte in seiner Suppenschale; die sahnigen Kleckse von »Le Creme« lösten sich zu einem rosigen Marmormuster auf. »Ich möchte Ihnen nicht mehr Angst machen, als Sie schon haben, Ellita – aber – wie geht's übrigens mit dem Baby? Ist alles in Ordnung?«

»Mir geht's gut, Bill – machen Sie sich meinetwegen keine Sorgen. Ich habe zehn Pfund mehr zugenommen, als der Arzt wollte, aber der weiß auch nicht alles. Er hat mir gesagt, morgens würde mir übel sein, aber mir war noch nicht ein einziges Mal übel. Was ist mit Hoke?«

»Wonach es für mich aussieht – und ich hab' es in Vietnam schon mehr als einmal gesehen –, ist ›Gefechtsmüdigkeit‹. So nannten wir es damals. Im Einsatz wird der Verstand eines Mannes von allem regelrecht überflutet, verstehen Sie, und schließlich macht der Verstand einfach dicht. Aber ernst ist das nicht. Sie schickten die Burschen zurück ins Lazarett, wickelten sie drei Tage lang in feuchte Tücher, ließen sie schlafen, und wenn sie aufwachten, waren sie wieder okay. Sie waren voll einsatzfähig, als wäre nichts passiert.«

»Es ist alles psychisch, meinen Sie?«

»So ähnlich – und vorübergehend. Es war kein großes Problem in der Army. Im Department könnte es aber eins sein. Wenn Major Brownley den Polizeipsychiater hinzuzieht, damit er sich Hoke anschaut, würde der was anderes sagen – da bin ich sicher. Ich meine, er würde es nicht ›Gefechtsmüdigkeit‹ nennen, sondern ›Midlife Crisis‹: ›Ausgebrannt‹ ist Hoke, würde er sagen, und das käme in Hokes Akte. Nicht eine Sache, die ein Cop in einer medizinischen Akte auf Dauer gebrauchen kann.«

»Hoke ist erst dreiundvierzig, Bill. Das sind nicht die mittleren Jahre.«

»Es kann mit dreiunddreißig passieren, Ellita. Man muß nicht in den mittleren Jahren sein, um eine Midlife Crisis durchzumachen. Statt es Brownley zu erzählen, wäre es vielleicht besser, wenn wir es für uns behielten. Ich fülle die Papiere aus, und wir geben Hoke dreißig

Tage unbezahlten Urlaub. Ich kann seine Unterschrift mühelos fälschen. Ich hab's oft genug getan, als wir noch Partner waren. Und dann rufe ich seinen Vater oben in Riviera Beach an und sorge dafür, daß er Hoke für ein paar Wochen zu sich nimmt. Wenn Hoke oben auf Singer Island ist statt hier bei Ihnen, dann kann Brownley auch nicht herkommen und nach ihm sehen.«

»Ich glaube nicht, daß Mr. Moseley das gefallen würde, Bill. Und ich weiß, daß es seiner Frau nicht passen wird. Ich habe sie einmal gesehen, als die beiden auf eine Kreuzfahrt gingen; sie ist eine von diesen Societytypen. Das Sonnenkleid, das sie anhatte, als sie zum Schiff kam, muß mindestens vierhundert Dollar gekostet haben.«

»Ein Sonnenkleid hat doch nicht mal einen Rücken.«

»Dann eben dreihundertfünfzig. Aber sie hat mich von oben herab angesehen. Ich glaube, sie hält nichts von weiblichen Cops.«

»Hokes Alter hat alles Geld der Welt. Ich werde mit Mr. Moseley sprechen; sein eigener Arzt kann Hoke ja untersuchen. Ein Besuch beim Polizeipsychiater soll zwar vertraulich behandelt werden, aber früher oder später kommt es immer raus. Diese Geschichte mit Hoke wird bald vorbei sein, das weiß ich, und wenn wir ihn für ein paar Tage aus der Stadt schaffen können, wird kein Mensch je einen verfluchten Unterschied merken.«

»Was soll ich den Mädchen sagen?«

»Sagen Sie ihnen, Hoke macht Urlaub. Ich rufe Mr. Moseley von Ihrem Apparat aus an, wenn ich gegessen habe – die Suppe ist übrigens gut mit diesem Zeug –, und Sie können Hoke heute nachmittag hinauffahren. Sie können doch noch fahren, oder?«

»Klar. Ich fahre jeden Tag einkaufen.«

»Na, okay. Nehmen Sie Hokes Pontiac. Ihr Wagen ist zu klein für ihn, und Sie können ihn gleich rauffahren, wenn ich Mr. Moseley angerufen und ihm alles erklärt hab'. Dann sind Sie immer noch rechtzeitig zurück, um den Mädchen das Abendessen zu machen. Wenn nicht, können Sie ja 'ne Pizza kommen lassen.«

Ellita nagte an ihrer Unterlippe. »Glauben Sie wirklich, Hoke wird's wieder besser gehen?«

»Prima wird's ihm gehen.« Bill sah auf seine Armbanduhr. »Es ist Viertel nach eins. Falls jemand Sie fragt: Hoke hat seit acht Uhr heute morgen offiziell dreißig Tage Urlaub.«

Hoke hatte es so nicht geplant, aber so trug es sich zu, daß er nach Singer Island zurückkam.

2

Stanley und Maya Sienkiewicz wohnten in Riviera Beach, Florida, und zwar in einem Unterbezirk namens Ocean Pines Terraces. Der Unterbezirk lag sechs Meilen weit westlich des Atlantiks und des Lake-Worth-Kanals. Die Pinien, die der Name erwarten ließ, gab es hier nicht; die Bulldozer hatten sie fortgeräumt, als das Viertel gebaut wurde. Terrassen gab es hier auch nicht; das Gelände war nicht nur flach, sondern lag auch nicht mehr als einen Meter hoch über dem Meeresspiegel, und für alle mit Hypotheken belasteten Häuser waren Flurschadenversicherungen verbindlich vorgeschrieben. Manchmal, während der Regenzeit, flossen die Kanäle über, und dann war die Gegend tagelang überschwemmt.

Stanley war einundsiebzig Jahre alt, aber er sah älter aus. Maya war sechsundsechzig, und sie sah noch älter aus als Stanley. Er hatte bei der Ford Motor Company gearbeitet und war fünf Jahre zuvor Rentner geworden; den größten Teil seines Lebens hatte er als Streifer am Fließband verbracht. Während der letzten drei Jahre vor dem Ruhestand hatte er im Lackmagazin gearbeitet. Weil er so viele Jahre lang eine so spezialisierte Tätigkeit am Fließband ausgeübt hatte, war Stanleys rechte Schulter sieben Zentimeter tiefer als seine linke (er war Rechtshänder), und wenn er ging, schritt das rechte Bein ungefähr sieben Zentimeter weiter aus als das linke, was ihm einen gleitenden Gang verlieh. Als Streifer hatte Stanley die Aufgabe gehabt, mit einem langborstigen Streifenpinsel den einzelnen Streifen um die Autos herumzumalen, wenn sie auf ihrem Weg durch das Werk an ihm vorbeikamen. Diese Ringsumstreifen wurden mit der Hand und nicht mit mechanischen Apparaten gemalt, weil eine mit dem Lineal gezogene Linie eine »tote« Linie ist; einem perfekten, mit dem Lineal gezogenen Streifen mangelte es an der flotten Rasanz, die ein mit der Hand gezogener Streifen dem fertigen Automobil verleiht. Stanleys freihändig gezogene Linien waren so gerade, daß sie für das ungeübte Auge aussahen, als wären sie mit dem Lineal gezogen, aber der Unterschied war vorhanden. Zu Henry Fords Lebzeiten hatten die fertigen schwarzen Fords natürlich keine Streifen. Niemand konnte sich entsinnen, wann diese Praxis begonnen hatte, aber Stanley hatte den Job als Streifer am ersten Tag seiner Beschäftigung bekommen, und bis auf die letzten drei Jahre vor dem Ruhestand hatte er ihn behalten. Ins Lacklager war er versetzt worden, als jemand entschieden hatte, man könne ein Klebeband um die Autos legen; wenn man das Klebeband dann abriß, war der Streifen da, wie durch

Zauberei. Natürlich war es jetzt ein toter Streifen, aber am Fließband waren ein paar Sekunden eingespart.

Stanley und Maya hatten in Hamtramck gewohnt, und sie hatten ihr kleines Haus mit zwei Schlafzimmern in dieser weitgehend polnischen Gemeinde abgezahlt. Während eines Urlaubs in Florida hatten sie einmal zwei Wochen in einem Motel in Singer Island verbracht. Dabei hatten sie die Sonne so sehr genossen, daß sie den Entschluß gefaßt hatten, sich in Riviera Beach zur Ruhe zu setzen, wenn es soweit wäre. Die Erschließung von Ocean Pines Terraces hatte sich im Planungsstadium befunden, und weil die Preise vor der Bauphase so niedrig gewesen waren, hatte Stanley eine Anzahlung für ein Haus mit zwei Schlafzimmern geleistet und fast zwei Jahre lang keine weiteren Tilgungsraten zu zahlen brauchen. Als Stanley in den Ruhestand übergewechselt war, transportierten er und Maya ihre alten Möbel von Hamtramck hinunter in das neue Haus und zogen ein. Das Haus, das Sienkiewicz sechs Jahre zuvor für fünfzigtausend Dollar erworben hatte, war jetzt dreiundachtzigtausend wert. Mit seiner Gewerkschaftspension und der Sozialrente verfügte Stanley über ein Einkommen von mehr als zwölftausend Dollar im Jahr; dazu kamen drei Sparbriefe über zehntausend Dollar. Ihr Sohn, Stanley Jr., wohnte jetzt mit seiner Frau und seinen beiden halbwüchsigen Kindern in dem alten Haus in Hamtramck, und Junior zahlte monatlich zweihundert Dollar Miete an seinen Vater. Maya, die hin und wieder halbtags in einer Reinigung in der Nähe ihres Hauses in Hamtramck gearbeitet hatte, bezog ebenfalls eine Rente, und krankenversichert waren beide auch.

Obgleich sie den amerikanischen Traum wahrgemacht hatten, war Maya in Florida nicht glücklich. Sie vermißte ihren Sohn, ihre Enkelkinder und die Nachbarn oben in Michigan. Sie vermißte sogar die Kälte und den Schnee der matschigen Winter von Detroit. Es gefiel ihr auch nicht, Stanley die ganze Zeit über im Hause zu haben, und so hatten sie schließlich einen Kompromiß geschlossen. Jeden Morgen um acht mußte er das Haus verlassen, und er durfte nicht vor Mittag zurückkommen. Seine Abwesenheit gab Maya die Zeit, vormittags das Haus zu putzen, die Wäsche zu waschen, allein fernzusehen oder zu tun, was sie sonst gern tun wollte, während Stanley den Vormittag über ihren Ford Escort benutzen konnte.

Wenn Stanley zu Hause sein Mittagessen, das Maya ihm zurechtmachte, zu sich genommen hatte, legte er sich meistens aufs Ohr. Maya fuhr dann mit dem Escort zur International Shopping Mall an der U.S. 1 oder zum Supermarkt oder zu beidem, und sie kam erst nach drei wieder zurück. Manchmal, wenn es in einem der sechs Multikinos in der International Mall einen Disney-Film oder ein Unterhaltungsprogramm gab, schaute sie sich die »Early Bird«-Matineevorstellung für anderthalb Dollar an, und dann kam sie nicht vor fünf Uhr nach Hause.

Während der ersten Zeit in Florida hatte Maya zwei oder dreimal wöchentlich ein R-Gespräch bei Junior angemeldet, um sich zu erkundigen, wie es ihm und seiner Frau und den Enkelkindern ging, aber nach ein paar Wochen, als nie jemand die Gespräche annahm, hatte sie nur noch einmal pro Woche, sonntags abends, direkt angerufen. Da hatte sie herausgefunden, daß Junior sehr wohl da war, um mit ihr zu sprechen – drei Minuten lang, manchmal auch fünf. Ihre Schwiegertochter war sonntags abends nie daheim, aber manchmal konnte Maya mit ihren Enkelkindern sprechen, mit Geoffrey und Terri, einem Jungen von sechzehn und einem Mädchen von vierzehn Jahren.

Stanley war ein sauberer alter Mann von äußerst adretter Erscheinung. Meist trug er eine graue oder khakifarbene Popelinehose, Hush-Puppies aus grauem Wildleder und weiße Socken, und dazu ein weißes, kurzärmeliges Hemd mit einer vorgeknoteten Krawatte aus schwarzem Leder, die mittels eines weißen Plastikhakens am Kragenknopf befestigt wurde. Die Krawatte auf dem weißen Hemd ließ Stanley aussehen wie einen pensionierten Vorarbeiter (und nicht wie einen Streifer) von der Ford Motor Company, und er behauptete stets, er *sei* ein pensionierter Vorarbeiter, wenn ihn jemand nach seinem Beruf fragte. Es war ihm nicht gelungen, in Florida viele neue Freunde zu finden, obwohl er es anfangs versucht hatte. Ein paar Wochen lang war Stanley freundlich zu Mr. Agnew gewesen, dem Nachbarn von nebenan, einem Metzger, der bei Publix arbeitete, aber als Mr. Agnew sich einen Datsun kaufte, nachdem Stanley ihm erklärt hatte, der Escort sei ein viel besseres Auto und ein amerikanisches Auto noch dazu, da sprach er nicht mehr mit Mr. Agnew, auch wenn Maya immer noch freundlich zu Agnews Frau war.

Wenn Stanley morgens das Haus verließ, trug er eine Anglermütze mit langem, grünem Schirm. Er hatte stets einen Spazierstock bei sich, auch wenn er eigentlich keinen brauchte. Die Mütze trug er, weil er eine Glatze hatte und weil er keinen Sonnenbrand auf dem Schädel bekommen wollte; den Stock indes hatte er, um sich der Hunde zu erwehren. Der knorrige Holzstock hatte eine Gummispitze und einen Messingknauf, der wie ein Hundekopf geformt war. Der Knauf ließ sich abschrauben, und Stanley bewahrte ein Glasröhrchen mit einem Dutzend Zyanidtabletten verborgen im ausgehöhlten Schaft des hölzernen Spazierstocks auf. Stanley hatte diese Zyanidtabletten im Lacklager bei Ford entwendet, weil er fand, daß sie sich dazu eigneten, in Hamtramck und später in Florida bösartige Hunde zu vergiften. Stanley hatte Angst vor Hunden. Als Junge war er von einem roten Chow-Chow in Detroit böse zugerichtet worden, und er hatte nicht die Absicht, sich noch einmal beißen zu lassen. Im Laufe der letzten drei Jahre hatte er drei Tabletten dazu benutzt, in seiner Nachbarschaft in Ocean Pines Terraces Hunde zu vergiften, und er war bereit, wieder einen zu vergiften, wenn sich die Gelegenheit ergab. Stanley hatte eine narrensichere Methode. Er formte sich einen Hackfleischball von etwa drei bis vier Zentimeter Durchmesser mit der Zyanidpille in der Mitte. Dann wälzte er diesen Ball in Salz und steckte ihn in einen Plastikbeutel. Wenn er beim Spazierengehen an dem Haus vorbeikam, in dem der Zielhund lebte, warf er das Hackfleischbällchen unter der Hand auf den Rasen oder er ließ es neben einer Hecke oder einem Baum fallen und ging weiter den Gehweg entlang. Wenn der Hund im Garten frei herumlief, witterte er die Fleischkugel unweigerlich, er schnüffelte ein oder zweimal an dem Salz und verschlang den tödlichen Brokken. Dank Stanleys Fähigkeiten hatte die Nachbarschaft einen Boxer, einen Dobermann und einen Pekinesen zu betrauern.

Stanleys Spazierstock machte ihn zudem zu einem Randmitglied der »weisen alten Männer«, einer kleinen Gruppe von Pensionären, die sich werktags jeden Morgen im Julia Tuttle Park versammelten. Dieser kleine, knapp einen Hektar umfassende Park war bei der Erschließung des Geländes angelegt worden, um die für Ocean Pines Terraces vorgeschriebene Bebauungsvielfalt zu erreichen. Im Park gab es einen strohgedeckten Unterstand, wo ein halbes Dutzend Rentner den Vormittag über Karten spielte; im Schatten eines Kletterfeigenbaums standen ein paar rostige Metallstühle, auf denen eine weitere, kleinere Gruppe älterer Männer saß und plauderte. Die Gruppe, die sich unter dem Baum versammelte, wurde von den Kartenspielern die »weisen alten Männer« genannt, aber das war sarkastisch gemeint. Die beiden Gruppen mischten sich nicht untereinander, und ein Mann, der jeden Tag in den Park kam, mußte sich schließlich entscheiden, welcher der beiden er beitreten wollte. Stanley spielte ihre Kartenspiele nicht, und er sprach auch nicht viel, denn er hatte wenig zu sagen, und seine Bildung war beschränkt; aber nachdem er stumm bei den langweiligen Kartenspielen zugeschaut hatte, war er für die ersten paar Wochen zu der Gruppe unter dem Baum übergewechselt und hatte versucht, den Philosophen zu lauschen. Vorsitzender dieser Gruppe war ein pensionierter Richter, der stets einen gestärkten Leinenkreppanzug und eine Fliege trug. Die übrigen »weisen alten Männer« trugen leichte Baumwollhosen und Sporthemden oder manchmal T-Shirts und bequeme Turnschuhe. Neben dem Richter war Stanley der einzige Krawattenträger. Seit Stanley in den Ruhestand getreten war, hatte sich das Personal der Gruppe einige Male verändert – ein paar der älteren Männer waren gestorben –, aber der Richter war immer noch da, und er sah kaum anders aus als am Anfang. Wenn Stanley morgens beim Rasieren in den Spiegel schaute, fand er, daß auch er sich nicht sonderlich verändert hatte. Tief im Innern war ihm klar, daß er ein wenig gealtert sein mußte, denn dies war auch bei den anderen so, aber in Florida fühlte er sich wohler als jemals in Michigan, wo er jeden Tag zur Arbeit hatte gehen müssen.

Eines Morgens lautete das Thema der Debatte: »Das schmutzigste Ding der Welt«. Man hatte Theorien und Vorschläge zur Diskussion gestellt, aber der Richter hatte sie allesamt abgeschossen. Schließlich, gegen Mittag, hatte Stanley seinen Spazierstock betrachtet, sich geräuspert und erklärt: »Die Spitze eines Spazierstocks ist das schmutzigste Ding der Welt.«

»Das ist es«, sagte der Richter und nickte weise. »Es gibt nichts Schmutzigeres als die Spitze eines Spazierstocks. Sie tappt wahllos über den Boden, berührt Speichel, Hundekot, alles und jedes in ihrem blinden Umhertasten. Am Ende eines kurzen Spaziergangs hat die septische Spitze eines Spazierstocks wahrscheinlich genug Mikroben aufgesammelt, um eine Kleinstadt zu vernichten. Ich glaube, Sie haben den Nagel auf den Kopf getroffen, Mr. Sienkiewicz, und wir können getrost feststellen, daß dieses Thema abgeschlossen ist.«

Die anderen nickten, und alle betrachteten Stanleys Spazierstock und dachten mit Staunen an all den Schmutz, den die Gummispitze im Laufe der Jahre, in denen Stanley den Stock mit sich geführt hatte, berührt hatte. Nach diesem Triumph hatte Stanley keinen weiteren Beitrag zu den vormittäglichen Diskussionen geleistet, aber nun galt er unbestritten als Randmitglied und wurde namentlich begrüßt, wenn er sich hinsetzte, um zuzuhören.

Aber Stanley ging nicht tagtäglich in den Julia Tuttle Park, wie die anderen es taten. Er war zu rastlos. Manchmal fuhr er statt dessen nach Palm Beach, parkte dort und schlenderte die Worth Avenue entlang; er betrachtete die Schaufenster und staunte über die hohen Preise der Waren. Er besuchte, wie Maya, die International Shopping Mall an der U.S. 1, oder er parkte auf dem Besucherparkplatz der öffentlichen Bibliothek von West Palm Beach. Dann durchstöberte er die Todesanzeigen in der Detroiter *Free Press* und suchte nach den Namen alter Bekannter. Tatsächlich wußte Stanley nichts Rechtes mit seinen langen freien Vormittagen anzufangen, aber obwohl er häufig Langeweile hatte und nach einer Beschäftigung suchte, um sich die Morgenstunden zu vertreiben, war ihm diese Langeweile nicht bewußt. Er lebte im Ruhestand, und er wußte, daß ein Mann im Ruhestand nichts zu tun brauchte. Also benahm er sich so: Er spazierte umher, aber er tat nicht viel.

Einmal in der Woche mähte er den Rasen, ob es nötig war oder nicht. In der Regenzeit mußte das Gras wöchentlich geschnitten werden; im Winter, wenn trockenes Wetter herrschte, konnte man den Rasen drei Wochen und länger sich selbst überlassen. Aber indem er alle sieben Tage einmal, dienstags nachmittags, mähte, brachte er Abwechslung in die Woche. Maya erledigte sämtliche Einkäufe und bezahlte alle Monatsrechnungen über ihr gemeinsames Girokonto. Stanley löste jeden Montag in der Bank von Riviera Beach einen Scheck über fünfunddreißig Dollar ein; er gestand sich täglich fünf Dollar Taschengeld zu, aber fast immer hatte er am Ende der Woche etwas übrig.

Abends saßen Stanley und Maya vor dem Fernseher. Sie hatten einen Kabelanschluß und konnten »Showtime« und fünfunddreißig andere Kanäle empfangen, aber sie wechselten selten das Programm, wenn sie einmal saßen. Manchmal schauten sie sich auf »Showtime« denselben Film vier- oder fünfmal in einem einzigen Monat an. Maya ging um zehn zu Bett, aber Stanley blieb immer auf und sah sich die Elf-Uhr-Nachrichten an. Wegen seines Nickerchens am Nachmittag konnte er selten vor Mitternacht einschlafen. Aber um sechs Uhr morgens stand er auf, holte die *Post-Times* vom Rasen, trank Kaffee und las die Zeitung, bis Maya aufstand und ihm sein Frühstück machte.

An einem Mittwochnachmittag im Juni um halb vier schlief Stanley auf der Gitterveranda hinter dem Haus, als Pammi Sneider, die neunjährige Tochter eines ehemaligen Master Sergeants der US-Army, der jetzt draußen am Military Trail eine Union-Tankstelle gepachtet hatte, durch die unverschlossene Fliegentür hereinkam. Pammi war häufig zu Gast, wenn Maya zu Hause war, weil Maya dem Kind Kekse und ein Glas rotes »Kool-Aid« oder manchmal, wenn sie gebacken hatte, auch ein Stück Kuchen oder Torte gab. Die Sneiders wohnten vier Häuser weiter, und Mrs. Sneider hatte einmal zu Maya gesagt, falls Pammi lästig werde, solle sie sie nur nach Hause schicken. Maya hatte erwidert, sie habe es gern, wenn die Kleine vorbeikomme, und Pammi erinnere sie an ihre Enkelin daheim in Michigan, die Terri heiße, mit einem *i* am Ende, genau wie Pammi. Trotz dieser Unterhaltung waren die beiden Frauen nicht befreundet. Der Unterschied im Alter und in fast allem anderen war zu groß. Mrs. Sneider war erst sechsunddreißig; sie war Mitglied bei Greenpeace, in der »La Leche«-Liga, bei »Mütter gegen Trunkenheit am Steuer« und in einer Frauenemanzipationsgruppe in West Palm Beach. Mrs. Sneider war häufig nicht zuhause, aber dies war eine sichere Gegend, und Pammi durfte mit den anderen Kindern spielen und nachmittags allein in den Julia Tuttle Park gehen. Nachmittags gingen nur sehr wenige der alten Männer in den Park. Zum einen war es zu heiß, um dort zu sitzen, und es machte den Alten auch kein Vergnügen, nach der Schule mitanzuhören, wie die kleinen Kinder auf den Spielplatzgeräten kreischten und einander umherjagten. Fast immer waren ein paar Mütter mit Kleinkindern da, und so galt der Park als sicherer Ort, an den man die Kinder schicken konnte, wen man sie aus dem Haus haben wollte.

Pammi war barfuß; sie trug ein blau-weiß gestreiftes T-Shirt und rote, von einem Gummiband gehaltene Baumwollshorts. In der linken Hand hielt sie einen Lederbeutel, einen Beutel, der einmal Murmeln enthalten hatte. Auf Zehenspitzen schlich sie sich an den Liegestuhl heran, in dem Stanley schlafend auf dem Rücken lag, und gab ihm einen Zungenkuß.

Stanley prustete und richtete sich jählings auf. Pammi kicherte und streckte ihm ihre schmutzige rechte Hand entgegen.

»Jetzt«, sagte sie und kicherte wieder, »mußt du mir einen Penny geben.«

Stanley wischte sich den Mund ab und blinzelte. »Was hast du getan?«

»Ich hab' dir einen Kuß gegeben. Jetzt mußt du mir einen Penny geben.«

»Meine Frau ist einkaufen«, erklärte Stanley. »Aber sie müßte gleich zurückkommen. Ich weiß nicht, ob sie Kekse für dich hat oder nicht, Pammi. Ich war nicht in der Küche –«

»Ich will keinen Keks. Ich will einen Penny für meine Sammlung.« Das Mädchen hielt den Lederbeutel hoch und schüttelte ihn. Die Münzen darin klimperten.

»Ich hab' dich nicht um einen Kuß gebeten, und so solltest du einen Mann sowieso nicht küssen. Nicht in deinem Alter. Wer hat dir beigebracht, die Zunge herauszustrecken, wenn du jemandem einen Kuß gibst?«

Pammi zuckte die Achseln. »Ich weiß nicht, wie er heißt. Aber er kommt jeden Tag in den Park, wenn es dunkel wird, und er gibt mir einen Penny für einen nassen Kuß und fünf für einmal Gucken. Jetzt schuldest du mir einen Penny, und wenn du gucken willst, mußt du mir noch fünf geben.« Pammi legte ihren Beutel auf den Terrazzofußboden und zog ihre roten Shorts herunter. Stanley schaute hin und schüttelte den Kopf. Pammis unbehaarte Scham, die einem leicht eingekerbten Ballon glich, erregte den alten Mann nicht im geringsten.

»Zieh deine Hose hoch. Was ist eigentlich in dich gefahren?«

Als Stanley sich aus seinem Liegestuhl erhob, lachte Pammi und tanzte davon. Er hob die Shorts vom Boden auf und folgte dem kleinen Mädchen; er versuchte, es in eine Ecke zu drängen, damit er ihm die Hose wieder anziehen könnte. Maya fuhr den schwarzen Escort unter das Parkdach, kam mit einer Tüte voller Lebensmittel in die Küche und spähte durch die gläserne Schiebetür hinaus auf die Veranda. Unterdessen war es Stanley gelungen, Pammis Bein zu erwischen, und er versuchte, es in die Shorts zu schieben, während Pammi sich kichernd loszureißen bemühte.

»Erst mußt du mir sechs Cent geben!« rief Pammi. »Du hast geguckt, du hast geguckt!« Dann, als sie Mayas Gesicht hinter der Glastür erblickte, hörte sie auf zu kichern und fing an zu weinen. Maya rannte durch das Wohnzimmer, lief zur Vordertür hinaus und schlug sie hinter sich zu. Als Pammi zu weinen anfing und aufhörte, sich zu wehren, und als die Haustür zuknallte, ließ Stanley das Bein des kleinen Mädchens los. Ihre Hose hielt er noch in der rechten Hand, als Pammi durch die Fliegentür hinaus in den Garten lief. Quer durch die uneingezäunten Gärten rannte sie mit bloßem Hintern nach Hause, vier Häuser weiter.

Stanley, er hatte noch immer Pammis Shorts in der Hand, ging in die Küche. Er warf einen Blick in die Einkaufstüte auf dem Sideboard neben dem Spülbecken. Ein Karton Milch und ein Dutzend Eier waren darin, außerdem ein paar Konserven. Er legte die Eier und die Milch in den Kühlschrank, und er fragte sich, wohin Maya gegangen sein mochte; anscheinend hatte sie ihre Handtasche mitgenommen, als sie wieder zur Haustür hinausgelaufen war. Ihre Autoschlüssel lagen immer noch auf der Platte neben der Einkaufstüte.

Stanley kam nicht auf den Gedanken, daß er sich in einer heiklen Situation befand. Eher war er verärgert, weil Maya das Haus verlassen hatte, ohne ihm zu sagen, wohin sie ging. Außerdem war er Pammis wegen ein bißchen beunruhigt. Ein so kleines Mädchen sollte einem Mann keine Zungenküsse geben, nicht einem Mann, der ihr Großvater – wahrscheinlich sogar ihr Urgroßvater – hätte sein können, und sie sollte auch nicht für ein paar Pennys ihre intimen Spalten herumzeigen. Er fragte sich, wer ihr solche Spiele beigebracht haben mochte, aber er konnte sich nicht vorstellen, daß einer der alten Männer im Park etwas derartiges tun würde. Am Abend, beschloß er, würde er zu Mr. Sneider hinuntergehen und mit ihm darüber reden.

Stanley hob den Lederbeutel mit den Münzen auf und schaute hinein. Er schüttelte die Pennys auf den Küchentisch und zählte sie. Es waren vierundneunzig. Vermutlich hatte Pammi noch sechs gebraucht, um hundert zu haben, und deshalb hatte sie ihn geküßt und ihr Geschlechtsteil vorgezeigt. Wenn sie hundert Pennys hatte, konnte sie dafür eine Dollarnote bekommen.

Stanley räumte die restlichen Lebensmittel weg, setzte sich ins Wohnzimmer und wartete darauf, daß Maya zurückkam. Zwanzig Minuten später kam Maya flotten Schritts den Weg zum Haus herauf, begleitet von Mr. Sneider. Stanley hatte immer noch Pammis rote Hose auf dem Schoß liegen; er stand auf, als Maya die Haustür aufschloß. Als die Tür aufschwang und er den Ausdruck in Mr. Sneiders Gesicht sah, rannte Stanley auf die Veranda hinaus. Sneider stürmte an Maya vorbei; er bewegte sich ungewöhnlich flink für einen Mann seiner Größe, und er schlug Stanley auf den Mund, noch ehe Stanley zu einem der beiden etwas sagen konnte.

Eine Stunde später saß Stanley im Gefängnis von Palm Beach County.

3

Die nächsten drei Tage verbrachte Hoke Moseley im hinteren Gästezimmer im Hause seines Vaters. Hokes Vater, Frank Moseley, war aufgeregt gewesen, als Ellita Sanchez mit seinem Sohn in seinem Heim in Singer Island eingetroffen war, obwohl Bill Henderson angerufen und alles erklärt hatte, bevor Ellita die siebzig Meilen von Miami heraufgefahren war. Frank, ein rüstiger Mann von fünfundsiebzig Jahren, war kaum jemals in seinem Leben krank gewesen und hatte noch niemals einen Arbeitstag in seinem Haushaltswarengeschäft in Riviera Beach versäumt. Er war viele Jahre lang Witwer gewesen, nachdem Hokes Mutter an Krebs gestorben war, und dann hatte er eine gerade vierzigjährige reiche Witwe namens Helen Canlas geheiratet.

Frank hatte seinen Arzt angerufen, wie Bill Henderson es vorgeschlagen hatte; es war ein Arzt aus West Palm Beach, den er seit über dreißig Jahren kannte, und Dr. Ray Fairbairn, dessen Praxis immer kleiner wurde, hatte sich unverzüglich ins Auto gesetzt und war hergekommen. Er untersuchte Hoke – sein Atem roch stets nach Nelkenöl –

unter Ausschluß der Öffentlichkeit im Gästezimmer. Danach ließ er Frank und Ellita wissen, daß Hoke nichts fehle, aber daß er Ruhe brauche. Jede Menge Ruhe.

»Ich habe ihm eine Beruhigungsspritze gegeben, und ich habe ihm ein Rezept für Equavil ausgestellt«, fuhr Dr. Fairbairn fort und gab Frank den Zettel. »Ich denke, in ein paar Tagen ist er wieder auf dem Damm.«

»Was hat er gesagt?« wollte Frank wissen.

»Er hat nichts gesagt.« Dr. Fairbairn zuckte die Achseln. »Er ist körperlich in guter Verfassung, aber die Tatsache, daß er nicht mit mir sprechen will, deutet darauf hin, daß er wahrscheinlich beschlossen hat, dem Alltag für ein Weilchen aus dem Weg zu gehen.«

»Ich verstehe nicht.« Frank fuhr sich mit den Fingern durch das dichte weiße Haar. »Wie zum Teufel kann ein Mensch dem Alltag aus dem Weg gehen? Hoke ist Polizist beim Morddezernat in Miami, und immer wenn ich mit ihm telefoniere – also ungefähr einmal im Monat –, erzählt er mir, wie beschäftigt er ist.«

Ellita, die zugehört hatte, räusperte sich. »Hoke hat dreißig Tage unbezahlten Urlaub, Dr. Fairbairn. Ist das genug Zeit zum Ausruhen? Ich meine, wenn er mehr braucht, kann Commander Henderson seinen Urlaub wahrscheinlich verlängern.«

»Ich bin nicht mehr allzu gut vertraut mit all diesen neuen psychologischen Theorien, Madame.« Dr. Fairbairn redete Ellita in dieser Form an, weil er ihren Namen schon wieder vergessen hatte, aber sehen konnte, daß sie schwanger war. »Aber Hoke ist das, was man heutzutage ›ausgebrannt‹ nennt. Ich kannte ihn schon, als er noch klein war. Er war meiner Meinung nach immer übereifrig, und dieser Typ hat häufig Persönlichkeitsprobleme, wenn er reifer wird. Aber Hokes Herz ist gesund, und er ist kräftig wie ein Maulesel. Wenn also jemand wie Hoke sich vom Alltag abwendet, was er anscheinend zu tun beschlossen hat, ermahnt ihn die Natur auf diese Weise, alles ein bißchen langsamer anzugehen, bevor ihm tatsächlich etwas physisch Beeinträchtigendes zustößt. Das Zauberwort der populären Psychologie ist ›ausgebrannt‹. Ich habe letztes Jahr einen interessanten Artikel darüber in *Psychology Today* gelesen.«

»Dann könnte es zum Teil meine Schuld sein«, meinte Ellita. »Ich bin seine Partnerin, und ich habe vor zwei Wochen meinen Mutterschaftsurlaub genommen; infolgedessen bin ich nicht mehr da, um ihm bei der Arbeit zu helfen.«

»Sie sind Polizistin?« Dr. Fairbairn hob seine grauen Augenbrauen. »Sie sehen nicht aus wie eine Polizistin.«

»Weil ich im achten Monat schwanger bin. Eine schwangere Frau, selbst wenn sie Uniform trägt, sieht nicht aus wie eine Polizistin.«

»Werden Sie hier bei ihm bleiben?«

»Nein, ich muß zurück nach Miami. Ich teile das Haus mit Hoke und seinen beiden Töchtern, und ich muß mich um sie kümmern. Aber ich werde nicht sofort wieder zurückfahren, wenn ich hier noch gebraucht werde und wenn ich Hoke in irgendeiner Weise helfen kann.«

»Braucht mein Sohn eine Krankenschwester?« fragte Frank. »Oder sollte ich ihn überhaupt ins Krankenhaus schicken?«

»Nicht ins Krankenhaus, Mr. Moseley.« Ellita schüttelte den Kopf. »Wenn dies ein vorübergehender Zustand ist, wie Dr. Fairbairn sagt, dann würde sich ein Krankenhausaufenthalt in Hokes Akte nicht besonders gut machen. Lieber würde ich Hoke dann mit zurück nach Miami nehmen und ihn selbst versorgen.«

»Er braucht keine Krankenschwester«, sagte Dr. Fairbairn. »Er muß auch nicht ins Krankenhaus. Lassen Sie ihm heute abend nur seine Ruhe, Frank, und morgen komme ich noch einmal vorbei und sehe nach ihm.« Der Arzt sah auf die Uhr. »Jetzt ist es zu spät, um noch mal in die Praxis zurückzufahren. Ich könnte also einen Drink vertragen.«

»Was nehmen Sie?« fragte Frank. »Bourbon? Gin?«

»Ich könnte einen Martini gebrauchen, aber ohne Wermut bitte. Und bevor ich gehe, Frank, sollte ich Ihnen wohl noch eine Liegemassage verpassen. Sie sind seit zwei Monaten nicht mehr in der Praxis gewesen.«

Frank errötete leicht und warf einen Seitenblick auf Ellita. »Helen massiert mich jetzt, Roy. Deshalb war ich nicht mehr da.«

»Wenn das so ist, begnüge ich mich mit dem Martini.«

»Möchten Sie auch etwas, Miss Sanchez?«

Ellita schüttelte den Kopf. »Erst nach dem Baby. Ich gehe nur noch rasch hinein und sage Hoke auf Wiedersehen. Dann sollte ich mich auf den Rückweg nach Miami machen.«

»Warum bleiben Sie nicht noch zum Abendessen? Helen kommt gleich aus ihrem literarischen Zirkel zurück, und Inocencia hat einen Braten im Ofen.«

»Danke, aber ich muß den Mädchen etwas zu essen machen. Außerdem werden sie wissen wollen, ob es ihrem Vater gutgeht. Welches Buch besprechen sie denn gerade?«

»Den Titel kenne ich nicht, aber es ist von Jackie Collins. Sie ist Joans Schwester, wissen Sie? Jackie ist die Schriftstellerin, und Joan ist die Schauspielerin. Joan haben wir neulich auf dem Kabel gesehen, in

The Stud, und Helen sagt, die neue Rezensentin in ihrem Club kann die guten Stellen so anschaulich erklären, daß sie die Bücher gar nicht mehr selber lesen muß.«

»Ich schaue noch eben zu Hoke hinein.«

Hoke lag rücklings auf dem Kingsizebett, immer noch in seinen fleckigen Boxershorts, aber er war nicht zugedeckt. Es war kühl im Zimmer, und aus dem Einlaß der zentralen Klimaanlage über der Tür drang ein wisperndes Zischen. Die Glasschiebetür zum Garten hinter dem Haus war geschlossen, aber die Vorhänge waren nur halb zugezogen, so daß Hoke etwas sehen konnte, wenn er den Kopf heben und hinausschauen wollte: Den Swimmingpool, den leicht abschüssigen Rasen, einen kurzen Betonkai und Franks Bostoner Walfänger, der an den Pollern vertäut lag. Das andere Ufer des schmalen, blaugrünen Kanals war von Mangroven gesäumt, und hoch über den Mangroven wälzten sich schwarze Gewitterwolken von den Everglades auf die Insel zu.

Ellita berührte Hokes Arm. Er zuckte leicht zusammen, sah sie aber nicht an. »Der Arzt sagt, es wird dir bald wieder besser gehen, Hoke. Du wirst vorläufig hier bei deinem Vater bleiben. Ich fahre zurück nach Miami und kümmere mich um die Mädchen. Wenn du deinen Wagen haben willst, ruf mich an, und ich lasse ihn von jemandem herauffahren. Mach dir keine Sorgen um mich oder die Kinder. Wir kommen schon zurecht. Okay?«

Hoke drehte sich auf die Seite und starrte aus dem Fenster.

»Dein Bademantel liegt über dem Stuhl. Ich hab' deine Toilettensachen ins Bad gestellt. Dein Gebiß ist in einem Glas im Bad, und es ist reichlich Polident da. Eine leichte Hose, Sporthemden, Unterwäsche und Socken sind im Koffer. Ich hab' vergessen, deine Schuhe mit einzupacken, aber dein Revolver und deine Marke sind bei deiner Brieftasche in dem Beutel. Sag deinem Vater, er soll dir Turnschuhe oder so was aus seinem Laden bringen, und ich schick' dir deine Schuhe, wenn du deinen Wagen haben willst. Ich schätze, das war's dann. Ich bleibe mit deinem Dad in Verbindung, falls du etwas brauchst.« Keine Antwort. »Tja, dann auf Wiedersehen.«

Ellita schloß die Tür hinter sich, verabschiedete sich von Frank Moseley und Dr. Fairbairn und fuhr zurück nach Miami.

Später am Abend, als Inocencia, die kubanische Köchin der Moseleys, Hoke das Abendessen auf einem Tablett hineinbrachte, saß er in einem Sessel vor der Glasschiebetür. Er hatte geduscht und seinen weißen Frotteebademantel angezogen. Inocencia stellte das Tablett auf den Tisch neben dem Sessel und verließ das Zimmer, ohne zu versuchen, ein Gespräch mit ihm anzufangen.

Draußen vor der Schiebetür prasselte der Regen hart auf die Fliesen der Terrasse, und die Mangroven auf der anderen Seite des Wassers waren in dem Wolkenbruch kaum zu erkennen. Hoke setzte sich im Bad sein Gebiß ein und machte sich ein Roastbeefsandwich mit einem der Brötchen, die Inocencia ihm gebracht hatte. Den Waldorfsalat, die Broccoli, die Ofenkartoffel und das Stückchen Blaubeerkuchen rührte er nicht an. Er trank ein Glas Eistee, nahm noch eine Equavil und legte sich auf das Bett, ohne sich zuzudecken. Er schlief ein.

Noch später an diesem Abend, als Frank und Helen hereinschauten, um nach ihm zu sehen, lag Hoke schlafend auf dem Rücken; er atmete durch den Mund und schnarchte.

Frank und Helen redeten lange darüber, was mit Hoke anzufangen sei, als sie sich nach dem Fernsehen in ihr Schlafzimmer zurückzogen. Helen wollte nicht, daß Hoke bei ihnen wohnte, auch wenn sie ein großes Haus mit zwei freien Schlafzimmern hatten. Frank erwiderte, Hoke werde so lange dableiben, wie es notwendig sei. Helen tupfte sich mit Coldcream das Make-up herunter, betrachtete einen Augenblick lang ihr hübsches Gesicht im Spiegel und hob dann kampflustig ihre rundlichen Schultern.

»Ich will aber wissen, daß er wieder geht«, erklärte sie.

»Das können wir jetzt nicht entscheiden, Helen. Wir werden sehen, was der Doktor morgen oder übermorgen sagt, und wenn sich herausstellt, daß Hoke die Arbeit bei der Polizei nicht mehr bewältigen kann, dann kann ich ihn immer noch ins Geschäft nehmen. Als er zur High School ging, hat er in den Sommerferien und samstags im Laden gearbeitet, und er war einer der besten Mitarbeiter, die ich je hatte.«

»Er ist jetzt dreiundvierzig Jahre alt, Frank, und er ist seit vierzehn Jahren Polizist. Er kann nicht wieder Verkäufer im Laden werden.«

»Warum nicht? Mrs. Grimes ist seit zweiunddreißig Jahren im Laden, und sie ist sechzig. Ich gehe immer noch jeden Tag in den Laden, und ich bin fünfundsiebzig. Wieso findest du, daß man mit dreiundvierzig zu alt ist, um Haushaltswaren zu verkaufen?«

»Das habe ich nicht gemeint.«

»Und was hast du gemeint?«

»Ich habe gemeint, daß er zu alt ist, um wieder nach Hause zu kommen und da zu leben. Vor allem, nachdem er bei der Kriminalpolizei gewesen ist. Das wäre nichts für Hoke, und es wäre auch nichts für uns.«

»Darüber reden wir morgen. Übrigens, Dr. Fairbairn fand, meine Liegemassage sei überfällig.«

Helen seufzte. Dann lächelte sie. »Ich hole das Öl.« Sie stand von ihrer Frisierkommode auf und tappte leichtfüßig den Gang entlang zur Küche.

Wenn Hoke später an seine dreitägige Schlafperiode dachte, konnte er sich an jedes Detail dieses ersten, langen Tages erinnern: Wie Ellita ihn immer wieder an die Uhrzeit gemahnt hatte, wie seine Töchter ihn geküßt hatten, wie sie über den Sunshine Parkway von Miami heraufgefahren waren, wie im Autoradio »Rikki Don't Lose That Number« von Steely Dan gelaufen war. Hoke hatte zusammengekauert auf dem Rücksitz des alten Le Mans gesessen, mit dem Frotteebademantel zugedeckt. Eine Zeitlang hatte er versucht, die Eisvögel zu zählen, die über dem von Hyazinthen verstopften Kanal auf den Telefondrähten gehockt hatten. Die Eisvögel, ein Einzelgänger jeder von ihnen, hatten in Abständen von fünf Meilen auf dem Draht gesessen, die Köpfe eingezogen, als hätten sie keine Hälse. Aber bald hatte er die Übersicht verloren und sich gefragt, ob es vielleicht immer derselbe Eisvogel war, den er da zählte, derselbe alte Vogel, der immer wieder vorausflog, um ihn an der Nase herumzuführen.

Er wußte nicht, weshalb er es nicht über sich brachte, Ellita, seinen Töchtern, Bill Henderson oder dem alten Doc Fairbairn, der ihm, als er elf gewesen war, den gebrochenen Arm geschient hatte, Antwort zu geben, aber irgendwie hatte er mit raffinierter Zuversicht gewußt, wenn er zu niemandem irgend etwas sagte, würden sie ihn schließlich alle in Ruhe lassen, und dann würde er nie wieder ins Morddezernat gehen und diese gottverdammten kalten Fälle bearbeiten müssen.

Und in gewisser Weise war es komisch, merkwürdig, denn er hatte beim Zeitungslesen an Singer Island gedacht und sich gewünscht, wieder dort zu sein, und jetzt, ohne daß er eine bewußte Anstrengung unternommen hatte, war er hier, ganz allein im Hause seines Vaters, und lag auf einer festen, aber bequemen Matratze in einem kühlen, abgedunkelten Zimmer. Und niemand störte ihn oder versuchte ihn dazu zu zwingen, all die neuen Tathergangsberichte und Supps zu lesen, die sich auf seinem Schreibtisch türmten.

Nachdem er die erste Nacht unruhig durchgeschlafen hatte, nahm Hoke die kleinen schwarzen Equavil nicht mehr. Er hatte sich zwar nicht komisch gefühlt, solange er wach gewesen war (obgleich sie die unheimlichen, beängstigenden Träume verursacht haben mußten), aber sie hatten ihn, *obwohl* er wach gewesen war, jeglichen Gefühls beraubt und seinen Geist abgestumpft. Wenn er täglich vier davon nähme, wie der Arzt es verordnet hatte, würde er bald zum Zombie werden. Außerdem brauchte Hoke keine Chemikalien, um den wunderbaren Seelenfrieden zu erhalten, den er jetzt genoß. Das Schlafzimmer war kühl, und wenn er auch keinen Hunger hatte, war das wenige, das er aß, wenn Inocencia ihm sein Tablett hereinbrachte, doch vorzüglich. Nie wieder, sagte er sich, würde er zur Polizei zurückgehen müssen. Er brauchte nichts weiter zu tun, als ruhig auf dem Bett zu liegen oder an der Glastür zu sitzen und auf den blaugrünen Pool oder auf die Boote zu starren, die gelegentlich, die Schilder mit der Aufschrift WELLEN VERMEIDEN ignorierend, vorüberzogen, und alles würde gut werden. Es war unnötig, daß er über irgend etwas nachdachte oder sich Sorgen machte, denn solange er den Mund geschlossen hielt und sich weigerte, auf irgend jemanden zu reagieren, würde man ihn in Ruhe lassen. Wenn ein Mensch nichts erwiderte und keine Fragen beantwortete, konnten die Leute das nicht lange ertragen.

Wenn Hoke später zurückblickte, sah er, daß diese drei Tage die glücklichste Zeit gewesen waren, die er je erlebt hatte, und er fragte sich oft, ob er jemals wieder solchen Frieden erleben würde. Aber er hatte auch – schon während dieser Zeit – gewußt oder geahnt, daß es zu schön war, um ewig zu dauern.

Am vierten Morgen wachte Hoke um sechs Uhr, zu seiner gewohnten Zeit, auf. Er öffnete die Schiebetür und sprang mit bloßem Hintern in den Pool. Er schwamm zehn langsame Runden in dem lauwarmen Wasser, duschte, setzte sich das Gebiß ein, rasierte sich und ging dann, weil er keine Schuhe hatte, barfuß in die Küche, um Kaffee zu kochen. Als Inocencia um sieben mit ihrem walfischgrauen VW-Käfer angefahren kam, bat Hoke sie, ihm ein großes Frühstück zu machen.

»Wollen Sie jetzt essen, Mr. Hoke, oder wollen Sie warten und mit Mr. Frank essen?«

»Ich warte auf Mr. Frank.«

Hoke trug seinen Kaffee ins Eßzimmer, um Inocencia nicht im Weg zu sein, und setzte sich auf einen der Gobelinstühle, die in gleichmäßigen Abständen rund um den polierten schwarzen Mahagonitisch standen. Es waren zwölf Stück, und der Tisch bot noch Platz für zwei weitere; diese zwei flankierten den Türbogen, durch den man über eine Stufe in das tiefer gelegene Wohnzimmer gelangte. Als Inocencia, die einen eigenen Schlüssel hatte, an diesem Morgen ins Haus gekommen war, hatte sie die Zeitung vom Rasen mit hereingebracht und auf den Tisch gelegt. Hoke schlug sie nicht auf. Er wartete nur auf seinen Vater, trank seinen Kaffee, starrte auf die Vase mit den Margeriten, die mitten auf dem Tisch standen, und fragte sich, was er dem alten Herrn sagen sollte.

Jeder, der die beiden zusammen sah, bemerkte eine Familienähnlichkeit. Es wäre indes schwierig gewesen, zu erläutern, worin sie bestand, denn abgesehen von ihren schokoladenbraunen Augen ähnelten die beiden Moseleys einander nicht. Sie waren beide knapp über einsachtzig groß, aber Frank hatte hängende Schultern, und er hielt sich leicht gebeugt, so daß er viel kleiner aussah als sein Sohn. Zudem war er dünn und drahtig und wog nicht mehr als hundertfünfzig Pfund; Hoke hingegen wog hundertneunzig. Als er noch allein gelebt hatte, war es Hoke gelungen, hin und wieder eine Diät einzulegen, und einmal hatte er sein Gewicht auf hundertachtzig Pfund senken können, aber nachdem seine Ex-Frau ihm die Töchter geschickt hatte und Ellita mit ihm in das Haus in Green Lake gezogen war, hatte sie das Kochen übernommen. Die stärkehaltigen Speisen, die sie gern aß – Reis und schwarze Bohnen, gebratene Bananen, gebackene Yucca, Huhn und gelber Reis, Schweinebraten und Koteletts –, hatten ihm die verlorenen Pfunde bald zurückgebracht, und noch ein paar dazu.

Frank Moseley hatte volles weißes Haar. Als ihm ein paar Leute gesagt hatten, daß er Ähnlichkeit mit dem Ex-Autofabrikanten John DeLorean habe, hatte der Alte sich das Haar wachsen lassen und es seitlich aufgeföhnt; dadurch war seine Ähnlichkeit mit dem Automobildesigner beinahe gespenstisch geworden. Aber Frank sah seltsamerweise viel jünger aus als DeLorean. Vielleicht lag es daran, daß er ein so sorgenfreies Leben geführt hatte.

Hoke hatte ein ebenso langes Gesicht wie sein Vater, aber es wirkte länger, weil sein Haar vorn schütter wurde; der hohe, braune Schädel und die eingefallenen, faltigen Wangen ließen sein Gesicht zudem um einiges schmaler erscheinen. Hoke hatte aschblondes Haar, das noch nicht angefangen hatte, grau zu werden; er trug es zurückgebürstet und ohne Scheitel. Sein Friseur hatte ihm einmal vorgeschlagen, es nach vorn zu kämmen und ein bißchen wachsen zu lassen; dies würde den Haaransatz ein wenig nach vorn verlagern und die Glatze verdecken. Aber Hoke fand, daß Männer mit Ponyfransen wie Tunten aussahen, und so hatte er den Vorschlag zurückgewiesen. Kein Verdächtiger, meinte Hoke, würde einen Cop noch ernstnehmen, wenn dieser auch nur andeutungsweise schwul aussah.

Hokes Gesicht war fast so dunkel, als wäre es mit Jod bepinselt, denn er war sein Leben lang der Sonne von Florida ausgesetzt gewesen. Seine behaarten Unterarme hatten die Farbe von Mahagoni, denn er trug stets kurzärmelige Hemden. Wenn er sein Hemd auszog, sah man, daß die Oberarme weiß wie Elfenbein waren; das Rattennest von schwarzem Brusthaar und die langen schwarzen Haare auf Rücken und Schultern sahen auf der weißen Haut aus wie verfilzte Nylonfäden. Als Teenager hatte Hoke in den Sommerferien auf einem Vergnügungsboot gearbeitet, mit dem die Urlauber zum Lebendköderfischen vor Riviera Beach gefahren waren; damals war er von der Taille an aufwärts braun gewesen, aber jetzt ging er nicht mehr ohne Hemd in die Sonne, und wie die meisten Leute in Miami begab er sich nur selten an den Strand. Mit seiner billigen, blaugrauen Zahnprothese sah Hoke älter aus als dreiundvierzig; andererseits wirkte er, wenn man ihm in die Augen sah, jünger. Hokes Augen, so dunkel, daß es schwierig war, zu erkennen, wo die Iris an die Pupille grenzte, waren schön. Hier also, in den Augen, hatte sich die Familienähnlichkeit konzentriert. Einen Mann mit solchen Augen zu sehen war bemerkenswert. Zwei Männer mit diesen Augen zusammen zu sehen war erstaunlich.

»Morgen, Sohn.« Frank nahm die Zeitung und schlug den Wirtschaftsteil auf. »Wie fühlst du dich?«

»Okay.«

Der alte Mann setzte seine Brille auf und fuhr mit dem Finger an den Börsenkursen entlang. Er grunzte, schüttelte den Kopf und nahm die Brille ab. »Fährst du wieder zurück nach Miami oder was? Du warst in den letzten Tagen mächtig still.«

»Ich hab' nachgedacht, Frank. Ich habe beschlossen, meinen Abschied bei der Polizei zu nehmen, und ich werde die Insel nie wieder verlassen.«

»Du meinst, du ziehst wieder hierher nach Riviera Beach?«

»Nein, das nicht gerade. Ich werde nur die Insel nicht verlassen, und ich werde die Brücke zum Festland nicht überqueren. Ich werde mir hier auf der Insel ein Zimmer suchen und mir eine Stelle als Schnellkoch oder so was besorgen.«

»Du kannst wieder im Geschäft arbeiten.«

Hoke schüttelte den Kopf. »Dann müßte ich jeden Tag über die Blue Heron Bridge nach Riviera fahren. Ich will die Insel nicht verlassen. Ich habe die Absicht, mein Leben zu vereinfachen.«

»So geht das aber nicht, Hoke. Du hast dich um die beiden Mädchen zu kümmern –«

»Die können zu Patsy zurückgehen. Der Baseballspieler, den sie geheiratet hat, verdient dreihundertfünfundzwanzigtausend Dollar im

Jahr. Er kann für sie sorgen oder sie in ein Internat stecken. Mir geht's um mein eigenes Überleben.«

»Wenn es nur nach mir ginge, Hoke, könntest du hier bleiben; ich glaube, das weißt du. Aber Helen würde nicht wollen, daß du auf die Dauer bei uns wohnst. Aber ich hab' da eine kleine Wohnung in der Nähe der Ocean Mall, die du haben kannst. Das Apartmenthaus gehört mir – acht Einheiten insgesamt, klein, zweckmäßig – und du kannst eins davon haben. Du kannst mietfrei darin wohnen, und ich gebe dir hundert Dollar die Woche dafür, daß du die Apartments verwaltest. In der Saison werden sie für tausend Dollar monatlich vermietet, in der übrigen Zeit kosten sie sechshundert. Die Mindestmietdauer beträgt zwei Wochen, und die zwei Wochen kosten dreihundertfünfzig. Bisher hat eine Immobilienfirma das Haus verwaltet, Paulson Realtors, aber deren Arbeit war nicht das, was ich tipptopp nenne. Im letzten Monat hatte ich einigen Ärger da drüben. Ein einzelner Mann hat für zwei Wochen ein Apartment gemietet und ist dann mit sechs Kumpels aus Venezuela eingezogen. Es war eine komplette Profifußballermannschaft, und sie hatten das Apartment so gut wie ruiniert, ehe Paulson überhaupt etwas merkte. Ich brauche jemanden, der im Haus ist, verstehst du, nicht jemanden, der in einem Büro in Riviera Beach sitzt. Wenn du ständig dort bist, kannst du die Wohneinheiten vermieten, dich um derartige Probleme kümmern und alles für mich regeln.«

»Redest du vom El Pelicano Hotel?«

»Es war mal ein Hotel, aber ich habe es vor ein paar Jahren in Kleinapartments umwandeln lassen. Erst dachte ich mir, ich könnte Eigentumswohnungen daraus machen und sie nach dem Timesharingsystem belegen, aber wenn ich sie vermiete, läuft es besser. Timesharingapartments machen mehr Mühe, als sie wert sind. Drei der Einheiten sind bereits mit Jahresverträgen an Leute vermietet, die hier auf der Insel arbeiten, und sie zahlen einen Sondertarif. Ich fahre dich gleich nach dem Frühstück hin, und du kannst sofort einziehen.«

»Vorher muß ich aber zu Island Sundries und mir ein Paar Turnschuhe kaufen.«

Frank nickte. »Das ist ein besserer Job für dich, als Koch in einem Schnellimbiß zu sein.«

Hoke zuckte die Achseln. »Mir ist es wirklich egal, was ich tue, Frank. Ich werde die Insel nicht wieder verlassen. Mit Vergnügen werde ich das Hotel für dich führen.«

»Es ist kein Hotel mehr, Hoke. Ich habe das Schild ändern lassen; es heißt jetzt ›El Pelicano Arms‹. Und ich habe den Jungen einen braunen Pelikan auf das Schild malen lassen. Sieht hübsch aus.«

Hoke verspeiste ein kräftiges Frühstück aus Spiegeleiern, Speck, Haferflocken und Keksen; der alte Mann hingegen aß nur eine einzige Scheibe braunen Toast und eine kleine Schale gedünstete Dörrpflaumen. Im Januar, dem einzigen kühlen Monat des Jahres, nahm Frank manchmal auch Haferflocken zu sich; ansonsten aber war dies das ganze Jahr über sein Standardfrühstück. Es war ein karges Mahl, aber Hoke wußte, daß der Alte um halb elf sein Büro im Haushaltswarengeschäft zu verlassen pflegte, um nebenan in Matildas Café zwei geleegefüllte Doughnuts zu essen und eine Tasse Schokolade zu trinken. Das tat Frank an jedem Arbeitstag, und er arbeitete sechs Tage in der Woche in seinem Haushaltswarengeschäft.

Auf der Fahrt zum El Pelicano Arms stoppte Frank am Kaufhaus »Island Sundries«, und Hoke kaufte sich ein Paar Turnschuhe, die er mit seiner VISA-Karte bezahlte. Frank fuhr einen neuen Chrysler New Yorker; der Wagen steuerte sich, erzählte er Hoke, ein bißchen steif. Ein paar Monate lang hatte er einen Bentley gefahren, nur weil Helen einen haben wolle, aber da war der Umsatz im Geschäft zurückgegangen, weil die Leute in der Stadt meinten, es gehe ihm zu gut. Also hatte er den Bentley verkauft, und jetzt liefen die Geschäfte wieder normal.

Das Schild war neu, aber überall am Haus hing die ockergelbe Farbe in langen Streifen herab wie an einer Schlange, die sich häutete. Es gab ein leeres Apartment im zweiten Stock mit Blick auf das Meer. Hoke legte seinen Koffer auf eins der Bahamabetten, öffnete das Fenster und schaute lange über den breiten öffentlichen Strand hinweg zur See, die zweihundert Schritte weit entfernt war. Ein einbeiniger Mann in einem engen Badehöschen hoppelte durch den Sand auf das Wasser zu. Drei Teenager im Bikini spielten lustlos eine Partie Volleyball, zwei auf der einen, eine auf der anderen Seite des schlaffen Netzes. Gegen Mittag würden sich am Strand die Badegäste drängen, und sämtliche Parkplätze am Ocean Drive würden besetzt sein.

»Das ist tadellos, Frank. Bis zum Giant Supermarket ist es nur ein Block, und ich brauche nicht einmal mein Auto.«

»Vielleicht siehst du das in ein paar Tagen anders, Hoke. Ich werde ein ›Verwalter‹-Schild aus dem Geschäft holen und es heute abend herbringen. Du kannst es dir an die Tür hängen. Unten ist eine Anschlagtafel mit den Mietsätzen und so weiter; da kannst du einen Zettel anbringen und draufschreiben, daß der Verwalter in 201 wohnt.«

»Wie du willst, Frank.«

»Hier sind deine ersten hundert im voraus.« Frank gab Hoke fünf Zwanziger. »Wenn du mehr brauchst, mußt du brüllen, und ich gebe dir einen zweiten Vorschuß.«

»Nein, das reicht. Danke.«

»Ich muß jetzt rüber ins Geschäft. Aber ich werde Paulson anrufen; er soll mit den Büchern herkommen und dir alles erklären.«

»Ich könnte auch zu ihm ins Büro gehen –«

»Du solltest dich lieber noch ein Weilchen ausruhen. Ich schicke ihn her. Da drüben steht ein Schwarzweißfernseher, aber es gibt kein Telefon. Es ist besser, wenn ich eins anbringen lasse, damit –«

»Ich will kein Telefon, Frank.«

»Du wirst eins brauchen, falls du jemanden anrufen willst oder falls sich jemand nach einer Wohnung erkundigen möchte.«

»Ich will kein Telefon. Ich will mein Leben vereinfachen, wie ich gesagt habe. Wenn jemand ein Apartment mieten möchte und wenn eins frei ist, kann er herkommen und es sich ansehen. Ich werde hier sein.«

»Vielleicht willst du die Mädchen anrufen. Oder Ellita.«

»Das glaube ich nicht, aber wenn, dann gibt's drüben im Einkaufszentrum ein Münztelefon. Wenn Ellita dich anruft, sag ihr, sie soll jemanden mit meinem Auto herschicken. Sie kann einen der Jungs aus der Nachbarschaft bitten, es heraufzufahren. Ich gebe ihm zwanzig Dollar, und er kann mit dem Bus nach Miami zurückfahren.«

»Ich rufe sie an. Sonst noch was?«

»Wohl nicht. Mr. Paulson wird mir erklären, was ich wissen muß. Und vielen Dank, Frank. Ich glaube, es wird alles wieder gut werden. Ich möchte nicht, daß ihr euch Sorgen um mich macht, du und Helen.«

»Es wird bestimmt wieder werden, Sohn.«

Der alte Mann ging, und Hoke schloß die Tür.

Frank Moseley war nicht so sicher, daß alles wieder gut werden würde. Hoke war anscheinend wieder der alte gewesen, aber er wirkte immer noch ein bißchen geistesabwesend. Vielleicht kam das von den Tabletten, die Dr. Fairbairn ihm verschrieben hatte. Jedenfalls hatte er seinen Sohn jetzt aus dem Haus, und darüber würde Helen froh sein. Heute nachmittag sollte ihr Bridgezirkel kommen, und gestern abend hatte sie sich noch Sorgen gemacht, Hoke könnte in seinen urinbefleckten Boxershorts ins Wohnzimmer getaumelt kommen.

4

Statt Stanley in den Zwanzigmannkäfig zu den diversen Säufern und Koksern zu werfen, sperrte der Wärter ihn in eine Zweierzelle zu einem des Raubüberfalls verdächtigen Mannes namens Robert Smith. Einer der Betrunkenen im Käfig machte einen feindseligen Eindruck, und der Wärter befürchtete, er werde dem alten Mann ans Leder gehen, wenn er herausfand, daß man ihm Kinderschänderei zur Last legte. Stanley mußte seinen Gürtel ablegen und die Schnürsenkel aus seinen Schuhen entfernen. Er hielt seine Hose mit beiden Händen fest und schlurfte den Gang entlang, ohne die Füße zu heben, weil er sonst seine Schuhe verloren hätte.

Robert Smith, geboren als Troy Louden, lag auf dem Rücken in der unteren Koje, die Hände hinter dem Kopf verschränkt. Troy trug abgewetzte Cowboystiefel, ein Bluejeans-Cowboyhemd mit perlmuttenen Druckknöpfen und eine graue Rancherhose aus Veloursamt mit leeren Gürtelschlaufen. Sein gepunzter Ledergürtel mit der Silberschnalle lag mit seinen übrigen Habseligkeiten in der Asservatenkammer. Sein blondes Haar war kurzgeschnitten, aber er hatte sich dichte Koteletten stehenlassen, die bis zur Höhe der Ohrläppchen herunterreichten. Seine tiefblauen Augen blickten ein wenig verschleiert. Hin und wieder kam es vor, daß eine Frau zu ihm sagte: »Du hast genauso blaue Augen wie Paul Newman.« Wenn eine Frau dies sagte, pflegte Troy zu lächeln und zu erwidern: »Yeah, aber er tut sich Tropfen rein.« In anderer Hinsicht hatte er keinerlei Ähnlichkeit mit Paul Newman. Troy war hochgewachsen und schlank, an die einsneunzig groß, mit langen, sehnigen Armen und einem ausgeprägten Bizeps. Seine Nase war einmal gebrochen und schlecht gerichtet, und die Falten, die von den Nasenflügeln bis zu den leicht gekräuselten Mundwinkeln reichten, sahen aus, als seien sie mit Kohlenstaub gefüllt. Die breiten Lippen waren etwa so dick wie zwei Zehncentstücke. Mit seinen gelegentlichen Grimassen – er hatte einen leichten nervösen Tic – erinnerte er Stanley an eine Eidechse. Stanley sagte nichts davon, wie auch sonst niemand darüber redete, aber er war nicht der erste, dem der echsenhafte Ausdruck auffiel, der in Troys Gesicht trat, wenn er die Lippen für den Bruchteil einer Sekunde heftig zurückzog und dann wieder entspannte.

Die Zelle maß anderthalb mal zweieinhalb Meter und war mit einem Etagendoppelbett ausgestattet; an der Rückwand stand eine Edelstahltoilette ohne Deckel. In der hinteren Ecke hing ein stählernes Waschbecken, aber es hatte nur einen Wasserhahn, und aus dem rieselte kaltes Wasser. Handtücher oder Seife gab es nicht. Die Gitter waren weiß gestrichen, und die Farbe war hier und dort abgeblättert, und man konnte sehen, daß sie schon viele Male neu gestrichen worden waren. Die Zelle war fensterlos, trübe beleuchtet nur von einer einzigen, mit einem schweren Drahtgitter gesicherten Glühbirne. Wenn

Troy sich auf der unteren Pritsche ausstreckte, gab es für Stanley keinen Platz mehr zum Sitzen, es sei denn, er kletterte in die obere Koje hinauf oder er setzte sich auf den Rand der Toilette.

»Ich muß zur Toilette«, sagte Stanley, nachdem er sich geräuspert hatte.

»Nur zu. Steht direkt vor dir.«

»Ich kann nicht, wenn Sie mir zuschauen.«

Troy schloß die Augen; dann steckte er sich die Finger in die Ohren. »Okay. Ich seh' nicht hin, und ich hör' auch nichts.«

Stanley ließ sein Wasser, und dann wusch er sich am Waschbecken Hände und Gesicht. Er hatte eine tiefe Platzwunde in der Oberlippe; er hätte gern einen Spiegel gehabt, um zu sehen, wie weit der Riß ging. Sein Hemd war vorn voller Blut, aber die Lippe blutete nicht mehr.

»Laß mich mal deine Lippe ansehen.« Troy richtete sich nicht auf; Stanley mußte sich über die Pritsche beugen, damit Troy die Verletzung anschauen konnte.

»Ich an deiner Stelle«, meinte Troy, »würde mir das mit 'n paar Stichen nähen lassen. Sonst kriegst du 'ne hübsche kleine Narbe. Finde sowieso, eigentlich bist du zu alt, um dich herumzuprügeln. Ein Mann in deinem Alter wird mehr Kämpfe verlieren, als er gewinnt, Pop.«

»Ich habe mich nicht geprügelt. Mein Nachbar hat mich geschlagen, und er hatte keinen Grund, das zu tun. Ich wollte es ihm erklären, aber er hat mich geschlagen, und dann hat er mir den Arm auf den Rücken gedreht, und meine Frau hat die Polizei gerufen.«

»Hast du deine Frau geschlagen?«

Stanley schüttelte den Kopf. »Ich bin seit einundvierzig Jahren verheiratet, und ich habe sie noch nie geschlagen. Noch nicht ein einziges Mal.« Er sagte es so, als habe er reichlich Gründe dafür gehabt, es zu tun.

»Und wieso hat dir dein Nachbar dann eins auf die Klappe gegeben?«

»Meine Frau hat ihm erzählt, ich hätte seine kleine Tochter belästigt. Dabei hab' ich ihr nicht das geringste getan, überhaupt nichts, aber er wollte mir nicht zuhören.«

»Wie alt war die Kleine, der du deinen Schniepel gezeigt hast?«

»Ich habe ihr nichts gezeigt. Sie hat es *mir* gezeigt, und sie ist neun. Wird bald zehn.«

»Da hast du Glück gehabt, Alter. Wenn sie acht oder jünger gewesen wäre, dann würden dir jetzt fünfundzwanzig Jahre blühen. Aber wenn sie neun sind, sind sie alt genug, um in der katholischen Kirche unterrichtet zu werden. Folglich ist die magische Zahl in den meisten

Staaten die Acht. Wenn sie neun sind oder zehn, kann man manchmal mit dem Staatsanwalt einen Deal machen. Es sei denn, du hättest ihr was getan. Hast du ihr was getan?«

»Ich habe das Mädchen nicht angerührt. Ich habe draußen auf meiner Veranda hinter dem Haus ein Nickerchen gehalten, und sie ist durch die Fliegentür hereingekommen und hat mir die Zunge in den Mund gesteckt. Davon bin ich wachgeworden.«

Troy nickte und machte seine Blitzgrimasse. »Du mußt ihr unwiderstehlich vorgekommen sein, wie du mit offenem Maul dalagst. Ich hatte mal 'ne Freundin in San Berdoo, die weckte mich immer, indem sie mir die Zunge ins Arschlock steckte. Aber die war fünfunddreißig, und da lief sonst nicht mehr viel für sie. Was hat sie dann getan, Pop – hat sie dir die Hose runtergezogen?«

»Nein, sie hat *ihre* Hose heruntergezogen, ihre Shorts, rote Shorts. Ich war noch halb im Schlaf, oder halb wach, und zuerst begriff ich überhaupt nicht, was sie da trieb. Sie hatte einen Beutel mit Pennys, wissen Sie, und sie wollte einen Penny für den Zungenkuß, und dann verlangte sie noch mal fünf, nachdem sie ihre Shorts ausgezogen hatte.«

»Weiß Gott, das ist billig genug.«

»Sie hat gesagt, irgendein alter Mann im Park – im Julia Tuttle Park – gibt ihr immer Pennys dafür, und ich schätze, sie dachte, weil ich alt bin, gebe ich ihr auch welche.«

»Aber du hast nichts angefangen?«

»Nein, ich sage doch, ich habe geschlafen. Und dann kam Maya – das ist meine Frau – nach Hause, als ich versuchte, Pammi einzufangen und ihr die Shorts wieder anzuziehen. Sie rannte die Straße hinunter und erzählte es Mrs. Sneider. Die rief ihren Mann in der Tankstelle an, und er kam und schlug mir auf den Mund. Niemand wollte mir zuhören. Ich weiß nicht, was Pammi ihrer Mutter erzählt hat.«

»Pammi? Die Abkürzung von Pamela?«

»Nein, sie heißt einfach Pammi, mit *i* am Ende, ohne *e*.«

»Hast du deinen Anruf getätigt? Du hast ein Anrecht auf ein Telefongespräch, weißt du.«

»Der Deputy hat gesagt, ich könnte telefonieren. Aber ich wußte niemanden, den ich hätte anrufen können, außer Maya, und meine Frau weiß schon, daß ich hier drin bin.« Stanley fing an zu weinen.

Troy stand auf und befahl Stanley, sich auf die Pritsche zu setzen. Er zog Stanley den Hemdzipfel aus der Hose und wischte dem alten Mann damit das Gesicht ab. »Heulen wird dir auch nicht helfen, Alterchen. Was du brauchst, ist 'n guter Knastanwalt. Du hörst mir jetzt zu, und ich werd' dir helfen. Dann kannst du für mich auch etwas tun. Okay?«

»Das ist alles ein großes Mißverständnis«, sagte Stanley. »Nicht in einer Million Jahren würde ich dem kleinen Mädchen was tun. Ich hab' ja schon seit mehr als drei Jahren nicht mal mehr 'nen Ständer gehabt. Ich bin einundsiebzig Jahre alt und im Ruhestand.«

»Ich glaube dir, Pop. Jetzt hör' mir mal zu. Ich sag' dir, was passieren wird. Dieser Vater, der Mr. Sneider –«

»Er war Master Sergeant bei der Army, aber jetzt hat er eine Union-Tankstelle gepachtet.«

»Okay. Sergeant Sneider. Der wird jetzt Anzeige erstatten, und dann schicken sie dich zur psychiatrischen Begutachtung weg von hier. Das heißt, du kommst für drei oder vier Tage in eine geschlossene Abteilung in einer Klinik. Der Doktor wird sich deine Geschichte anhören, genau wie ich es getan habe. Psychiater reden nicht viel; sie hören meistens zu, und ich hab' das Gefühl, er wird dem Staatsanwalt sagen, er soll dich laufenlassen. Unterdessen wird dieser Sergeant sich die Sache noch mal durch den Kopf gehen lassen, und ihm wird klar werden, wenn dieser Fall vor Gericht geht, dann muß seine Kleine in den Zeugenstand. Er wird mit seiner Frau darüber sprechen, und dann werden sie zu dem Schluß kommen, daß sie dem Kind das Trauma eines Auftritts vor Gericht nicht zumuten möchten. Ob du also schuldig bist oder nicht, dieser Fall wird gar nicht vor Gericht gebracht werden. Aber es ist sehr wichtig, wie du dich benimmst, wenn du mit dem Psychiater sprichst. Er wird dir ein paar sehr persönliche Fragen stellen. Wie oft masturbierst du?«

Stanley schüttelte den Kopf. »So was tu ich nicht.«

»Das ist die falsche Antwort, Pop. Sag ihm, ein- oder zweimal die Woche. Wenn du ihm erzählst, du tust es überhaupt nicht, schreibt er in seinen Bericht, du weichst ihm aus, und im Psychojargon heißt das: ›Du lügst.‹ Wie oft hast du Verkehr mit deiner Frau?«

»Überhaupt nicht. Nicht mehr, seit wir nach Florida heruntergekommen sind, und das ist jetzt sechs Jahre her. Erst wollte ich immer noch, aber Maya sagte, sie wollte jetzt auch ihren Ruhestand, genau wie ich; also ließen wir es einfach bleiben. Ich selber war auch nicht mehı allzu scharf drauf, um die Wahrheit zu sagen.«

»Um Himmels willen, Pop, das darfst du dem Analytiker nicht erzählen. Sag ihm, ihr tut es mindestens einmal pro Woche. Sonst wird er denken, du bist abnormal und brauchst kleine Mädchen, um dich abzureagieren.«

»Ich brauche keine kleinen Mädchen! Ich habe Pammi nie angefaßt. Das habe ich Ihnen schon gesagt.«

»*Ich* weiß das, aber man muß einem Psychiater erzählen, was er hören will. Du mußt ihn davon überzeugen, daß du ein normales, regelmäßiges Sexleben führst.«

»Maya wird ihm was anderes sagen.«

»Mit ihr wird er nicht sprechen. Nicht sie wird beschuldigt, sondern du. Anscheinend glaubt sie, was sie zu sehen meinte, und deshalb wird sie auf Sneiders Seite sein. Verstehst du, wovon ich rede?«

»Ich glaube schon. Aber ich denke mir, daß Pammi das alles in einer Minute aufklären könnte, wenn sie die Wahrheit sagt.«

»Natürlich könnte sie das. Aber sie wird ihren eigenen kleinen Arsch zu retten versuchen. Kleine Mädchen lügen, große Mädchen lügen, und alte Weiber wie deine Frau lügen auch. Wenn man sich's recht überlegt: Alle Weiber lügen, selbst wenn sie mit der Wahrheit weiter kämen. Aber du hast ein ehrliches Gesicht, Alter, und der Psychiater wird dir glauben, wenn du lügst.«

»Ich heiße Stanley. Stanley Sienkiewicz. Ich habe nichts dagegen, wenn man mich Pop nennt, denn so haben sie mich bei Ford am Fließband auch genannt, aber ›Alter‹ gefällt mir nicht.«

»Okay, Pop, geht in Ordnung. Mein richtiger Name ist Troy Louden, aber hier drin bin ich als Robert Smith registriert. Ich sag' dir jetzt weiter, was du tun mußt, und du wirst im Handumdrehen draußen sein. Bleib bei der Geschichte, die du mir erzählt hast, aber mach' es simpel. Wenn einer der Polizisten Pammi ins Verhör nimmt, klappt sie vielleicht zusammen und sagt die Wahrheit. Aber ob sie es nun tut oder nicht, auf jeden Fall steht dein Wort gegen ihres. Ich weiß, deine Frau sagt, sie hat was gesehen, aber sie hat nur gesehen, wie du versucht hast, der Kleinen die Hose wieder anzuziehen. Klar? Das kannst du zugeben, und damit wird der Fall wahrscheinlich erledigt sein. Aber ich garantiere dir, daß du nicht in den Knast mußt, wenn dies dein erster Verstoß ist. Es ist doch das erstemal, oder? Du bist doch nicht schon mal mit kleinen Mädchen erwischt worden?«

»Ich habe noch nie etwas mit kleinen Mädchen getan, außer als ich selber ein kleiner Junge war, und da bin ich auch nie erwischt worden. Ich habe mein Leben lang bei Ford am Band gearbeitet, und nachts war mir meistens schlecht, weil es tagsüber immer nach Farbe und Terpentin stank.«

»Dann bist du nicht vorbestraft?«

»Nein. Ich bin noch nie im Gefängnis gewesen.«

»Dann bist du aus dem Schneider, Pop. Ist dir jetzt wohler?«

»Ich denke schon.« Stanley nickte. »Aber meine Lippe tut noch weh.«

»Das kann ich nicht ändern. Aber wenn du rauskommst, solltest du zum Arzt gehen und die Lippe nähen lassen. Oder du kannst, wenn sie dich morgen in die psychiatrische Abteilung schicken, die Schwester fragen, ob sie's dir nicht nähen können. Wenn ich Nadel und Faden hätte, könnte ich's für dich tun.«

»Sie wissen, wie man so was macht?«

»Klar. Ich bin daran gewöhnt, mich zu verarzten, wenn ich mich verletze. Ich bin Berufsverbrecher; ich hab' die Verbrecherlaufbahn eingeschlagen, und wenn ich bei der Arbeit verletzt werde oder wenn jemandem, der bei mir ist, etwas passiert, dann kann ich ja nicht zum Arzt gehen. Zumindest nicht zu einem normalen Arzt. Ich habe schon Knochenbrüche geschient, und einmal habe ich sogar einem Mann eine Kugel aus dem Rücken operiert. Wenn ich es nicht getan hätte, wäre er heute gelähmt.«

»Wie kommt's, daß Sie im Gefängnis sind, Troy?«

»Nenn' mich Robert, Pop, solange wir hier drin sind. Robert. Wenn wir draußen sind, kannst du Troy sagen. Vergiß nicht, was ich dir gesagt habe: Hier drin bin ich als Robert Smith registriert.«

»Klar, Robert. Entschuldigung. Ich bin wohl noch aufgeregt.«

»Ist nicht nötig. Dir wird schon nichts passieren, Pop. Aber um deine Frage zu beantworten: Ich bin Berufsverbrecher, und die Psychiater nennen so was einen kriminellen Psychopathen. Das soll bedeuten, daß ich den Unterschied zwischen Recht und Unrecht und so weiter zwar kenne, aber daß er mir scheißegal ist. Das ist die offizielle Version. Die meisten Leute im Gefängnis sind Psychopathen wie ich, und es gibt Gelegenheiten – wenn es uns scheißegal ist –, da handeln wir impulsiv. Normalerweise bin ich aber nicht impulsiv; ich plane einen Job immer sehr gründlich, bevor ich ihn dann ausführe. Aber den Lastwagenfahrer heute morgen hab' ich falsch eingeschätzt. Ich hielt ihn für ein bißchen einfältig, nur weil er redete, als wäre er's. Aber es zeigte sich, daß er hinterhältig war. Besonders gebildet war er nicht, aber anscheinend verfügte er über mehr angeborene amerikanische Intelligenz, als ich ihm zugetraut hatte – da kommt jemand.«

Troy trat ans Gitter und beobachtete, wie der schwarze Kapo mit einem emaillierten Blechteller und einer Tasse Kaffee den Gang herunterkam.

»Wer hat hier das Abendessen verpaßt?« fragte der Kapo, als er vor der Zelle angekommen war.

»Gib's nur rein. Ich geb's dem Alten.«

»Ich habe keinen Hunger«, sagte Stanley.

»Macht nichts«, meinte Troy. »Jemand wird's schon essen.«

Der Kapo schob den Teller und den Becher durch den Spalt in der

Zellentür, und Troy setzte sich neben Stanley auf die untere Pritsche. Der Teller enthielt Rindfleischeintopf und Senfsprossen, Limonengelee und eine viereckige Scheibe Maisbrot. Ein Eßlöffel stand in dem Becher mit schwarzem, stark gezuckertem Kaffee.

»Willst du wirklich nichts davon, Pop? Es ist lange hin bis zum Frühstück. Hier, iß wenigstens das Brot.«

Stanley aß die Scheibe Brot, und Troy verspeiste den Eintopf und das Gelee; die Senfsprossen ließ er übrig. Dann nahm er einen Schluck Kaffee und verzog das Gesicht. »Ich hab' nichts dagegen, wenn sie das ganze Essen auf einem einzigen Teller servieren; es landet sowieso alles im selben Magen. Aber diese Sprossen krieg' ich ohne Essig nicht runter. Du etwa?«

»Ich habe keinen Hunger. Aber das Maisbrot ist gut.«

»Hunger hab' ich auch nicht, aber ich versäume nie eine Gelegenheit zum Essen, wenn ich im Knast bin. Warst du schon mal in Mexiko im Knast, Pop?«

»Ich war überhaupt noch nicht im Knast, das habe ich doch schon gesagt. Ich war auch noch nicht in Mexiko.«

»Ich hab' mal in Juarez gesessen, gleich hinter der Grenze bei El Paso. Da geben sie einem nur zweimal am Tag was, um zehn und um vier, und die Typen, die am längsten sitzen, nehmen einem die Hälfte der Bohnen weg. Man kriegt nichts als Tortillas und Bohnen, zweimal täglich, und die Jungs, die am längsten drin sind, brauchen die zusätzlichen Kalorien. Sie nehmen an, daß einer, der gerade erst reingekommen ist, schon gut gegessen hat, und sie selber müssen sehen, daß sie bei Kräften bleiben. Sie sind in der Überzahl; also muß man ihnen die Hälfte von seinen Bohnen abgeben.«

»Warum hat man Sie denn in ein mexikanisches Gefängnis gesperrt?«

»Das ist 'ne andere Geschichte, Pop. Laß mich erst mal zu Ende erzählen, was heute morgen gelaufen ist, denn du sollst mir aus der Patsche helfen. Ich bin unterwegs nach Miami, per Anhalter, und am Rande von Daytona war ich hängengeblieben. Die Anhalterei ist auch nicht mehr, was sie mal war, es sei denn, man ist Soldat oder Matrose in Uniform, denn heutzutage sind 'ne Menge Kriminelle auf den Straßen unterwegs, und die Leute nehmen Fremde nicht mehr so gern mit wie früher. Fast drei Stunden hab' ich am U.S. 1 gewartet, bis mich einer mitnahm. Aber schließlich hat einer angehalten; Henry Collins hieß er. Kennst du ihn zufällig?«

»Nein. Aber ich kenne nicht viele Leute.«

»Er wohnt gleich hier in West Palm Beach.«

»Ich wohne nicht in West Palm. Ich wohne in Ocean Pines Terraces, drüben in Riviera Beach. In der Pensionärssiedlung auf der anderen Seite des Kanals.«

»Na, Collins wohnt jedenfalls hier, und er sagte mir, er fährt nach West Palm, als ich zu ihm in den Wagen stieg. Er fährt einen 84er *Prelude.*«

»Das ist ein japanischer Wagen. Wissen Sie, es ist unamerikanisch, so einen zu fahren. Die Pedale in einem Honda sind zu klein, und in einem Ford hat man auch mehr Beinfreiheit. Ein Ford kann genauso viel wie ein Honda.«

»Ich beschwere mich nicht über den Wagen, Pop. Nach drei Stunden in der Sonne wäre ich auch hinten auf 'nem Pickup mitgefahren, und wenn er Schafe geladen hätte. Jedenfalls, Collins ist Lastwagenfahrer, und er arbeitet draußen bei Jacksonville. Aber er hatte zwei Tage frei, und er fuhr nach Hause, um sie bei seiner Frau zu verbringen. Ich dachte, daß ich jetzt vielleicht noch mal drei Stunden an der Straße würde stehen müssen, und je mehr ich darüber nachdachte, desto scheußlicher fand ich den Gedanken. Also beschloß ich, Collins' Wagen zu nehmen und selbst nach Miami zu fahren.«

Stanley riß die Augen auf. »Sie meinen, Sie haben dem Mann das Auto gestohlen, nachdem er so freundlich gewesen war, Sie mitzunehmen?«

»Nein, es hat nicht geklappt. Ich zog meinen Revolver aus dem Gürtel und schob ihn ihm in die Rippen, aber bevor ich ihm erklären konnte, daß ich seinen Wagen nur ausborgen wollte, daß ich ihn nicht stehlen wollte und daß ich ihm nichts tun würde, reißt Collins das Steuer herum, und wir knallen gegen ein Betonbrückengeländer. Ungefähr eine Meile weit nördlich von der Stadtmitte von Riviera Beach. Das Stadteingangsschild hatte ich schon gesehen. Der verdammte Idiot hätte uns beide umbringen können.«

»Das stimmt. Vor allem mit 'ner japanischen Blechbüchse.«

Troy lachte. »Er hatte Angst, nehme ich an. Er schlug mit dem Kopf vor die Windschutzscheibe und war für 'n Moment bewußtlos, aber ich hatte mich abgestützt und auch den Sicherheitsgurt angelegt. Ich lege immer den Sicherheitsgurt an. Sicherheitsgurte können Leben retten.«

»Ich benutze meinen nicht. Ich denke mir, wenn ich mich gegen das Lenkrad stemme, bin ich sicher genug.«

»Bei Henry Collins hat das nicht geklappt, Pop. Der Sumpf war direkt vor uns, und unter der Brücke war Wasser; es sah ziemlich tief aus, und so warf ich meine Kanone, so weit ich konnte, ins Wasser hinaus.

Collins war nur für 'n paar Sekunden weg, aber dann kam er wieder zu sich und funkelte mich wütend an.«

»Sie hätten wegrennen sollen«, meinte Stanley. »Ich an Ihrer Stelle, ich wäre sofort weggerannt.«

»Ich renne niemals weg, Pop. Was konnte Collins mir beweisen? Sein Wort stand gegen meines, und wir hatten auch gar nicht lange zu warten; die Leute hielten sofort an, um nachzusehen, ob wir verletzt waren. Innerhalb von drei Minuten war ein Autobahnpolizist da, um den Unfall aufzunehmen. Wir waren kurz hinter der Stadtgrenze, und deshalb rief er einen Cop aus Riviera dazu. Inzwischen erzählte Collins ihm, daß ich ihn mit einer Knarre bedroht hätte.«

»Und was haben Sie gesagt?«

»Ich hab' dem Autobahnbullen und auch dem Cop aus Riviera gesagt, daß Collins entweder betrunken oder verrückt sein müßte. Sie ließen ihn über den geraden Strich gehen und ins Röhrchen pusten, und er war nicht betrunken. Für verrückt hielten sie ihn auch nicht, und als er sagte, er wollte Anzeige erstatten, sperrten sie mich ein. Verdammt, er hat hier ein Haus, und ich hab' keine feste Anschrift. Im Moment jedenfalls nicht, abgesehen von dieser Zelle.«

»Haben sie die Waffe gefunden?«

»Noch nicht; sie werden sich auch keine große Mühe geben in all dem stinkigen Modder da unten. Aber selbst wenn sie eine finden, können sie nicht beweisen, daß es meine ist. Hier in Florida müssen schon Hunderte von Kanonen übers Geländer geflogen sein.«

Stanley nahm Troy stirnrunzelnd Teller und Becher aus der Hand und stellte sie auf den Boden vor die Tür. »Sie stecken ganz schön in der Tinte, mein Junge. Das ist ja schrecklich, einen Mann so mit der Waffe zu bedrohen. Wie sind Sie nur darauf gekommen?«

»Das hab' ich dir doch erklärt. Ich bin ein krimineller Psychopath; deshalb bin ich nicht verantwortlich für das, was ich tue.«

»Heißt das, Sie sind verrückt? Sie sehen aber nicht verrückt aus, Troy – ich meine, John.«

»Robert.«

»Robert. Natürlich, wenn Sie den Mann bedrohen –«

»Laß mich zu Ende erzählen, Pop. Ich hab' keine Zeit, alle Verästelungen meiner Persönlichkeit im einzelnen zu erörtern; dazu ist sie zu komplex. Ich bin immer wieder getestet worden, und es kommt immer auf dasselbe heraus. Psychopath. Und weil ich kriminell bin, bin ich ein krimineller Psychopath. Kannst du mir folgen?«

»Ja, ich denke schon. Aber wenn Sie nicht verrückt sind, was sind Sie dann?«

»Ich hab's dir doch schon gesagt. Ich kenne den Unterschied zwischen Recht und Unrecht, aber es ist mir egal. Wenn ich was Rechtes sehe und ich es tun will, dann tue ich's, und wenn ich was Unrechtes sehe und es tun will, dann tue ich's ebenfalls.«

»Sie meinen, Sie können dann nicht anders?«

»Klar kann ich anders. Ich will's mal so ausdrücken: Ich kann auch anders, aber es ist mir scheißegal.«

»Und weil es Ihnen scheißegal ist, sind Sie ein krimineller Psychopath, richtig?«

»So ist es.«

»Aber warum –« Stanley machte eine ausladende Gebärde mit dem Arm »– warum ist es Ihnen scheißegal?«

»Weil ich ein krimineller Psychopath bin. Wenn sie dich mal ein bißchen testen, stellt sich vielleicht raus, daß du auch einer bist.«

»Nein, ich bin ein verantwortungsbewußter Mensch, Robert. Ich habe mein Leben lang hart gearbeitet, habe gut für meine Frau und meinen Sohn gesorgt, und ich habe den Jungen sogar aufs Junior College gehen lassen. Ich habe ein Haus oben in Detroit, und mein Haus hier in Florida gehört mir auch. Ich habe nie im Leben etwas Unrechtes getan, außer – na ja, von Kleinigkeiten will ich jetzt mal nicht reden.«

»Auch wenn sie dich testen, Pop, wirst du nicht erfahren, was dabei rauskommt. Das sagen sie einem nie. Ich mußte einem Mann in Folsom zwei Stangen Chesterfield geben, um eine Kopie von meiner medizinischen Akte zu kriegen. Daher weiß ich es. Sonst wüßte ich gar nicht, daß ich ein krimineller Psychopath bin, und ich würde denken, ich benehme mich merkwürdig, statt mich normal zu verhalten. Ich lese viel, mußt du wissen, selbst wenn ich im Gefängnis bin.«

Stanley zeigte auf den Teller und den Becher auf dem Fußboden. »Muß ich den Teller und die Tasse abwaschen?«

»Scheiße, nein, das kannst du dem Kapo überlassen. Solange man nicht vor Gericht gestellt und für schuldig befunden worden ist, braucht man im Knast überhaupt nichts zu tun. Sie versuchen zwar, einen zum Arbeiten zu bringen, aber du kannst ihnen sagen, sie sollen dich am Arsch lecken, weil du unschuldig bist, bis deine Schuld bewiesen ist. Du und ich, wir sind beide unschuldig; deshalb brauchen wir hier keinen Finger zu rühren. Setz dich mal her zu mir, Pop; ich will mit dir reden.«

»Ich will nichts mehr von diesen Tests hören.«

Stanley setzte sich neben Troy, und Troy legte dem alten Mann den Arm um die Schultern. »Vergiß die Tests. Ich möchte, daß du mir einen kleinen Gefallen tust, Pop. Wenn du mir nicht helfen willst, sag's, und ich werde nicht fragen.«

»Doch, ich schätze, ich habe nichts dagegen, Ihnen zu helfen, Robert. Aber hier drin – ich weiß nicht –«

»Du wirst nicht mehr sehr lange hier drin sein. Wenn du einen Anwalt anrufst, kann er dich über ein persönliches Anerkenntnis sofort rausholen.«

»Über ein was?«

»Über ein – es reicht, daß du weißt, wer du bist, und daß du hier ein Haus besitzt. Hör mir nur einen Moment zu. Ich werde im Augenblick nirgendwo gesucht, aber der Sheriff wird als allererstes meine Fingerabdrücke nach Charleston, South Carolina, raufschikken, um festzustellen, ob es eine Vorstrafenakte über mich gibt oder ob ich irgendwo in den Südstaaten gesucht werde. Florida gehört immer noch zum Süden, weißt du, trotz all der Schneehasen, die vom Norden heruntergezogen sind. Und im Süden schicken sie immer zuerst die Fingerabdrücke nach Charleston, weil es die südliche Version des FBI-Archivs ist. Sie werden meine Fingerabdrücke in Charleston nicht finden, weil ich meine Haftstrafen in Kalifornien abgesessen hab'.«

»Mir haben sie noch keine Fingerabdrücke abgenommen. Ob sie meine auch nach Charleston schicken?«

»Glaub' ich nicht. Wie gesagt, wahrscheinlich wirst du nicht mal verknackt. Laß mich zu Ende reden, dann beantworte ich dir deine Fragen.«

»Entschuldigung, Robert. Das ist nur alles so verdammt interessant. Wieso schicken sie Ihre Fingerabdrücke nicht einfach nach Washington?«

»Werden sie schon tun. Aber erst später. Zuerst interessiert sie, ob einer in den Südstaaten gesucht wird oder nicht. Im Grunde ist den Südstaaten der Rest der Vereinigten Staaten scheißegal. Wenn meine Abdrücke in Charleston nicht registriert sind, *dann* schicken sie sie nach Washington. Und deshalb mache ich mir Sorgen, verstehst du? Es wird ungefähr drei Tage dauern, bis sie eine Negativmeldung aus Charleston kriegen; dann schicken sie meine Abdrücke nach Washington, was mir noch mal drei Tage einbringt. Ich habe alles in allem also nur sechs Tage, bis sie wissen, wer ich bin. Washington hat ungefähr so 'ne lange Liste über mich –« Troy spreizte die Arme »– angefangen mit meiner unehrenhaften Entlassung aus der Army und allem anderen. Im Moment bin ich in Sicherheit. Solange nur wir beide beteiligt sind, ich und Henry Collins, wird der Staatsanwalt, wenn er sich den Fall ansieht, nicht allzu heiß darauf sein, ein Verfahren einzuleiten. Aber wenn er meine Akte sieht, wird er Anklage erheben, und der Richter wird stur darauf aus sein, mich zu verurteilen, obwohl ich unschuldig bin, nur wegen meiner Akte.«

»Aber Sie sind doch nicht unschuldig, Robert. Sie haben doch gesagt –«

»Ich bin unschuldig, solange sie mir nicht das Gegenteil beweisen. Sie können mir nichts beweisen, aber meine Vorstrafen setzen mich in ein schlechtes Licht. Damit sitze ich in der Klemme.«

»Ich weiß nicht, wie ich Ihnen da helfen soll.«

Troy trat ans Gitter und spähte den Gang entlang; dann setzte er sich wieder. Er zog seinen linken Stiefel aus, entfernte einen Nagel aus dem Absatz und drehte die Absatzsohle zur Seite. Aus dem Hohlraum im Absatz nahm er drei fest zusammengefaltete Zeitungsausschnitte. Troy faltete die Ausschnitte auseinander, blätterte sie durch und gab einen davon Stanley. Die beiden anderen stopfte er wieder in den Absatz; er schwenkte die Sohle zurück und schob den Nagel wieder hinein.

»Na los, lies schon, Pop.«

Der Artikel bestand aus drei kurzen Absätzen. Stanley hatte seine Lesebrille nicht dabei, und so mußte er das Blatt auf Armeslänge von sich weghalten, um es zu lesen. Er las den Artikel dreimal, ehe er ihn Troy zurückgab. »Ich verstehe nicht, Robert –«

Troy lächelte und tätschelte dem Alten das Knie. »Was hast du davon behalten, Pop? Sag's mir.«

»Vielleicht ist mir was entgangen – ich weiß nicht. Da stand nur, daß ein Mann in Biloxi, Mississippi, einen Schnapsladen überfallen und dann den Besitzer bewußtlos geschlagen hat, weil er fand, daß zu wenig Geld in der Kasse war.«

»Was steht am Anfang? Beim Datum?«

»Biloxi, Mississippi.«

»Richtig. Das zeigt, daß der Artikel nicht dort gedruckt wurde. Wenn hier in West Palm Beach etwas passiert, schreiben sie den Namen der Stadt nicht an den Anfang; aber wenn oben in Jacksonville etwas passiert und sie hier darüber berichten, dann steht beim Datum ›Jacksonville‹, verstehst du? Aber egal – du brauchst nichts weiter zu behalten als die Story.«

»Das waren Sie doch nicht, oder, mein Junge?«

»Natürlich nicht.«

»Aber warum wollen Sie dann . . . ich meine, was –?«

»Du brauchst mir nicht andauernd Fragen zu stellen, Pop. Ich sag' dir, was du für mich tun sollst. Als erstes sollst du den Ausschnitt einstecken, in deine Hemdtasche.«

Stanley faltete den Zeitungsausschnitt zusammen und steckte ihn ein. Troy rieb sich einen Moment lang die Nase; dann sah er den alten Mann eindringlich an. »Es ist wirklich einfach, Pop. Wenn sie dich laufenlassen, heute abend oder morgen früh, dann schaust du im Telefonbuch nach und stellst fest, wo Henry Collins wohnt. Als Lastwagenfahrer wird er ein Telefon haben, und wenn nicht, besorgst du dir seine Adresse beim Einwohnermeldeamt.«

Stanley nickte. »Das kann ich – kein Problem.«

»Schön. Dann gehst du zu ihm nach Hause und besuchst ihn für mich. Gib ihm den Zeitungsausschnitt. Er soll ihn lesen.«

»Ist das alles?«

»Nicht ganz. Wenn er den Ausschnitt gelesen hat, sag ihm, er soll seine Anzeige zurückziehen, oder ich bringe ihn um. Aber sag ihm, ich bringe ihn erst um, nachdem ich vorher seine Frau und sein Kind umgebracht habe.«

»Das kann ich nicht machen!«

»Aber natürlich kannst du das, Pop. Ich würde keiner Fliege was zuleide tun, ebenso wenig wie du. Aber das weiß Collins nicht. Sag ihm nur, was ich dir gesagt habe. Dann kann er auf dem Polizeirevier erzählen, er wäre von dem Unfall benommen gewesen und hätte nur geglaubt, ich hätte einen Revolver gehabt, und jetzt, wo sein Gedächtnis wieder klar ist, will er seinen Fehler korrigieren und die Anzeige zurückziehen.«

»Aber Sie hatten doch wirklich eine Waffe –«

»Das stimmt. Einen .38er Smith and Wesson.«

»Und Mr. Collins weiß, daß Sie eine Waffe hatten.«

»So ist es.«

»Ich glaube nicht, daß er's macht.«

»Aber ich.«

»Na ja . . .« Stanley überlegte ein Weilchen. »Ich glaube, so was kann ich nicht tun. Sie waren wirklich mächtig nett zu mir, sie haben mir alles erklärt und mich aufgemuntert, aber da verlangen Sie eine Menge – selbst wenn ich wirklich rauskomme.«

»Du kommst raus. Keine Sorge.«

»Meinen Sie wirklich?«

»Ich weiß es. Und um was ich dich da bitte, ist ein kleiner Gefallen, der dich nicht viel Zeit kosten wird. Du bist doch Rentner; was fängst du sonst an mit deiner Zeit?«

»Es geht nicht um die Zeit, Sohn. Ich habe Angst. Wenn ich mit so einer Botschaft zur Mr. Collins gehe, denkt er vielleicht, ich habe etwas damit zu tun, und er geht zur Polizei. Und dann bin ich gleich wieder hier bei Ihnen.«

»Ich verstehe, was du meinst. Aber das läßt sich vermeiden. Schreib die Nachricht auf. Schreib sie in Druckbuchstaben auf ein weißes Blatt, kurz und knapp. Dann steckst du die Nachricht und den Ausschnitt in einen Umschlag und schreibst Mr. Collins Adresse in Druckbuchstaben drauf.«

»Ich weiß seine Adresse nicht.«

»Die kannst du aus dem Telefonbuch abschreiben; das hab' ich doch schon gesagt. Dann gehst du damit zu Collins und sagst, du hättest den Brief auf der Straße gefunden; es wär' keine Marke drauf gewesen, und deshalb hättest du ihn gebracht, weil er ja vielleicht wichtig wäre. Ja, du könntest sogar nach einer Belohnung oder einem Trinkgeld fragen. Das wäre vielleicht noch besser. Und wenn er und seine Frau nicht zu Hause sind, wirfst du ihn in den Briefkasten.«

»Ich könnte eine Briefmarke draufkleben und ihn mit der Post schicken.«

»Nein, das würde zu lange dauern. Außerdem könntest du Ärger mit der Post bekommen – wenn etwas herauskommt. Soviel Zeit hab' ich nicht.«

»Ich schätze, so könnte ich es schon machen.«

»Na klar. Und auf diese Weise bist du nur ein braver Samariter, der einen Brief abliefert, den er auf der Straße gefunden hat, so wie jeder anständige Bürger auch eine verlorene Brieftasche demjenigen zurückbringt, der sie verloren hat.«

»Also gut. Wenn ich rauskomme, mach ich's.«

»Danke, Pop. Ich bin dir wirklich dankbar. Und jetzt erkläre ich dir besser noch ein paar von den Fragen, die der Psychiater dir stellen wird, falls sie einen psychologischen Test mit dir machen. Nehmen wir an, du spielst Baseball, und du schlägst deinen Ball in ein kreisrundes, von einer drei Meter hohen Wand umgebenes Feld. Wie findest du den Ball dann wieder . . .?«

Eine Stunde später war Stanley wieder draußen auf der Straße. Sie hatten ihm seine Brieftasche, seinen Gürtel und seine Schnürsenkel zurückgegeben, außerdem ein sauberes Kleenex-Tuch und vierundachtzig Cents Kleingeld. John Sneider, Pammis Vater, wartete mit seinem Abschleppwagen vor dem Gefängnis, um Stanley zu seinem leeren Haus in Ocean Pines Terraces zurückzufahren.

5

Das Apartmenthaus »El Pelicano Arms« lag hundert Schritte weit nördlich der öffentlichen Tennisplätze, sechzig Schritte weit südlich der Ocean Mall und auf der Atlantikseite der Ocean Road. Durch ein hölzernes Tor links neben dem Eingang zur Lobby hatte man unmittelbaren Zugang zum öffentlichen Strand. Es gab reservierte Parkplätze für alle Apartments und einen Sonderparkplatz für den Verwalter, eine gekennzeichnete Parkbucht neben dem Eingang zur Lobby. Besucherparkplätze gab es nicht, aber Besucher konnten – außer am Wochenende – ihren Wagen meistens auf dem Parkplatz der Ocean Mall abstellen.

Der Strand von Singer Island, von bedeutendem Wert für die Gemeinde Riviera Beach, war einer der breitesten Strände in Florida. In fast jeder Hinsicht war es der beste öffentliche Strand des Staates. Der Golfstrom war hier näher als anderswo; infolgedessen war das Wasser so warm, daß man das ganze Jahr über schwimmen konnte. Im Januar, im kühlen Monat, war das Seewasser stets wärmer als die Luft, und so war es leichter, ins Wasser zu gehen, als wieder herauszukommen. Jetzt, gegen Ende Juni, lag die Wassertemperatur bei dreißig Grad, genauso warm wie die schwüle Luft.

Dem El Pelicano gegenüber, im älteren Geschäftsviertel von Singer Island, befand sich eine Reihe von ein- und zweistöckigen Büro- und Geschäftshäusern und ein dreistöckiges Hotel. Mehrere Läden verkauften T-Shirts und andere Urlaubskleidung, und einen Discountdrugstore gab es auch. In den siebziger Jahren hatte eines der Geschäfte die Redaktion von *Alfred Hitchcock's Mystery Magazine* beherbergt, aber das Magazin war nach New York verzogen, und ein Immobilienmakler hatte die Räume übernommen. Den größten Teil der Fläche zwischen diesen älteren Gebäuden und dem neuen Einkaufszentrum, der Ocean Mall, füllte ein geteerter Parkplatz ohne Parkuhren aus.

In der Mall gab es drei Restaurants, ein Dutzend oder mehr Geschäfte und eine Spielhalle, und über den Läden am Nordende der Mall lagen mehrere kleine Büros. Die Ocean Mall war »neu«, soweit es Hoke anging, denn in den sechziger Jahren, als er auf Singer Island aufgewachsen war, hatte es sie noch nicht gegeben. Damals hatte am Stand der Gemeinde nur ein einziges Gebäude gestanden, ein *Drive-in*-Hamburger-Restaurant mit Mädchen auf Rollschuhen, die die rings um die Anlage parkenden Autos bedienten. Bei den jüngeren Leuten von Palm Beach County war dies ein beliebter Ort gewesen, wo sie sich Tag und Nacht aufgehalten hatten. Manchmal hatten die Autos in Dreierreihen hier gestanden, wodurch ständig alles in Bewegung gewesen war; man hatte zurückgesetzt oder sich eingefädelt, um hinein- oder hinauszukommen, und zwischen den einzelnen Autos herrschte reger Besuchsverkehr.

Die neue Mall war immer noch ein Lieblingsplatz der jungen Leute. In Bikinis und Badehosen lungerten sie auf den Gehwegen zu beiden Seiten der Mall oder liefen dort auf und ab, oder sie zogen durch Passagen und Geschäfte. Eine große Zahl von Touristen war ebenfalls hier, und Hunderte von Apartmentbewohnern mittleren und höheren Alters humpelten und schlurften in der Mall umher.

Ein Dutzend Motels und mehr als ein Dutzend Hochhäuser mit Eigentumswohnungen säumten den einzigen Highway der Insel, und weitere Eigentumswohnungen waren im Bau. Am nördlichen Ende führte eine schmale Brücke von der Insel nach North Palm Beach; im Süden gelangte man über die Blue Heron Bridge ins Stadtzentrum von Riviera Beach. Auf der Blue Heron Road herrschte stets dichter Verkehr.

In den letzten Jahren hatten, vor allem zur Sommerzeit, die Latinos von Miami Singer Island entdeckt – dank der Reiseseite des *Miami Herald*, wo die Motels in ihren Anzeigen billige Wochenendraten versprachen. Ein Ehepaar (Kinder unter zwölf Jahren gratis) konnte ein Motelzimmer am Meer, eine Piña Colada, zweimal Frühstück, drei Tage Aufenthalt und zwei Übernachtungen für nicht mehr als achtundfünfzig Dollar pro Zimmer (zuzüglich Steuer) bekommen. Manche Motels offerierten, um ihr Sommergeschäft zu beleben, sogar noch niedrigere Raten, wenn man das Zimmer unter der Woche mietete und zum Wochenende räumte. Die Kubaner von Miami, die auf Kuba nach alter Tradition an den Feiertagen zum Strand von Veradera gefahren waren, kamen jetzt in Scharen zum Wochenende nach Singer Island, und sie brachten Eltern, Tanten und pro Familie drei bis fünf Kinder mit. Es gab jede Menge Mülltonnen am Strand, aber die Wochenendgäste verschmähten sie zumeist.

Als Hoke sich zwischen den Sonnenbadenden durchschlängelte, um sein Morgenschwimmen zu absolvieren, trat er mit dem nackten linken Fuß auf ein weggeworfenes Blatt Toilettenpapier. Er wich zurück und sagte: »Scheiße!«, und im selben Augenblick trat er mit dem nackten rechten Fuß in einen Haufen eben dieser. Hunde waren am Strand verboten (eine Vorschrift, für deren Einhaltung strikt gesorgt wurde), und daher befürchtete Hoke, er sei in Menschenscheiße getreten. Er kratzte sie mit einer leeren Bierdose vom Fuß und faßte augenblicklich den Beschluß, seine Apartments im El Pelicano keinesfalls an Latinos zu vermieten.

Hoke schwamm fast eine Stunde lang jenseits der Brandung umher; dann ging er am Strand entlang, stets dicht am Rand des Wassers, wo der Sand festgebacken war. Als er auf der Höhe des dritten Apartmenthauses angelangt war, lag der Strand beinahe verlassen da. Die Eigentumswohnungen, vor allem die älteren, waren allesamt verkauft, aber nur ungefähr dreißig Prozent der Eigentümer wohnten auch ständig hier. Die meisten kamen zu Weihnachten und zu Ostern herunter, oder sie verbrachten drei oder vier Wintermonate hier; während der meisten Zeit im Jahr waren die Apartments unbewohnt. So wohnen sie wenigstens nicht alle das ganze Jahr über hier, dachte Hoke, wie die Besitzer der Eigentumswohnungen in Miami und in Miami Beach. Wenn alle Apartments und Motelzimmer auf Singer Island gleichzeitig belegt gewesen wären, dann hätte die Insel wahrscheinlich nicht einmal Platz für alle Autos geboten. Die Inselbevölkerung würde sich über Nacht verdreifachen. Er fragte sich, ob die Leute, die sich in die im Bau befindlichen Eigentumswohnungen einkauften, sich eigentlich über die Einwohnerschwemme im klaren waren, die kommen würde, wenn sie weiterhin diese zwanzig- und dreißigstöckigen Bauten hochzögen. Zu den Eigentumswohnungen gehörten überall geheizte Swimmingpools an der Meerseite der Gebäude; das erklärte, weshalb sehr wenige der Bewohner dort den warmen Atlantik nutzten. Hoke beschloß, von jetzt an hierher zu spazieren und vor den Apartmentbauten zu schwimmen, statt noch einmal an den öffentlichen Strand zu gehen.

Auf dem Rückweg zum öffentlichen Strand bemerkte Hoke einen Mann, der hinter dem Supermare, einem zwanzigstöckigen Apartmentgebäude mit einem Penthouse auf dem Dach, unter einem gestreiften Sonnenschirm in einem Liegestuhl saß. Auf einer Decke stand ein offener Aktenkoffer, und der Mann sprach in ein weißes Funktelefon. Als Hoke stehenblieb und ihn ansah, legte der Mann das Telefon auf die Decke und machte sich mit einem goldenen Stift ein paar Notizen in einem gelben Kanzleiblock.

Hoke blieb vor der Decke stehen und sah auf den Mann herab. Sein Haar war über der Stirn schütter, aber er trug einen dicken grauen Schnauzbart, und ein Busch von lockigem Silberhaar bedeckte seinen Hinterkopf. Gekleidet war er in einen roséfarbenen Cabaña-Dress mit kastanienbraunen Paspeln am Hemd und an den Säumen der Badeshorts.

»Guten Morgen«, sagte er nicht unfreundlich und nahm seine Sonnenbrille ab.

»Morgen. Hätten Sie was dagegen, wenn ich Ihr Telefon benutze?«

»Orts- oder Ferngespräch?«

»Ferngespräch. Miami. Aber ich kann es als R-Gespräch anmelden.«

»Nicht nötig.« Achselzuckend reichte der ältere Mann Hoke das Telefon. »Ich kriege sowieso Rabatt. Machen Sie sich da keine Gedanken.«

Hoke wählte Ellita Sanchez' Nummer in Green Lakes. Sie meldete sich nach dem dritten Klingeln.

»Ellita? Hoke.«

»Wie geht's dir, Hoke? Ich habe deinen Vater ein paarmal angerufen, und –«

»Mir geht's prima. Du brauchst ihn nicht noch mal anzurufen. Ich hab' eine neue Wohnung. Hast du einen Bleistift?«

»Hier ist einer.«

»Im ›El Pelicano Arms‹. Apartment Nummer Zwo-Null-Eins, oben, hier auf Singer Island.«

»Wie ist die Telefonnummer?«

»Kein Telefon. Die Adresse ist 506 Mall Road, Singer Island, Riviera Beach. Ich werde ein paar Sachen brauchen. Mein Scheckbuch, mein Sparbuch, und wahrscheinlich mein Auto. Ich hab' mir gestern Surfershorts gekauft, aber die Beine sind zu lang; pack also auch meine Badehose ein, wenn du jemanden mit meinem Wagen raufschickst.«

»Was für Kleider brauchst du sonst noch?«

»Keine. Ich habe einen neuen Plan. Ich habe meinen Revolver, die Dienstmarke und die Handschellen noch; die werde ich nicht mehr brauchen. Vielleicht kannst du sie für mich im Department abliefern?«

»*Espera*, Hoke! Laß uns damit noch ein Weilchen warten. Du hast dreißig Tage Urlaub, und Bill Henderson kann dich mühelos decken. Triff jetzt nicht Hals über Kopf irgendwelche drastischen Entscheidungen. Dein Dad hat mir schon gesagt, du würdest für ein Weilchen dort bleiben, aber es könnte sein, daß du es dir noch anders – was ist das für ein Gedonner?«

»Gedonner? Oh. Vermutlich ist es die Brandung, was du da hörst. Ich hab' mir von einem Burschen am Strand ein Funktelefon geliehen.«

Der Besitzer des Telefons lachte. Hoke ging zwanzig Schritte weit von der Decke weg, damit er das Gespräch nicht weiter belauschen konnte. »Ich schätze, daß war wohl alles, Ellita.«

»Es muß doch noch ein paar andere Dinge geben, die du brauchst.«

»Ich möchte das Telefon dieses Mannes nicht blockieren, Ellita. Er arbeitet.«

»Am Strand?«

»Ja. Wir sind auf der Strandseite der Supermare-Apartments. Oder dahinter. Ich dachte, Frank hätte es dir schon erzählt: Ich verwalte das El Pelicano für ihn, und ich komme nicht mehr nach Miami zurück.«

»Was? Und was ist mit den Mädchen – und mit dem Haus?«

»Das Haus kannst du haben. Ich schicke dir meine Hälfte der Miete von meinen Ersparnissen, bis du jemanden gefunden hast, mit dem du das Haus teilen kannst. Die Mädchen werden nach Kalifornien ziehen und bei ihrer Mutter leben müssen.«

»Und wenn Patsy sie nicht zurücknimmt?«

»Darüber möchte ich nicht nachdenken. Ich habe noch ein paar andere Dinge zu regeln, aber so sieht mein vorläufiger Plan aus.«

»Möchtest du nicht mit Aileen sprechen? Sie ist zuhause; nur Sue Ellen ist nicht da.«

»Ich möchte schon, ja, aber ich will das Telefon dieses Mannes nicht blockieren. Mit dem Auto hat es keine Eile, aber mein Sparbuch und meine Schecks brauche ich, damit ich mir ein paar Dinge kaufen und dir die Miete überweisen kann.«

»Du hast zwar nicht danach gefragt, aber dem Baby geht es gut. Ich werde dafür sorgen, daß du dein Auto kriegst –«

»Danke, Ellita«, unterbrach Hoke. »Es war nett, mit dir zu sprechen.« Er kehrte zu der Decke zurück und reichte dem Mann das Telefon. »Ich habe nichts dagegen, für den Anruf zu bezahlen. Sie könnten die Gebühren prüfen, und ich bringe Ihnen später das Geld. Es müßte ungefähr ein Dollar fünfundachtzig sein, aber ich habe jetzt kein Geld bei mir.«

»Das ist okay. Bei meinem Rabattanschluß kommt es nicht darauf an.« Der ältere Mann balancierte das Telefon auf seinem bloßen Knie. »Ich wollte Ihr Gespräch nicht belauschen, aber ich mußte einfach lachen. Sie hat nach dem Donnern gefragt, nicht wahr?«

Hoke nickte.

»Das ist einer der Gründe, weshalb ich herunter zum Strand komme, um meine Vormittagstelefonate zu erledigen. Ich habe das Penthouse dort oben, aber hier fragen sie mich immer nach dem Geräusch. Dann sage ich, ich sitze am Strand unter meinem Sonnenschirm, und was Sie da hören, ist die Brandung, keine zehn Schritte weit weg. Damit bin ich ihnen gegenüber im Vorteil, wissen Sie, denn jetzt ist ihnen klar, daß ich Schwimmshorts anhabe und hier in Florida am Strand sitze, während sie in Anzug und Weste in ihrem New Yorker Büro hocken.« Er gluckste. »Oder sie schwitzen da unten in einem Büro in Miami, an der Brickell Avenue.«

»Es ist lange her, seit ich jemandem gegenüber im Vorteil sein wollte ...«

»Jeder muß den anderen um irgend etwas voraus sein. Sie sind es mit Ihrer Dienstmarke und Ihrem Revolver. Was sind Sie, ein Kriminalpolizist?«

»Woher wissen Sie das?«

»Ich hab's geraten. Ich habe gehört, wie Sie von Revolver und Dienstmarke sprachen. Wenn es nur ein Revolver gewesen wäre, hätte ich Sie vielleicht für einen Räuber gehalten.«

»Ich bin Detective Sergeant, aber ich nehme jetzt meinen Abschied beim Miami Police Department.«

»Um Verwalter im ›El Pelicano Arms‹ zu werden?«

»Yeah. Vorläufig jedenfalls.«

»Haben Sie von den Einbrüchen hier auf der Insel gehört? Bald ist es hier genauso schlimm wie in Miami.«

»Was für Einbrüche?«

»In den Eigentumswohnungen. Hier im Supermare hatten wir schon drei. Und wer immer es ist, er nimmt nur wertvolle Gegenstände mit. Die Cops in Riviera Beach rühren keinen verdammten Finger.« Er grinste schadenfroh.

»Das können Sie nicht wissen. Die müssen doch ermitteln. Sie erzählen Ihnen nicht immer alles, was sie tun.«

»Das kann ich nicht sagen, Sergeant. Aber hier verschwinden Sachen. Die Leute sind für ein paar Wochen oder Monate nicht da, und wenn sie zurückkommen, sind Gemälde und andere Wertsachen verschwunden. Wir haben vierundzwanzig Stunden täglich einen Wachmann am Tor. Wer also klaut das Zeug?«

»Hier hinten ist kein Wachmann«, gab Hoke zu bedenken. »Hier auf der Strandseite. Ich könnte die Treppe zum Pool hinaufgehen, die Lobby betreten und mit dem Aufzug bis in Ihr Apartment hinauffahren. Das hier ist ein öffentlicher Strand in Florida. Jedermann kann hier entlanglaufen oder joggen, bis rauf nach Niggerhead Rock und wieder zurück. Ja, wenn ich mich erst eingerichtet habe, will ich genau das jeden Tag tun.« Hoke machte Anstalten, sich zu entfernen.

»Ich würde mich gern gelegentlich mit Ihnen über diese Einbrüche unterhalten.«

»Ich bin kein Kriminalpolizist mehr. Ich war beim Morddezernat, nicht beim Einbruch. Ich war. Jetzt bin ich Verwalter in einem Apartmenthaus.«

»Nehmen Sie trotzdem meine Karte. Wenn Sie abends mal nichts Besseres vorhaben, kommen Sie auf einen Drink vorbei. Wenn Sie sich für Einbrecher nicht mehr interessieren, können wir über etwas anderes plaudern. Ich nehme jeden Nachmittag um fünf zwei Martinis.«

Hoke las die Karte, die ihm gereicht wurde. E. M. SKINNER, BERATER. »Wofür steht E. M.?«

»Emmett Michael, aber die meisten Leute nennen mich E. M. Meine Frau sagte immer Emmett zu mir, aber sie ist jetzt seit drei Jahren tot.«

»Hoke Moseley.« Die beiden Männer reichten einander die Hand.

»Verwandt mit Frank Moseley?«

»Mein Vater. Sie kennen ihn?«

»Ich kenne seine Frau. Ihn habe ich nur einmal gesehen, aber Helen hat ein Apartment hier im Supermare. Ich kannte Helen schon, bevor die beiden heirateten. Ihr Apartment hat sie immer noch.«

»Das wußte ich nicht. Wieso hält Helen denn hier ein Apartment, bei dem großen Haus, das sie haben?«

»Als Investment. Für die Steuer wahrscheinlich. Manche Wohnungseigentümer halten sich hier sechs Monate und einen Tag lang auf, um Florida als Wohnsitz angeben zu können, nur weil es hier keine Erbschafts- oder Grunderwerbssteuer gibt. Ihr Geld machen sie vielleicht in New York oder in Philadelphia, aber rechtlich gesehen sind sie Bürger von Florida.«

»Meine Familie nicht, Mr. Skinner. Wir sind schon lange in Florida. Die ersten Moseleys haben hier vor dem Revolutionskrieg gewohnt, und während des Krieges sind sie auf die Bahamas gegangen, weil sie Loyalisten waren. Als der Krieg vorüber war, sind sie dann nach Riviera Beach gekommen.«

»Nicht viele Familien in Florida reichen so weit zurück.«

»Ich weiß. Es gibt noch ein paar hier in Riviera Beach, und noch mehr unten auf den Keys. Darum nennt man uns ›Conchs‹, wissen Sie, nach den großen Muscheln. Ursprünglich waren wir Conch-Fischer, hier und auf den nördlichen Bahamas. Der Name ist inzwischen heruntergekommen, weil sie heutzutage jedes Arschloch, das auf Key West geboren ist, ›Conch‹ nennen. Aber die Moseleys sind echte Conchs, im ursprünglichen Sinne.«

»Was ist denn der Unterschied zwischen einem Conch und einem Cracker?«

»Crackers sind Leute, die aus Georgia nach Florida gekommen sind, aus Bacon County in Georgia hauptsächlich. Bauern und Viehzüchter. Also nennt man sie Florida Crackers statt Georgia Crackers.

Woher das Wort ›Cracker‹ kommt, weiß ich nicht. Ich weiß nur, daß zwischen einem Conch und einem Cracker ein himmelweiter Unterschied ist.«

Das Telefon summte, und Skinner nahm es auf. Hoke ging den Strand hinunter, und Skinner winkte ihm nach. Hoke nickte zurück und machte sich auf den Weg zu seinem Apartment. Der Kerl war versessen darauf, daß sich jemand um ihn kümmerte, folgerte Hoke, und er hätte den ganzen Vormittag geplaudert.

Hoke empfand milde Neugier über E. M. Skinner. Der alte Mann hatte alles, sogar ein Penthouse mit Blick auf den Atlantik, aber offensichtlich war er höllisch einsam und auf der Suche nach einem Abenteuer oder dergleichen. Anscheinend brauchte er nichts weiter als ein Telefon und einen Bleistift, und dann konnte er unter einem Sonnenschirm am Strand sitzen und Geld machen. Viel Geld. Der alte Frank Moseley war auch so, aber das Talent zum Geldmachen hatte Hoke von seinem Vater nicht geerbt. Das Grundstück, auf dem jetzt das Supermare stand, hatte einmal Frank gehört, und wahrscheinlich hatte er immer noch ein paar Anteile an dem Gebäude, wenngleich Hoke nicht genau wußte, was das bedeutete. Aber Hoke wußte, was der Unterschied zwischen »einsam« und »allein« war, und er wußte, daß er niemals einsam sein würde, solange er auf Singer Island bliebe.

Hoke duschte, zog eine Baumwollhose und ein Sporthemd an und ging zum »Tropic Shop« in der Ocean Mall, um zu sehen, ob seine Overalls fertig waren. Er hatte zwei gelbe Popeline-Overalls bestellt, als er seine Surferhose gekauft hatte, aber er hatte die Ladenbesitzerin gebeten, die Ärmel abzuschneiden und über den Ellbogen zu säumen. Dies war Hokes erster entschiedener Schritt zur Vereinfachung seines Lebens gewesen. Er würde jeden Tag einen der Overalls tragen und ihn abends waschen, und am nächsten Tag würde er dann den anderen tragen. Auf diese Weise brauchte er keine Unterwäsche, und seine Turnschuhe konnte er ohne Socken tragen. Für die Overalls hatte er sich entschieden, weil sie mehrere Taschen hatten, unter anderem hinten welche mit Reißverschluß. Aber er hatte lange Hosenbeine gewollt, keine kurzen, weil sie unten mit einem Gummibund versehen werden konnten. Tagsüber waren Insekten auf der Insel kein großes Problem, weil vom Meer her eine beständige Brise wehte, aber wenn die Windrichtung sich änderte und der Wind aus den Everglades hereinblies, brachte er am Abend zumeist Schwärme von winzigen schwarzen Moskitos mit.

Die Frau im Tropic Shop teilte Hoke mit, sie habe die Overalls noch nicht aus der Schneiderei zurück, aber sie werde sie zum El Pelicano hinüberschicken, wenn ihre Tochter vom Festland zurückkäme.

»Das ist nicht nötig. Ich weiß nicht, wo ich dann bin. Lieber schaue ich heute nachmittag oder morgen früh noch einmal herein.«

»Ich kann Sie anrufen, wenn die Sachen da sind.«

»Ich habe kein Telefon.«

Hoke verließ das Geschäft, überquerte die Blue Heron Road und ging zum Giant-Supermarkt. Er nahm Kartoffeln, Zwiebeln, Sellerie, Möhren, Sommerkürbis und zwei Pfund Steak, dazu ein Dutzend Eier und drei Sandwich-Weißbrote. Dann fügte er noch eine Flasche Tabasco und ein Glas Pfefferkörner hinzu und trug die Lebensmittel in zwei Tüten in sein Apartment. Nach seinem neuen Plan würde er zwei Mahlzeiten am Tag zu sich nehmen. Er wollte mindestens zehn Pfund abnehmen; also würde es zum Frühstück zwei gekochte Eier und eine Scheibe Toast geben, und das Mittagessen würde ausfallen. Abends würde er einen Teller Rindfleischeintopf essen; er hatte genug Zutaten, um sich für fünf Tage Eintopf zu kochen. Für die folgende Woche gedachte er sich Chili und Bohnen für fünf Abendmahlzeiten vorzubereiten. Seine Kochprobleme wären damit gelöst, und zu jedem Teller Eintopf oder Chili würde er zwei Scheiben Brot essen können. An den beiden übrigen Tagen, wenn Rindfleischeintopf und Chili zu Ende waren, würde er nur Eier und Brot frühstücken und abends vielleicht ausgehen, um einen Hamburger oder ein Bratfisch-Sandwich zu essen. Bei einem solchen Plan würde ihm das Essen auch nicht langweilig werden, denn wenn der Eintopf anfing, in anzuöden, würde es zwei Tage lang keinen mehr geben, und in der nächsten Woche konnte er sich auf Chili mit Bohnen freuen.

Hoke war hingerissen von der Einfachheit seines Planes. Er hackte das Gemüse für seinen Eintopf, während er das gewürfelte Steakfleisch im gußeisernen Backofen braun röstete. Dann warf er alles zusammen in einen Topf, fügte Wasser hinzu und stellte die Elektroplatte auf die niedrigste Stufe. Er warf eine Handvoll Pfefferkörner hinein und setzte sich an den Eßtisch, um die Rechnungsbücher durchzugehen, die Al Paulson ihm am Abend zuvor gebracht hatte.

Drei Wohnungen waren mit Einjahresverträgen vermietet: eine an eine Lehrerin, eine an einen Salatkoch aus dem Sheraton Hotel und eine an einen Biologieprofessor von der University of Florida, der ein Jahr Forschungsurlaub hatte. Hoke selbst hatte 201, und so waren nur noch vier Apartments übrig. Zwei waren bereits vermietet – an zwei ältere Ehepaare aus Birmingham, Alabama, die auf der Insel zwei Monate Ferien machten. Folglich blieben zwei unvermietete Einheiten.

Auf dem Anschlag am Schwarzen Brett in der Lobby hieß es zwar, daß die Mindestmietdauer zwei Wochen betrug, doch das hatte ein paar Leute nicht daran gehindert, zu Hoke in die Wohung heraufzukommen und sich nach Wochenendraten zu erkundigen. Ihm war nichts weiter übrig geblieben, als zu wiederholen, was auf dem Anschlag stand, aber ein Arschloch aus Fort Lauderdale hatte sich dadurch nicht davon abbringen lassen, mit ihm zu streiten. Es würden weitere Arschlöcher dieser Sorte kommen, argwöhnte Hoke; er hatte da seine Erfahrungen, denn er hatte zwei Jahre lang im Eldorado Hotel in Miami Beach gewohnt. Das Eldorado war ebenfalls ein Hotel für Dauergäste gewesen; Einzel- und Wochenendübernachtungen hatte es dort auch nicht gegeben. Der arme alte Eddie Cohen, der Tag- und Nachtportier im Eldorado, mußte sich wohl hundertmal mit Durchreisenden gestritten haben, die nur eine Übernachtung gewollt hatten. Am besten, entschied Hoke, versuchte er, alle Dauermieter zu Einjahresverträgen zu überreden, wenn es ginge. Wenn ihm das gelang, brauchte er nur einmal im Monat von allen die Miete zu kassieren, und er konnte ein KOMPLETT-Schild vor die Tür hängen. Der beste Weg dorthin bestand vielleicht darin, die Mindestdauer von zwei Wochen in ein Minimum von zwei Monaten umzuwandeln, oder? Hoke ging nach unten, strich »Wochen« durch und schrieb »Monate« darüber. Seinem Vater würde diese neue Politik vielleicht nicht gefallen, aber er brauchte es ihm ja nicht zu erzählen – zumindest jedenfalls nicht, bevor er die freien Einheiten vermietet hatte.

Paulson hatte ihm zudem eine Liste von Leuten gegeben, die er anrufen konnte, wenn etwas nicht in Ordnung war: einen Klempner, einen Elektriker, einen Handwerker, und die Telefonnummer von Mrs. Delaney, einer Witwe, die zwei Straßen weiter in einem privaten Heim wohnte. Sie säuberte die Apartments, wenn die Mieter ausgezogen waren, und dafür bekam sie eine Pauschale von fünfunddreißig Dollar, ganz gleich, wie schmutzig oder wie sauber das Apartment war, wenn die Mieter es verlassen hatten. Hoke konnte sich vage erinnern, ihren Namen schon als Junge gehört zu haben, aber er wußte nicht mehr, wie sie aussah. Wenn es so weit war, daß wieder einmal ein geräumtes Apartment geputzt werden mußte, würde er es vielleicht selbst tun und die fünfunddreißig Mäuse einsacken können. Schon jetzt sah er an den Lebensmittelpreisen im Giant Markt, daß er mit hundert Dollar pro Woche nicht allzu weit kommen würde.

Wenn er seinen Abschied nahm, würde er sich seine Pension entweder pauschal auszahlen lassen oder abwarten können, bis er siebenundfünfzig war, und dann würde man ihm eine kleine monatliche

Rente auszahlen. Er wußte nicht, welches Verfahren das beste war. Die Vorstellung, während der nächsten vierzehn Jahre von hundert Dollar pro Woche zu leben, behagte ihm nicht. Aber er wollte jetzt nicht über Geld nachdenken. Er wollte nicht an Ellita und ihr Baby denken, nicht an Sue Ellen und nicht an Aileen. Er wollte an überhaupt nichts denken.

Hoke zog sich bis auf die Unterhose aus, legte sich auf sein Bahama-Bett und schlief ein, und ein warmer, feuchter Wind von der See wehte durch das Fenster über seinen Körper.

6

Als Stanley Mr. Sneider neben seinem Abschleppwagen stehen und auf ihn warten sah, drückte er unwillkürlich die Finger der rechten Hand auf seine aufgeplatzte Lippe, und er dachte daran, blitzschnell zurück ins Gefängnis zu flüchten.

Mr. Sneider hob eine Hand. »Es ist alles in Ordnung, Mr. Sienkiewicz. Ich bin hier, um sie nach Hause zu fahren.«

Sneider öffnete die Tür zum Führerhaus, und Stanley kletterte auf den Beifahrersitz. Als Sneider eingestiegen war, blieb er lange einfach sitzen, die Hände auf das Lenkrad gelegt, und starrte durch die Windschutzscheibe. Sneider war ein behaarter, bärenhafter Mann, der sich nach seinem Abschied vom Militär einen buschigen schwarzen Bart hatte wachsen lassen. Seine Fingernägel waren von Wagenschmiere schwarz verkrustet, und Stanley merkte, daß Sneiders Atem nach Bier roch.

»Die ganze Geschichte war eine verdammte Farce, Mr. Sienkiewicz, und ich möchte mich entschuldigen. Ich hatte keinen Grund, Sie zu schlagen, auch wenn ich dachte, Sie wollten weglaufen. Ich konnte einfach nicht mehr klar denken, nachdem ich mit meiner Frau und mit Mrs. Sienkiewicz gesprochen hatte – das ist alles. Außerdem hatte ich einen schlechten Tag. Ein Schweinehund in einem blauen *Electra* hat mir für zwanzig Dollar Sprit geklaut. Hat an der Selbstbedienungssäule vollgetankt und ist dann mit sechzig Meilen pro Stunde abgedonnert. Aber darum geht's nicht. Es tut mir zwar leid, aber so kommt es eben, wenn man zwei hysterischen Weibern zuhört, die beide gleichzeitig reden.«

»Ich – ich habe mit Pammi nichts Schlechtes getan.«

»Jetz weiß ich es, aber da wußte ich es noch nicht, verstehen Sie. Als ich von hier wieder zuhause war, hatte ich ein langes Gespräch mit

Pammi auf ihrem Zimmer, und es ist mir gelungen, ihr die Wahrheit aus der Nase zu ziehen. Ich weiß jetzt, daß Sie sie zu nichts angestiftet haben; Pammi hat sich abends im Park mit ein paar alten Böcken herumgetrieben. Wir haben sie nach dem Abendessen noch gehen lassen, weil sie angeblich mit ihrer Freundlin Ileana unten an der Straße spielen wollte. Statt dessen hat sie sich in der Kartenbude im Park mit einem alten Furz nach dem anderen getroffen. Anscheinend geht das schon seit Wochen so. Aber sie ist noch Jungfrau. Ich hab' mich selbst überzeugt; ihr Hymen ist noch intakt. Aber sie hat ein paar andere ziemlich dreckige Sachen mit den alten Kerlen angestellt, über die ich jetzt nicht weiter reden möchte. Ich denke, Sie wissen schon, was ich meine.«

»Ich habe geschlafen, und sie hat mir die Zunge in den Mund gesteckt und wollte dafür einen Penny.«

Sneider seufzte. »Ich weiß. Sie hat es mir erzählt. Sie sind aus dem Schneider, Mr. Sienkiewicz, und es tut mir leid, wenn ich Ihnen Ärger gemacht habe. Aber dieser Scheißer in dem blauen *Electra* hatte mich schon vorher sauer gemacht – na ja, was soll's. Haben Sie schon zu Abend gegessen? Wenn nicht, spendier' ich Ihnen einen Big Mac und einen Shake, bevor ich Sie nach Hause fahre.« Sneider ließ den Motor an und legte den ersten Gang ein.

»Ich habe keinen Hunger. Ich habe eine Scheibe Maisbrot gegessen, und meine Lippe tut mir auch viel zu weh zum Essen.«

»Wahrscheinlich wär's gut, wenn die Sache genäht würde, aber wenn Sie Klebpflaster zuhause haben, kann ich's Ihnen auch klammern, und in ein, zwei Tagen ist die Lippe so gut wie neu.«

»Da ist noch Pflaster im Medizinschrank. Aber es ist alt.«

»Das ist egal. Klebpflaster hält sich jahrelang, wenn es nicht naß wird oder in der Sonne austrocknet oder so was.«

Auf der Fahrt nach Ocean Pines Terraces erzählte Sneider, wie er zwei Wochen zuvor einen Jungen dabei erwischt hatte, wie er seinen Coke-Automaten knacken wollte. »Er hat nichts rausgeholt, aber als ich den Bengel nach Hause zu seinem Vater brachte, hab' ich dem Alten erzählt, der Bengel hätte mir im Laufe des letzten Monats Coke für rund zehn Dollar geklaut, und da hat der Kerl die zehn Kröten rausgerückt.« Sneider lachte genüßlich über die Geschichte.

Als Sneider in Stanleys Zufahrt einbog, sah Stanley, daß der *Escort* nicht unter dem Dach stand. »Ist Maya noch bei Ihrer Frau, Sergeant Sneider?«

»Nein. Meine Frau ist in einer ihrer Versammlungen, und ich hab' ihr gesagt, sie soll Pammi mitnehmen. Wo Ihre Frau ist, weiß ich nicht. Gehen wir hinein; dann kann ich Ihre Lippe verarzten.«

Stanley fand die Rolle Klebpflaster und holte eine Schere aus Mayas Nähkörbchen, und Sneider versorgte die Lippe mit einem sauberen Verband. »Lassen Sie das nur zwei oder drei Tage drauf. Rasieren Sie drum herum, und die alte Lippe wird wieder so gut wie neu.«

Die beiden Männer gaben sich an der Haustür die Hand, und Sneider entschuldigte sich noch einmal, bevor er mit seinem Abschleppwagen die Straße hinunterfuhr. Stanley sah sich im Haus nach einer Notiz um, aber er fand keine. Dann hörte er auf zu suchen, denn ihm wurde klar, Maya würde ihm keine Notiz hinterlassen, wenn sie wußte, daß er im Gefängnis saß, denn sie würde nicht damit rechnen, daß er nach Hause kam, um sie zu lesen. Stanley ging nach nebenan zu den Agnews und klopfte an die Haustür. Die Jalousie an der Tür öffnete sich ein wenig, aber die Tür blieb geschlossen.

»Gehen Sie weg!« sagte Mrs. Agnew.

»Ist meine Frau bei Ihnen, Mrs. Agnew?«

»Nein, und wenn Sie nicht weggehen, Sie Perverser, dann rufe ich die Polizei!«

»Wissen Sie, wo sie ist?«

Die Jalousie schloß sich knarrend. Stanley hörte Mrs. Agnews tappende Schritte, als sie über ihren Terrazzoboden in die Küche ging. Stanley kehrte in sein Haus zurück und setzte sich in seinen Sessel. Er wußte, daß er zu rastlos war, um fernzusehen. Nach einigen Augenblicken ging er ins Schlafzimmer und zog sein blutiges Hemd aus. Als er das schmutzige Hemd in den Korb neben der offenen Tür des Wandschrankes warf, fiel ihm auf, daß der kleine Samsonite-Handkoffer nicht auf dem Schrankregal lag. Er musterte die Kleider, die im Schrank hingen. Ein paar Sachen schienen zu fehlen, aber sicher war er nicht. Er suchte nach Mayas Fotoalbum, in dem sie die Familienbilder einschließlich der Schnappschüsse von den Enkelkindern, die ab und zu von Junior geschickt wurden, aufbewahrte. Als er das Album nicht finden konnte, wußte er, daß Maya fort war. Ihr Scheckbuch war nicht in dem kleinen Eckschreibtisch im Wohnzimmer, wo sie an ihren Haushaltsbüchern arbeitete, und ihre kleine Rezeptschachtel war ebenfalls verschwunden.

Sie war fort. Kein Zweifel.

Stanley suchte die Nummer heraus und rief seinen Sohn in Hamtramck an. Juniors Stimme klang zuerst einigermaßen unverständlich, denn er war beim Essen und hatte den Mund voll.

»Ich bin's«, sagte Stanley, »und ich rufe aus Florida an. Hast du etwas von deiner Mutter gehört?«

»Moment mal, Dad.« Junior kaute zu Ende. »Rufst du aus dem Gefängnis an?«

»Nein, ich bin zuhause. Ich rufe von zuhause an.«

»Mom hat gesagt, du bist im Gefängnis, als sie mich anrief. Wie bist du rausgekommen? Sie sagt, sie hätten dich verhaftet, weil du ein kleines Mädchen belästigt hast.«

»Das war nur ein Mißverständnis, Junge. Maya hat nicht gesehen, was sie zu sehen glaubte, und jetzt ist alles aufgeklärt.«

»Ist Mom noch da, Dad? Ich würde gern mit ihr sprechen.«

»Nein, sie ist nicht hier. Ich wollte nur wissen, ob sie dich vielleicht angerufen hat. Ich weiß nicht, wo sie ist.«

»Wenn das so ist, dann ist sie schon losgefahren, Dad. Sie hat gesagt, sie kommt zurück nach Detroit; sie hat angerufen, um mir das zu sagen, und das war's. Du, mir ist klar, daß euch das Haus hier oben gehört und so weiter, aber ich hab' ihr gesagt, wir hätten keinen Platz für sie. Himmel, Dad, wir haben doch bloß zwei Schlafzimmer und ein Bad; wo sollen wir Mom da unterbringen?«

»Dann ist sie mit dem Auto zu euch unterwegs? Ich glaube nicht, daß sie den Weg nach Detroit findet, und außerdem braucht der *Escort* einen Ölwechsel.«

»Wenn sie schon weg ist, können wir daran nichts mehr ändern, schätze ich. Aber wenn sie hier oben ankommt, schicke ich sie in ein paar Tagen zurück. Länger als einen oder zwei Tage können wir sie wirklich nicht unterbringen. Vielleicht kann ich im Howard Johnson's oder in einem Motel hier in der Nähe ein Zimmer für sie reservieren. Ein Pech, daß du nicht rasch genug aus dem Gefängnis gekommen bist, um sie am Wegfahren zu hindern. Eine Frau in Moms Alter sollte nicht den ganzen Weg allein durch das Land fahren.«

»Sie wird sich verirren. Daran zweifle ich nicht.«

»Nein, ich glaube nicht, daß sie sich verirren wird, Dad. Sie kann jederzeit an einer Tankstelle nach dem Weg nach Michigan fragen. Willst du mit den Kindern sprechen, wenn du schon gerade anrufst?«

»Nein. Hast du im Gefängnis angerufen, Junior, und versucht, mich herauszuholen?«

»Ich habe niemanden angerufen. Ich habe versucht, Mom auszureden, daß sie hier heraufkommt, und da hat sie aufgelegt. Und jetzt versuche ich gerade, zu Abend zu essen. Ich hatte wirklich einen saumäßigen Tag heute. Mom hatte es eilig, und sie sagte, sie würde mir die Einzelheiten berichten, wenn sie hier ist. Was ist eigentlich passiert?«

»Nichts ist passiert. Wenn deine Mutter kommt, kann sie dir ihre Version der Einzelheiten erzählen. Und du kannst ihr von mir ausrichten, daß ich sie nicht wieder aufnehme. Sag ihr, sie soll den verdammten *Escort* behalten und sich einen Job suchen. Und sag ihr auch, sie soll keinen von den Schecks einlösen, die sie mitgenommen hat, denn das Konto ist gesperrt!«

Stanley legte den Hörer auf. Sein Gesicht war gerötet, und seine Finger zitterten. Er ging in die Küche und machte sich Wasser für eine Tasse Instantkaffee heiß. Bevor es kochte, klingelte das Telefon. Zuerst wollte er nicht abnehmen, denn er dachte sich, daß Stanley Junior ihn zurückrief, aber als das Läuten nicht aufhörte, nahm er den Hörer schließlich beim achtenmal hoch.

»Hör zu, Dad«, sagte Junior, »und bitte leg nicht auf. Wenn sich das Problem aufgeklärt hat und wenn Mom mich von irgendwo unterwegs noch mal anruft, dann sag ich ihr einfach, sie soll wieder nach Hause kommen. Okay? Natürlich weiß sie, was sie gesehen hat und so weiter, aber ich denke, ich kann sie überreden, wieder nach Hause zu fahren, zumal da du ja jetzt nicht mehr im Gefängnis bist. Ich würde sie natürlich gern sehen, und das gilt auch für die Kinder, aber wir haben wirklich keinen Platz für sie – und das ist eine Tatsache.«

»Ich nehme sie nicht wieder auf, Junior. Mom ist jetzt dein Problem, nicht meins. Wenn Maya nach all den Jahren so von mir denkt, dann will ich die Frau nicht bei mir haben. Es hat ihr hier in Florida sowieso nie gefallen. Also, von jetzt an ist sie dein – «

»Laß uns einen Augenblick drüber reden, Dad.«

»Da gibt's nichts weiter zu bereden. Sie hat sich entschieden, und ich habe mich ebenfalls entschieden. Vergiß nur nicht, mir jeden Monat die Miete zu schicken, und gib das Geld nicht Maya. Ich muß immer noch die Hypothek hier unten abzahlen. Verstanden?«

»Okay, Dad, aber ich finde, wir sollten das später besprechen, wenn du und Momma Gelegenheit hattet, euch ein wenig abzukühlen. Wir überlegen uns einen – «

»Es ist alles überlegt, Junior. Sag nur den Kindern alles Gute von mir. Jetzt hast du *mich* angerufen, und es ist ein Ferngespräch, weißt du.«

»Gut, Dad. Brauchst du irgendwelche Hilfe? Kann ich dir einen Anwalt besorgen? Wenn du einen Anwalt brauchst, kann ich mich hier umhören und sehen, ob – «

»Ich brauche keinen Anwalt, denn ich bin nicht in Schwierigkeiten. Deine Mutter ist in Schwierigkeiten. Besorg Maya einen Anwalt. Gute Nacht, mein Junge.« Stanley legte auf.

Er versuchte, ruhig zu werden; er setzte sich an den Küchentisch und trank seinen Kaffee. Sein Herz schlug rasch; fast fühlte er es in seiner Brust. Er war enttäuscht von seinem Sohn, ebenso wie von Maya. Wenn die Situation umgekehrt gewesen wäre und er erfahren hätte, daß Junior im Gefängnis säße, weil er ein Kind belästigt haben sollte, dann hätte er sich sogleich ans Telefon gehängt, oder er wäre mit einem Anwalt zum Gefängnis gefahren. Und was immer sie ihm erzählt hätten, niemals hätte er Junior in einem solchen Fall für schuldig gehalten. Aber Junior hatte nicht einmal im Gefängnis angerufen, um zu erfahren, was mit seinem Vater geschah.

Ohne Maya würde sein Leben ein wenig schwerer werden. Er würde selbst für sich kochen, das Haus sauberhalten und seine Wäsche waschen müssen, aber das würde er lieber tun, als sie wieder aufzunehmen. Ohnehin war es das, was aus ihrer Ehe geworden war: ein System der Arbeitsteilung, zwei Menschen, die zusammen ein Haus bewohnten, nichts weiter. Seit Monaten hatte Maya ihn zur Rückkehr nach Hamtramck zu überreden versucht, und jedesmal, wenn sie das Thema zur Sprache gebracht hatte, war er nicht bereit gewesen, darüber zu diskutieren.

»Wir haben unsere Entscheidung getroffen, als wir herkamen«, hatte er gesagt, »und jetzt haben wir uns eingerichtet. Wenn du zu Besuch hinfahren willst, kannst du es allein tun. Ich will nie wieder Eis und Schnee sehen. Ruf Junior nur an und sag ihm, du willst ihn für vierzehn Tage oder für einen Monat besuchen kommen – mal sehen, was er sagt!«

Maya hatte Junior gegenüber am Telefon ein paarmal angedeutet, daß sie ihn gern besuchen würde, aber sie bekam keine Einladung, und sie wollte nicht rundheraus danach fragen, weil sie wußte, daß sie keine bekommen würde; und Stanley wußte, daß sie nie eine bekommen würde. Dieser »Zwischenfall« mit Pammi war daher der erste echte Vorwand für sie gewesen, wegzufahren, ihre erste Gelegenheit, und sie hatte sie ergriffen, weil Junior sie nicht wegschicken würde, wenn Stanley im Gefängnis war. Er hatte seinen Stolz, und er würde sie nicht wieder aufnehmen. Vielleicht doch, wenn sie ihn darum bat, aber damit rechnete er nicht. Auf ihre Art war sie genauso starrköpfig wie er; es gefiel ihr nicht in Florida, und sie brauchte Stanley ebenso wenig wie er sie.

Nun, er konnte selbst für sich sorgen. Es war alles vorbei, und er war zu erschöpft, um weiter darüber nachzudenken. Ohne seinen Kaffee auszutrinken, ging Stanley ins Schlafzimmer, um sich ein Weilchen hinzulegen, damit sich sein rasendes Herz beruhigte.

Eine Minute später schlief er, und er wachte erst am Morgen wieder auf.

Es war noch dunkel, als Stanley um fünf Uhr aufstand und sich rasierte. Er bereitete sich zwei Rühreier mit Butter und toastete zwei Scheiben Brot. Er brühte sich Instantkaffee, statt die *Mr. Coffee*-Maschine zu benutzen, weil er nicht wußte, wie sie funktionierte, und weil er die Gebrauchsanleitung in der Küchenschublade, wo Maya alle Garantiekarten für die Haushaltsgeräte aufbewahrte, nicht finden konnte.

Stanley war enttäuscht von seinem Sohn, aber er war nicht mehr ärgerlich auf ihn. Der Junge (Junior war fast vierzig Jahre alt) hatte sich nicht so gut entwickelt, wie er es hätte tun müssen, obgleich Stanley ihm zwei Jahre lang das Community College bezahlt hatte. Sowohl bei Ford als auch bei Chrysler war Junior gefeuert worden, weil er sich nicht an die Arbeit am Fließband hatte gewöhnen können. Nach einer Reihe von schlecht bezahlten Jobs hatte er schließlich eine Stelle als Neuwagenverkäufer bei Joe »Madman« Stuart Chrysler in Detroit gefunden. Als Stanley das letzte Mal mit Junior telefoniert hatte, war der Junge den Tränen nah gewesen. Junior arbeitete für einen unrealistischen und anspruchsvollen Verkaufsleiter, der ein altmodisches Klohäuschen aus Pappkarton hatte aufstellen lassen, mit einem Halbmondfenster in der Tür. Der Verkäufer mit den schlechtesten Verkaufszahlen der Woche mußte während der allwöchentlichen Verkaufsbesprechungen und Anfeuerungsreden im »Scheißhaus« sitzen. Jeder Verkäufer, der drei Wochen hintereinander im Scheißhaus gelandet war, wurde automatisch gefeuert. Junior verbrachte monatlich eine oder zwei solcher Besprechungen in diesem Spottgehäuse, und zweimal war er nur mit knapper Not dem endgültigen dritten Mal entgangen. Eine Zeitlang hatte Stanley den Vorschlag im Hinterkopf gehabt, Junior solle nach Florida herunterkommen, wenn er gefeuert würde, was früher oder später geschehen mußte; hier könnte er dann ein neues Leben anfangen. Aber das kam jetzt nicht mehr in Frage. Und wenn Junior mit den Mietzahlungen in Rückstand geriet, würde Stanley ihn aus dem Haus werfen lassen. Es war ohnehin nur eine symbolische Miete, die er zahlte; das Haus in Hamtramck sollte sich eigentlich für dreihundertfünfundzwanzig, wenn nicht gar für dreihundertfünfzig Dollar im Monat vermieten lassen.

Nach dem Frühstück nahm Stanley sich einen Notizblock vom Schreibtisch und machte eine Liste dessen, was er zu tun hatte. Als er noch in der Lackiererei bei Ford gewesen war, hatte er sich jeden Morgen eine solche Liste gemacht, und seither hatte die methodische Planung seiner Tage ihm gute Dienste geleistet.

Zuerst würde er das Bankkonto auflösen, zu einer anderen Bank gehen und dort ein Konto nur auf seinen Namen eröffnen. Seine drei Zehntausend-Dollar-Sparbriefe würde er ebenfalls zu Geld machen, auch wenn die vorzeitige Auflösung zusätzliche Gebühren kostete. Er konnte dann drei neue Sparbriefe auf seinen eigenen Namen erwerben. Es mißfiel ihm, daß er durch die Gebühren Geld verlieren würde, aber wenn Maya einen der Briefe einlöste, wäre jeder Cent verloren.

Sollte er sich ein neues Auto kaufen? Nein, damit konnte er noch ein Weilchen warten. Alle Stunde ging der öffentliche Bus in die Stadtmitte von Riviera Beach; damit konnte er zur Stadt fahren. Noch nie hatte er kein Auto gehabt, soweit er sich zurückerinnern konnte; aber er konnte ja die Liste der rückübereigneten Autos im Auge behalten, die jede Woche von den Kreditbanken veröffentlicht wurden, bis er ein günstiges Angebot fand. Es zahlte sich nicht aus, überstürzt ein Auto zu kaufen, ob es nun neu oder gebraucht war. Und vielleicht wäre es überhaupt das beste, wenn er einen Gebrauchtwagen kaufte. Mit Saul, Mayas altem Airedale, war es das gleiche gewesen, als der Hund gestorben war. Sie hatte einen neuen Welpen kaufen wollen, um den alten Hund zu ersetzen, aber er hatte ihr zu bedenken gegeben, daß jeder Hund, den sie jetzt, in ihrem Alter, kauften, sie wahrscheinlich überleben würde und daß niemand mehr da sein würde, der sich um ihn kümmerte, wenn sie nicht mehr da wären. Stanley hatte den von Blähungen geplagten Saul gehaßt, und er hatte keinen neuen stinkenden Köter haben wollen, der sich im Hause herumtrieb und bei Tisch bettelte. In seinem Alter würde er auch ein neues Auto nicht überleben; warum also sollte er sich da nicht einen billigeren Gebrauchtwagen kaufen?

Wenn er bei der Bank gewesen wäre, würde er im Supermarkt vorbeigehen und sich ein rundes Dutzend tiefgekühlte Fertiggerichte kaufen. Die waren einfach zuzubereiten; er brauchte sie nur für fünfundzwanzig Minuten bei zweihundert Grad in den Ofen zu stellen, und schon war das Essen fertig. Er hatte Maya oft gefragt, weshalb sie keine Fertiggerichte nahm, statt tagtäglich zeitraubende Mahlzeiten von Anfang bis Ende zuzubereiten, aber sie hatte nichts davon hören wollen. Wahrscheinlich, dachte er, weil sie sonst nichts mit ihrer Zeit anzufangen wußte.

Bevor er in die Stadt ginge, würde er die Wäsche in die Maschine stecken, und wenn er zurückkam, könnte er sie in den Trockner werfen. Da war nichts dabei. Wie die Waschmaschine und der Trockner funktionierten, wußte er. Und dann, während die Wäsche trocknete, könnte er hinunter in den Park gehen und den »weisen alten Männern« erzählen, daß er jetzt Junggeselle war.

Stanleys Gedanken gefroren zu Eis.

Sie würden es schon wissen. Sie würden inzwischen auch wissen, daß er als Kinderschänder verhaftet worden war. Natürlich war er unschuldig, aber Sergeant Sneider hatte ihm erzählt, daß zwei andere alte Böcke sich an Pammi herangemacht hatten, und es war durchaus denkbar, daß einer – oder alle beide – zu den »weisen alten Männern« gehörte. Wer immer sie waren, er würde sich jetzt zurückhalten; aber jeder, den man einmal beschuldigt hatte – wie man ihn beschuldigt hatte –, würde für alle Zeit verdächtig sein. Er glaubte nicht, daß einer der »weisen alten Männer« tatsächlich etwas zu ihm sagen würde, aber sie würden daran denken – sie würden vermuten, daß er es doch getan habe –, und er wollte nicht dasitzen, während sie ihm Seitenblicke zuwarfen und über seine Schuld spekulierten. Nein, es würde lange dauern, bis er wieder in den Park gehen konnte – wenn er es überhaupt je wieder könnte. Andererseits, je länger er den Park mied, desto fester würden sie von seiner Schuld überzeugt sein.

Weder so noch so konnte er gewinnen.

Stanley trennte seine Kleider von Mayas und stopfte ihre schmutzigen Sachen in eine braune Papiereinkaufstüte. *Ihr* Zeug würde er nun wirklich nicht waschen. Wenn sie ihre Garderobe abholen ließ, würde er es einpacken und ihr schmutzig zuschicken. Er kontrollierte die Taschen seines blutigen Hemdes und stieß auf den Zeitungsausschnitt, den Troy Louden ihm gegeben hatte. Er hatte die Sache nicht vergessen; er hatte sie nur aus seinen Gedanken verbannt, was nicht dasselbe war. Dieser Gang hatte Priorität vor allem anderen, was er zu tun hatte, aber es widerstrebte ihm, eine solche Nachricht zu übermitteln. Es würde dem jungen Mann nichts nützen. Aber er hatte versprochen, es zu tun, also sollte er es jetzt tun. Auf Mayas Schreibtisch lag ein großer Briefblock. In Druckbuchstaben schrieb er die Mitteilung nieder:

WENN DU DIE ANZEIGE NICHT ZURÜCKZIEHST, TÖTE ICH ERST DEIN BABY UND DEINE FRAU UND DANN DICH.

Geschrieben wirkte diese Mitteilung in der Tat unheimlich, aber sie wirkte auch unwirklich. Stanley schrieb in Blockbuchstaben ROBERT SMITH darunter und schob das Blatt zusammen mit dem Zeitungsausschnitt in einen von Mayas pastellrosafarbenen Briefumschlägen. Auf die Vorderseite setzte er, ebenfalls in Blockbuchstaben, Collins' Adresse. Im Telefonbuch von West Palm Beach war nur ein einziger Henry Collins aufgeführt.

Selbst wenn diese Nachricht Troy nichts nützen würde, schaden könnte sie ihm auch nicht. Falls Mr. Collins den Brief zur Polizei brachte, könnte Troy abstreiten, ihn geschickt zu haben. Wie hätte er das auch tun sollen? Er saß doch im Gefängnis. Stanley steckte den zugeklebten Umschlag in die Hüfttasche, nahm sein Scheckbuch, die Sparbriefe und seinen Paß, aber an der Haustür blieb er noch einmal stehen. Es war acht Uhr, und die Sonne strahlte vom Himmel. Er setzte seine Schirmmütze und seine Sonnenbrille auf und nahm seinen Spazierstock aus dem Schirmständer neben der Tür; aber er zauderte immer noch. Mrs. Agnew war draußen in ihrem Vorgarten und begoß den Oleander, der dicht vor ihrem Haus wuchs. Sie würde ihm den Rücken zuwenden, wenn er herauskam; darauf konnte er sich verlassen. Aber bis zur Bushaltestelle waren es zwei Blocks, und alle Nachbarn würden aus ihren Fenstern spähen und mit Fingern auf den schmutzigen alten Mann zeigen, der sich an die kleine Pammi Sneider herangemacht hatte. Stanley kannte seine Nachbarn allenfalls vom Sehen und nicht allzu gut. Aber Maya kannte sie alle, weil sie sich morgens oft vor ihren Häusern trafen, wenn der Bäcker durch die Straße fuhr. Dann kamen die Hausfrauen mit ihren Lockenwicklern heraus und kauften süße Brötchen und *Doughnuts* und besuchten einander in ihren Häusern, um dort Kaffee zu trinken. Maya hatte dabei allerlei Tratsch über diverse Nachbarn aufgeschnappt, und sie hatte oft versucht, ihm von Mrs. Meeghans Sohn zu erzählen, der an Dyslexie litt und in der Schule versagte, oder von Mr. Featherstones Alkoholismus (er war Maler und Anstreicher), aber Stanley hatte ihr jedesmal das Wort abgeschnitten. Diese Leute interessierten ihn nicht, er kannte sie nicht, er wollte sie nicht kennen und er wollte nichts über sie wissen. Wenn es Männer gewesen wären, mit denen er arbeitete, oder etwas ähnliches, dann hätte er sich vielleicht für ihre privaten Affären interessieren können, aber an diesen Hausfrauen oder ihren Ehemännern oder ihren lärmenden Kindern lag ihm nichts.

Jetzt indessen war ihm klar, daß diese Frauen über ihn tratschen würden und darüber, daß Maya ihn verlassen hatte, denn das war es, was sie am besten konnten: im Leben anderer Leute herumschnüffeln. Stanley raffte sich auf und ging zur Bushaltestelle, ohne einmal nach rechts oder links zu schauen.

Am Sunshine Plaza Shopping Center stieg er aus, sobald der Bus vor dem Publix hielt. Die Bank war noch nicht geöffnet; also trank er bei Hardee's eine Tasse Kaffee und ließ ein Dutzend Tütchen mit Süßstoff in seine Hosentasche gleiten. Als die Bank öffnete (eigentlich war es eine Spar- und Darlehenskasse, aber sie fungierte auch als Bank), löste Stanley seine Sparbriefe ein, ohne daß es Schwierigkeiten gab, und für das Geld auf Spar- und Girokonten ließ er sich einen Bankscheck ausstellen. Er hatte Widerspruch erwartet. Aber weshalb hätten sie ihm widersprechen sollen? Sie knöpften ihm einen hübschen Profit ab, wenn er seine drei einjährigen Sparbriefe vorzeitig einlöste. Als er vom Schreibtisch des Bankangestellten aufstand, meinte Mr. Wheeler: »Wir bedauern, Sie als Kunden zu verlieren, Mr. Sienkiewicz, aber vermutlich brauchen Sie Ihr Geld für die Kaution – «

»Kaution? Wovon reden Sie?«

»Es kam heute morgen im Radio – Ihr, äh, Problem und so weiter, Sie wissen schon. Daher nahm ich an, Sie brauchten Bargeld für einen Rechtsanwalt und für die Kaution.«

»Nein.« Stanley schüttelte den Kopf. »Das Ganze war ein Mißverständnis. Es ist inzwischen aufgeklärt.«

»Das freut mich zu hören, Mr. Sienkiewicz.« Mr. Wheeler lächelte. »Es war ein Vergnügen, Sie zu bedienen.«

Stanley ging zur U.S. 1 und wartete auf den Bus nach West Palm Beach. Jetzt erst wurde ihm klar, daß der Bankangestellte während des ganzen Gesprächs auf das Pflaster an seiner Lippe gestarrt hatte. Wahrscheinlich hätte er sich gern danach erkundigt, hatte sich aber nicht getraut. Und die ganze Zeit über hatte Wheeler geglaubt, er verhandle mit einem Kinderschänder, der vorläufig und auf Kaution auf freiem Fuße war. Wenn sie im Radio über seine Verhaftung berichtet hatten, war vielleicht auch in den Lokalnachrichten im Fernsehen etwas darüber gesagt worden. Stanley spürte, wie sein Herz wieder anfing zu pochen, und er sank auf die Bank vor der Bushaltestelle.

Endlich kam der Bus, und Stanley fuhr nach West Palm Beach; in der Stadt, an der Haltestelle Clematis Street, stieg er aus. Mit seinem Bankscheck über 38 314,14 Dollar eröffnete er bei einer Sparkasse ein neues Konto und hob mit einem seiner neuen vorläufigen Schecks fünfzig Dollar ab, bevor er die neue Sparkasse verließ. Die Zinsen für Sparbriefe waren gefallen; der Zinsertrag seines neuen Kontos brachte ihm fast soviel, wie wenn er sich neue Sparbriefe kaufte. Außerdem wollte er sein Geld verfügbar halten, für den Fall, daß er ein neues Auto kaufen sollte. Schließlich füllte er noch die nötigen Formulare aus, um seine Gewerkschaftspension und seine monatliche Rente über das neue Konto zu beziehen.

Bevor er die Sparkasse verließ, fragte er die junge Frau, bei der er sein neues Konto eröffnet hatte, nach dem Weg zur Spring Street in West Palm Beach. Sie gab ihm komplizierte Anweisungen, die unter anderem ein zweifaches Umsteigen auf eine neue Buslinie vorsahen, und er begriff nichts von dem, was sie redete. Kein Auto zu haben verhalf einem zu einer völlig anderen Weltsicht. Er hatte West Palm recht gut zu kennen geglaubt, weil er mit dem Auto dort umhergefahren war und die öffentliche Bücherei aufgesucht hatte, aber wenn es um öffentliche Verkehrsmittel ging, kannte er sich hier nicht aus. Er ging zum Greyhound-Busbahnhof und nahm dort ein *Veteran's*-Taxi. Der Fahrer, der einen Nylon-Damenstrumpf mit einem Knoten als Mütze trug, wußte auch nicht, wo die Spring Street war. Er mußte über Funk die Zentrale rufen und sich den Weg erklären lassen. Es kostete drei Dollar fünfzig bis zu Mr. Collins' Haus, wo Stanley ausstieg und dem Fahrer auftrug, auf ihn zu waren.

Collins' Haus war ein zitronengelber Bau aus verputzten Betonfertigteilen in einer kurzen Sackgasse, in der noch elf andere, nach demselben Plan gebaute Zweischlafzimmerhäuser standen. Eine pummelige junge Frau verstreute lustlos Sand auf einem absterbenden Rasen vor dem Haus. In einem Laufstall aus unbehandeltem Kiefernholz saß ein Baby, anderthalb, vielleicht zwei Jahre alt. Die barfüßige Frau trug verblichene blaue Shorts und ein limonenfarbenes elastisches Schlauchtop. Der gelbe Sandhaufen war gut anderthalb Meter hoch, und sie nahm immer wieder eine kleine Schaufelvoll und ließ den Sand unbeholfen auf den Rasen rieseln. Sie war schweißüberströmt. Stanley verglich die Hausnummer mit der Adresse auf dem Umschlag.

»Verzeihung. Sind Sie Mrs. Collins?«

Sie nickte ein wenig atemlos, und ihr Blick wanderte ohne Neugier von Stanley zu dem Taxi und wieder zurück zu Stanley. Der Taxifahrer saß in der offenen Tür und las ein Comic-Heft mit Bugs Bunny auf dem Titelbild.

»Ist Mr. Collins zuhause?«

Sie schüttelte den Kopf. »Nein. Er ist unterwegs und besorgt Gutachten für das Auto. Er hatte gestern einen Unfall, und er braucht drei Gutachten, bevor er wegen des Geldes zur Versicherung gehen kann. Das haben sie ihm wenigstens am Telefon gesagt. Morgen muß er wieder rauf nach Jacksonville; darum muß er die Sache mit dem Wagen heute regeln. Ich weiß nicht, wann er nach Hause kommt.«

Stanley empfand große Erleichterung. Es war viel einfacher, mit einer jungen Frau umzugehen, als mit einem Lastwagenfahrer. »Ich muß nicht mit Ihrem Mann sprechen, Mrs. Collins. Ich habe diesen Umschlag in der Stadt gefunden, in der Clematis Street. Ich dachte mir, er ist vielleicht wichtig; und weil keine Briefmarke drauf war, habe ich ein Taxi genommen und ihn hergebracht.« Er streckte der Frau den Umschlag entgegen, aber sie nahm ihn nicht.

»Ich hab' im Moment ziemlich viel zu tun, und ich hab' keine Zeit,

Ihnen zuzuhören, während Sie versuchen, mir was zu verkaufen. Ich möchte gern heute vormittag ein bißchen von diesem Sand verstreuen, ehe es zu heiß ist, und es ist jetzt schon fast zu heiß, um draußen zu sein.«

»Sie sollten den Brief nehmen. Für meine Mühe will ich nichts haben, aber wie Sie sehen, läuft die Uhr in meinem Taxi; ich kann deshalb nicht hier stehenbleiben und mit Ihnen plaudern.«

Sie warf die Schaufel zu Boden, wischte sich die Handflächen an ihren Shorts ab und nahm den Brief entgegen. Während Stanley sich abwandte, riß sie den Umschlag auf und runzelte die Stirn, als sie die kurze Mitteilung las. Verwirrt blickte sie auf und fing dann an, den Zeitungsausschnitt auseinanderzufalten.

»Ich verstehe überhaupt nichts. Wer sind Sie?«

»Ich bin ein pensionierter Vorarbeiter«, sagte Stanley und blieb neben dem Taxi stehen. »Ich war einkaufen in der Stadt, und da habe ich den Brief gefunden, das ist alles. Ich schätze, ich bin nichts weiter als ein guter Samariter. Aber ich will Ihnen noch etwas sagen, was ich gelernt habe, seit ich hier unten in Florida lebe. Wenn es Wanzen und Heerwürmer waren, die Ihren Rasen kaputtgemacht haben, dann werden Sie die mit Sand nicht wegkriegen. Sie müssen einen Insektenbekämpfer herbestellen, der Ihnen den Rasen einsprüht, und das wird Sie ungeführ fünfunddreißig Dollar kosten.«

Stanley tippte mit dem Ende seines Spazierstocks gegen das Comic-Heft des Taxifahrers, setzte sich auf den Rücksitz und schloß die Wagentür. Mrs. Collins stürzte herbei. »Moment mal! Was soll das bedeuten? Ich verstehe nicht, was eigentlich los ist!«

»Das weiß ich auch nicht«, sagte Stanley und drückte den Sicherungsknopf der Tür herunter. »Der Brief ist an Ihren Mann gerichtet; vielleicht weiß er Bescheid. Los, Fahrer.«

Der Fahrer schlug seine Tür zu, legte sein Comic-Heft weg, wendete und fuhr zurück zur Pierce Avenue. Die Frau blieb am Randstein stehen und starrte dem Taxi nach. Dann entfaltete sie den Zeitungsausschnitt noch einmal.

Stanley nahm den Bus zurück nach Riviera Beach und stieg an der International Shopping Mall aus. Eine halbe Stunde lang sah er den Werbevorführungen einer Klasse von Aerobictänzerinnen mittleren Alters auf dem Innenplatz zu; dann genehmigte er sich bei Cozzoli's ein Stück Pizza und eine Diet-Coke, während er darauf wartete, daß die Einuhrvorstellung in den Kinos begann. Er kaufte eine »Early-Bird«-Karte und schaute sich zweimal hinteinander den *Terminator* an, bevor er wieder in die Mall hinaustrat. Wegen der Sommerzeit war es immer noch nicht dunkel genug, um nach Hause zu gehen; also schlenderte er in der Mall umher, bis der Neun-Uhr-Bus nach Ocean Pines Terraces abfuhr.

Es war schrecklich gewesen, als er am Morgen die beiden Häuserblocks hatte hinter sich bringen müssen, während alle Nachbarn ihn angestarrt hatten; deshalb wollte er sicher sein, daß es dunkel war, wenn er nach Hause kam. Er war erschöpft von dem langen Tag, und seinen Mittagsschlaf hatte er auch versäumt. In dem Film war soviel geschossen worden, daß er im Kino nicht hatte schlafen können. Stanley ging zu Bett und schlief augenblicklich ein. Er vergaß, die feuchte Wäsche in den Trockner zu geben, und am nächsten Morgen war alles von Schimmel überzogen, und er mußte noch einmal waschen.

7

Am Nachmittag, als er sein Schläfchen gehalten hatte, klopfte Hoke an jedem bewohnten Apartment und stellte sich als der neue Verwalter vor. Die Lehrerin, eine Miss Dussault, hatte die Insel bereits verlassen, um einen Monat ihrer Sommerferien bei ihren Eltern in Seffner, Florida, zu verbringen. Eines der Ehepaare aus Alabama behauptete, die Wasserspülung der Toilette laufe nach, wenn man sie betätigt habe. Hoke zeigte ihnen – beiden –, wie man das Rauschen durch leichtes Wackeln am Griff abstellen konnte.

»Und wenn es nicht aufhört«, sagte Hoke, »nehmen Sie den Deckel ab, greifen Sie hinein und sehen Sie zu, daß der Gummistopfen auf dem Abfluß sitzt.«

»Das ist aber unpraktisch«, entgegnete die Frau. Ihr kleiner Mund war gespitzt, und ihr üppiges Haar war kürzlich blau gefärbt worden.

»Das mag wohl sein«, sagte Hoke. »Aber wenn ich für siebenunddreißig Dollar fünfzig die Stunde einen Klempner herkommen lasse, würde er Ihnen das gleiche sagen.«

»Bei den Mieten, die Sie hier alle kassieren, sollten wir aber nicht jedesmal, wenn wir das Klo benutzen, fünf Minuten lang am Griff wackeln müssen.«

»Ich kann Sie in ein anderes Apartment verlegen, wenn Sie möchten. Aber Sie haben hier schon zwei Wochen gewohnt, und wenn ich Sie verlege, müssen Sie fünfunddreißig Dollar Reinigungskosten bezahlen, bevor Ihre zwei Monate um sind.«

»Das ist schon in Ordnung, Mr. Moseley«, sagte der Ehemann rasch. »Ich habe nichts dagegen, am Griff zu wackeln.«

Hoke benutzte seinen Generalschlüssel, um einen Blick in Miss Dussaults Apartment zu werfen, und schaltete den Warmwasserbereiter ab. Er merkte in seinem Polizeinotizbuch vor, daß er ihn einen Tag vor ihrer Rückkehr wieder einschalten mußte. Der Salatmann war nicht zuhause, aber der Collegeprofessor war da. Er wollte sich unterhalten, und Hoke hatte Mühe, ihm zu entkommen. Er war ein großer, ziemlich krummer Mann aus Ohio, Mitte Dreißig, mit langem, kastanienbraunem Haar, das ihm, von ein paar Gummis gehalten, als Pferdeschwanz über den Rücken fiel. Er trug ein T-Shirt mit der Aufschrift »Go Gators«, über den Knien abgeschnittene Jeans und Nike-Turnschuhe ohne Strümpfe. Sein Name, sagte er, sei Ralph Hurt, aber an der University of Florida nenne ihn jedermann Itai, denn *itai* bedeute auf japanisch das gleiche wie *hurt* auf englisch, nämlich »Wunde«. Er hatte einmal ein ganzes Jahr in einem Zen-Kloster in Tokio verbracht und soviel von seinen Erlebnissen in Japan erzählt, daß seine Kollegen in der Abteilung ihm schließlich diesen Spitznamen angehängt hatten. Itai hatte ein Jahr Urlaub und bezog drei Viertel seines Gehalts; er schrieb einen Roman.

»Dann lehren Sie Englisch? Mein Dad sagte, Ihr Fach sei Biologie.«

»Ist es auch. Aber ich konnte kein Stipendium für die Arbeit auf meinem eigenen Gebiet bekommen; deshalb habe ich dem Ausschuß gesagt, ich würde statt dessen einen Roman schreiben. Forschungsurlaub wird sowieso nach Dienstalter gewährt, und den Ausschuß interessiert es einen feuchten Kehricht, was ich tue, solange ich irgend etwas als Projekt ins Formular schreibe. Also sagte ich, ich schreibe einen Roman, und jetzt muß ich einen schreiben, damit ich meinem Dekan etwas zeigen kann, wenn ich zurückkomme. Er braucht nicht unbedingt veröffentlicht zu werden, obwohl das schön wäre; aber ich muß zwei- bis dreihundert Seiten Prosa präsentieren.«

»Was ist Ihr Fachgebiet?«

»Äthiopische Pferdefliegen. Ich bin wahrscheinlich die einzige amerikanische Autorität in Fragen der äthiopischen Pferdefliege. Die grundlegenden Arbeiten über die äthiopischen *tabanidae* wurden größtenteils von Bequaret und Auston verfaßt, schon gegen Ende der zwanziger Jahre, aber diese frühen Studien waren unvollständig. Weitere Kanonen auf dem Gebiet sind Bigot, Gerstaeker und natürlich Enderlein, aber es gibt immer noch eine Menge zu tun. Und viel ist in letzter Zeit nicht passiert. Das Problem, sehen Sie, besteht darin, daß diese Fliegen nach ihrem Tod eine ebensolche Plage sein können, wie sie es im Leben sind. Die Tatsache, daß die Fliege ausschließlich vermittels Aggression gefangen wird, führt bei Sammlern zu einer beklagenswerten Offenbarung von Gewalt.«

»Sie meinen, sie wird zerklatscht, wenn sie beißt?«

»Genau. Infolgedessen ist es beinahe unmöglich, eine intakte äthiopische *Haematopta* zu bekommen, verstehen Sie. Eigentlich wollte ich gern nach Nordäthiopien reisen und selber dort sammeln. Was man von Bildern erfahren kann, hat seine Grenzen, und oben in Gainesville habe ich nur ein halbes Dutzend präparierte Exemplare, die ich studieren kann. Man könnte ein dickes und höchst wichtiges Buch allein über die Flügelvarianten schreiben, wenn man über Exemplare verfügen würde. Aber ich habe nur ein einziges Flügelexemplar, das halbwegs intakt ist. Ich wußte gar nicht, daß Sie sich so sehr für Pferdefliegen interessieren, Mr. Moseley.«

»Tu ich nicht. Aber ich denke mir, es muß ein wichtiges Forschungsgebiet sein.«

»Ist es, unbedingt. Eine Gruppe von tadellos erhaltenen Exemplaren existiert einfach nicht, und in den bislang veröffentlichten Untersuchungen haben wir es mit einem recht hohen Maß an Ungenauigkeit zu tun. Wie auch immer, statt nach Afrika zu reisen, sehe ich mich genötigt, einen Scheißroman zu schreiben, um ein Jahr frei zu bekommen. Bitte entschuldigen Sie – manchmal geht mir meine Zunge durch, auch wenn ich in Gegenwart von Studenten vorsichtig bin.«

»Das passiert mir auch mitunter«, gab Hoke zu.

»Aber mit dem Roman komme ich voran. Ich schreibe über einen Collegeprofessor in Gainesville, einen Historiker, der eine Affäre mit einer Studentin hat – einer Zahnarzttochter aus Fort Lauderdale. Sie hat einen Teilzeitjob in einer Korbmöbelfabrik, und nachts treffen sie sich dort, um miteinander zu schlafen.«

»Hat sie schlechte Zähne?«

»Ja. Woher wissen Sie das?«

»Ich weiß nicht, aber es kommt mir so vor, als hätte ich eine solche Geschichte schon mal gelesen, in einem Taschenbuch – oder war es ein Film?«

»Da müssen Sie sich irren, Mr. Moseley. Dies ist eine wahre Geschichte, die auf meinen eigenen Erlebnissen beruht. Aber ich habe sie getarnt, indem ich den Helden zum Historiker statt zum Entomologen gemacht habe. Das Mädchen hat in Wirklichkeit in einer Polsterei gearbeitet – für Autositze –, und ihr Vater war Kieferchirurg, nicht Zahnarzt.«

»Das ist aber eine ziemlich dünne Tarnung.«

»Da haben Sie wahrscheinlich recht, aber von einem Entomologen erwartet man keinen besonders großen Erfindungsreichtum. Das Manuskript wird sich sowieso nicht veröffentlichen lassen, und der Dekan wird's nicht mal lesen, und daher kommt es nicht so sehr darauf an. Er wird bloß die Seiten zählen, und wenn es mehr als zweihundert sind, wird er zufrieden sein. Aber den Roman zu schreiben ist eine Art Therapie für mich. Ich bin einsam hier unten; viel lieber wäre ich in Äthiopien, Fliegen sammeln. Vielleicht können Sie abends mal auf einen Drink herunterkommen? Ich kann Ihnen sehr viel mehr über Pferdefliegen erzählen, oder wir können uns ein bißchen über Zen unterhalten – «

»Das glaube ich nicht. Das El Pelicano gehört meinem Vater, und er hat mir gesagt, es wäre ihm lieb, wenn ich nicht allzu viel gesellschaftlichen Umgang mit den Mietern pflege.«

»Das ist doch absurd. Na, nehmen Sie die hier jedenfalls mal mit.« Der Professor nahm eine dreibändige Ausgabe von H. Oldroyds *Die Pferdefliegen* (Diptera tabanidae) *der äthiopischen Region* von dem Bücherstapel neben seinem Schreibtisch und reichte sie Hoke. Die drei Bücher waren schwer; zusammen, schätzte Hoke, mochten sie zehn bis zwölf Pfund wiegen.

»Ich werde sie Ihnen zurückbringen, sobald ich kann, Dr. Hurt.«

»Itai. Nennen Sie mich einfach Itai, und es hat keine Eile. Wenn Sie Fragen haben – ich bin meistens zuhause, zumindest, wenn ich nicht am Strand bin.«

Hoke kehrte in sein Apartment zurück und legte die drei Bücher auf den Eßtisch, ein kleines rundes Möbel mit grüner Kunststoffplatte und Aluminiumbeinen. Er hatte vier geradlehnige Stühle, deren Schaumgummisitzflächen mit Plastik überzogen waren; sie hatten ebenfalls Aluminiumbeine. Der Bodenbelag war braunes Linoleum mit viereckigem Kachelmuster; schmale beigefarbene Linien sollten aussehen wie Mörtel. Keines der Apartments war mit Teppichen ausgestattet, denn wenn die Mieter vom Strand hereinkamen, würde sich der Sand ins Gewebe setzen; es kam nicht täglich ein Zimmermädchen zum Staubsaugen. Die kleine Kochnische (sie war nicht groß genug, um Küche genannt zu werden) war durch eine Theke mit einer Kunststoffplatte vom Wohnzimmer getrennt. Vor der Theke standen zwei robuste Eichenhocker. Im Badezimmer war eine Dusche, aber keine Wanne, und es war so klein, daß Hoke mit den Knien die Wand berührte, wenn er auf der Toilette saß. Die beiden einzelnen Bahama-Betten standen in einer Ecke des Wohnzimmers; das eine war mit dem oberen Drittel unter einen viereckigen Couchtisch geschoben, auf dem eine Lampe aus klarem Glas stand, gut einen halben Meter hoch und mit Muscheln gefüllt. Als das »El Pelicano« noch ein Hotel gewesen war, hatte eine Tür genügt; inzwischen aber schrieben die Gesetze des Staates Florida für Apartments zwei Türen vor. Als Frank die Zimmer in Apartments umgewandelt hatte, war die zweite Tür gleich neben der Eingangstür angelegt worden, aber dieser unnütze Ausgang wurde in allen Apartments durch den Eßtisch versperrt. Die beiden Türen, die Kochnische und die Fenster füllten drei der vier Wände fast vollständig aus. An der vierten Wand blieb jedoch noch genug Platz für ein Bild. Der gerahmte Druck, eine billige Reproduktion von Winsley Homers »Golfstrom«, war in allen acht Apartments der gleiche, und er war an die Wand genietet, damit er nicht gestohlen wurde. Ebenfalls an die Wand genietet oder in der Küche angekettet waren der Toaster und ein elektrischer Dosenöffner. Wie Bilder, wurden auch solche Gegenstände häufig geklaut. Ein Klimagerät versperrte die untere Hälfte des einen Fensters, aber durch das zweite Fenster neben dem Bahama-Bett hatte man einen ausgezeichneten Blick aufs Meer. Meistens saß Hoke am Tisch, nicht an der Theke, denn wenn er aufblickte, schaute er gern auf das Bild mit dem halbnackten Schwarzen, der in dem beschädigten Boot lag und mit der Strömung trieb. Den Schwarzen schien sein Schicksal nicht zu berühren, was immer ihm geschehen mochte; er war anscheinend zufrieden mit seiner hoffnungslosen Lage, dahintreibend im Golfstrom.

Der Rindfleischeintopf in dem großen Eisentopf, der auf dem kleinen Herd köchelte, duftete köstlich, fand Hoke, aber obgleich er hungrig war, gedachte er, das Essen so lange wie möglich hinauszuschieben. Wenn er zu früh aß, würde die Zeit bis zum Frühstück zu lang werden, und er wollte sich auf einen einzigen Teller beschränken.

Hoke schlug *Pferdefliegen der äthiopischen Region* auf und las das Vorwort. Die meisten Fachausdrücke verstand er nicht, aber die Stiche in dem Buch waren wunderbar gezeichnet, mit einer Sorgfalt im Detail, die von peinlicher Präzision war. Als er die Bilder näher betrachtete, sah Hoke, was Dr. Hurt – Itai – gemeint hatte, als er von beschädigten Exemplaren gesprochen hatte. Einige Fühlersegmente fehlten, und auch Teile der Beine. Der Zeichner hatte nicht geraten, und er hatte die fehlenden Teile auch nicht ergänzt, aber das, vermutete Hoke, war schließlich das A und O aller Wissenschaft.

Wenn in der Wissenschaft etwas nicht vorhanden war, konnte man nicht einfach raten und es ergänzen; bei der Polizeiarbeit war genau das Gegenteil der Fall: Da nahm man, was man hatte, die Fakten, die man finden konnte, und tat dann sein Bestes, um die fehlenden Teile zu ergänzen, bis man schließlich ein komplettes Bild hatte. Nun, über Polizeiarbeit würde er sich nicht länger den Kopf zerbrechen müssen. Schluß mit dem Raten. Diese Bücher, die er so widerwillig angenommen hatte, waren genau die richtige Lektüre. Er konnte darin lesen, wenn er keine Lust hatte, Schachprobleme zu lösen (wenn er sich eingerichtet hatte, wollte er sich ein Schachbrett mit Figuren und ein Buch mit Schachproblemen kaufen), und er würde keine emotionale Beziehung zu den Pferdefliegen entwickeln. Vielleicht würde er sich indes ein Biologiewörterbuch kaufen müssen, um die Bedeutung einiger Spezialausdrücke zu lernen, die die Entomologen benutzten. Vielleicht hatte Itai eins; wenn ja, dann könnte er es sich von dem Professor borgen, ein bißchen später –

Es klopfte an der Tür – das Rat-tat-tat eines Fingerknöchels.

Hoke öffnete, und vor ihm stand seine Tochter Aileen. Sie entblößte ihre schiefen, übereinandergewachsenen Zähne in einem breiten Grinsen. Sie trug Jeans, ein rosa T-Shirt und Tennisschuhe. Als sie Hokes nackte Taille umschlang und ihn umarmte und sich auf die Zehenspitzen erhob, um ihm einen Kuß zu geben, wich Hoke zurück und spähte über ihre Schulter.

»Hat Ellita dich hergefahren oder wer?«

»Ich bin selbst gefahren. Ich hatte überhaupt keine Schwierigkeiten.«

»Aber du hast keinen Führerschein!«

»Doch hab' ich einen!« Kichernd legte Aileen ihren ledernen Riemenbeutel auf den Tisch. Sie löste den Riemen, holte ihre Brieftasche hervor, nahm einen Führerschein des Staates Florida heraus und reichte ihn ihrem Vater.

»Das ist Sue Ellens Führerschein«, stellte Hoke fest. »Wenn die Autobahnpolizei dich angehalten hätte, wärst du niemals als deine Schwester durchgegangen. Ihr Mädchen gleicht euch nicht im geringsten.«

»Ich bin aber nicht angehalten worden, Daddy. Jetzt, wo ich bewiesen habe, daß ich fahren kann, solltest du mir helfen, eine Übungslizenz zu bekommen, damit ich wenigstens tagsüber herumfahren kann.«

»Ich will noch nicht, daß du Auto fährst, Schatz; du bist noch nicht aggressiv genug, um in Florida zu fahren. Wo hast du mein Auto geparkt?«

»Drüben – auf dem Parkplatz bei der Mall.«

»Gib mir die Schlüssel. Ich fahre es auf den Verwalterparkplatz neben dem Eingang.«

Als sie eingestiegen waren und Hoke den Wagen neben den Eingang gesetzt hatte, fragte er sie, was in all den Pappkartons auf dem Rücksitz sei.

»Ich hab' meine Sachen auch mitgebracht, Daddy, zusammen mit dem Zeug für dich. Ich werde für den Rest deines Urlaubs bei dir bleiben.«

»Wer hat das gesagt?«

»Wir haben Familienrat gehalten, ich, Ellita und Sue Ellen. Sue Ellen hat ihren Job in der Waschanlage, und Ellita kriegt bald ihr Baby; also mußte ich es übernehmen – und ich wollte es auch übernehmen –, heraufzukommen und für dich zu sorgen. Außerdem wird Ellitas Mutter bei uns einziehen, ehe das Baby kommt.«

»Ich kann selbst für mich sorgen. Ihr Mädchen werdet nach Kalifornien ziehen und bei eurer Mutter wohnen.«

»Nein.« Aileen schüttelte den Kopf. »Wir haben dagegen gestimmt. Sue Ellen hat beschlossen, im September nicht wieder zur Schule zu gehen. Sie ist sechzehn, und sie hat einen guten Job, und deshalb kann sie ganz legal aussteigen. Wir wollen nicht bei Mom und Curly Peterson wohnen. Und du weißt, daß Curly uns nicht haben will.«

»Nimm nur mit, was du oben brauchst; das restliche Zeug lassen wir vorläufig im Wagen.«

»Wird dann nicht jemand den Wagen aufbrechen und alles stehlen?«

»Wir sind auf Singer Island, nicht in Miami. Außerdem ist oben nicht genug Platz für all das Zeug. Als dein Großvater die Hotelzimmer zu Apartments umbaute, mußte er die Wandschränke zu Küchen machen. Abgesehen von ein paar Haken am Durchgang zur Küche und einer kleinen Nische im Bad gibt es deshalb nicht viel Platz, um Sachen unterzubringen.«

Aileen blieb in der kleinen Lobby stehen, ihren Handkoffer in der Rechten. »Was ist mit dem Zimmer hinter der Theke, Daddy?«

»Das war früher das Büro, als das Haus noch ein Hotel war. Heute ist es voller Gerümpel; ein paar Notbetten sind drin und anderer Mist.«

»Wenn ich da aufräume, könnte ich ein Schlafzimmer daraus machen, oder wir könnten ein paar von deinen Sachen drin unterbringen.«

»Von ›wir‹ ist nicht die Rede. Über Nacht kannst du hierbleiben, aber morgen schicke ich dich mit dem Bus nach Hause.«

»Ich fahre nicht zurück. Du brauchst jemanden, der für dich sorgt; das haben wir entschieden.« Sie betrat vor ihm das Apartment. »Ich weiß, du bist nicht krank oder so was, aber du benimmst dich immer noch komisch, und Ellita will nicht, daß du ganz allein lebst.«

»Was ich tue, geht Ellita nichts an.«

»Ellita ist deine Partnerin, Daddy, und sie macht sich Sorgen um dich.«

»Ich arbeite nicht mehr fürs Department. Das habe ich ihr schon gesagt. Ich habe meine Papiere nur noch nicht eingereicht, weil ich zuviel anderes zu tun hatte. Ellita wird also nicht mehr lange meine Partnerin sein.«

Aileen begann die Bücher auf dem Tisch durchzublättern. »Diese Bücher handeln nur von äthiopischen Pferdefliegen.«

»Ich weiß. Ich studiere sie.«

»Pferdefliegen? Ich weiß nicht, Daddy – du sagst, es geht dir gut und so, und ich glaube dir, denn du siehst okay aus, ausgeruht und so weiter. Aber ich glaube, wenn ich Ellita anrufe und ihr sage, du studierst ein dreibändiges Buch über äthiopische Pferdefliegen, dann ist sie wie der Blitz hier oben –«

»Sei nicht naseweis. Hier wohnt ein Collegeprofessor, und der hat sie mir für ein paar Tage geliehen. Er schreibt an einem Roman.«

»Wirklich? Wovon handelt er?«

»Er handelt von – ich habe noch nichts davon gelesen. Aber löchere ihn deshalb auch nicht. Jemand, der einen Roman schreibt, will dabei nicht von einer naseweisen Göre gelöchert werden, die ihm einen Haufen dumme Fragen stellt.«

»Okay, Daddy, ich werde nicht mit ihm sprechen. Dieser Eintopf riecht unheimlich gut.«

»Ich schätze, du willst auch etwas davon essen.« Hoke sagte es so, daß sie denken sollte, es sei ihm egal, ob sie etwas davon aß oder nicht – aber es war ihm nicht egal. Aileen nahm anscheinend nie zu, aber sie hatte einen gierigen Appetit, und daher würde sie, das wußte er, mindestens zwei Teller Eintopf essen wollen. Damit war sein Plan beim Teufel. Bei zwei Personen würde der Eintopf nicht für fünf Mahlzeiten reichen, und Aileen pflegte auch immer ein kräftiges Mittagessen zu sich zu nehmen. Und zwischen den Mahlzeiten aß sie gern Süßigkeiten. Er wußte nicht, was er mit dem Mädchen anfangen sollte. Der Gedanke, seine Ex-Frau anzurufen und sie zu bitten, Aileen zurückzunehmen, war ihm zuwider – vor allem, wenn Sue Ellen sich ebenfalls weigerte, zu ihr zu ziehen. Sue Ellen war stur wie ein Panzer, und wenn er darauf bestand, daß sie zu ihrer Mutter zurückkehrte, würde sie vielleicht einfach ausziehen und irgendwo in Miami ein Zimmer nehmen. Sie verdiente jetzt schon mehr als hundertfünfzig Dollar die Woche im

Green Lakes Car Wash, und wenn sie anfing, zusätzlich am Samstag zu arbeiten, würde sie mehr als genug verdienen, um selbst für sich sorgen zu können. Aber mit sechzehn Jahren sollte Sue Ellen noch nicht allein in Miami leben. Himmel, wie zum Teufel sollte man da sein Leben vereinfachen?

Aileen trat hinter ihn, schlang ihm ihre langen Arme um die Taille und rieb die Wange an seinem behaarten Rücken. »Du hast mir gefehlt, Daddy. Ich – wir haben uns alle solche Sorgen um dich gemacht. Aber es wird dir wieder besser gehen. Ich werde gut für dich sorgen, du wirst schon sehen.«

»Es geht mir bereits gut. Wirf mal einen Blick in den Schrank über der Spüle und deck den Tisch. Da sind Plastikteller, zwei Plastikschüsseln, und in der Schublade neben der Spüle ist Besteck mit Holzgriffen. Also deck den Tisch, und ich serviere uns das Essen.«

Als sie gegessen hatten, bat Aileen um Entschuldigung und ging hinaus; sie brauche etwas aus dem Wagen, sagte sie. Sie blieb über eine Viertelstunde lang weg. Während sie draußen war, stellte Hoke den Rest seines Eintopfs in den Kühlschrank und spülte die Teller und das Besteck. Als sie mit leeren Händen zurückkam, fragte Hoke, was sie denn im Auto vergessen habe.

»Kaugummi.« Sie riß den Mund auf und zeigte ihm den Gummi. »Aber da ich mal unten war, hab' ich den alten Besen genommen, der hinter der Theke steht, und die Lobby gefegt. Das war wirklich nötig, und die Gänge könnten's auch vertragen, oben wie unten.«

»Himmel.« Hoke schüttelte den Kopf. Jetzt fiel ihm ein, daß er ja nicht nur als Vermietungsagent tätig zu sein hatte, sondern auch dafür verantwortlich war, daß das Apartmenthaus sauber war, daß der kleine Rasen gemäht wurde, und daß aller Müll draußen in den Container geworfen wurde, wenn und falls ein Mieter welchen herumliegen ließ. Vielleicht war es doch keine schlechte Idee, Aileen für zwei oder drei Tage dazubehalten, bis er hier alles im Griff hatte, und sie *dann* nach Miami zurückzuschicken.

Aileen nahm ihr Monopolyspiel aus einem der Kartons, die sie mit heraufgebracht hatte, und breitete es auf dem Eßtisch aus. »Laß uns Monopoly spielen, Daddy. Wie möchtest du's? Auf die langsame oder auf die schnelle Art?«

»Auf die langsame, normale Art, denke ich. Wozu die Eile?«

8

Nachdem Stanley die Wäsche noch einmal gewaschen und in den Trockner gesteckt hatte, setzte er sich in seinen Ruhesessel und überlegte, was er nun mit sich anfangen sollte. Er hatte vergessen, in den Supermarkt zu gehen und Fertiggerichte zu kaufen, aber in der Speisekammer waren alle möglichen Konserven. Außerdem waren Eier, Milch, Hamburger und ein paar Tomaten im Kühlschrank; er würde also ein paar Tage lang auskommen, ohne in den Supermarkt zu gehen.

Er wollte das Haus nicht verlassen, er wollte nicht, daß die Leute ihn anstarrten und tuschelten. Vielleicht würde einer der »weisen alten Männer« vorbeikommen und ihm moralische Unterstützung anbieten? Er verwarf diesen Gedanken sofort. Er hatte noch nie einen der alten Männer in sein Haus gebeten, und keiner von ihnen hatte ihn jemals zu sich eingeladen. Die meisten dieser Ruheständler hatten große Ähnlichkeit mit ihm, nahm er an. Ihre Frauen warfen sie hinaus, damit sie putzen konnten, und der Park war nur ein Ort gewesen, an den sie sich hatten flüchten können – entweder der Park oder eine der Malls. Stanley unterhielt zu keinem von ihnen eine enge Beziehung.

Als er älter geworden war, entsann Stanley sich, vor allem, nachdem sie ihn vollends ins Lackmagazin versetzt hatten, hatte er die meisten der Freunde verloren, die er am Fließband gehabt hatte. Er hatte das Interesse daran verloren, in lauten Kneipen Bier zu trinken. Es war bequemer, im Unterhemd zuhause zu sitzen, und es war sehr viel billiger, nach der Arbeit zuhause einen Sechserpack zu trinken. Die Zahl derer, die er gut gekannt hatte, war geschrumpft, weil viele von ihnen durch Roboter ersetzt worden waren; und die neuen Angestellten waren alle soviel jünger als Stanley gewesen, daß er mit ihnen nichts gemeinsam gehabt hatte. Die neuen Leute hatten ihn Pop genannt, manchmal auch Grandpop, aber sie hatten ihn nicht aufgefordert, nach der Arbeit mit ihnen zum Bowling zu gehen. Früher war Stanley einmal ganz versessen aufs Bowling gewesen, aber inzwischen hatte er schon lange keine Kugel mehr geschoben – verdammt, fünfzehn Jahre war es mindestens her. Ja, seine Bowlingkugel hatte er Junior geschenkt, als sie Hamtramck verlassen hatten und nach Florida gezogen waren.

In anderer Hinsicht war es irgendwie angenehm, das Haus morgens für sich zu haben. Maya vermißte er keineswegs. Er brauchte das Haus nicht zu verlassen und stundenlang herumzuwandern. Er konnte den Fernseher einschalten und sich selber *Donahue* ansehen, statt sich aus zweiter Hand Mayas Ansichten über das anzuhören, was die Leute am Vormittag über sexuelle Verirrungen gesagt hatten. Ihre Inhaltsangaben hatten ihn nie zufriedengestellt; er hatte immer den Eindruck gehabt, sie habe etwas Wichtiges weggelassen oder irgendwie mißverstanden.

Er beschloß, alle seine Einkäufe abends zu erledigen. Der Supermarkt war bis elf Uhr geöffnet, und der letzte Bus fuhr um zehn. Am späten Abend war das Risiko, einen seiner Nachbarn im Supermarkt zu treffen, sehr viel geringer.

Stanley holte sein Kartenspiel mit den Jumbozeichen hervor und legte sie zu einer Patience auf dem Küchentisch aus. Bei den großen Kartenzeichen brauchte er seine Lesebrille nicht aufzusetzen. Er spielte fast eine Stunde lang, bis er keine Lust mehr hatte, aber es gelang ihm nicht ein einziges Mal, die Karten zu besiegen. Es gab Methoden, durch Schummeln zum Sieg zu kommen, aber Stanley schummelte nie, weil er sich damit ja nur selbst beschummeln würde.

Um halb elf kam die Post. Stanley wartete, bis der Briefträger zum nächsten Haus weitergegangen war, bevor er die Tür öffnete. Im Briefkasten lag wieder mal ein Angebot über Zusatzversicherungen für Leute, die der allgemeinen Krankenversicherung angehörten (von diesen Werbesendungen bekam er eine oder zwei pro Woche) und ein Rundschreiben von Sneiders Union-Tankstelle, der eine Gratisautowäsche plus Ölwechsel und Abschmieren für elf Dollar fünfundneunzig anbot. Wenn er jetzt den Escort noch gehabt hätte, dann hätte er Sneider beim Wort genommen, aber den Wagen hatte Maya. Kataloge waren heute nicht dabei. Maya bekam manchmal einen kurzen Brief von einem der Enkelkinder; meistens baten sie um das eine oder andere, und Maya lief dann gleich los, um es zu kaufen und ihnen zu schicken. Aber Stanley bekam nie irgendwelche persönliche Post. Die Bettelbriefe der Kinder las er nicht mehr, weil er sich furchtbar darüber ärgerte. Louise, Juniors Frau, argwöhnte Stanley, ermunterte die Kinder, an Maya zu schreiben und um bestimmte Dinge zu bitten, denn Markennamen waren immer richtig geschrieben, anders als die übrigen längeren – und auch kürzeren – Wörter in den Briefen der Kinder.

Stanley warf die Post in den Abfalleimer. Er faltete die trockene Wäsche zusammen und legte sie weg. Das Blut auf seinem Hemd war nicht restlos weggegangen; also warf er das Hemd noch einmal in den Korb. Bei der nächsten Wäsche würde er es ein drittes Mal mitwaschen, und wenn es dann nicht sauber war, würde er es einfach wegwerfen. Er hatte genug Hemden.

Endlich war es Mittag, so daß er sich sein Essen machen konnte. Er öffnete eine Dose Tomatensuppe, aber er war nicht hungrig. Wenn Maya die Suppe machte, tat sie Schlagsahne hinein, aber es war keine im Kühlschrank. Er aß die Suppe nicht auf. Als er den Topf, seinen Teller und den Löffel abspülte, war es erst halb eins. Stanley wechselte die Laken auf dem Doppelbett und warf die schmutzige Wäsche in den Korb. Er duschte ausgiebig, zog frische Unterwäsche an und streckte sich zu einem Nickerchen auf dem süß duftenden Bett aus. Er hatte die Lamellen der Jalousie geschlossen und die Klimaanlage am Fenster auf »High Cool« gestellt, und so schlief er beinahe augenblicklich ein.

Um fünf Uhr weckte ihn das Telefon. Als er es hörte, wußte er nicht, wie lange es schon läutete. Der Apparat hing an der Küchenwand, und Stanley, in Socken, aber ohne Schuhe, rutschte auf dem Terrazzofußboden aus und wäre beinahe hingefallen, als er hinübereilte. Er nahm den Hörer ab.

»Hallo?«

Niemand antwortete.

»Hallo. Wer ist da?«

Am anderen Ende wurde aufgelegt. Stanley legte ebenfalls auf. Er verabscheute es, wenn Leute so etwas taten. Wenn sie sich verwählt hatten, erwartete er, daß sie es sagten, statt einfach wortlos einzuhängen. Aber wenn es nun Absicht gewesen war? Jemand, der versuchte, ihn zu schikanieren? Damit konnte er rechnen – wenn jemand ihn für einen Kinderschänder hielt. Nun, dadurch würde er sich nicht beunruhigen lassen ... aber es beunruhigte ihn *doch*. Er nahm eine kleine Dose Pflaumensaft, füllte ein Glas, gab Eiswürfel hinzu, schaltete den Fernsehapparat ein und sah sich eine *Kojak*-Wiederholung an. Die ersten paar Minuten hatte er verpaßt, und es war eine Folge, die er noch nicht gesehen hatte.

Kurz nach sechs, die Nachrichten hatten eben angefangen, kam ein Taxi vorgefahren und hielt am Randstein. Stanley schaute aus dem Fenster und ging dann eilig zur Tür, als Troy Louden den Weg zum Haus heraufkam.

»'n Abend, Pop. Gib mir 'nen Fünfer, ja? Ich muß das Taxi bezahlen.«

Stanley zog seine Brieftasche hervor und gab Troy einen Fünfdollarschein.

»Gib mir lieber noch einen, Pop – Trinkgeld.«

Troy bezahlte den Fahrer und kam dann zum Haus zurück.

»Setz dich, setz dich, Troy.« Stanley wies auf den Ruhesessel und stellte den Fernseher ab. »Es ist schön, dich zu sehen, mein Junge! Ich habe deine Nachricht überbracht, wie du es gesagt hast, auch wenn ich es nicht wollte. Mr. Collins war allerdings nicht zuhause; deshalb habe ich sie seiner Frau gegeben.«

»Ich weiß, Pop. Deshalb bin ich hier. Um dir zu danken. Die Nachricht war nur eine leere Drohung, aber sie hat funktioniert, wie ich es vorhergesagt habe. Collins ist zum Knast runtergekommen und hat ihnen gesagt, er hätte sich geirrt. Der Stoß gegen den Kopf hätte ihn verwirrt, und weil er benommen gewesen wäre, hätte er bloß *gemeint*, ich hätte einen Revolver. Der Sergeant war nicht allzu glücklich darüber, aber Collins hatte einen Verband um den Kopf, und so konnte er auch nicht behaupten, Collins hätte absichtlich falsche Anschuldigungen erhoben. Als sie mich rausgelassen hatten, sagte ich dem Sergeant, ich wollte mit Collins sprechen und ihm sagen, daß ich es ihm nicht krummnehme, aber da war er schon weg. Hast du Mrs. Collins deinen Namen genannt? Als du bei ihr warst, meine ich.«

»Nein, ich habe ihr nur gesagt, ich brächte ihr einen Brief.«

»Hast du meinen Zeitungsausschnitt zurückbekommen?«

»Den hat sie behalten. Ich nehme an, sie hat ihn Mr. Collins gezeigt, als er nach Hause kam. Er war unterwegs, um Gutachten für seine Autoversicherung zu besorgen.«

»Das ist okay, Pop. Es war eine nette kleine Story, aber ich hab' noch ein paar Ausschnitte.«

»Möchtest du einen Kaffee, Troy? Bier hab' ich nicht, aber –«

»Kaffee ist prima, aber ich koche ihn. Hast du schon zu Abend gegessen?«

»Ich wollte warten, bis die Nachrichten vorbei sind.«

»Dann schau dir die Nachrichten an. Ich mach uns beiden was zu essen, und du bleibst hier draußen, während ich in der Küche arbeite. Verflucht, das ist das mindeste, was ich für dich tun kann.«

Statt sich die Fernsehnachrichten anzuschauen, saß Stanley vor der Durchreiche, während Troy das Essen zubereitete, und hielt eine bittere Schmährede gegen seine Frau, weil sie ihn verlassen habe, gegen seinen Sohn, gegen Sergeant Sneider, gegen die Nachbarn und gegen Mr. Wheeler in der Bank. Troy unterbrach ihn erst, als Stanley von dem mysteriösen Telefonanruf erzählte.

»Das muß ich gewesen sein, Pop. Ich hab' mir auf dem Revier ein Telefon geben lassen und dich angerufen, um zu sehen, ob du zuhause bist. Ich hatte kein Geld für ein Taxi oder einen Bus, aber ich wußte, wenn du daheim bist, wirst du das übernehmen. Ich hab' nichts weiter gesagt, weil ich nicht wollte, daß der Sergeant mithörte, verstehst du?

Normalerweise wäre ich nicht direkt mit dem Taxi zu dir gekommen, sondern hätte den Bus genommen und wäre zwei Haltestellen vorher ausgestiegen. Taxifahrer führen Buch, und jetzt kann man mich bis zu deiner Adresse verfolgen. Aber da ich ja nach Miami will, macht das nichts. Ich wollte nur nicht nach Miami fahren, ohne mich vorher bei dir zu bedanken –«

»Ich bin froh, daß du es warst, Troy. Die Vorstellung, solche unheimlichen Anrufe zu kriegen, gefällt mir nicht.«

»Könnte immer noch sein, daß du ein paar Anrufe von Verrückten kriegst, Pop. Aber falls es passiert, brauchst du dir keine Sorgen zu machen. Leute, die dich anrufen, statt dir persönlich gegenüberzutreten, brauchst du nicht zu fürchten. Vielleicht werden sie dir nachts auch mal ein paar Eier oder Steine ans Haus werfen. Aber das sind Teenager. Die hören ihre Eltern reden, weißt du, und dann halten sie dich für Freiwild. Aber wenn sich erst herumgesprochen hat, daß du unschuldig bist, ist es damit vorbei. Es ist kaum zu erwarten, daß dieser Sneider und seine Frau in der Nachbarschaft rumlaufen und überall erzählen werden, daß ihre Tochter eine präpubertäre Nutte ist.«

»Das hättest du mir besser nicht gesagt.«

Als das Essen fertig war, deckte Stanley den Tisch im Eßzimmer. Troy hatte für jeden einen Fleischklops gebraten und dazu Petersilienkartoffeln und Rüben *á l'orange* gekocht; im Kühlschrank hatte er noch eine zugedeckte Schüssel mit Rübenresten gefunden. Salat gab es nicht, aber Troy hatte abwechselnd Tomaten- und Gurkenscheiben zu einem attraktiven Kranz gelegt und die Platte mit pikant gefüllten Eihälften garniert. Dann füllte er Kaffee für acht Tassen in die *Mr. Coffee*-Maschine und zeigte Stanley, wie sie funktionierte, damit er sie in Zukunft bedienen konnte.

»Ich hab' das Gefühl, Troy«, sagte Stanley mit vollem Mund, »du kannst so gut wie alles. Ich mußte nie kochen lernen, und so bin ich nie dazu gekommen.«

»Was du brauchst«, riet Troy, »ist eine Haushälterin. Eine für halbe Tage würde vollauf genügen. Sie könnte das Haus putzen, Frühstück und Mittagessen für dich zurechtmachen und dir das Abendessen in den Kühlschrank stellen, damit du's dir abends aufwärmst.«

»Das könnte ich mir nicht leisten. Ich kriege nur eine Rente.«

»Würde dich nicht viel kosten. Wenn du dir 'ne illegale Haitianerin besorgst, könntest du ihr einen Dollar die Stunde zahlen und nebenher noch ein bißchen Spaß kriegen.«

Stanley legte seine Gabel auf den leeren Teller. Er hatte die Rüben aufgegessen, ein Gemüse, das er verabscheute. »Weißt du, was ich mir gedacht habe, Troy? Ich habe irgendwie gehofft, du könntest für ein Weilchen bei mir bleiben. Ich habe noch nie allein gelebt, und ich werde ganz nervös hier im Haus. Es hat nur zwei Schlafzimmer und die Veranda, aber wenn man ganz allein ist, kommt es einem doch ziemlich groß vor. Im Gästezimmer steht ein Einzelbett; du kannst das Zimmer für dich allein haben. Und wenn du dir irgendeinen Job in der Stadt suchen willst, kannst du hier umsonst wohnen. Wird dich keinen Cent kosten.«

Troy zog eine Grimasse. »Ich lasse mich nicht gern durch einen festen Job einschränken, Pop. Ich dachte, das hätte ich dir schon erklärt. Aber ich hab' in Miami einen kleinen Deal laufen, der mir schnelles Geld bringen wird – 'ne ganze Menge sogar, wenn alles klappt. Aber sicher kann ich erst sein, wenn ich hinfahre und die Sache überprüfe. Ich werde mir ein paar Dollar von dir leihen müssen, um mit dem Bus nach Miami zu fahren, denn der Sergeant im Gefängnis hat mir geraten, die Stadt zu verlassen. Er war sogar ziemlich energisch in diesem Punkt.«

»Dreißig Dollar kannst du haben. Das ist alles, was ich jetzt habe, aber wenn du bis morgen warten willst, kann ich einen Scheck einlösen und dir noch mehr geben. Ich wünschte wirklich, du würdest noch ein paar Tage bei mir bleiben. Harte Arbeit hat noch niemandem geschadet, und ein cleverer junger Bursche wie du könnte mühelos einen Job in Riviera Beach –«

»Das reicht!« sagte Troy. Die weiße Narbe auf seiner Stirn war rosarot angelaufen. »Wer bist du, daß du mir sagst, wie ich leben soll, verflucht noch mal? Du hast keinen blassen Schimmer vom Leben. Du verstehst deine Frau nicht, deinen Sohn nicht, du verstehst nicht mal, wie dein eigener Kopf funktioniert, und das kommt daher, daß du ihn noch nie gebrauchen mußtest. Ich habe in dreißig Jahren mehr über das Leben gelernt als du in der doppelten Zeit.« Troy stand vom Tisch auf, ging mit seinem Kaffee ins Wohnzimmer und setzte sich in den Ruhesessel.

Der alte Mann folgte ihm und legte ihm zaghaft eine Hand auf die Schulter. »Entschuldige, mein Junge. Ich wollte dich nicht ärgern. Du brauchst dir keinen Job zu suchen, um hier zu wohnen. Das habe ich nicht gemeint. Mit meinem Sohn habe ich mich nie gut verstanden, aber mit dir konnte ich reden, und ich kriege jeden Monat genug Geld, daß wir beide davon ziemlich gut hier leben können. Ich mache mir Sorgen um dich, das ist alles. Wenn du, pleite wie du bist, nach Miami gehst, könntest du Schwierigkeiten kriegen.«

»Könnte sein.« Troy grinste. »Aber ich glaube es nicht. Wenn alles klappt, werde ich ein Jahr oder länger kein Geld mehr brauchen. Aber ich weiß dein Angebot zu schätzen. Vielleicht komme ich von Miami zurück und bleibe ein paar Tage bei dir – in zwei Wochen ungefähr. Wie wär' das?«

»Wäre schön. Ich schreibe dir meine Telefonnummer auf; dann kannst du mich anrufen, wenn du kommst, und ich besorge ein paar Steaks und so weiter.«

»Gut. Wie wär's jetzt mit 'nem Nachtisch?« Troy stellte seine Tasse auf die Schusterbank, die als Couchtisch diente. »Was du willst. Ich mach's.«

»Nein danke, Troy. Ich bin kein großer Freund von Süßigkeiten.«

»Wie du willst.« Troy tippte mit dem Zeigefinger auf die Schusterbank. »Ich hab' mal in einer Schuhmacherwerkstatt gearbeitet, in 'nem Programm für jugendliche Straftäter in L. A. Der Geruch von Schusterleim war mir echt zuwider.«

»Das ist zum Beispiel ein guter Beruf –« Stanley wollte weiterreden, doch dann besann er sich.

Troy räumte den Tisch ab und spülte Teller, Töpfe und Pfannen. Wenn Troy ihn gebeten hätte, ihm zu helfen, hätte Stanley es mit Vergnügen getan, aber seine Hilfe freiwillig anzubieten, wäre ihm niemals eingefallen. Als Troy fertig war, kam er wieder ins Wohnzimmer; er trocknete sich die Hände an einem Geschirrtuch ab.

»Es ist 'ne komische Sache, Oldtimer, aber ein Mann in deinem Alter kann von mir etwas lernen, obwohl es anders herum sein sollte. Zuerst erzähle ich dir etwas über mich, und dann erzähle ich dir etwas über dich.«

»Man kann immer noch was Neues lernen.« Stanley stopfte seine Pfeife. »Da ist noch eine Pfeife, wenn du rauchen möchtest. Zigaretten habe ich nicht.«

»Ich rauche nicht.«

»Rauchen kann manchmal sehr beruhigend sein. Hin und wieder rauche ich gern ein Pfeifchen nach dem Abendessen, aber tagsüber rauche ich nicht –«

»Rauchen beruhigt gewöhnliche Menschen, aber ich bin kein gewöhnlicher Mensch. Es gibt nicht mehr viele wie mich.« Troy zog die Lippen zurück und entblößte kleine, ebenmäßige Zähne. »Und es ist gut für die Welt, daß es nicht mehr viele gibt. In Amerika wird es ein paar von uns in jeder Generation geben, denn nur ein großes Land wie Amerika kann Männer wie mich hervorbringen. Ich bin kein Denker, ich bin ein Macher. Ich gelte als wenig ausdrucksgewandt, also rede ich viel, um das zu tarnen.

Wenn man ein paar Jahre zurückblickt, findet man, daß Amerika eine ordentliche Anzahl von uns produziert hat. Sam Houston, Jack London, Stanley Ketchel, Charlie Manson – dem bin ich in Bakersfield mal begegnet –, Jack Black. Hast du mal *You Can't Win* gelesen, Jack Blacks Autobiographie?«

»Ich habe zeit meines Lebens gearbeitet, Troy. Ich hatte nie viel Zeit zum Bücherlesen.«

»Du meinst, du hast dir nie die Zeit *genommen.* Ich habe nur ein paar der Männer genannt, die Stil hatten, meinen Stil, obwohl der Vergleich ihnen allen unangenehm wäre. Und weißt du, warum? Sie waren lauter Individualisten, darum. Sie haben alle nach ihren eigenen Regeln gelebt, genauso wie ich. Aber die meisten von uns bringen es in den Todesnachrichten der Wochenzeitungen nicht auf eine einzige Zeile. Manchmal fuchst einen das.« Troy schwieg für einen Moment, und seine Brauen zogen sich zusammen. »Da gab's mal einen Schriftsteller . . . komisch, ich kann mich nicht an seinen Namen erinnern.« Troy lachte und schüttelte den Kopf. »Ich komme gleich drauf. Ich werd' einfach so tun, als wollte ich mich nicht mehr daran erinnern; dann fällt's mir schon ein. Jedenfalls, dieser berühmte Schriftsteller meinte, daß Menschen, die in Städten leben, wie Steine in einem Lederbeutel sind. Sie werden aneinander gerieben, bis sie rund und glatt wie Murmeln sind. Wenn sie lange genug im Beutel bleiben, sind keine Ecken und Kanten mehr übrig – das ist damit gemeint. Aber ich hab's geschafft, mir meine Ecken und Kanten zu bewahren. Jeden einzelnen scharfen Grat.

Aber du, Oldtimer, du bist so rund und poliert wie ein Achat. Du lebst seit einundsiebzig Jahren in diesem Beutel, Mann. Sie könnten dich im Fernsehen zeigen, als Musterexemplar des amerikanischen Mannes. Du bist der Sohn eines polnischen Einwanderers, und du hast dein Leben lang für ein gesichtsloses kapitalistisches Unternehmen gearbeitet. Dein Sohn ist ein mickriger Verkäufer, und du hast die typische, unglückliche, sexlose Ehe geführt. Und jetzt: der glorreiche Ruhestand im sonnigen Florida. Das einzige, was noch fehlt, ist ein blinkendes neues Auto in der Einfahrt, das du sonntags waschen und polieren kannst.«

»Ich habe ein Auto, Troy! Einen neuen Escort, aber Maya hat ihn mitgenommen, als sie mich verließ.«

»Ich will dich nicht runterputzen, Pop. Ich hab' dich gern. Aber das Leben hat dich übers Ohr gehauen. Du bist in die Falle gegangen und hast nicht gemerkt, daß du drinsteckst. Aber ich bin im Grunde ein Mann des Instinkts, und das ist der Unterschied zwischen uns. Instinkt, Pop.« Troy senkte die Stimme zu einem Flüstern. »Instinkt. Du hast überlebt, aber es genügt nicht, wenn man bloß existiert. Um zu leben, mußt du dir dessen bewußt sein, und dann mußt du deinen Neigungen folgen, wo immer sie dich hinführen. Es darf dich nicht kümmern, was andere von dir denken. Nur dein eigenes Leben ist wichtig, alles andere zählt nicht. Willst du noch einen Kaffee?«

»Lieber nicht. Ich habe ein kleines Blasenproblem. Wenn ich mehr als eine Tasse trinke, muß ich nachts raus.«

Troy holte sich noch eine Tasse Kaffee. Er kam ins Wohnzimmer zurück und grinste, als er den ratlosen Gesichtsausdruck des Alten sah.

»Ich an deiner Stelle, Pop, ich würde die Situation genießen. Hör auf, dich selbst zu bedauern. Ganz plötzlich bist du von der Norm abgewichen, und jetzt bemerken die Leute dich. Aber du machst dir Sorgen, weil deine Nachbarn aufgebracht sind. Weshalb sollte es dich kümmern, was sie über dich sagen oder denken? Ihr, die ihr bloß überlebt habt, ihr glaubt, ihr lebt hier draußen in Ocean Pines Terraces. Aber in Wirklichkeit sterbt ihr hier draußen.«

»Ich habe mein ganzes Leben lang schwer gearbeitet, und ich war ein guter Handwerker. Ich war stolz auf meine Arbeit –«

»Ach ja? Du hast sie gehaßt, Pop. Du hast mir erzählt, daß dir jeden Tag schlecht war von dem Gestank nach Lack und Terpentin. Aber was war mit dem Badezimmer da hinten? Ist dir schlecht geworden, als du das Badezimmer gestrichen hast?«

»Nein, aber das ist nicht dasselbe wie die Arbeit am Fließband.«

»Klar ist es dasselbe. Die Farbe ist dieselbe, der Gestank ist derselbe. Aber dir ist nicht schlecht geworden, weil du für dich selbst gearbeitet hast und weil du dir die Farbe selbst ausgesucht hast. Ich will deine Gefühle nicht verletzen, aber vielleicht solltest du mal die Scheuklappen abnehmen. Wo ist das Telefonbuch? Ich will mich erkundigen, wann der Bus nach Miami fährt.«

»Gleich hier.« Stanley deutete mit dem Zeigefinger darauf. »Unter dem Stapel *Good Housekeeping*-Zeitschriften auf der Theke.«

Während Troy die Nummer heraussuchte und anrief, überschlugen Stanleys Gedanken sich auf der Suche nach etwas, das er zu seiner Verteidigung anführen könnte. Er wollte, daß Troy eine gute Meinung von ihm hatte.

»Um halb drei, Pop. Wenn du mir jetzt die dreißig Kröten geben kannst, mach' ich mich auf den Weg.«

»Du brauchst noch nicht zu gehen.« Stanley legte seine Pfeife weg, schaute in seine Brieftasche und gab Troy dreißig Dollar. »Bleib noch ein Weilchen sitzen, Troy. Es ist noch viel Zeit. Ich kann dir ja ein Taxi rufen, wenn die Stadtbusse nicht mehr fahren. Und du mußt auch nicht glauben, daß du meine Gefühle verletzt hast. Man hat doch nichts dagegen, zu hören, was andere über einen denken, auch wenn sie alles ganz falsch sehen.«

»Tu ich aber nicht, Pop. Und mir ist es egal, was die Leute von mir denken.«

»Na, ich höre dir jedenfalls gern zu. Das mit den Steinen im Lederbeutel hat mir gefallen. Das klingt sehr vernünftig. Aber man ist geboren, wo man geboren ist. Und wenn man in der Stadt geboren ist, dann ist man ein Stadtmensch, ob man will oder nicht.«

»Ich bin auch in einer Stadt aufgewachsen. In Los Angeles. Aber wenn du dich an das hältst, was ich gesagt habe, ist alles eine Frage von Bewußtsein und Instinkt. Die Zeiten heutzutage sind so verdammt gut, daß es schwer ist, Individualist zu sein. Weißt du, was du hättest tun sollen, als du das erstemal nach Hause gekommen bist und dir die Eingeweide aus dem Leib gekotzt hast. Du hättest aufhören sollen, Streifen auf Autos zu malen.«

»Ich konnte nicht aufhören, Troy. Es war der beste Job, den ich je gehabt hatte. Und ich war jungverheiratet. Ich kann es wohl nicht richtig erklären, aber die meisten Leute in Detroit werden für eine Autofirma arbeiten, wenn sie können. Die Gewerkschaft hat auch viel für uns getan, weißt du.«

»Hast du einen Wecker? Vielleicht leg' ich mich noch ein bißchen aufs Ohr, bis der Bus fährt.«

»Klar. Du kannst im Bett meiner Frau schlafen.« Stanley ging voraus ins Schlafzimmer und knipste die Nachttischlampe an. »Ich bleibe auf und wecke dich rechtzeitig für den Bus.«

Troy legte Stanley einen Arm um die Schultern und ließ ihn dann nach unten gleiten. Er kniff den alten Mann in den dürren Hintern, und Stanley zuckte zusammen.

»Schon mal rumgemacht, Pop? Willst du mit mir ins Bett gehen? Ich hätte nichts gegen einen kleinen Arschfick. Dann schlaf' ich besser.«

»Nein, nein.« Stanley schüttelte den Kopf und sah zu Boden. »So etwas habe ich noch nie getan.«

Troy zuckte die Achseln, setzte sich auf die Bettkante und zog die Stiefel aus. »Ich werd' dich nicht drängen. Aber ich rate dir, bleib weg von den kleinen Mädchen. Beim nächsten Mal landest du wahrscheinlich in Lake Butler. Und manche von denen da oben im Knast halten sich lieber an einen sauberen alten Mann als an kleine Jungs.« Troy ließ die Druckknöpfe an seinem Hemd aufspringen. »Wenn du 'nen

Wecker hast, geh schlafen. Du siehst aus, als könntest du auch ein bißchen Schlaf gebrauchen. Ich werde dir nichts tun.«

»Ich brauche nicht zu schlafen. Ich habe heute einen langen Mittagsschlaf gehalten. Ich werde dich rechtzeitig wecken.«

Stanley schloß die Schlafzimmertür hinter sich. Er goß sich eine Tasse Kaffee ein und zog den Stecker der Maschine aus der Dose. Wenn er sowieso aufblieb, würde der Kaffee ihm nichts ausmachen.

Was Stanley Unbehagen bereitete, war die Tatsache, daß Troy hinsichtlich seiner angeblichen Allergie gegen Farbgeruch den Nagel auf den Kopf getroffen hatte. Er hatte sich schon damals gewundert, als Maya das ganze Badezimmer rosarot angestrichen haben wollte. Es hatte ihm Spaß gemacht, das Bad zu streichen und sich soviel Zeit zu nehmen, wie er Lust hatte, und er hatte eine wunderschöne Arbeit geleistet. Aber das Bad war klein, und er hatte oft bei geschlossener Tür gearbeitet, und obwohl er drei Tage dafür gebraucht hatte, war ihm nicht ein einziges Mal unwohl oder schlecht gewesen.

Aber daran, daß er seinen Job im Werk wirklich gehaßt hatte, konnte er sich auch nicht erinnern. Er war viel zu glücklich gewesen, einen guten Job zu haben, während viele Männer in der Nachbarschaft arbeitslos gewesen waren. Es hatte Tage gegeben, an denen er über das eine oder andere sauer gewesen war, aber das war nur natürlich, bei jeder Sorte Arbeit. Außerdem hatte Troy noch nie einen festen Job gehabt, das hatte er gesagt. Was konnte er von dem Behagen und der Sicherheit wissen, die es einem vermittelte, zu wissen, daß man jede Woche seinen Lohn bekommen würde? Mit einem festen Lohn konnte man Dinge planen, etwas sparen, sogar auf Kredit einkaufen, wenn es etwas gab, das man wirklich unbedingt haben wollte. Man wußte genau, wie weit sein Geld jeden Monat reichen würde. Außer wenn gestreikt wurde. Dann ging der Etat zum Teufel. Aber nach dem Streik war man besser dran als vorher, denn jetzt waren Lohn und Zulagen höher. Reuther war ein Genie gewesen; deshalb hatten sie ihn vermutlich umgebracht. Es gab vieles, worüber Stanley gern mit Troy gesprochen hätte, wenn er nur noch ein paar Tage geblieben wäre . . .

Um halb zwei kochte Stanley mit der *Mr. Coffee*-Maschine eine frische Kanne Kaffee. Es war gar nicht schwierig. Um zwei weckte er Troy.

»Ich habe frischen Kaffee gemacht, und das Taxi habe ich auch schon bestellt.«

Troy kam angezogen zu ihm in die Küche und goß sich eine Tasse Kaffee ein.

»Wieso hast du es so brandeilig, nach Miami zu kommen, Troy? Es wird dir doch nicht schaden, wenn du noch zwei Tage hierbleibst. Wenn die Polizei nicht weiß, daß du hier bist, wird sie auch nicht herkommen, um dich zu kontrollieren.«

»Die Cops machen mir keine Sorgen. Ich muß wieder mal absahnen. Im Grunde hätte ich nichts dagegen, zwei Tage hierzubleiben, aber ich möchte nach Westindien. Setz dich mal für 'nen Moment, Pop. Da wohnt ein Typ in Miami, den ich in New Orleans kennengelernt hab'. Er ist ein bajanischer gegenstandsloser Maler, und er hat mir von 'ner Sache in Miami erzählt, bei der wir einen Haufen Geld machen können.«

»Was für ein Maler?«

»Ein bajanischer. Er kommt aus Barbados. Von der Insel Barbados. Die Leute dort nennen sich Bajaner.«

»Ich meinte das andere. Gegenstandslos, hast du gesagt.«

»Genau. Das ist was anderes als abstrakt. In der abstrakten Kunst kann man teilweise etwas erkennen. In der gegenstandslosen Kunst nicht.«

»Ich verstehe nicht –«

»Verdammt, du hast mir doch erzählt, du warst Maler. Streifer.«

»Ja. Aber von gegenstandsloser Kunst habe ich noch nie gehört. Das ergibt doch keinen Sinn.«

»Jetzt hast du's. Es soll auch keinen Sinn ergeben, Pop. James, so heißt er, malt ganz beschissen, und deshalb ist er gegenstandsloser Maler geworden. Er lebt von seinen Alten. Sein Vater ist 'n Schwarzer, und seine Mutter ist weiß, 'ne Engländerin. Sein Vater hat 'ne Art Warenhaus in Bridgetown. Kurzwaren, englisches Porzellan, Erdnußbutter, und er ist Generalvertreter für zwei europäische Automarken, für die ganze Insel, hat James mir erzählt. So arbeiten sie da unten. Sein Alter hat auch die Konzession für die Erdnußbutter; also muß jeder, der Erdnußbutter essen will, sie bei James' Vater kaufen. James ist der einzige eheliche Sohn, aber er hat noch ein paar uneheliche Geschwister. Als sein Vater genug Geld gemacht hatte, ging er nach England und nahm sich eine Engländerin zur Frau, bevor er wieder zurückkam.

James' Vater will, daß er in sein Geschäft eintritt, aber James hat seine Familie dazu überredet, ihn in den Staaten Malerei studieren zu lassen. Sein Alter schickt ihm zweihundert Dollar im Monat; er hält ihn knapp bei Kasse, damit James die Malerei aufgibt und nach Barbados zurückkommt. Offenbar sind eheliche Söhne auf Barbados etwas Besonderes, und helle Haut ist auch nicht schlecht fürs Geschäft.

Wenn er nur nebenher malen wollte, sagte James, hätte sein Alter wohl nichts dagegen, aber die hauptberufliche gegenstandslose Malerei geht seinem Vater doch über die Hutschnur. Seine Tante hat ihm zu seinem sechsundzwanzigsten Geburtstag ein bißchen Extrakohle geschickt, und davon ist er nach New Orleans gefahren, um Skizzen zu machen. Da hab' ich ihn eines Tages am Flußufer getroffen. Er hatte einen Skizzenblock dabei und versuchte, die *Dixie Queen* zu zeichnen. Es war, als ob ein Kind malt.

Wir kamen ins Gespräch und freundeten uns an. Er sprach von dieser Kiste in Miami, als er merkte, daß ich in solchen Sachen Erfahrung habe. Weißt du, er hat den verzweifelten Wunsch, in New York, in der Art Students' League an der 57th Street, Kunst zu studieren. Er meint, wenn er in New York mal 'ne Einzelausstellung zustande bringen kann, dann würde ihm das Anerkennung bringen, und dann brauchte er nie wieder nach Barbados zurück.

Um es kurz zu machen, ich hab' James 'ne Karte geschrieben, daß ich nach Miami komme, und ich bin jetzt schon ein paar Tage im Verzug – wegen der Sache in Jacksonville.«

»Was ist in Jacksonville passiert, Troy? Davon hast du mir nichts erzählt.«

»Ich glaube nicht, daß du das wirklich wissen willst, Pop. Es war bloß ein Mißverständnis zwischen mir und 'nem Typen in 'ner Bar.«

Das Taxi fuhr vor, und der Fahrer hupte. Troy öffnete die Haustür und winkte dem Fahrer zu, um ihm zu zeigen, daß er ihn gehört hatte.

»Danke für alles, Pop. Ich schicke dir dein Geld in ein paar Tagen zurück.«

»Vergiß das Geld, Troy. Ich – ich nehme an, es ist zu spät für mich, mit dir zu kommen, was?« Die Unterlippe des alten Mannes zitterte.

Troy rieb sich die platte Stelle auf seinem Nasenrücken. »Es ist nie für irgendwas zu spät, Pop. Ich kann dir nichts versprechen, aber wenn du mit mir nach Miami kommen willst – das Taxi wartet.«

Der Fahrer drückte lange auf die Hupe. Troy öffnete die Tür noch einmal. »Hör auf mit dem Gehupe.« Seine Stimme trug weit in der Nachtluft, und der Fahrer zuckte vom Lenkrad zurück, als wäre es glühendheiß.

»Ich kann nicht jetzt sofort losfahren, Troy. Aber ich kann in ein, zwei Tagen nachkommen.«

»Hol was zum Schreiben. Ich gebe dir James' Adresse.«

Stanley holte einen Kugelschreiber und ein Blatt Papier aus Mayas Schreibtisch. Troy kritzelte die Adresse nieder. »Er heißt James Frietas-Smith, mit Bindestrich. Ich bin noch nicht da gewesen, aber das Haus liegt in einer Gegend, die Bayside heißt – nicht weit von der

Stadtmitte. Ein Telefon gibt's da nicht; du mußt also gleich hinkommen. Vorn steht ein großes Haus, das den Shapiros gehört. James hat das Garagenapartment dahinter.«

»Das kann ich finden. Heute kann ich nicht kommen, aber am Donnerstag oder Freitag bestimmt. Zumindest bin ich ziemlich sicher.«

Troy zwinkerte und gab Stanley einen flüchtigen Kuß auf den Mund. Er öffnete die Tür, ging hinaus und schnippte mit den Fingern. »Pop! Der Schriftsteller. Der Kerl, der das mit den Steinen im Beutel gesagt hat. Somerset Maugham, der Engländer. Und er ist einen verdammten Streifen älter geworden als du.«

Troy stieg ins Taxi, und Stanley schaltete das Licht auf der Veranda aus. Er fragte sich, ob wohl die Nachbarn gesehen haben mochten, wie Troy ihn geküßt hatte, aber wenn, dann kümmerte es ihn nicht mehr sonderlich. Es war ein lieber Kuß gewesen; sein Sohn hatte ihn so geküßt, mit sieben oder acht, wenn er morgens zur Schule gegangen war. Dann, eines Morgens, hatte Junior aufgehört, ihn zu küssen, und er war sogar zurückgewichen, wenn Stanley versucht hatte, ihn zu umarmen. So waren Jungs. Von Maya ließ er sich im Haus immer noch in den Arm nehmen, aber wenn sie versuchte, ihn in der Öffentlichkeit zu küssen oder zu umarmen, dann bekam der Junge einen Anfall und wich auch vor ihr zurück. Aber Troy hatte ihn so gern gemocht, daß er ihm zum Abschied einen Kuß gegeben hatte, und der alte Mann war gerührt. Nun, vielleicht würde er nach Miami gehen, und vielleicht nicht. Trotz allem, was Troy gesagt hatte, man konnte nicht alles tun, wozu man Lust hatte, ohne es sich vorher zu überlegen.

9

Am Sonntag gingen Hoke und Aileen zum Haus seines Vaters zum Essen. Das Sonntagsessen dort wurde stets um drei Uhr serviert, denn meistens frühstückten die Moseleys spät, und den leichten Lunch ließen sie aus. Dadurch war auch Inocencia früh fertig; sie konnte aufräumen und rechtzeitig nach Hause zu ihrer Familie fahren, um noch am Abendgottesdienst teilzunehmen. Zum Essen gab es einen Rippenbraten, und wer später noch Hunger bekam, konnte sich Sandwiches machen. Frank war sonntags immer so verfahren, auch als Witwer, und er hatte an dieser Tradition nichts geändert, auch als Helen in sein Leben getreten war.

Hoke und Aileen kamen um eins an, so daß Aileen vor dem Essen noch im Pool schwimmen konnte. Aileen schwamm nicht gern im

Meer. Sie hatte Angst vor Quallen, und in Vero Beach war sie einmal von einer Makrele in den Zeh gebissen worden. Das »El Pelicano« hatte keinen Pool, und so hatte ihr Großvater ihr erlaubt, seinen zu benutzen, wann immer sie Lust hatte, die anderthalb Meilen bis zu seinem Haus an der Ocean Road zu laufen. Frank und Helen schwammen selten in ihrem Pool, aber sie hatten weiße Eisenstühle und einen Tisch mit Sonnenschirm danebenstehen, und früh am Abend saßen sie oft draußen mit einem Drink und beobachteten den Verkehr auf dem Kanal. Eine große Seekuh mit narbenübersätem Rücken kam abends oft an die Anlegestelle. Wenn sie kam, fütterte Helen sie mit ein paar Köpfen Eisbergsalat. Weil der Eisbergsalat achtundneunzig Cent pro Kopf kostete, hatte Helen es mit Romaine versucht, der viel billiger war, aber die Seekuh hatte ihn nicht gemocht, und so war Helen wieder zum Eisbergsalat zurückgekehrt. Während Aileen im Pool herumplantschte, hielt Hoke Ausschau nach der Seekuh, aber die tauchte nicht auf.

Hoke trug einen neuen gelben Popelineoverall, Tennisschuhe und eine »Ray-Ban«-Sonnenbrille im Pilotenstil, die er schon seit mindestens zehn Jahren hatte. Hin und wieder vermißte er das Gewicht des Revolvers hinten an seinem Gürtel, wo er ihn meistens trug, aber jetzt hatte er ihn nicht mehr bei sich, ebensowenig wie seine Dienstmarke und seine Handschellen. Auf dem rechten Bein seines Overalls befand sich eine große Packtasche mit Reißverschluß, aber die Umrisse des Revolvers waren deutlich sichtbar gewesen, als er ihn dort verstaut hatte, und da hatte er beschlossen, keine Waffe mehr zu tragen. In Anbetracht dessen, daß er Urlaub hatte und sich nicht in Miami aufhielt, war er nicht verpflichtet, seine Waffe ständig bei sich zu tragen. Trotzdem fühlte er sich ohne sie ein bißchen wunderlich.

Frank saß in seinem Arbeitszimmer vor dem Fernseher, und Helen war im Wohnzimmer. Sie saß an ihrem Obstbaum-Holzschreibtisch, adressierte Biefumschläge und legte hektographierte Briefe ein, in denen um Spenden für das Zentrum für mißhandelte Kinder in Palm Beach gebeten wurde. Sie war bei den letzten Umschlägen angelangt, als Hoke zu ihr ins Wohnzimmer kam. Er ging zur Bar, goß sich einen Fingerbreit Chivas Regal in ein Glas, fügte zwei Eiswürfel hinzu und spritzte ein wenig Soda hinein. Helen sah sich nach ihm um und lächelte. »Ich bin fast fertig, Hoke. Machst du mir bitte einen Pink Gin?«

»Tanqueray oder Beefeater?«

»Da ist kein Unterschied mehr, wenn man Bitter hineintut; deshalb nehme ich von mir aus auch Gordon's.«

Weil da doch noch ein Unterschied war, goß Hoke einen Fingerbreit Tanqueray in ein Kristallglas, gab Eiswürfel hinzu und träufelte ein großzügiges Quantum Angostura ins Glas. Dann nahm er eine Cocktailserviette vom Stapel und stellte den Drink auf der Serviette auf die Schreibtischkante, wo Helen ihn erreichen konnte.

»Danke.« Helen nahm einen kleinen Schluck. »Das ist Tanqueray.«

»Dann gibt's also doch einen Unterschied.«

»Das weiß ich; ich habe gemeint, für mich macht es keinen Unterschied. So, das war die letzte auf der Liste. Ich wollte diese Briefe ja drucken lassen, aber das haben sie mir ausgeredet. Der Vorstand meinte, wenn wir sie hektographieren lassen, vermitteln sie die drängende Finanznot überzeugender. Meiner Meinung nach sehen hektographierte Briefe schmierig aus. Ich bin nicht sicher, daß jemand sie lesen wird.«

»Kopien sind am besten. Ein fotokopierter Brief sieht heutzutage aus wie das maschinengeschriebene Original.«

»Das werde ich dem Vorstand vielleicht beim nächsten Mal vorschlagen, obwohl wir gar nicht so dringend Geld brauchen. Wir haben bis jetzt nur ein einziges mißhandeltes Kind in unserem Programm, und den Jungen schicken wir den Rest des Sommers zur Sheriff's Boy's Ranch nach Kissimmee, während seine Mutter sich in Arizona trockenlegen läßt. Sie zahlt beides, die Ranch in Kissimmee und die Nasenbleiche in Tucson.«

»Woher kommt dein Interesse für mißhandelte Kinder, Helen?«

»Im Grunde existiert es nicht. Aber ich fand, in irgendeinem Verein müßte ich mitarbeiten, und dieser hier ist weniger lästig als manche anderen. Am liebsten wäre ich im Ballkomitee der Herz-Stiftung, aber da ist die Warteliste eine Meile lang.«

»Ich habe neulich morgens am Strand einen Mann kennengelernt, Helen, der mir erzählte, daß du noch ein Apartment im Supermare hast. Er hieß E. M. Skinner. Kennst du ihn?«

Helen lachte, schüttelte den Kopf und betupfte die Lasche eines Briefumschlags mit einem Schwamm. »Den kenne ich allerdings. Er hat das Penthouse, und er war fast ein Jahr lang Vorsitzender der Eigentümerversammlung, bis wir ihn absägten. Als das Haus bezogen wurde, war er der einzige, der Vorsitzender sein wollte; also stimmten wir alle für ihn. Aber er war emsig und aufdringlich und fing an, alle möglichen törichten Vorschriften zu erlassen, und so ließen die anderen Vorstandsmitglieder, vor allem Mr. Olsen und Mary Higdon, ihn abwählen. Jetzt ist Olsen unser Vorsitzender, und Mr. Skinner ist nicht einmal mehr im Vorstand. Eine der Vorschriften, die er einführen wollte, war zum Beispiel die, daß man am Pool stets ein Armband mit der Apartmentnummer tragen müsse. Mit diesem Armband, behauptete er, würden wir verhindern, daß Touristen und Fremde unbefugt unseren Pool benutzten. Der Verwalter, Mr. Carstairs, kennt aber jeden im Haus; er braucht kein Armband, um zu wissen, ob einer dort wohnt oder nicht.« Sie legte ihre Umschläge aus der Hand. »Aber es ärgert mich ein bißchen, daß Mr. Skinner dir von mir erzählt hat. Wie kommt er dazu, einem Fremden am Strand zu erzählen, daß ich noch ein Apartment dort habe?«

»Ich habe ihm erzählt, daß ich Franks Sohn bin; das war der Grund. Aber es hat mich überrascht, daß du das Apartment noch hast.«

Helen warf einen Blick zum Flur und senkte die Stimme. »Ich werde dir ein kleines Geheimnis verraten, Hoke. Aber sag Frank nichts davon. Okay?«

»Wie geheim ist es?« Hoke nahm einen Schluck aus seinem Glas. »So nah wie jetzt waren Frank und ich uns seit Jahren nicht mehr, und ich möchte unser Verhältnis nicht aufs Spiel setzen. Er hat es mir schließlich ermöglicht, hier auf der Insel zu bleiben–«

»Ich werde es dir erzählen, und wenn du ihm sagen willst, daß du Bescheid weißt, wird ihm das nicht schaden. Es wird ihn vielleicht ein bißchen verlegen machen, aber weiter nichts. Als wir in unseren Flitterwochen nach Nassau fuhren, sollten wir dort heiraten, aber wir haben es nicht getan. Wir brauchten beide den Totenschein unseres vorigen Ehegatten, um die Lizenz zu bekommen. Den hatten wir aber nicht mitgebracht, und deshalb konnten wir keine Heiratserlaubnis bekommen. Wir hatten aber schon die Vermählungsanzeigen herumgeschickt, und so haben wir unsere Flitterwochen eben trotzdem verlebt. Und während wir da waren – eine Woche in Nassau ist wie ein Monat anderswo –, kamen wir ins Gespräch, und wir beschlossen, gar nicht zu heiraten. Was würde es auch schließlich verändern? Abgesehen davon, daß es unser Leben reichlich komplizierter machen würde. Langfristig würde eine Ehe uns beide Geld kosten, verstehst du? Natürlich denkt jeder, wir sind verheiratet, denn so hat es in der Zeitung gestanden, aber indem ich ledig bleibe, behalte ich weiterhin die Steuerbefreiung für mein Apartment im Supermare, und er hat die Vergünstigungen für sein Haus. Damit spart jeder von uns fünfundzwanzigtausend Dollar im Jahr. Und an der Einkommensteuer sparen wir auch. Die ist für Verheiratete eine wahre Strafe, wie du weißt. Das jedenfalls ist das Geheimnis, unser kleines Geheimnis, und wenn du Frank sagen willst, daß du Bescheid weißt, dann tu's nur. Aber bitte verrate sonst niemandem etwas.«

Hoke grinste, beugte sich vor und gab Helen einen Kuß auf die Wange. »Ich werde euer Geheimnis mit ins Grab nehmen, Helen. Ich habe auch schon in Sünde gelebt, und das ist besser, als verheiratet zu sein.«

»Sünde hat nichts damit zu tun. Es ist die reine ökonomische Vernunft. Ich habe Geld genug; ich brauche Franks nicht. Wir haben jeder ein eigenes Testament gemacht, und dadurch ist für alles vorgesorgt, falls einer von uns stirbt.«

»Angesichts dessen, daß Frank dreißig Jahre älter ist als du, kommt es darauf wohl kaum an.«

»Frank ist ziemlich gut in Form, Hoke.«

»Das hat er dir zu verdanken. Ich war froh, als ihr beide geheiratet habt, Helen. Obwohl ich von seiner Freundin in Latana wußte. Mit der traf er sich zwei oder dreimal im Monat, auch als meine Mutter noch lebte.«

»Nun, er hat keine Freundin in Latana mehr. Und das ist kein Geheimnis. Der Affäre habe ich ein Ende gemacht, indem ich drohte, es ihrem Mann zu erzählen.«

Hoke trank sein Glas leer und schüttelte den Kopf. »Erzähl' mir nichts weiter, Helen. Ich versuche mein Leben zu vereinfachen, und alles, was ich heute erfahre, macht es nur noch komplizierter.«

Helen lachte. »Ein Geheimnis will ich dir aber noch zeigen. Komm. Ich gehe voraus.«

»Brauche ich vorher noch einen Drink?«

»Nein.« Sie lachte. »Komm her.«

Hoke folgte Helen in die Küche und durch den Küchenausgang in die Doppelgarage. Helen zeigte auf ein Zehngangdamenfahrrad, Marke Schwinn, das an der Garagenwand lehnte. Das Rad war dunkelrot lackiert, und an dem schrägen Holm des Rahmens war ein Namensschild aus Messing angebracht. DIESES FAHRRAD IST EINE SPEZIALANFERTIGUNG FÜR AILEEN MOSELEY, stand auf dem Messingschild.

»Frank hat es für Aileen gekauft, damit sie jederzeit herfahren und im Pool schwimmen kann. Meinst du, es wird ihr gefallen?«

»Selbstverständlich wird es ihr gefallen. Aber es wird es mir um so schwerer machen, sie loszuwerden. Oh, ich meine es nicht so, wie es klingt. Ich liebe Aileen, aber ich finde, sie sollte bei ihrer Mutter wohnen. Jetzt, wo sie das Fahrrad hat, wird es mir um so schwerer fallen, sie dazu zu überreden, nach Kalifornien zu gehen.«

»Damit hat es ja keine Eile, Hoke. Wir finden beide, Aileen sollte für ein Weilchen bei dir bleiben, Hoke. Du hast ein paar heikle Tage hinter dir, und du brauchst sie – oder sonst jemanden, der sich in den nächsten paar Monaten um dich kümmert. Wenn die Schule anfängt, kann sie mit dem Bus zur Junior High nach Riviera Beach fahren.«

»Ich glaube sowieso nicht, daß Patsy sie wieder zu sich nehmen wird. In unserem Kleinapartment ist verdammt wenig Platz, aber sie scheint sich ganz wohl zu fühlen.«

»Warum auch nicht? In ihrem Alter hätte ich alles dafür gegeben, wenn ich mit meinem Vater allein hätte leben dürfen. Und in gewisser Weise tue ich das jetzt, indem ich mit Frank zusammenlebe.« Helen wurde rot und wandte sich ab. »Ich habe meinen Vater kaum je gesehen, als ich klein war. Meistens war ich in der Schule, und er war zu sehr mit Geldmachen beschäftigt, um Zeit für mich zu haben.«

»Na ja, zumindest mache ich kein Geld.« Hoke grinste. »Je weniger Geld man hat, desto wahrscheinlicher ist es offenbar, daß man seine Kinder bei sich hat. Der Baseballspieler, den meine Ex-Frau geheiratet hat, macht dreihundertfünfundzwanzigtausend im Jahr, bei den Dodgers.«

Sie kehrten ins Wohnzimmer zurück, und Hoke schenkte sich einen kleineren Drink ein. Er gab Eiswürfel hinzu, ließ aber den Spritzer Sodawasser weg. Hoke und Helen waren etwa gleich alt, und er hatte sich in ihrer Gesellschaft immer wohlgefühlt, auch wenn er nur selten allein mit ihr gesprochen hatte. Sie war blond und rundlich, aber nicht dick, und sie hatte das Leben seines Vaters positiv beeinflußt. Der alte Herr war schlanker und sehr viel glücklicher geworden, seit er Helen geheiratet hatte – das heißt, seit er mit ihr zusammengezogen war. Sie zog ihn auch besser an. Frank trug jetzt leichte Baumwollhosen und farbenfrohe Sporthemden statt der zerknautschten Leinenkreppanzüge, die er früher bevorzugt hatte, und die schwarzen Lederschlipse, mit denen er jeden Tag ins Geschäft gegangen war, hatte sie weggeworfen.

»Möchtest du noch einen Pink Gin, Helen?«

»Lieber nicht. Zum Essen gibt es Wein, und da genügt wohl einer.«

»Wann warst du das letzte Mal in deiner Wohnung im Supermare?«

»Vor ungefähr einem Monat. Warum?«

»Hat da etwas gefehlt? Skinner sagt, in letzter Zeit ist dort eingebrochen worden. Der Dieb ist in unbewohnte Apartments eingedrungen.«

»Davon höre ich zum erstenmal; aber ich war auch nicht auf den Monatssitzungen.«

»Hast du ein Riegelschloß an der Tür?«

Helen nickte. »Ein normales Türschloß im Knauf und ein Riegelschloß.«

»Wenn du willst, sehe ich mal danach.«

»Ich verwahre keinen Schmuck dort. Nur Möbel und Einrichtungsgegenstände und ein paar Kleider. Frank und ich ziehen uns da ab und zu um, wenn wir zum Strand gehen. Und am ersten Januar muß ich dort wohnen oder wenigstens körperlich anwesend sein, um die Steuerbefreiung zu erhalten.«

»Wann wart ihr das letzte Mal am Strand?«

Helen lachte. »Das ist ungefähr vier Monate her. In der Saison. Im Sommer ist es mir da zu heiß.«

»Dann sollten wir mal vorbeigehen und nachschauen.«

»Ich habe noch einen Satz Extraschlüssel. Ich gebe sie dir, und du kannst irgendwann morgens, wenn du schwimmen gehst, hinaufspringen. Überhaupt kannst du das Apartment benutzen, wann du willst, und du kannst im Pool schwimmen. Ich kann Mr. Carstairs anrufen und ihm sagen, daß du mein Gast bist. Aber Aileen darf nicht an den Pool oder sich im Gebäude aufhalten. Kindern ist der Zutritt verboten.«

»Haben die Leute dort keine Enkelkinder?«

»Doch, natürlich, aber sie dürfen nicht zu Besuch kommen. Das Kinderverbot war eines der Hauptargumente für den Kauf eines Apartments im Supermare. Viele Leute wollen keine Enkelkinder um sich haben, Hoke; sie wollen nicht mal ihre eigenen erwachsenen Kinder. Nicht jeder ist wie Frank und ich.« Helen nahm die Ersatzschlüssel aus der mittleren Schreibtischschublade und steckte sie in einen Umschlag. Sie reichte Hoke den Umschlag, und er steckte ihn in die vordere Tasche. »Jetzt solltest du Frank holen, Hoke. Bring ihm einen Drink, und wenn er ihn getrunken hat, dürfte das Essen fertig sein.«

»Was trinkt er? Früher war es Bourbon on the rocks oder mit etwas Coke –«

»Bring ihm einen Beefeater on the rocks, aber mit einer Olive. Er findet, Wermut ruiniert jeden Martini.«

»Da hat er recht.«

Helen ging in die Küche, und Hoke machte seinem Vater einen steifen Gin on the rocks. Auf dem Weg zum Arbeitszimmer fiel ihm zum erstenmal im Leben ein, daß Frank ihm, wenn er Glück hatte, das »El Pelicano Arms« testamentarisch vermachen würde. In diesem Fall würde er ohne weitere Sorgen bis an sein Lebensende auf der Insel bleiben können. Und selbst wenn Frank ihm das Apartmenthaus nicht vermachen und statt dessen alles Helen hinterlassen sollte, würde Helen, dessen war er sicher, ihn als Verwalter behalten.

Aber nun sollte er zusehen, daß er sich dieser Stellung würdig erwies, indem er die beiden leerstehenden Apartments so schnell wie möglich vermietete . . .

Vor dem Essen bekam Aileen ihr neues Fahrrad zu sehen, und sie küßte Frank, Helen und Hoke. Hoke hatte ihr verboten, seinen Wagen noch einmal zu fahren; mit dem Fahrrad konnte sie auf der Insel jetzt fast überall hin.

»Ich besorge dir einen Korb für die Lenkstange«, sagte Hoke. »Dann kannst du im Supermarkt für uns einkaufen.«

»Ich brauche keinen Korb. Ich kann die Lebensmittel unter den Arm klemmen und mit der freien Hand lenken.«

»Aber fahr' nicht auf dem Parkplatz der Mall«, warnte Hoke. »Viele geisteskranke Yankees setzen rückwärts aus den Parklücken, ohne sich umzusehen; die können dich leicht überfahren.«

Aileen aß hastig, damit sie bald mit ihrem neuem Rad fahren könnte; trotzdem vertilgte sie zwei Portionen von dem rosa gebratenen Rindfleisch mit Kartoffelbrei und Soße, bevor sie vom Tisch aufstand.

Nach dem Essen zogen Frank und Hoke sich mit ihrem Kaffee ins Arbeitszimmer zurück. Frank fand im Kabelfernsehprogramm einen Frauenschlammringkampf, der in Buffalo, New York, veranstaltet wurde. Frank hatte erst seit wenigen Monaten einen Kabelanschluß, und bis dahin hatte er nicht gewußt, daß es so etwas wie Lacrosse, Schlammringen, Vierbandenvolleyball und Wettkämpfe im Messer-, Stern- und Beilwerfen überhaupt gab; daher interessierte er sich noch für diese – für ihn – neuen Sportarten. Dr. Ruths abendliche Sexshow gefiel ihm ebenfalls, und nur selten versäumte er eine Folge.

Um Viertel vor fünf stand Hoke auf. »Ich muß jetzt los, Dad. Ich habe einen Zettel an die Tür gehängt und aufgeschrieben, daß ich um fünf zurück bin. Könnte sein, daß jemand kommt, der ein Apartment sucht.«

»Bleib noch, Junge. Es kommt gleich ein Mann, den du kennenlernen sollst. Aileen soll mit dem Rad rüberfahren; wenn jemand da ist, kann sie ihm sagen, er soll auf dich warten.«

Hoke stöberte Aileen draußen auf und trug ihr auf, sich mit ihrem nassen Badezeug zum Apartmenthaus zu begeben. »Wenn Leute da sind, kannst du ihnen ein freies Apartment zeigen; aber sie sollen warten, bis ich komme.«

»Ich kann sie allein durch ein Apartment führen, Daddy.«

»Das weiß ich, Schatz, aber ich möchte die Leute gern aussuchen. Ich will nicht, daß Latinos für zwei Monate oder länger einziehen. Oder Säufer. Okay?«

»Was hast du gegen Latinos? Ellita ist eine.«

»Nichts habe ich gegen sie, aber unsere Apartments sind für eine oder zwei Personen gedacht, nicht für sechs- oder mehrköpfige Familien. Da sind nur zwei Einzelbetten, wie du weißt.«

Aileen ging nicht weiter darauf ein. »Ich habe einen Sack Mangos ins Auto gestellt, auf den Vordersitz, Daddy. Helen sagt, wir können von dem Baum im Garten so viele haben, wie wir wollen.«

»Schön. Wie sind die Bremsen an deinem Rad?«

»Ich *kann* damit fahren, Daddy – und ich fahre nicht über den Parkplatz.«

Hoke machte sich im Wohnzimmer noch einen Scotch mit Soda zurecht, ging aber nicht ins Arbeitszimmer zurück, sondern in die Küche. Inocencia hatte hier saubergemacht und war nach Hause gegangen. Vorher hatte sie vier Roastbeefsandwiches für Hoke zum Mitnehmen in eine Tüte gesteckt. Hoke trug die Tüte zu seinem Wagen und legte sie auf den Sitz neben die Mangos. Als er die Wagentür zuschlug, rollte ein schwarzer Buick Riviera hinter Hokes Le Mans in die Zufahrt.

»Ich fahre in ein paar Minuten weg«, rief Hoke dem Mann zu, der aus dem Wagen stieg. »Lassen Sie mich lieber erst rausfahren; dann können Sie vor mir hinein.«

»Ich bleibe selber nur ein paar Minuten. Sie sind Sergeant Moseley, stimmt's?«

»Ja, aber ich wohne nicht hier. Ich besuche nur meinen Vater.«

»Dann sind Sie der Mann, mit dem ich sprechen wollte.« Er stellte sich als Mike Sheldon vor, Polizeichef von Riviera Beach.

»Ihr Vater hat mich gestern angerufen und mir erzählt, Sie hätten beim Miami Police Department Ihren Abschied genommen.«

»Na, gekündigt habe ich noch nicht, Chief. Ich denke noch drüber nach. Im Augenblick ist mein Problem, herauszufinden, was das beste für mich ist, Chief. Sie wissen, wie es geht. Ich kann mein Pensionsgeld entweder als Pauschalsumme kassieren, oder ich kann es stehen lassen, bis ich siebenundfünfzig bin und dann eine Monatsrente beziehen. Ich bin noch nicht dazu gekommen, mich mit Papier und Bleistift an den Tisch zu setzen und mir auszurechnen, welche Möglichkeit die günstigste ist.«

»Wenn Sie die ganze Summe auf einmal nehmen, müssen Sie sie in diesem Jahr als Einkommen versteuern.«

»Das weiß ich, aber mein Einkommen in den nächsten sechs Monaten wird so unerheblich sein, daß ich es trotzdem genau ausrechnen muß.«

»Ich war mal in der gleichen Lage.« Chief Sheldon rieb sich eine tiefe weiße Narbe an seinem Kinn. Er war ein untersetzter Mann von Ende Vierzig, und sein Gesicht war von der Sonne stark verbrannt. Die Haut an seiner Nase schälte sich ab, und wenn er, wie jetzt, seine dunkle Sonnenbrille abnahm, sah man, daß die sommersprossige Haut unter seinen Augen weiß wie Papier war. »Ich habe diesen Job erst seit sechs Monaten. Gegen den alten Chief wurde ein Verfahren eingeleitet, wissen Sie, und ich mußte mich rasch entscheiden, als der Stadtrat mir die Stelle anbot. Ich war Lieutenant beim Morddezernat oben in Trenton – das ist in New Jersey –, und ich hatte mich in drei oder vier Kleinstädten als Chief beworben, auf Anzeigen in der Zeitschrift hin. Riviera Beach hat mir das beste Angebot gemacht. Ich mußte also die gleiche Entscheidung treffen, die Sie jetzt zu treffen haben. Ich habe mein Geld bei der Pensionskasse gelassen. Ich verdiene hier als Chief nicht so viel wie als Lieutenant oben in Trenton, aber hier an der Gold Coast ist das Leben sehr viel leichter. Das Geld ist nicht das wichtigste im Leben eines Mannes.«

»Es sei denn, er hat keins.«

»Ihr Vater sagt, mit Miami sind Sie fertig, aber Sie wären vielleicht an 'nem Angebot hier in Riviera Beach interessiert.«

»Das ist ausgeschlossen.« Hoke schüttelte den Kopf. »Das Revier ist auf dem Festland. Ich habe beschlossen, die Insel nie wieder zu verlassen.«

»›Nie‹ ist ziemlich lange. Hören Sie, was ich noch zu sagen habe. Ich habe mir Ihre Akte angesehen, aus der Zeit, als Sie noch als Streifenpolizist beim Revier Riviera waren, bevor Sie nach Miami runtergingen. Sie waren hier ein guter Polizist. Kein Tadel, aber fünf Belobigungen – nicht übel für drei Jahre. Dann habe ich Ihren Chef im Morddezernat angerufen, Major Brownley in Miami, und der sagt, Sie wären einer seiner besten Detectives –«

Hoke lachte. »Major Brownley haben Sie angerufen? Der weiß noch gar nicht, daß ich kündige. Er weiß nur, daß ich dreißig Tage unbezahlten Urlaub habe. Ich habe Ihnen doch gesagt, ich habe meine Papiere noch nicht eingereicht. Er muß sich in die Hose geschissen haben, als Sie ihn anriefen.«

»Anfangs war er ein bißchen beunruhigt, ja. Aber ich war diskret. Ich habe ihm nur erzählt, ich wollte Ihnen einen Lieutnantposten als Chef meines Morddezernats anbieten, aber als ich das Gehalt erwähnte, hat er gelacht. Abgesehen von den Lieutenants-Streifen kann ich Ihnen nicht mehr als fünfzehntausend im Jahr bieten.«

»Als Sergeant in Miami kriege ich vierunddreißig.«

»Hat er mir auch gesagt. Aber auf der anderen Seite – wenn Sie von Miami die Nase voll haben – und das könnte ich Ihnen nicht verdenken –, könnte es ja sein, daß der höhere Dienstgrad und der Job an sich Ihnen besser gefällt. Wir haben hier nicht viele Mordfälle; allerdings werden es Jahr für Jahr mehr Mißhandlungen und Vermißte, und diese Fälle werden auch vom Morddezernat bearbeitet. In Riviera hat sich vieles geändert, seit Sie nicht mehr hier sind. Vor zehn Jahren waren die meisten Einwohner hier weiße angelsächsische Protestanten. Heute haben wir sechzig Prozent Schwarze.«

»Sie wollen mich auf den Arm nehmen. Ich glaube nicht, daß auf der Insel mehr als eine oder zwei schwarze Familien leben.«

»Hier auf Singer, ja. Die können sich nicht leisten, hier drüben zu wohnen. Aber in der Stadt ist der Zustrom groß. Für ein, zwei Jahre gingen die Bevölkerungszahlen zurück, aber jetzt steigen sie wieder, weil immer mehr Schwarze herziehen. Die WASPs sind rauf nach North Palm Beach gezogen oder in diese neuen Vororte nach West Palm. Das ist einer der Gründe, weshalb sie mich genommen haben. Ich hatte oben in Trenton viel mit schwarzer Kriminalität zu tun.«

»Major Brownley ist ein schwarzer Polizist.«

»Dachte ich mir, als ich mit ihm telefonierte. Aber er hat mir gesagt, Sie hätten schon in Liberty City und in Overtown gearbeitet; also haben Sie mit schwarzen Kriminellen zu tun gehabt.«

»Was Sie brauchen, ist ein schwarzer Lieutenant, Chief. Sie brauchen nicht mich. In Miami habe ich das Lieutenantsexamen nie gemacht, und ich bin nicht sicher, daß ich es bestehen würde, wenn ich es täte.«

»Das ist kein Problem. Wenn Sie schon als Sergeant bei meiner Truppe wären, müßten Sie die Prüfung ablegen, bevor Sie befördert werden könnten. Aber wenn Sie von außen zu uns kommen, kann ich Sie als Lieutenant einstellen, und zwar auf der Grundlage Ihrer Erfahrungen und meiner persönlichen Einschätzung. Der Stadtrat hat mir den Job gegeben, und bisher habe ich ihn ausüben können, wie ich es für richtig hielt. Warum überschlafen Sie den Vorschlag nicht eine Nacht, und morgen kommen Sie auf dem Revier vorbei? Ich zeige Ihnen, was zu dem Job gehört. Sie bekommen ein kostenloses Fahrzeug, wissen Sie; allein das ist mindestens viertausend Kröten im Jahr wert. Und Sie haben nur zwei Detectives unter sich – einen Schwarzen und einen Puertoricaner.«

»Ich hab's Ihnen schon gesagt, Chief, ich kann nicht rüberkommen, weil ich beschlossen habe, die Insel nicht mehr zu verlassen.«

»Das klingt nicht sehr vernünftig, Sergeant Moseley.«

»Vielleicht nicht. Aber ich wohne mietfrei in einem Sechshundertdollarapartment, und ich verdiene noch mal vierhundert in bar; ich kann also überleben, ohne jemals in die Stadt zu gehen. Alles, was ich brauche, gibt es hier auf der Insel: Waschsalon, Supermarkt, Restaurants und den besten Strand von Florida. Und vor allem keinen Streß. Das Schlimmste, was mir passieren kann, ist, daß ich am Strand auf eine Blechbüchse trete und mir den Fuß zerschneide.«

»Einen Job, der sicherer wäre als der beim Morddezernat, gibt es nicht, Moseley. Wenn Sie zum Tatort kommen, ist das Opfer bereits tot, und der Mörder ist über alle Berge. Oder er ist noch da und weint und sagt, er hat es nicht gewollt.«

»Aber dann kommt haufenweise Papierkram und Kopfzerbrechen. Es war Zeit für eine Abwechslung. Aber ich möchte Ihnen trotzdem sagen, daß ich Ihr Angebot zu schätzen weiß, Chief Sheldon.«

»Es ist nicht ganz und gar auf meinem Mist gewachsen.« Chief Sheldon zuckte die Achseln. »Schließlich hat Ihr Vater hier in der Stadt einiges zu sagen. Er war im Stadtrat, und halb Singer Island gehört ihm. Ich will damit nicht sagen, daß Sie nicht hochqualifiziert sind –«

»Ich glaube, Sie übertreiben ein bißchen. Dad besaß einmal einen großen Teil der Insel, aber heute hat er nur noch ein paar Grundstücke am Strand –«

»Wo der laufende Meter jedes Jahr um einen Tausender im Preis steigt.«

»Wahrscheinlich. Was ist eigentlich mit diesen Einbrüchen in den Apartments? Wer bearbeitet die?«

»Im Supermare? Im Moment Jaime Figueras. Er ist der zweite Detective im Morddezernat – der Puertoricaner, von dem ich Ihnen erzählt habe –, aber ich habe ihn damit beauftragt. Viel hat er nicht herausgefunden. Wer hat Ihnen davon erzählt?«

»So was spricht sich rum. Wenn man auf der Insel lebt, erfährt man alles früher oder später. Ich könnte ihm vielleicht helfen. Wollen Sie Figueras nicht sagen, er soll mal vorbeikommen und mich im El Pelicano besuchen? Sagen Sie ihm, er soll eine Liste der gestohlenen Gegenstände mitbringen. Das heißt, wenn Sie nichts dagegen haben, sich von einem Zivilisten ein bißchen helfen zu lassen.«

»Wenn Sie noch nicht gekündigt haben, sind Sie immer noch Polizist, und ich brauche alle Hilfe, die ich kriegen kann. Ich schicke ihn morgen vorbei.«

»Vielleicht sollten wir jetzt mal zum alten Herrn reingehen.«

»Mit Mr. Moseley brauche ich nicht zu sprechen. Er hat mich gebeten, mit Ihnen zu sprechen, und das habe ich getan. Ich fahre gleich wieder los.«

»Schauen Sie lieber rasch zu ihm rein. Wenn Sie fahren, ohne ihm guten Tag zu sagen, wird ihn das kränken. Nehmen Sie wenigstens einen Drink, und dann sagen Sie, dringende Angelegenheiten erwarten Sie. Aber er ist komisch in solchen Dingen.«

»Einen Drink kann man immer vertragen.«

Sie gingen ins Haus, und der Chief nahm zwei Drinks und plauderte ein wenig mit Frank, bevor er sich verabschiedete. Sein Angebot an Hoke erwähnte er nicht, und Frank fragte ihn nicht.

Aber als der Chief gegangen war, erkundigte Frank sich: »Hast du Sheldons Angebot angenommen, Hoke?«

»Nein, ich konnte nicht, weil ich dann die Insel verlassen und im Revier in Riviera Beach arbeiten müßte. Und bitte, Dad, tu mir keine Gefallen mehr. Ich fühle mich wohl im El Pelicano. Aber was ich wirklich noch nicht wußte, ist, daß der Bevölkerungsanteil der Schwarzen in Riviera schon sechzig Prozent beträgt.«

»Scheint mir mehr zu sein. Aber für das Geschäft ist es gut. Sie müssen die alten Häuser aus den Fünfzigern renovieren, damit sie dort einziehen können, und im letzten Jahr hatte ich einen Geschäftszuwachs von beinahe zwölf Prozent.«

»Warum verkaufst du das Geschäft eigentlich nicht, Frank? Du und Helen, ihr könntet euch ein leichtes Leben machen, ein bißchen reisen oder so was. Du brauchst doch das Geld nicht.«

Frank grinste. »Solange ich im Geschäft arbeite, habe ich die Gelegenheit, die Insel jeden Tag zu verlassen. Das ist der Grund. Ich bin genauso halsstarrig wie du. Und die Welt habe ich schon gesehen, als Helen und ich letztes Jahr mit der *Q. E. II* unterwegs waren. Das hat mich ganz schön mitgenommen, und noch mal möchte ich die Welt nicht sehen.«

»Entschuldige, Dad. Ich hätte nicht davon anfangen sollen.«

»Ich bin derjenige, der sich entschuldigen sollte. Ich hätte Chief Sheldon nicht anrufen sollen, jedenfalls nicht, ohne es vorher mit dir zu besprechen.«

»Mach dir keine Sorgen um mich, Frank. Mir geht's jetzt gut, und ich bin dir dankbar dafür, daß du Aileen das Fahrrad geschenkt hast. Ich will noch rasch Helen auf Wiedersehen sagen, und dann fahre ich zurück und kümmere mich darum, daß die freien Apartments vermietet werden.«

Als Hoke zum »El Pelicano Arms« zurückfuhr, überdachte er die Informationen, die er heute erhalten hatte. Er hatte erfahren, daß Frank nicht mit Helen verheiratet war – etwas, das er noch vor ein paar Jahren nicht für möglich gehalten hätte; und man hatte ihm einen Job angeboten, auf den er sich noch vor einem halben Jahr sofort gestürzt hätte. Aber jetzt konnte er ihn nicht annehmen. Wenn er es täte, könnte er zwar noch auf den Insel wohnen, aber den größten Teil seiner Zeit würde er in Riviera Beach damit verbringen, in Messerstechereien und Schießereien zu ermitteln – das heißt, wenn er nicht im Gericht von Palm Beach County herumsaß und darauf wartete, als Zeuge aufzutreten. Chief Sheldon hatte ihm gefallen; sie hatten als Polizisten beide den gleichen Hintergrund, und Hoke wußte genau, wie Sheldons Kopf funktionierte. Aber Hoke hatte schon unüberwindliche Probleme, wenn er nur versuchte, einen Betrieb wie das »El Pelicano Arms« zu verwalten.

Zunächst einmal waren die Mieten zu hoch. Außerdem brauchte er einen Münzwaschautomaten und einen Trockner für die Bewohner, denn bis zum Waschsalon war es ein Fußmarsch von zwei Blocks. Beide Ehepaare aus Alabama hatten sich darüber beschwert. Der Eisautomat in der Lobby war defekt, und erst am nächsten Dienstag würde jemand kommen können, der ihn reparierte – falls er dann kam. Er würde eine neue Servicefirma finden müssen, eine, die auch am Wochenende herauskam. Aber das Schlimmste war, daß er wieder unter der Knute des Alten stand.

Als er noch mit Patsy verheiratet und beim Riviera Police Department gewesen war, hatten er und Patsy jeden verdammten Sonntag mit dem Alten essen müssen, und jetzt würde Frank erwarten, daß er wieder jeden Sonntagnachmittag bei ihm verbrachte. Daran führte kein Weg vorbei. Frank würde es erwarten, und Ausreden würde er nicht akzeptieren.

Auf Hokes Verwalterparkplatz vor dem »El Pelicano Arms« stand ein blauer Camaro mit einem Nummernschild aus Dade County. Hoke parkte hinter dem Wagen und blockierte ihn, so daß er nicht herausfahren konnte. Dann schlenderte er hinüber zur Mall und rief am Münztelefon den Abschleppservice an. Als der Abschleppwagen gekommen war und den Camaro abtransportiert hatte – der Besitzer würde sechzig Dollar berappen müssen, um den Wagen auszulösen –, fühlte Hoke sich zum erstenmal an diesem Tag wohl.

Im Gegensatz zu Troy Louden war Stanley Sienkiewicz ein Hausbesitzer mit Verantwortlichkeiten. Er konnte nicht einfach mitten in der Nacht losziehen, und niemals wäre er auf eigene Faust hinunter nach Miami gefahren, um dort Geld für ein teures Hotelzimmer auszugeben. Aber Troy hatte ihn eingeladen, bei ihm zu wohnen, und so würde er nicht ganz allein dort unten in der Großstadt sein. Er wollte für ein Weilchen aus Ocean Pines Terraces verschwinden, und sei es nur für eine Woche, bis der »Zwischenfall«, wie er es jetzt bei sich nannte, vorbei und vergessen wäre. Er würde Troy nicht im Weg sein, und er würde seine Gastfreundschaft nicht überstrapazieren. Nach allem, was man hörte, war Miami ein gefährliches Pflaster, aber ihm würde nichts zustoßen, wenn er mit Troy und diesem Bajaner dort wäre.

Als erstes würde er sich jedoch ein Auto kaufen müssen. Ein Mann ohne Auto war dort unten hilflos, und er hatte keine Ahnung von den Buslinien oder von der neuen Metrorail. In einer so weit ausgedehnten Großstadt war ein Auto unbedingt erforderlich.

Er fuhr mit dem Bus nach West Palm Beach und traf mit seiner neuen Bank die nötigen Vereinbarungen zum Erwerb eines braunen Honda Civic, eines rückübereigneten '81er Modells mit 42 000 Meilen und einem neuen Gepäckträger auf dem Buckel. Er hatte ein schlechtes Gewissen, weil er einen Japaner kaufte, aber weil der Civic sechs Jahre alt war, kostete er nur noch achtzehnhundert Dollar plus Steuer.

Er bezahlte mit einem Scheck und füllte in der Bank das Formular aus, mit dem er die Versicherung vom Escort auf den neuen Wagen übertrug. Das bedeutete, daß Maya für ihren Escort keine Versicherung mehr hatte, aber das war nun ihr Problem, nicht Stanleys. Dann ließ er sich fünfhundert Dollar in Reiseschecks und noch einmal vierzig in bar geben, bevor er mit seinem neuen – praktisch neuen – Auto nach Hause fuhr.

Das Hypothekenheft fand er im Schreibtisch seiner Frau; er füllte zwei Monatsschecks für die Hypothekenraten im voraus aus. Er wußte zwar nicht, wie lange er in Miami bleiben würde, aber so hatte er diese Sorge wenigstens vom Hals. Er rief bei der Telefongesellschaft an, und nachdem er sich dreimal mit jemandem hatte verbinden lassen, der anscheinend nicht begriff, was er wollte, gelang es ihm, seinen Telefonanschluß vorübergehend stillegen, gewissermaßen suspendieren zu lassen. Wenn jetzt jemand anrief, würde der

Anrufer es zwar klingeln hören, aber sein Telefon würde nicht wirklich klingeln, und er selbst würde erst wieder anrufen können, wenn die Suspendierung aufgehoben war. Die Gebühr dafür betrug neun Dollar im Monat. Stanley stritt sich mit der Aufsicht, bei der er schließlich gelandet war; es sei unerhört, hielt er ihr vor, ihm soviel Geld für ein unbenutzbares Telefon abzuknöpfen, aber die Telefongesellschaft zeigte sich unerbittlich. Stanley schickte einen Scheck über den Betrag der bisherigen Telefonrechnung – plus zehn Dollar extra – an die Adresse, die die Frau ihm gab, eine andere als die der Rechnungsstelle.

Die Verhandlungen mit der Telefongesellschaft waren so strapaziös, daß Stanley beschloß, nichts weiter zu unternehmen, um die übrigen Verbrauchsrechnungen im voraus zu bezahlen. Wenn sie ihm in seiner Abwesenheit Wasser und Strom abstellten, würde er nach seiner Rückkehr bezahlen und alles wieder anschließen lassen.

Sodann fuhr er nach Riviera Beach, schickte die Hypothekenschecks ab und unterschrieb im Postamt einen Postaufbewahrungsantrag für unbestimmte Zeit. »Werde meine Post nach dem Urlaub auf dem Postamt abholen«, schrieb er auf die Karte.

Wenn Maya noch bei ihm gewesen wäre – statt wegzulaufen –, dann hätte er solche kleine Obliegenheiten an sie delegieren können. Und er wußte, daß sein Leben durch ihre Desertierung auch in manch anderer Hinsicht sehr viel komplizierter werden würde. Aber es lohnte sich. Nach Miami hätte er Maya sowieso nicht mitnehmen können, selbst wenn sie gern mitgekommen wäre. Wenn ein Mann ohne seine Frau war, schaute er die Welt mit ganz anderen Augen an, und jetzt, wo er wieder ein Auto fahren konnte, sah sie noch besser aus. Wenn sie vor der Entscheidung »Auto oder Frau« stünden, würden die meisten Männer, zumindest diejenigen, die Stanley in Detroit gekannt hatte, mit Sicherheit ihre Frauen aufgeben.

Er packte ein paar weiße Hemden und Unterhosen in einen Pappkarton und zog den neuen, blauweißen Leinenkreppanzug an, den er sich gekauft hatte, als er nach Florida gekommen war, und den er noch nie getragen hatte. Dann überlegte er, was er mit den Sturmläden anfangen sollte. Wenn er sie schloß und den Strom abstellte, würde alles verschimmelt sein, wenn er zurückkam. Er entschied, sie nicht herunterzuziehen und alle Fenster einen Spalt breit offenzulassen, damit ein Luftzug ins Haus gelangte, wenn er die Klimaanlage abstellte. Er fuhr zu Sneiders Tankstelle, um zu tanken, und bat Mr. Sneider, die Sturmläden von außen herunterzulassen, falls in seiner Abwesenheit ein Hurrikan aufziehen sollte.

»Wenn Sie das für mich tun, Mr. Sneider, gebe ich Ihnen einen Dollar für Ihre Mühe, wenn ich wieder da bin.«

»Kein Problem, Mr. Sienkiewicz. Das ist das mindeste, was ich für 'nen Nachbarn tun kann. Fahren Sie über die I-95 nach Miami?«

»Das hatte ich vor.«

»Da unten hat's ein paar Fälle von Straßenraub gegeben, wissen Sie. Die schmeißen 'ne Matratze oder 'nen Sprungrahmen auf die Ausfahrt, und wenn Sie dann anhalten, donnert ein anderer Ihnen einen Betonklotz durch die Windschutzscheibe und raubt Sie aus. Das hat in der Zeitung gestanden. Sie sollten sich also ein Stemmeisen auf den Beifahrersitz legen; dann können Sie dem Kerl die Finger abhacken, wenn er reinlangt, um Ihnen Uhr und Brieftasche abzunehmen.«

Stanley schaute in den Kofferraum, aber da war kein Stemmeisen. Sneider holte eines aus der Werkstatt und gab es ihm. »Ich leih's Ihnen, Dad. Sie könn's mir wiedergeben, wenn Sie zurückkommen. Aber ich an Ihrer Stelle würde mich auf der I-95 auf der mittleren Spur halten und die Türen verriegeln. Wenn ich hin und wieder mit meinem Abschleppwagen nach Miami runterfahre, um Ersatzteile zu holen, dann hab' ich 'ne Flinte mit Vogelschrot dabei. Ich will niemanden umbringen, aber die meisten dieser Räuber werden's mit der Angst bekommen, wenn sie 'ne Ladung Vogelschrot ins Gesicht kriegen.«

»Ich könnte ja bei Moseley's Haushaltswaren vorbeifahren und mir eine Schrotflinte kaufen –«

»Das Stemmeisen reicht. Ich benutze meine Schrotflinte auch für die Taubenjagd, aber für Sie lohnt sich diese Extraausgabe nicht, wenn Sie bloß einmal die I-95 runterfahren.«

»Wie geht's der kleinen Pammi, Mr. Sneider?«

»Die hab' ich für den Rest des Sommers nach Camp Sparta geschickt. Sie hat gestern abend angerufen und erzählt, daß sie im Bogenschießwettbewerb den vierten Platz gemacht hat. In Camp Sparta wissen sie, wie man kleinen Mädchen die Flausen austreibt. Wenn man ein Kind hat, das sich für Sport interessiert, dann wird es da von seinen unanständigen Gedanken abgelenkt.«

»Ich hatte als Kind nie das Vergnügen, in ein Sommerlager fahren zu dürfen.«

»Ich auch nicht. Aber beim Militär, da gab's 'ne Zeit, ungefähr fünf Jahre, da besaß ich nichts, was ich nicht draußen im Regen hätte liegenlassen können. Die Kids heute haben's gut, aber sie sind zu blöd, um es zu merken.«

Stanley hoffte, daß er nichts Wichtiges vergessen hatte, als er zur I-95 fuhr; er bog nach Süden, auf Miami zu, das siebzig Meilen weit entfernt lag. Keine Ampel zwang ihn hier, noch einmal anzuhalten.

Das Gemälde auf der Staffelei in der Garage hatte eine so geheime Bedeutung, daß sogar der Künstler selbst, James Frietas-Smith, nicht wußte, welche das war.

James pflegte langsam zu arbeiten, immer nur auf einer einzigen großen Leinwand und ohne eine vorgefaßte Vorstellung davon, wie das fertige Produkt aussehen sollte. Er trug Farbe und nochmals Farbe auf, bis jeder Quadratzoll der Leinwand mit mehrfach geschichteten, fingerdicken Farbklecksen bedeckt war.

James trat ungefähr drei Meter weit zurück und studierte das Gemälde ein paar Minuten lang. Die Komposition fesselte den Blick zweifellos innerhalb des Rechtecks, und die magentaroten Kleckse auf der rechten Seite bildeten das Gegengewicht zu den drei breiten kohlschwarzen Strichen auf der linken. Aber dem Gesamtbild fehlte noch ein Hauch von Leuchtkraft. James quetschte eine große Tube Zinkweiß aus. Die dicke Farbe quoll wie Zahnpasta auf seine Palette. James trat dicht vor die Leinwand und spreizte die kurzen, ein wenig krummen Beine, und er applizierte den Klumpen Weiß mitten auf die Leinwand. Dann näherte er sich ihm mit gespitzten Lippen und blies gleichmäßig darauf, so daß der Luftstrom, den er durch die Lippen preßte, die Farbe amöbenförmig plattdrückte.

Das war alles, was noch gefehlt hatte, dachte er, als er zurücktrat und das Bild noch einmal betrachtete. Fertig. Eine Woge der Depression verschlang ihn, als er sich die Finger an einem terpentingetränkten Lappen abwischte. Es war immer so, wenn er ein Bild fertiggestellt hatte. Immer. Eines zu malen hielt das Leben in lustvoller Schwebe, aber eines zu vollenden, das brachte einen hart auf den Boden der Wirklichkeit zurück. Überhaupt – wer würde ein solches Bild schon kaufen? Die Leinwand war anderthalb Meter breit und einen Meter hoch, und mit einem Rahmen würde das Ding noch größer werden. James präparierte seine Leinwände immer selbst; er nagelte sie auf den Spannrahmen und grundierte die Fläche mit Bleiweiß. Das Geld, das er dafür investierte, einschließlich der Kosten für die Farbtuben, war eine große Summe für einen Mann in seiner finanziellen Lage. Und wenn er berücksichtigte, wieviel Zeit er darauf verwandte, ein Werk tatsächlich zu malen und zu vollenden (die Kosten für einen Rahmen waren dabei indiskutabel), dann mußte er für ein fertiges Bild eine Menge Geld verlangen. Bisher aber hatte er noch keines verkaufen können; sie waren nicht einmal zu verschenken.

Die Grundfarben, die er so gern benutzte, erschlugen jedes Wohnzimmer, und die Hotels, denen er die Bilder angeboten hatte, waren nicht interessiert. Ein paar Wochen zuvor, ehe er nach New Orleans gefahren war, hatte er vier seiner Gemälde auf das Dach seines Morris Monor gepackt und mit einem Seil festgezurrt, und dann hatte er damit ein halbes Dutzend kleine Hotels in Miami Beach abgeklappert. Die zwei Manager, die sich bereitgefunden hatten, sie anzuschauen, hatten bloß den Kopf geschüttelt; die übrigen hatten gar nicht erst auf den Parkplatz herauskommen wollen. Er hatte nicht die Absicht, sich von ihnen noch einmal demütigen zu lassen. Er würde einfach abwarten müssen, bis er irgendwie von jemandem entdeckt wurde, der seiner Arbeit Anerkennung entgegenbrachte.

Das Bild war jetzt fertig, aber was konnte er damit anfangen? Vielleicht wäre es das beste, die Farbe abzukratzen und ein neues anzufangen. Aber er hatte keine Lust, ein neues Gemälde anzufangen. Nicht jetzt. Nicht wenn er sich halb zu Tode ängstigte – und ein Teil seiner Angst, sah er, hatte es irgendwie geschafft, sich in das neue Bild zu schleichen. Er konnte sich nicht entsinnen, jemals soviel Magentarot wie hier benutzt zu haben.

Die Temperatur in der Vierfachgarage lag weit über dreißig Grad, aber James hatte kalte, feuchte Hände. Er wischte sich die Handflächen an den abgeschnittenen Jeans ab und seufzte. Wenn dieses Ding mit Troy Louden nicht hinhaute, würde er endgültig in der Hand der Allambys sein. James schauderte und trat aus dem Garagenatelier hinaus in den hellen Sonnenschein des dschungelhaft wuchernden Gartens. Woher der Ausdruck »in der Hand der Allambys« tatsächlich stammte, wußte James nicht, aber er vermutete, daß die Allambys in den Anfangsjahren von Barbados eine Sklavenhalterfamilie von ungewöhnlicher Grausamkeit gewesen waren. Aber die Bajaner, die den archaischen Ausdruck noch verwendeten, wußten, daß für jemanden, der »in der Hand der Allambys« war, alle Hoffnung verloren war; das Schlimmste, was einem Menschen passieren konnte, war bereits passiert, und von diesem Tage an war der Mensch verloren ... verdammt ...

Wie viele Barbadianer, deren Familien schon seit einem Dutzend oder mehr Generationen auf der Insel lebten, war James kein reinrassiger Weißer, wenngleich er auf Barbados als solcher galt. Sein Haar war rötlichbraun und lockig. Seine Augen waren blau. Sein Nasenrücken saß zwar hoch, aber die Nase verbreiterte sich nach unten, und seine großen runden Nasenlöcher weiteten sich leicht, wenn er aufgeregt war. Seine gleichmäßigen Zähne waren weiß und kräftig, und seine Lippen waren ausgeprägt und dick. Auch seine hervorstehenden Hüften und die sorglos schlenkernden Arme, die seinem locker schlaksigen Gang einen Inselrhythmus verliehen, ließen ahnen, woher er stammte und wo er aufgewachsen war. Aber erst, als er in die Vereinigten Staaten – nach New Orleans – gekommen war, hatte man James als jemanden erkannt, der halb schwarz war.

Jedesmal, wenn James sich an den Zwischenfall in New Orleans erinnerte, überkam ihn eine Welle von Scham, Angst und Abscheu – wie jemanden, der nach einem Hundebiß einen Ekel vor Hunden empfindet. Er war in eines dieser intimen, kerzenbeleuchteten Open-air-Restaurants in einer Nebenstraße gegangen, um die berühmte französisch-kreolische Küche der Stadt zu probieren. Die Restaurantterrasse war attraktiv gestaltet, und Blumen wuchsen in den Keramiktöpfen längs des verschlungenen schmiedeeisernen Zaunes. Bunte Scheinwerfer bestrahlten einen Springbrunnen in der Mitte des Gartens. Der Kellner hatte James an einen schmiedeeisernen Tisch plaziert; die gläserne Tischplatte war mit einem rosafarbenen Plastikset und rosaroten Leinenservietten dekoriert. Er hatte James eine in französischer Sprache gedruckte Speisekarte überreicht und war für fünf Minuten verschwunden.

Als James von seiner Speisekarte aufgeblickt hatte, waren zwei Männer in weißen Jacketts vor ihm erschienen, die im Flackerlicht der beiden Kerzen in der Sturmlaterne auf dem Tisch sein Gesicht studierten. Der Oberkellner hatte dem Tischkellner knapp zugenickt und dann leise, aber fest erklärt: »Wir werden Sie diesmal bedienen, Sir, aber kommen Sie nicht noch einmal her. Viele unserer Gäste ziehen es vor, nicht mit Schwarzen zu dinieren.«

Niemand hatte gehört, was der Oberkellner gesagt hatte, aber für einen Augenblick war James vor Angst wie versteinert gewesen. Ohne zu protestieren und ohne irgend etwas zu bestellen, hatte er sich aus dem Restaurant geschlichen. An diesem Abend hatte er überhaupt nichts mehr gegessen. Stundenlang war er umhergelaufen und hatte sich ausgedacht, was er dem Kellner hätte erwidern sollen. Er hätte ihm seinen barbadianischen Paß zeigen können, er hätte irgendeine Form von Zweikampf erzwingen können – aber er hatte es nicht getan. Zwei Tage später hatte James New Orleans mit dem Greyhound-Bus verlassen und war nach Miami zurückgekehrt, obgleich sein Urlaubsgeld noch für eine weitere Woche gereicht hätte.

Er hatte es gut getroffen hier in Miami, und jetzt bereute er, daß er überhaupt nach New Orleans gefahren war. Wenn er nur hiergeblieben wäre, als seine Tante ihm zum Geburtstag den Scheck geschickt hatte, dann hätte er jetzt nichts mit Troy Louden und dieser schrecklich verstümmelten Frau zu tun! James konnte ihr kaum ins Gesicht schauen, ohne daß Übelkeit seinen Magen erfüllte, und ihr in die Augen zu blicken war ihm vollends unmöglich. Ihr Gesicht war so gräßlich entstellt, daß das Grauen, das er im Herzen verspürte, in seinem Blick sichtbar sein würde – dessen war er sicher.

Und jetzt gesellte sich noch ein Mann zu dem Handel – Pop Sienkiewicz, Troy Loudens alter Zellenkumpan. Noch ein Berufsverbrecher und Ex-Sträfling. Troy hatte James erzählt, Sienkiewicz habe eine Zeitlang mit ihm zusammen gesessen, weil er versucht habe, einen kleinen Tresor zu knacken, und James solle nett zu dem Alten sein, denn er werde das Unternehmen finanzieren. Wie viele würden noch dazukommen, ehe Troy fertig war? James hätte sich nie träumen lassen, daß Troy überhaupt nach Miami kommen würde. Als er Troy in New Orleans vorgeschlagen hatte, das Ding zu drehen, hatte er sich ziemlich verschwommen ausgedrückt, aber er hatte sich nicht mehr voll auf seine Malerei konzentrieren können, seit er die Postkarte von Troy erhalten hatte, auf der dieser ihm mitteilte, daß er nach Miami unterwegs sei.

Die Postkarte an sich war schon ein Omen gewesen. Ein Symbol, und ein häßliches noch dazu. Als Maler von gegenstandslosen Gemälden dachte James oft über Symbole nach, auch wenn er sie in seiner Arbeit mied, und schon der Anblick der vierfarbigen Postkarte hatte ihn erschüttert, noch ehe er sie gelesen hatte. James hatte Troy natürlich nichts von dem Zwischenfall in dem Gartenrestaurant erzählt; niemals würde er jemandem davon erzählen. Niemals. Aber auf Troys Karte war ein typisches schmiedeeisernes Tor aus New Orleans abgebildet gewesen, und den Hintergrund hinter dem Tor (nicht davor, was ein großer Unterschied gewesen wäre, symbolisch gesehen – nein, *dahinter*) erfüllte ein Rosenbeet – gelbe, pinkfarbene und dunkelrote Rosen. Was hatte Troy dazu veranlaßt, speziell diese Karte aus dem Ständer im Drugstore zu ziehen? Es gab buchstäblich Tausende von Postkarten, unter denen er hatte wählen können. Versinnbildlichte das Tor ein Gefängnisgitter? Oder war es das Gitter der Diskriminierung, das Schwarzen den Zutritt verwehrte? Die Symbole bedeuteten etwas Schreckliches, soviel stand fest.

Angenommen, nur angenommen, alles ging schief? Der Raub scheiterte – er *könnte* scheitern –, obwohl Troy ihm das Gegenteil versicherte. Wo würde er dann landen? Im Gefängnis – da würde er landen. Und wenn er ins Gefängnis kam, würden die Behörden ihn dann als Schwarzen oder als Weißen registrieren? Aber das war nicht so wichtig wie der Umstand, daß er *ins Gefängnis* kam . . .

Oh, Mann, er würde es nicht aushalten, im Gefängnis zu sein, weder so noch so.

Andererseits wußte Troy, was er tat. Troy war ein alter Hase in solchen Unternehmungen, und wenn alles reibungslos klappte, wie Troy es behauptete, würde James sich mit vier- oder fünftausend Dollar – vielleicht noch mehr – in der Tasche auf den Weg nach New York machen. Und wenn es in Florida einen Ort gab, der es verdiente, ausgeraubt zu werden, dann war es der Green Lakes Supermarket.

Am zehnten eines jeden Monats erhielt James einen Scheck über zweihundert Dollar von seinem Vater mit der Post aus Bridgetown, aber das war nicht genug – nicht annähernd genug, um davon zu leben und sich außerdem teures Material zu kaufen. Als der Green Lakes Supermarket in der Zeitung seine große Eröffnung angekündigt hatte, war James hinausgefahren, um sich dort um einen Teilzeitjob als Tütenträger zu bewerben. Er hatte freitags bis elf und samstags den ganzen Tag gearbeitet. Der Mindestlohn und die Trinkgelder hatten sein wöchentliches Einkommen um fast vierzig Dollar erhöht. Aber dieses zusätzliche Geld genügte immer noch nicht – nicht, wenn er Malereibedarf kaufen und die Wartung seines Morris Minor bezahlen mußte. Um seine kargen Einkünfte aus dem Supermarkt zu ergänzen, hatte James jeden Samstag, wenn er dort arbeitete, ein bißchen mitgehen lassen. Viel hatte er nicht genommen, nur Kleinigkeiten, die er in die Tasche hatte stecken können – eine Büchse Sardinen, eine Dose Thunfisch, ein paar Schokoriegel, Äpfel, Zahnpasta, und einmal ein Pfund Hamburger, die aber schlecht geworden waren, ehe er an jenem Abend nach Hause gekommen war. Wenn er eine Ladung Lebensmittel zum Fahrzeug eines Kunden auf dem Parkplatz gebracht hatte und in den Supermarkt zurückgekehrt war, hatte James die geklauten Dinge hinter dem Vordersitz seines Morris deponiert, der immer dicht vor dem Ladeneingang geparkt gewesen war.

An seinem letzten Samstag im Supermarkt, um vier Uhr nachmittags, hatte der Geschäftsführer ihn mit dem Finger zu sich herangewinkt, als er mit einem halben Dutzend Einkaufswagen, die er draußen eingesammelt hatte, vom Parkplatz hereingekommen war. Der diensthabende Geschäftsführer war Anfang Vierzig, und er trug einen Fu-Manchu-Schnurrbart, eine rote Krawatte und ein pinkfarbenes Buttondownhemd.

»Du bist gefeuert, James.«

»Warum?«

»Weil du geklaut hast, darum! Jetzt verpiß dich hier, du gottverdammter Dieb, und du brauchst unterwegs gar nicht erst am Büro vorbeizugehen, um dir deinen Scheck zu holen!«

Zwei der Mädchen an den Kassen hatten jedes Wort mitangehört.

»Jawohl, Sir«, hatte James gesagt, und die beiden Kassiererinnen hatten gekichert, als er aus dem Laden gerannt war.

Das war eine Woche vor seinem sechsundzwanzigsten Geburtstag gewesen, bevor er den stattlichen, höchst willkommenen Scheck von seiner Tante Rosalie erhalten hatte. Und jetzt hatte er kein Geld und eine Menge Sorgen.

Der Green Lakes Supermarket hatte Troy ausgezeichnet gefallen, als James ihn am Tag zuvor hingefahren hatte, um ihn ihm zu zeigen. Troy hatte eine Viertelstunde im Geschäft verbracht, und James hatte währenddessen im Wagen gewartet. Dann war Troy mit zwei Äpfeln herausgekommen, die er gekauft hatte. Einen hatte er James gegeben, und er selbst hatte in den anderen gebissen.

»Klasse«, hatte Troy gesagt, und dann, mit einer Geste zum Eingang: »Es ist genau, wie du gesagt hast, James.«

Vom professionellen Standpunkt aus betrachtet, waren der Grundriß des Ladens und die Lage des Marktes ideal. Irgendwann sollte es hier im Unterbezirk Green Lakes ein komplettes Einkaufszentrum der Klasse B mit dreißig verschiedenen Geschäften geben, aber vorläufig war nur der Supermarkt geöffnet, und die übrigen Gebäude waren noch nicht fertig. Der Supermarkt würde das eine Ende bilden, am anderen würde ein K-Markt liegen. Der zehn Hektar große Parkplatz war bereits fertig, aber die einzelnen Parkboxen waren noch nicht aufgemalt. Der neue Supermarkt lag etwa zweihundertfünfzig Meter weit abseits des State Highway 836, der in den Zubringer zum Miami International Airport mündete. Einen besseren Ort und einen besseren Zeitpunkt für einen erfolgreichen Raubüberfall hätte Troy selbst nicht aussuchen können, wenn man ihm Gelegenheit dazu gegeben hätte. Die Angestellten waren neu, die Sicherheitsmaßnahmen lax, und, wie James gesagt hatte, der Safe sollte zwar verschlossen gehalten werden, doch das geschah in der Praxis immer erst abends, wenn Geschäftsschluß war.

Als sie nach der kurzen Erkundung des Supermarktes wieder in James' Garagenapartment angekommen waren, hatte Troy sich von dem Bajaner die letzten fünf Dollar geborgt und den Morris Minor genommen, und dann war er weggefahren. James hatte ihn erst am

Abend wiedergesehen, als er zurückgekommen war, mit dieser Frau –

»Entschuldigung, mein Junge.«

James sprang einen halben Meter hoch und wirbelte in der Luft herum, bevor er wieder auf dem Boden der Garage landete. »Mann!« sagte er zu Stanley Sienkiewicz. »Man schleicht sich nicht so an einen Mann ran, Mann!«

»Ich wollte Sie nicht erschrecken, mein Junge. Ich habe vorn an dem großen Haus geklopft, aber es hat niemand aufgemacht, und da bin ich nach hinten gekommen.«

»Das ist schon okay, Sir.« James war wieder zu Atem gekommen. »Ich wohne hier hinten über der Garage. Den Shapiros gehört das große Haus, und dafür, daß ich darauf aufpasse, während sie den Sommer über oben in New England sind, lassen sie mich umsonst hier wohnen.«

»Sie sind James Frietas-Smith, mit Bindestrich?«

»Ja, Sir.«

»Dann sind Sie der Bursche, den ich suche.« Stanley starrte James neugierig an. Er hatte noch nie im Leben einen Bajaner gesehen, aber abgesehen von der Größe seiner nackten Plattfüße sah dieser junge Mann in seinen abgeschnittenen Jeans und dem farbverschmierten T-Shirt aus wie jeder andere braungebrannte Florida-Bewohner. »Mein Name ist Stanley Sienkiewicz. Senior«, fügte er hinzu. »Ich bin ein Freund von Troy Louden.«

»Ja, Sir. Wir haben Sie erwartet, Mr. Sienkiewicz. Troy und Miss Forrest sind zu ihrem Motel rübergefahren, um ihren Koffer zu holen. Sie zieht ebenfalls zu uns.« James lächelte gezwungen. »Sie müßten jeden Moment zurückkommen.«

»Miss Forrest? Die kenne ich nicht.«

»Ich habe sie selbst erst gestern abend kennengelernt, Mr. Sienkiewicz. Sie ist Troys Freundin, nicht meine. Wenn Sie draußen geparkt haben, fahren Sie besser hierher in den Hof und parken Ihr Auto da drüben.« James deutete auf einen Geräteschuppen.

Stanley nickte. »Der Rasen vor dem Haus muß gemäht werden. Es sah aus, als ob hier niemand wohnte, und einen Augenblick lang befürchtete ich, ich hätte das falsche Haus.«

»Ich soll den Rasen alle vierzehn Tage mähen, aber ich war verreist und habe deshalb ein paar Wochen ausgelassen.«

Stanley holte seinen Wagen und parkte neben dem Schuppen. Er trug seinen Karton mit der sauberen Wäsche und seinen Toilettesachen in die geräumige Vierfach-Garage. James wollte ihm den Karton abnehmen.

»Ich bring's Ihnen nach oben, Mr. Sienkiewicz.«

»Mir brennt's nicht unter den Nägeln, mein Junge.« Aber Stanley ließ seinen Karton los und betrachtete die großen Gemälde, die an den Garagenwänden lehnten und hingen. »Troy hat mir gesagt, daß Sie Künstler sind. Ich würde mir gern Ihre Werke anschauen, wenn Sie nichts dagegen haben?«

»Ich habe nicht das geringste dagegen.« James stellte den Karton auf die Treppe, die nach oben führte, und ging zu seiner Staffelei. »Das hier ist eben fertig geworden, aber ich habe noch keinen Titel dafür. Manchmal, wenn mir kein Titel einfällt, gebe ich ihnen eine Nummer. Aber eine Nummer ist mir auch noch nicht eingefallen.«

Stanley studierte das Gemälde mit konzentriertem Stirnrunzeln. Er setzte seine Lesebrille auf und ging noch etwas näher heran. »Ich könnte es auch nicht sagen – obwohl es ein bißchen furchterregend aussieht.«

»Es ist ein gegenstandsloses Gemälde«, erläuterte James, »und es soll nichts weiter vermitteln als irgendeine Emotion. Vor zwei Jahren wohnte ein deutscher Maler drüben an der Saint-James-Küste – das ist auf Barbados –, und dem hab' ich ein paar von meinen Arbeiten gezeigt. Er meinte, wahrscheinlich wäre ich der einzige primitive gegenstandslose Maler, der heutzutage arbeitet. Derselbe Mann hat mir geraten, nach New York zu gehen und bei der Art Students League zu studieren. Und das werde ich tun, nach unserem Unternehmen.«

Stanley nickte. »Es würde Ihnen nicht schaden, noch ein bißchen zu studieren, schätze ich. Ich habe früher selbst ein wenig gemalt.« Stanley deutete auf ein Bild an der Wand, ein Kreuzmuster aus dünnen vertikalen roten und dünneren horizontalen schwarzen Linien auf einem zitronengelben Hintergrund. »Dieses Bild da drüben zum Beispiel. Die Striche haben Sie alle mit einem Lineal gezogen, nicht wahr?«

»Ja, Sir. Das war nur ein Experiment, Mr. Sienkiewicz. Aber sogar Mondrian hat ein Lineal benutzt, um gewisse Effekte zu erzielen.«

Stanley schüttelte den Kopf. »Wenn man eine ruhige Hand hat, braucht man kein Lineal. Haben Sie eine saubere Leinwand und einen Streifenpinsel? Ich bringe Ihnen bei, wie man's macht.«

»Ja, Sir.« James lag nichts daran, daß der alte Knastbruder ihm eine von seinen unbenutzten Leinwänden verdarb, aber er wollte ihn auch nicht beleidigen. Er nahm das eben vollendete Gemälde von der Staffelei und ersetzte es durch eine frischgrundierte Leinwand. »Auf der Werkbank steht eine Blechdose mit Pinseln, Mr. Sienkiewicz. Suchen Sie sich einen aus.«

Stanley trat an die unaufgeräumte Werkbank. Er öffnete eine Dose Terpentin und hielt sich die Tülle unter die Nase. Er schnupperte versuchsweise, inhalierte tief und schraubte den Deckel wieder zu.

»Mögen Sie den Geruch von Terpentin, mein Junge?«

»Er stört mich nicht. Aber ich mag ihn auch nicht besonders.«

»Ein Gutes hat Terpentin. Es riecht immer gleich.«

»Ja, Sir«, sagte James voller Unbehagen. »Es riecht immer gleich.«

Stanley wühlte in einer Kaffeebüchse voller Pinsel und wählte einen ungefähr anderthalb Zentimeter breiten Kamelhaarpinsel mit kurzem Stiel. »Das ist kein richtiger Streifenpinsel, aber es wird schon gehen. Ein richtiger Streifenpinsel ist breiter, und er ist immer nach hinten gebogen, und die Borsten sind an einer Seite länger als an den anderen. Ich will nur ein wenig von diesem Kadmium-Orange mit Terpentin anrühren, und dann zeige ich Ihnen, wie man eine gerade Linie zieht, ohne auf die Leinwand zu schauen.«

Stanley mischte die neue Tube Kadmium-Orange mit Terpentin, und James zog die Brauen zusammen und nagte an der Unterlippe. Die Farbe hatte ihn vier Dollar fünfundneunzig gekostet, und der Alte hatte die Tube halb leer gequetscht.

»Also, junger Mann.« Stanleys Wangen hatten sich gerötet. »Jetzt passen Sie nur auf.«

Stanley hielt den farbgetränkten Pinsel seitlich neben sich, stützte den Unterarm auf die Hüfte und starrte an die von Spinnweben übersäte Decke. Er tat zwei schnelle Schritte an der Leinwand entlang, drehte sich um und zwinkerte James zu. James' Unterkiefer klappte herunter. Die leuchtend orangegelbe Linie auf der Leinwand war exakt drei Millimeter dick und schnurgerade, und sie schien zu vibrieren wie eine straff gespannte Gitarrensaite. Sie sah aus, fand James, als würde sie summen, wenn man sie berührte, und der alte Mann hatte diese perfekte Gerade in weniger als einer Sekunde gezogen!

»Das meine ich mit ruhiger Hand«, sagte Stanley und lachte kurz.

James schnalzte mit der Zunge und schüttelte den Kopf. »Ich weiß nicht, wie Sie das gemacht haben, Mr. Sienkiewicz. Eine so gerade Linie könnte ich nicht zeichnen – nicht einmal mit dem Lineal.«

»Es ist ein Trick dabei, mein Junge. Hier. Nehmen Sie den Pinsel, und ich zeige Ihnen, wie man ihn hält. Sie müssen außerdem die richtige Menge Farbe an den Pinsel geben. Mit etwas Übung können Sie es lernen.«

Während der nächsten fünfundvierzig Minuten vertieften James und Stanley sich darin, gerade Linien zu malen. Die ehedem weiße Leinwand war ein beinahe lückenlos orangegelbes Rechteck, als Troy

Louden in die Zufahrt vor der Garage einbog und auf die Hupe des Morris Minor drückte. Beide gingen hinaus, um ihn zu begrüßen. Troy umarmte den alten Mann, drückte ihn an die Brust und gab ihm einen nassen Kuß auf die Wange.

»Bei Gott, ich bin froh, dich zu sehen, Pop! Um ehrlich zu sein, ich war nicht sicher, ob du es schaffen würdest, dich von dort loszureißen. Wenn du heute nicht gekommen wärest, hätte ich dich heute abend angerufen. James hast du schon kennengelernt, wie ich sehe.«

»Das kann man wohl sagen, Troy«, sagte James. »Mr. Sienkiewicz hat mir gezeigt, wie man eine gerade Linie zieht.«

»Das ist nett von dir, Pop.« Troy sah James stirnrunzelnd an. »Ich hoffe, du hast dich bei ihm bedankt.«

»Ja, hab' ich.«

»Er wird noch ein Weilchen brauchen, bis er den Bogen raus hat«, meinte Stanley. »Über Nacht lernt man gar nichts.«

Troy boxte den Alten leicht auf den Arm und schnippte dann mit den Fingern. »Himmel. Ich war so froh, dich zu sehen, daß ich vergessen hab', dich mit Dale Forrest bekannt zu machen. Spring aus dem Wagen, Honey, damit ich dich Mr. Sienkiewicz vorstellen kann.«

Stanley hatte die Frau im Auto gesehen, als er aus der schattigen Garage gekommen war, aber er hatte den Blick hastig abgewandt. Als Dale Forrest jetzt schüchtern auf ihn zukam und ihm ihre schlaffe rechte Hand entgegenhielt, zwang Stanley sich, ihr wieder ins Gesicht zu schauen. Die junge Frau hatte eine üppige Figur mit langen, geraden Beinen. Sie trug grüne Jeansshorts und eine kurzärmelige weiße Seidenbluse, deren obere drei Knöpfe offenstanden, so daß die Furche zwischen ihren Brüsten sichtbar war; die schweren, halterlosen Brüste drückten sich durch den dünnen Seidenstoff. Ihre Haut hatte einen goldenen Bronzeton, und ihr Haar war von fast der gleichen Farbe, akzentuiert nur von hellem Funkeln oben auf dem Kopf. Das lange, dichte Haar umrahmte sanft ihr Gesicht, und hier war Dales Schönheit zu Ende.

Vier knotige, unregelmäßige Beulen verunstalteten ihre Stirn, als habe jemand mit einem Hammer auf sie eingeschlagen. Anstelle der Augenbrauen hatte Dale zwei haarlose Kerben über den Augen, beide gekreuzt von zickzackförmigen roten Narben, wo erst kürzlich Fäden gezogen worden waren. Sie hatte die halbmondförmigen Einkerbungen mit schwarzer Schminke gefüllt, was sie nur noch auffälliger machte. Ihre Nase war beinahe plattgeschlagen, und der linke Nasenflügel fehlte teilweise, als habe ihn jemand mit einem Rasiermesser ausgeschnitten. Ihre eingefallenen Wangen waren von rauhen, unregelmäßigen Narben übersät; einige davon bildeten Löcher, die groß genug waren, um Murmeln aufzunehmen. Ihr Unterkiefer war gebrochen und schief wieder zusammengefügt worden, und das winzige fliehende Kinn stand in einem wunderlichen Winkel nach rechts. Die unteren Vorderzähne hatte Dale noch, aber die sechs oberen fehlten, und ihr Zahnfleischlächeln war wie eine Grimasse von intensivem Schmerz. Stanley erkannte, daß die Grimasse ein Lächeln war, aber als er es sah, wären ihm fast die Tränen gekommen. Ihre zernarbten, aufgequollenen Lippen erinnerten ihn an das vernähte Ende eines Kartoffelsacks.

»Ich bin erfreut, Sie kennenzulernen, Mr. Sienkiewicz«, sagte Dale. Sie gab Stanley die Hand und zog sich dann hinter Troy zurück, als wolle sie sich verstecken.

»Ebenfalls«, erwiderte Stanley und räusperte sich.

»James, Junge!« sagte Troy. »Wo hast du Stanley untergebracht?«

»Wir waren noch nicht oben, Troy. Aber ich dachte, ich gebe ihm das Bett auf der Veranda, wenn es dir recht ist?«

»Das ist in Ordnung. Hol Dales Tasche aus dem Wagen.«

Das zweistöckige, mit sechs Schlafzimmern ausgestattete Haus blickte auf die Biscayne Bay hinaus, und die Shapiros, das ältere Ehepaar, dem es gehörte, verbrachten jedes Jahr die drei Wintermonate hier. Früher hatten sie das Garagenapartment als Dienstbotenquartier benutzt, aber jetzt beschäftigten sie, selbst wenn sie hier waren, keine Dienstboten mehr, denen sie Logis gaben, und so war das Garagenapartment seit über zehn Jahren nicht mehr renoviert worden. Aber die Garage war, wie das Haus mit Bayblick, aus den Coquina-Steinen erbaut, die früher auf den Keys gebrochen worden waren, und sie zeigte äußerlich keine Verfallserscheinungen. Alle diese Wohnhäuser entlang der Bay waren gegen Ende der zwanziger Jahre errichtet worden, als man hier noch einen guten Blick auf Miami Beach gehabt hatte; man hatte sie für die Dauer gebaut, und sie hatten gehalten. Dafür, daß James Frietas-Smith sich auf dem Grundstück aufhielt und auf das Haus aufpaßte, durfte er das Apartment und die Garage mietfrei bewohnen, und die Shapiros bezahlten Strom- und Wasserrechnungen für ihn.

Die leere Garage unter dem Apartment war geräumig, und wenn alle vier Tore unter die Decke geschwenkt waren, hatte er reichlich Licht zum Malen. Das Apartment darüber indessen war schäbig, vollgestopft mit ausrangierten Möbeln und anderen Dingen aus dem großen Vorderhaus. Neben der nach Osten gelegenen Glasveranda, die mit einem durchhängenden breiten Bett und einigen zusammengewürfelten Uraltmöbeln eingerichtet war, gab es hier ein Wohnzimmer, ein Schlafzimmer, ein Bad mit einer Wanne, aber ohne Dusche, und eine Küche, die groß genug für eine Frühstücksecke war, wie man sie in den fünfziger Jahren hatte. Von der Veranda und von der Frühstücksecke aus bot sich ein schöner Blick auf die Bay. Sämtliche Zimmer waren groß und hatten hohe, getäfelte Decken. Die pinkfarbene Tapete mit den winzigen Rosenknospen in dunklerem Pink hatte sich an verschiedenen Stellen gelöst und hing in unregelmäßigen Fetzen herab. Ein muffiger, in der Nase kribbelnder Geruch von Staub, Schimmel und ranzigem Speckfett erfüllte alle Räume, und es gab keine Klimaanlage. Im Wohnzimmer hing ein großer Deckenventilator, aber der funktionierte nicht mehr.

»Du kannst das Schlafzimmer haben, Pop«, meinte Troy, »wenn es dir auf der Veranda nicht gefällt, aber Dale und ich haben nichts dagegen, hier zu schlafen, und auf der Veranda hast du nachts etwas mehr Wind.«

»Wie du meinst, Troy.«

»Gut. Das Bad ist am Ende des Ganges neben der Küche. Ich werde James sagen, er soll dir ein paar saubere Handtücher hinlegen. Du hast doch nichts dagegen, hier im Wohnzimmer zu schlafen, oder, James? Du kannst auf dem Sofa schlafen.«

James zuckte die Achseln. »Mir ist es egal, wo ich schlafe.« Er trug Dales Reisetasche ins Schlafzimmer, und sie folgte ihm. Als James herauskam, schloß sie die Tür hinter ihm und blieb drinnen.

»Zieh die Jacke aus, Pop«, sagte Troy. »Wir haben heute nachmittag noch ein paar Dinge zu erledigen; also solltest du's dir bequem machen.«

Stanley hatte seine Anzugsjacke angezogen, nachdem er aus dem Auto gestiegen war, aber jetzt streifte er sie ab und band auch seine Krawatte los. Troy nahm ihm die Sachen ab und reichte sie James.

»Häng Pops Jacke auf, James. Okay, Oldtimer, gehen wir.«

»Wohin?«

»James.« Troy schnippte mit den Fingern. »Hast du noch Geld?«

»Der Fünfer, den ich dir gegeben habe, war mein letztes.«

»Na, das macht nichts, denke ich, jetzt, wo Pop hier ist.« Er legte dem Alten eine Hand auf die knochige Schulter. »Pop, gib James 'nen Zwanziger oder so, damit er einkaufen kann. Sprich mit Dale, James, bevor du gehst, und stell fest, was sie braucht. Sie kann uns das Abendessen kochen. Wir dürften zwischen sechs und halb sieben zurück sein.«

»Ich weiß nicht, wo du hinwillst, Troy, aber ich würde gern mitkommen«, sagte James, als Stanley ihm zwei Zehn-Dollar-Scheine gab.

»Ich würde dich auch gern mitnehmen, James, aber Pop und ich haben was Geschäftliches zu besprechen. Frag Dale, ob sie Koteletts machen kann.«

Troy ging zur Schlafzimmertür und klopfte leise. »Dale, Honey.« Die Tür öffnete sich, und Troy drückte einen langen Kuß auf den zerstörten Mund der Frau. »Pop und ich gehen für eine Weile fort. James besorgt dir, was du brauchst, und du machst uns was zu essen. Okay, Sweetheart?«

»Ja, Sir, Mr. Louden.«

»Braves Mädchen.« Er tätschelte ihr makelloses Hinterteil.

Stanley folgte Troy nach unten. Troy wollte fahren, und so gab Stanley ihm die Schlüssel zu seinem Honda.

11

Am Sonntag abend um halb acht aßen Hoke und Aileen zwei der Roastbeef-Sandwiches und beschlossen, die beiden anderen bis Montag zum Lunch aufzuheben. Hoke hatte keinen Hunger, und Aileen auch nicht, aber methodisch kauten sie die Sandwiches und spülten sie mit großen Gläsern Eistee herunter. Aileen wollte etwas Süßes zum Nachtisch. Sie solle eine der Mangos essen, meinte Hoke, und er schlug ihr vor, sie entweder über der Spüle in der Küche zu essen oder – vorzugsweise – damit unter die Dusche zu gehen, weil sie so reif war.

Aileen ging mit der Mango ins Bad, schloß die Tür, und wenige Augenblicke später rauschte die Dusche mit voller Kraft. Hoke räumte den Tisch ab, spülte Teller und Gläser und stellte alles auf das Sideboard. Weil das Wasser in der Spüle und im Bad lief, hörte er das erste Klopfen nicht, aber als er den Hahn zudrehte, drang das laute Gehämmer an der Wohnungstür an sein Ohr. Hoke öffnete die Tür und versuchte, seine Wut zu bezähmen; niemand brauchte derart heftig gegen die Tür zu donnern. Draußen stand Louis Farnsworth, der Salatkoch vom Sheraton. Hoke hätte ihn angeblafft, aber neben ihm stand eine Frau.

Farnsworth war ein dünner Mann mit einem Spitzbauch. Er hatte seine weiße Hose über den Bauch hochgezogen, und es sah aus, als habe er eine Bowlingkugel unter dem Gürtel. Sein Haar war grau und schütter, und in seinem faltigen Gesicht lag ein säuerlicher Ausdruck. Die junge Frau hinter ihm war kleiner als er, aber sie war sechzig oder siebzig Pfund schwerer. Ihr Gesicht war rund, und ihre Wangen waren so fleischig, daß sie fast bis auf ihren Mund herabhingen. Ihre geschürzten Lippen bildeten ein kleines rundes O, und sie blinzelte mit ihren hellblauen Augen. Sie – oder sonst jemand – hatte ihre Augenbrauen fast restlos ausgezupft. Sie – oder sonst jemand – hatte ihrem Haar eine Dauerwelle verpaßt, die schiefgegangen war, und jetzt stand ihr bräunlicher Schopf in einer wirren Krause vom Kopf ab. Ein portweinfarbenes Muttermal bedeckte den größten Teil ihrer linken Gesichtshälfte einschließlich des linken Augenlids. Die schweren Brüste unter dem weißen T-Shirt sackten fast bis zu ihrer Taille herab, und sie trug einen braunen Kellnerinnen-Minirock mit einer mickrigen roten Schürze.

»Sie brauchen nicht gleich die Tür einzuschlagen«, sagte Hoke.

»Tut mir leid«, sagte Farnsworth. »Ich nehme an, Sie haben mich beim ersten Mal nicht klopfen gehört. Ich wußte aber, daß Sie da waren, weil das Wasser lief.«

»Okay – was kann ich für Sie tun, Mr. Farnsworth?«

»Ich brauch' noch 'nen Schlüssel. Das hier ist Dolly Turner. Sie kommt von Yeehaw Junction runter, und sie hat 'nen Job als Tellerwäscherin im Hotel. Bis sie zweimal Lohn gekriegt hat und sich selber 'ne Wohnung mieten kann, wird sie bei mir pennen. Deshalb brauch' ich noch 'nen Schlüssel.«

»Wieso können Sie nicht beide denselben Schlüssel benutzen?«

»Weil wir in verschiedenen Schichten arbeiten, deshalb. Wo liegt das große Problem bei 'nem zweiten Schlüssel?«

»Nirgends.« Hoke ging in die Küche und zog die Schublade auf, wo er die Bücher und die Ersatzschlüssel aufbewahrte. »Sie sind in 204, nicht wahr?«

Als Farnsworth nicht antwortete, brachte Hoke ihm den Ersatzschlüssel mit der Apartmentnummer auf dem daranhängenden Pappschildchen. »Das macht anderthalb Dollar Pfand«, sagte Hoke. »Wenn Sie den Schlüssel zurückbringen, kriegen Sie die anderthalb Dollar zurück.«

»Für meinen Schlüssel hab' ich kein Pfand bezahlt«, protestierte Farnsworth.

»Weil Sie zusätzlich zu Ihrer ersten Miete eine Monatsmiete als Kaution hinterlegt haben. Wenn Sie Ihren Schlüssel verlieren, kann ich es davon einbehalten. Aber ein Extraschlüssel kostet anderthalb Dollar Pfand.«

Dolly Turner warf Farnsworth einen Seitenblick zu. Der zog ein blau-grünes Päckchen Bugler-Tabak und ein paar weiße Blättchen hervor und drehte sich sparsam eine Zigarette. Dolly hatte eine peruanische Tasche aus schwarzer Wolle mit einem aufgestickten weißen Lama auf der Seite, voll von allerlei Kram einschließlich eines Flanellnachthemdes. Sie wühlte darin herum und förderte schließlich einen Dollar achtunddreißig in kleinen Münzen zutage.

»Da fehlen zwölf Cent«, stellte Hoke fest, nachdem er die Pennys gezählt hatte.

Noch einmal sah sie Farnsworth an; der nahm einen tiefen Zug aus seiner dünnen Zigarette und betrachtete die schwarzen Ascheflöckchen, die zu Boden wehten.

»Mehr hab' ich nicht bei mir«, sagte Dolly mit zaghaftem Stimmchen. »Aber ich soll nächsten Samstag meinen Lohn kriegen, wenn sie mit mir zufrieden sind.«

»Okay, ich stunde Ihnen den Rest. Aber an verlorenen Schlüsseln verdienen wir nichts. Es kostet einsfünfzig, einen anfertigen zu lassen.«

Aileen kam, in ein Badetuch gewickelt, aus dem Bad; als sie das Paar in der Tür stehen sah, wich sie hastig wieder zurück. Farnsworth und Dolly Turner gingen, und kurz darauf kam Aileen in Jeans und T-Shirt aus dem Bad.

»Wer war da bei Mr. Farnsworth, Daddy?«

»Dolly Turner. Sie wird bei ihm wohnen, bis sie genug Geld gespart hat, um sich eine eigene Wohnung zu mieten. Sie hat gerade einen Job im Sheraton bekommen, und er war so freundlich, sie bei sich aufzunehmen.«

»Aber sie sind nicht verheiratet. Ist es nicht gegen das Gesetz, einem unverheirateten Paar eine Wohnung zu vermieten?«

»Sie sind eigentlich kein Paar. Er hat die Wohnung gemietet, nicht sie; also ist sie nur sein Gast.«

»Aber ist es nicht gegen das Gesetz, wenn zwei Leute zusammen schlafen, wenn sie nicht verheiratet sind?«

»Nein. Sie dürfen zusammen schlafen. Kein Gesetz verbietet das. Aber Unzucht zwischen ihnen verstößt gegen das Gesetz. Tatsächlich ist die Missionarsstellung die einzige Stellung, die die Gesetze von Florida erlauben, und selbst dazu muß man verheiratet sein. Aber das ist ein Gesetz, das nur noch selten angewandt wird.«

»Was ist die Missionarsstellung?«

»Wenn die Frau auf dem Rücken liegt und der Mann auf ihr.«

Aileen kicherte. »Das ist aber nicht die einzigste Art, wie sie es oben in Vero Beach machen.«

»Die *einzige*, meinst du wohl. Nicht nur in Vero Beach. Aber es ist ein Gesetz des Staates Florida. Es wird nur nicht angewandt, das ist alles.«

»Wenn es angewandt würde, wäre der Spaß auf dem Parkplatz bei der High School auch vorbei.« Aileen band sich die Turnschuhe zu und ging zur Tür. »Ich gehe ein bißchen spazieren, um das Sandwich und die Mango zu verdauen.«

»Willst du nicht mit dem Rad fahren?« Aileens neues Fahrrad stand eingekeilt zwischen ihrem Bahama-Bett und der Wand.

»Ich will nur ein bißchen in der Mall herumlaufen. Aber morgen räume ich das alte Büro unten auf, und dann stelle ich das Fahrrad dort ab. Hier im Apartment ist es zu eng, und wenn ich es draußen lasse, klaut es jemand mitsamt der Kette.«

»Das ist ein guter Plan. Die Müllabfuhr kommt am Dienstag; also werde ich dir morgen helfen. Das meiste Zeug in der Kammer ist sowieso Abfall. Wenn wir sie aufräumen, können wir dort vielleicht wieder ein Büro einrichten.«

Hoke fühlte sich rastlos, als Aileen gegangen war. Er klopfte sich mit beiden Händen an die Brust und dann auf die Hosentaschen. Er schüttelte den Kopf, als ihm klar wurde, daß er nach seinen Zigaretten suchte, obwohl er eigentlich kein Verlangen danach hatte, zu rauchen. Seit dem ersten Tag seiner Midlife-Krise hatte er nicht mehr geraucht, und auch jetzt wollte er es im Grunde nicht, aber er hatte es immer getan, wenn er sich gelangweilt oder rastlos gefühlt hatte – er hatte eine Zigarette geraucht. Um seinen Händen etwas zu tun zu geben, ging er in die Küche und putzte die Herdplatten mit einem nassen Scheuerschwamm. Als der Schaum zwischen seinen Fingern aufquoll, fiel ihm ein, daß er ein Jahr zuvor in einem Roman gelesen hatte, wie jemand eine Muschi leckte. Die Beschreibung war übertrieben gewesen, aber die Tatsache, daß er wieder an Muschis dachte, war ein gutes Zeichen. Er würde da etwas unternehmen müssen, sobald er im »El Pelicano« alles unter Dach und Fach hätte. Die beste Gegend zum Aufreißen waren immer die Sand-Shell Villas gewesen und die kleine dunkle Bar in Singer Island Shores, die dazugehörte. Viele New Yorker Sekretärinnen mieteten – meistens zu zweit – außerhalb der Saison einen der Bungalows am Strand zu einem attraktiven Pauschalpreis, das Rückflugticket zum Kennedy Airport inklusive. Zu zweit war es leichter, sie aufzureißen, aber jetzt, wo er sein eigenes Apartment hatte, würde er wahrscheinlich ein Pärchen knacken und die eine über Nacht mit nach Hause nehmen können – wenn Aileen nicht wäre. Mit Aileen würde er sich bald etwas einfallen lassen müssen. Wenn sie sich absolut weigerte, zu ihrer Mutter nach L. A. zu gehen, würde er sie überreden müssen, wieder nach Green Lakes zurückzufahren. Ellita konnte Aileens Hilfe schließlich genauso gut gebrauchen wie die ihrer Mutter, wenn das Baby kam. Aber bis dahin waren es noch ein paar Wochen. Er wollte Aileen schneller loswerden –

Es klopfte leise an der Tür. Hoke wusch sich am Spülbecken die Hände und trocknete sie an einem Geschirrtuch ab, während er zur Tür ging, um zu öffnen. Dolly Turner, ihre wollene Tasche umklammernd, klapperte ein paarmal ausdruckslos mit den Augendeckeln und trat zögernd zwei Schritte vor, als Hoke von der Tür zurückwich. Dann langte sie in ihre Tasche und reichte ihm den Zweitschlüssel von 204.

»Ich möchte mein Pfand zurück.«

»Sie ziehen schon aus? Ich hielt Sie beide für das ideale Paar.«

Dollys Mündchen zog sich ein paarmal krampfhaft zusammen und entspannte sich wieder. Sie schüttelte den krausen Kopf. »Er wollte, daß ich etwas tue.«

»Was haben Sie erwartet? Als Mr. Farnsworth die zwölf Cent nicht herausrückte, dachte ich mir schon, daß er nichts von Altruismus hält.«

»Von was?«

»Freundlichkeit gegen Fremde, ohne Bedingungen.«

»Gegen die normale Art und Weise hab' ich nichts; das hab' ich schon erwartet. Aber ich mach' nichts, was nicht natürlich ist.«

»Und wie wollen Sie jetzt nach Yeehaw Junction zurückkommen?«

»Ich fahre nicht zurück. Meinen Job hat er mir nicht besorgt; ich schlafe einfach am Strand, bis ich meinen Lohn bekomme. In der Hotelküche kann ich umsonst essen.«

»Am Strand werden Sie nicht schlafen können, Miss Turner. Der öffentliche Strand wird um zehn geschlossen, und nachts ist dort eine Streife unterwegs. Sie würden mit Sicherheit festgenommen werden. Wieso behalten Sie Ihren Schlüssel nicht? Gehen Sie bis zehn, halb elf rüber in die Mall, und dann kommen Sie zurück. Sagen Sie Mr. Farnsworth, Sie hätten Angst vor AIDS.«

»Was ist AIDS?«

»Mr. Farnsworth weiß es. Bis halb elf hat er wahrscheinlich eingesehen, daß ein bißchen immer noch besser als gar nichts ist. Wenn nicht, klopfen Sie noch mal bei mir. Vor elf gehe ich nicht zu Bett; ich gebe Ihnen dann Ihr Pfand zurück und lasse Sie in meinem Auto schlafen. Aber nur diese eine Nacht. Morgen müssen Sie sich jemand anderen suchen oder zusehen, daß Sie eine Schlafstelle finden.«

»Ich hätte nichts dagegen, jetzt schon in Ihrem Auto zu schlafen.«

»Machen Sie es so, wie ich es gesagt habe. Sie hätten sich das alles überlegen sollen, bevor Sie Yeehaw Junction verließen, aber Sie können auch jetzt noch drüber nachdenken. Setzen Sie sich drüben in der Mall auf eine Bank.«

»Ich mußte da weg. Als mein Daddy starb, hatte ich keine Bleibe mehr.«

»Die Welt ist hart, Miss Turner, aber so schlecht, wie Sie glauben, ist sie nicht. Sie haben einen Job. Sie haben etwas zu essen, und Sie haben zwei Plätze zum Schlafen – entweder bei Mr. Farnsworth oder auf dem Rücksitz meines Autos. Und selbst wenn Sie mit Mr. Farnsworth etwas Unnatürliches tun, brauchen Sie nachher ja nicht mit ihm zu *schlafen*. Er hat zwei Bahama-Betten in seinem Apartment, genau wie ich; Sie haben also ein bequemes Bett ganz für sich allein.«

»Sie haben mir was zum Nachdenken gegeben.« Sie wischte sich mit dem Handrücken übers Gesicht.

Hoke öffnete die Tür ein bißchen weiter. »Gut. Wie gesagt, bis elf bin ich bestimmt auf; also gehen Sie rüber in die Mall und denken Sie über Ihre Möglichkeiten nach.«

»Ich glaube, es ist besser, wenn ich den Gang runtergeh' und noch mal mit Mr. Farnsworth rede.«

»Wie Sie meinen.«

Hoke schloß die Tür hinter ihr und überlegte, ob er sich diplomatisch verhalten hatte. Das Mädchen war erst einundzwanzig oder zweiundzwanzig, und als Ratgeber für einsame Herzen war er kein Experte. Vielleicht hätte er ihr das Pfand zurückgeben und die Sache damit auf sich beruhen lassen sollen. Aber dann wäre sie im Frauengefängnis von Palm Beach County gelandet, und zwar ohne ihren neuen Job als Tellerwäscherin, aber mit dem Anfang eines Vorstrafenregisters. Er fragte sich, was er tun würde, wenn er an Dollys Stelle wäre – es klopfte zweimal –, aber er war ein Mann, und deshalb würde er niemals an Dollys Stelle sein. Hoke schüttelte den Kopf und nahm seinen Autoschlüssel vom Eßtisch. Das war schnell gegangen, fand er. Er würde Dolly einschärfen, auf dem Rücksitz den Kopf unten zu behalten, auch wenn die Streifenwagen nachts kaum jemals den Parkplatz des Apartmenthauses kontrollierten. Um sechs würde er sie wecken und ihr eine Tasse Kaffee bringen; dann wäre sie versorgt.

Dr. Ralph »Itai« Hurt stand vor der Tür. Er trug ein hellblaues Muscle-Shirt, das seine sehnigen Arme freiließ, eine Badehose und leinene Hausslipper.

»Guten Abend, Professor.«

»Itai. Nennen Sie mich einfach Itai«, antwortete Hurt mit halbem Lächeln. »Sie sind nicht gerade beim Abendessen, oder?«

»Nein, wir haben schon vor einer Weile gegessen.«

Itai nickte. »Dachte ich mir. Diese Sache ist mir ein wenig peinlich, Mr. Moseley, aber ich habe ein ausgeprägtes Gefühl für den *locus parentis*, ein Überbleibsel aus der Zeit, da die Kids am College noch ›Kids‹ waren, bis sie einundzwanzig wurden. Heute biete ich Achtzehnjährigen noch manchmal meinen Rat an, und sie sind ziemlich flott damit bei der Hand, mir mitzuteilen, daß ihre Angelegenheiten mich nichts angehen. Jetzt, da die Kids mit achtzehn als erwachsen gelten –«

»Ich weiß. Dadurch ist es leichter, sie ins Gefängnis zu sperren. Vermutlich möchten Sie Ihre Bücher zurückhalten. Sie liegen dort auf dem Tisch.«

»Nein, nein, deshalb wollte ich nicht mit Ihnen sprechen. Ich wollte kurz mit Ihnen über Ihre Tochter reden. Ich habe es mir überlegt, und ich weiß, wie jung sie noch ist, und deshalb werden Sie es vielleicht nicht für ungebührlich halten, wenn ich sie – wie sagt man gleich? – ›verpfeife‹.«

»Wir sagen nicht mehr ›verpfeifen‹. Die neue Bezeichnung lautet ›vertrauliche Informationen weitergeben‹. Was haben Sie mit Aileen zu tun, Professor?«

»Gar nichts. Aber da sind, wie Sie wissen, ein paar Hibiskusbüsche vor meinem Fenster, wo ich arbeite –«

»Wie kommen Sie mit Ihrem Roman voran?«

»Nicht schlecht. Heute habe ich anderthalb Seiten geschrieben. Genau genommen war es eineinviertel Seite, aber das liegt daran, daß ich mitten im letzten Satz abgebrochen habe. Wenn ich den Satz morgen zu Ende schreibe, sind es anderthalb Seiten. Hemingway hat gesagt, so soll man arbeiten.«

»Bei Polizeiberichten funktioniert es auch. Hören Sie – was haben Sie auf dem Herzen, Itai?«

»Bei Polizeiberichten? Ja. Nun, Ihre Tochter hat sich hinter den Hibiskusbüschen übergeben. Das wollte ich Ihnen erzählen.«

»Wann?«

»Zuletzt? Vorhin. Aber morgens nach dem Frühstück war sie auch schon dort, um sich zu erbrechen. Ist sie krank? Hat sie Ihnen gegenüber erwähnt, daß ihr schlecht sei?«

»Nein. Sie ißt eine Menge – dafür, daß sie so dünn ist. Mehr als ich, muß man sagen. Aber sie kommt mir ganz gesund vor.«

»Sie ist nicht gesund, Mr. Moseley. Ich vermute, sie hat Anorexie. *Anorexia nervosa.* Erinnern Sie sich an die Sängerin, die vor einigen Jahren gestorben ist – Karen Carpenter? Sie starb an Anorexie. Sie hat sich immer wieder übergeben, weil sie sich den Finger in den Hals steckte, bis sie so stark abnahm, daß sie schließlich verhungerte. An der Universität ist es ziemlich verbreitet. Sogar Jane Fonda hatte als junges Mädchen Anorexie, sagt sie, aber sie hat es später geschafft, davon loszukommen.«

»Ich wüßte nicht, woher Aileen eine solche Krankheit haben sollte. Sie war mit niemandem zusammen, der Anorexie hatte, denn davon hätte ich gewußt. Sie hat auch nie darüber geklagt, daß sie allzu satt wäre. Im Gegenteil, die meiste Zeit über scheint sie mir hungrig zu sein wie jeder normale Teenager.«

»Wenn Sie alles, was Sie essen, wieder von sich gäben, wären Sie auch hungrig, Mr. Moseley. Die Mädchen kriegen einen Freßanfall. Dann erbrechen Sie alles wieder, und sie bleiben dünn oder werden noch dünner. Wie alt ist Aileen jetzt genau?«

»Vierzehn. Fast fünfzehn.«

»Menstruiert sie?«

»Ich glaube. Hier habe ich zwar noch keine Binden und wasweißich gefunden, aber unten in Miami habe ich drei Frauen im Haus, und da habe ich hin und wieder Carefree-Schachteln gesehen – Sie wissen schon, im Müll. Aber bei Aileen bin ich mir nicht sicher.«

»Mit vierzehn müßte sie soweit sein. Aber wenn man Anorexie entwickelt und behält, dann hört die Menstruation auf, wenn sie schon angefangen hat. Genau wie sie bei Läuferinnen aufhört, wenn sie mehr als sechs Meilen täglich laufen. Und genau das gefällt ihnen, verstehen Sie? Wenn sie aufhören zu menstruieren, halten sie das für ein gutes Zeichen. Ihre Diät wirkt, und sie nehmen ab.«

»Himmel, wie dünn will sie denn noch werden?«

»Es ist eine psychische Krankheit, Mr. Moseley. Wenn sie Anorexie haben, finden sie nie, daß sie dünn genug sind. Wenn es also das ist, was Aileen fehlt, dann muß sie unverzüglich in Behandlung. Ich will Sie nicht erschrecken, aber ich dachte mir, ich sage Ihnen, was ich davon halte. Denn wenn ich recht habe, braucht Ihre Tochter einen Psychiater.«

»Allmächtiger.«

»Ich spreche mit ihr, wenn Sie wollen, denn es könnte sein, daß ich mich irre, wissen Sie.«

Hoke schüttelte den Kopf. »Ich glaube, Sie könnten recht haben, Itai. Ich hätte die Zeichen selbst sehen müssen. Sie verdrückt sich nach jeder Mahlzeit und behauptet, sie hat noch etwas zu erledigen, oder sie geht spazieren – auch unten in Green Lakes.«

»Ich habe eine Flasche Early Times unten. Kommen Sie mit; ich lade Sie zu einem Drink ein.«

»Ich warte lieber, bis Aileen zurückkommt.«

»Ich weiß, wo sie ist. Unten kann ich sie Ihnen vom Fenster aus zeigen. Wenn sie sich übergeben hat, legt sie sich am Parkplatz auf die Bank. Es schwächt einen, wissen Sie, wenn man sich auf diese Weise erbricht. Deshalb legt sie sich danach immer lang und ruht sich aus. Kommen Sie.«

Sie gingen hinunter in Itais Apartment, und der Professor deutete durch sein Fenster auf Aileen. Sie lag rücklings auf der Betonbank, die Hände hinter dem Kopf verschränkt.

»Wollen Sie sich das Erbrochene ansehen?« schlug Itai vor. »Wir können hinausgehen, und ich zeige es Ihnen hinter dem Gebüsch.«

»Scheiße, nein, ich will mir keine Kotze ansehen! Wo ist der Early Times?«

Itai holte Flasche und Gläser hervor, und beide kippten hintereinander zwei Whiskey ohne Wasser oder Eis.

»Ich komme mir mies vor, Mr. Moseley. Aber die Sache ist ziemlich ernst, und wenn das Mädchen nicht in psychiatrische Behandlung kommt, könnte sie tatsächlich sterben.«

»Was ist eigentlich aus dem Bruder geworden?«

»Aus welchem Bruder?«

»Aus Karen Carpenters Bruder.«

»Ich weiß es nicht. Aber er war kein übler Musiker. Ich könnte mir vorstellen, daß er jetzt irgendwo in einer Cocktail-Lounge spielt. Aber die beiden haben als Paar so viel Geld gemacht, daß er sich vielleicht zur Ruhe gesetzt hat. Ihre Platten verkaufen sich immer noch ziemlich gut. Man hört sie manchmal auf den Goldie-Oldie-Sendern.«

»Anorexie muß eine Frauenkrankheit sein. Ich hab' noch nie gehört, daß ein Mann sie bekommen hätte. Sie etwa?«

»Ausgeschlossen! Die meisten Männer können ein paar Tage lang Diät halten, aber Männer haben nicht die Seelenstärke, um sich zu Tode zu hungern, wie Frauen es tun.«

»Danke für die Drinks, Itai. Ich weiß es zu schätzen, daß Sie damit zu mir gekommen sind – ich schulde Ihnen einen Gefallen.«

»Ich komme mir schäbig vor als Informant, und ich kann mich irren. Aber es kann nicht schaden, sich darum zu kümmern.«

Hoke kehrte in sein Apartment zurück; er bedauerte, daß er Itai nicht um ein drittes Glas gebeten hatte. Statt dessen kochte er jetzt eine

Kanne Kaffee und wartete auf Aileen. Nach etwa einer Viertelstunde kam sie. Er sagte ihr, sie solle sich eine Tasse Kaffee holen und sich zu ihm an den Tisch setzen.

»Möchtest du noch ein bißchen Monopoly spielen, Daddy? Wir können die schnelle Version spielen –«

»Nein, ich will mit dir reden.«

»Ich will aber keinen Kaffee.«

»Setz dich trotzdem her. Wann hattest du deine letzte Periode?«

»Oh, Daddy . . .« Aileen wurde rot und schaute weg.

»Wann?«

»Ich hab' noch nicht angefangen.«

»Das ist nicht wahr. Ellita hat mir erzählt, daß ihr beide eure Regel bekommt. Ich hatte mich bei ihr über die Berge von Papierprodukten beschwert, die ins Haus kamen. Da hat sie's mir erzählt; ich weiß es noch.«

»Ich hab' sie ein paarmal bekommen, und dann hat sie wieder aufgehört. Ich habe mit Ellita darüber gesprochen, und sie meinte, ich sollte mir keine Sorgen machen. Nicht alle Frauen sind gleich, sagte sie. Bei manchen kommt es regelmäßig, bei anderen nicht – jedenfalls nicht zu Anfang. Laß uns Monopoly spielen, Daddy. Es ist mir peinlich, über diese schmierigen Sachen zu sprechen.«

»Ich möchte, daß du dir ein Kleid und deine guten Schuhe anziehst.«

»Warum?«

»Weil ich es sage. Und zwar sofort!«

Aileen verschwand mit einem rückenfreien Sommerkleid im Bad, um sich umzuziehen, und Hoke legte ihre leinene Reisetasche auf ihr Bett. Viel würde sie nicht brauchen; er packte Unterwäsche, Jeans und T-Shirts hinein, die er aus dem Karton am Fußende des Bettes nahm. Dann stopfte er Aileens Pullover in die Tasche. In L. A. würde sie einen Pullover brauchen.

Hokes Overall war unter den Armen zu eng für das Schulterhalfter, deshalb schnallte er sich das steife Wadenhalfter um. So konnte er wenigstens das Hosenbein darüberziehen. Er schob seinen .38er *Chief's Special* in das Halfter, verstaute Dienstmarke und Ausweisetui in der Oberschenkeltasche und steckte die Handschellen in die Gesäßtasche.

»Gehen wir«, sagte Hoke, als Aileen aus dem Bad kam; sie trug jetzt ihr Sommerkleid und ein neues Paar Mushroom-Schuhe. Er nahm ihre Reisetasche.

»Was hast du in meine Tasche getan?«

»Alles, was du brauchen wirst.«

Sie gingen nach unten. Als Hoke seinen Le Mans aufschloß, löste sich Dolly Turner aus dem Schatten des Gebäudes und krallte sich in seinen Arm.

»Sie haben gesagt, ich kann in Ihrem Auto schlafen, Mr. Moseley, und jetzt fahren Sie weg.«

Die Autotür stand offen, und im Licht der Innenbeleuchtung sah Hoke, daß Dolly Turners linkes Auge blauschwarz angelaufen war. Es war verschwollen, und die Verfärbung vertrug sich nicht mit ihrem Muttermal.

»Wir brauchen das Auto jetzt, Dolly. Sie können drin schlafen, wenn ich zurückkomme.«

»Hier draußen sind aber Moskitos«, winselte Dolly.

»Okay. Nehmen Sie die Tasche und setzen Sie sich auf den Rücksitz.«

Hoke setzte Aileen auf den Beifahrersitz, stieg selbst ein und verriegelte die Türen. An Aileens Tür fehlte der Entriegelungsknopf; Hoke hatte ihn abmontiert, um zu verhindern, daß Tatverdächtige ihm an einer roten Ampel aus dem Wagen sprangen, wenn er mit ihnen zum Revier fuhr. Dolly saß mitten auf dem engen Rücksitz und hielt Aileens Leinentasche auf ihrem geräumigen Schoß.

Aileen schmollte auf dem Weg zum West Palm Beach International Airport, aber als Hoke auf dem Besucherparkplatz hielt und sie begriff, daß sie tatsächlich zu ihrer Mutter zurückgeschickt werden sollte, protestierte sie: »Ich will nicht zu Momma zurück, und auch nicht nach Miami. Grandpa hat gesagt, ich soll bei dir bleiben.«

»Dein Grandpa ist aber nicht dein Vater, sondern ich bin es. Väter wissen nicht immer alles am besten, aber sie tun ihr Bestes. Los, gehen wir. Sie auch, Dolly.«

Im Flughafengebäude befahl Hoke den beiden, sich zu setzen. Mit den Handschellen fesselte er Aileens rechtes Handgelenk an Dollys linkes. »Ihr zwei bleibt jetzt hier sitzen, während ich die Tickets kaufe. Ich bin gleich wieder da.«

Hoke ging zum Schalter der Eastern und kaufte mit seiner VISA-Karte zwei einfache Tickets für den Lumpensammler nach Los Angeles. Die Maschine hatte eine halbe Stunde Aufenthalt in Houston, sagte der Angestellte. Abflugzeit in West Palm war zwei Uhr früh.

»Haben Sie keinen Direktflug?«

»Doch, aber erst um zehn Uhr morgen früh. An Ihrer Stelle würde ich darauf nicht warten. Der Aufenthalt in Houston dauert nicht sehr lange, und wenn Sie schlafen, werden Sie wahrscheinlich gar nichts davon merken.«

»Ich hab' ein kleines Problem. ›D. Turner‹ bin nicht ich. Es ist die Schwester da drüben auf der Bank. Sie begleitet eine Psychiatriepatientin nach L. A., und ich möchte nicht, daß die versucht, in Houston aus dem Flugzeug zu verschwinden.«

Der Schalterangestellte, ein langarmiger junger Mann mit einem zottigen braunen Schnurrbart, schaute in die Richtung, in die Hoke zeigte. Er runzelte die Stirn, als er die Handschellen erblickte. »Welche ist die Psychiatriepatientin?«

»Machen Sie keine Witze. Die Kleine ist die Patientin.«

»Ich wollte keine Witze machen; ich hab' bloß noch nie eine Schwester im braunen Minirock mit roter Schürze gesehen. Ich wollte nur sicher sein, welche welche ist, damit ich dem Captain Bescheid geben kann, weiter nichts. Sie wird doch im Flugzeug keinen Ärger machen, oder?«

»Selbstverständlich nicht.« Hoke zeigte dem Angestellten seine Marke und seinen Ausweis. »Es ist eine Familienangelegenheit, und wir wollen kein Aufsehen erregen. Das Mädchen ist Curly Petersons Adoptivtochter, und er wird sie in L. A. vom Flugzeug abholen.«

»Curly Peterson, der Reserveschlagmann bei den Dodgers?«

»Genau der.«

»Ich wußte nicht, daß der 'ne Tochter hat. Irgendwie denkt man nicht, daß so'n reicher Ballspieler bei all der Knete, die die machen, blöd genug ist, zu heiraten. Aber ich schätze, viele von denen sind verheiratet.«

»Und sie haben Töchter. Manchmal auch Söhne.«

»Ja. Sie brauchen sich keine Sorgen zu machen, Sergeant. Ich werde dafür sorgen, daß der Captain informiert wird, wenn das Flugzeug reinkommt. Meine Schicht ist dann zwar vorbei, aber ich bleib' noch hier, um es ihm zu sagen. Eine bessere Linie als Eastern hätten Sie sich nicht aussuchen können. Wir verdienen uns unsere Flügel wirklich jeden Tag.«

»Das freut mich.«

Hoke kehrte zu der Bank zurück, nahm Dolly die Handschelle ab und schloß Aileen an die Lehne der Bank. »Kommen Sie mit, Dolly. Ich möchte rasch mit Ihnen sprechen.«

Hoke führte Dolly zu den Schließfächern, wo Aileen sie nicht hören konnte. Dollys blaues Auge sah im hellen Licht noch schlimmer aus als im Auto, und auf ihrem T-Shirt war ein Blutfleck, den er vorher nicht gesehen hatte. Das Weiße ihres halb geschlossenen Auges sah aus wie ein Stück rotes Zelluloid, und ihre dicke Wange war geschwollen.

»Mr. Farnsworth hat Sie mächtig geschlagen, wie?«

Sie nickte. »Aber ich hab's ihm an die richtige Stelle zurückgegeben.«

»Okay. Ich möchte, daß Sie folgendes tun, Dolly. Sie fliegen mit meiner Tochter nach Los Angeles, und wenn Sie dort ankommen, wird ihre Mutter Sie abholen, und sie wird Sie für ein paar Tage als ausgebildete Krankenschwester behalten –«

»Ich bin aber doch gar keine ausgebildete Krankenschwester. Ich hab' bloß meinen Daddy 'n bißchen gepflegt und so.«

»Das weiß meine Ex-Frau ja nicht. Sagen Sie ihr nur, Sie sind Krankenschwester, und sie wird Sie auszahlen wollen – wahrscheinlich nach ein oder zwei Tagen. Dann verlangen Sie fünfzig Dollar pro Tag.«

»So viel?«

»Jawohl, einschließlich heute. Sie haben also schon fünfzig Dollar verdient, und dabei sind Sie noch nicht mal in Los Angeles. Und wenn sie Sie ausgezahlt hat, gehen Sie zum Sozialamt in L. A. Mitte und beantragen Sie Überbrückungshilfe. Reguläre Sozialhilfe können Sie erst bekommen, wenn Sie ein Jahr lang dort gelebt haben, aber in Kalifornien kann jeder, der neu zuzieht, eine Überbrückungshilfe bekommen. Die besorgen Ihnen ein Zimmer und Lebensmittelkarten oder Essensmarken, und dann können Sie sich da drüben einen Job suchen. In Kalifornien ist es nicht schwer, eine Arbeit in einer Küche zu bekommen, und Sie haben dort eine bessere Zukunft als in Riviera Beach.«

»Brauch' ich keine Genehmigung oder so was, um den Staat zu verlassen?«

»Nein. Wer sagt das?«

»Weiß ich nicht. Ich bin hier geboren, oben in Yeehaw Junction, und da dachte ich, ich brauche 'ne Genehmigung.«

»Verflucht, nein, Dolly. Sie können gehen, wohin Sie wollen. Dies ist praktisch ein freies Land. Und wenn es Ihnen in Kalifornien nicht gefällt, können Sie das Sozialamt jederzeit bitten, Sie wieder nach Hause zu schicken. Aber ich weiß, es wird Ihnen da draußen gefallen. Wichtig ist nur, daß Sie die Kleine nicht aussteigen lassen, wenn die Maschine in Houston zwischenlandet. Meine Ex-Frau, Mrs. Peterson, wird Sie am Flughafen in L. A. erwarten. Okay?«

»Kriegen wir im Flugzeug was zu essen?«

»Klar, auf dem Nachtflug kriegen Sie zweimal Frühstück. Einmal zwischen hier und Houston, und dann noch mal irgendwo in der Gegend des Grand Canyon. Vorläufig hole ich Ihnen was aus dem Automaten. Hier ist der Schlüssel für die Handschellen. Gehen Sie zu Aileen zurück und fesseln Sie sich an sie.«

»Und einen Diät-Saft, wenn sie haben.«

»Es gibt Orangensaft im Automaten, da bin ich sicher.«

»Wenn sie keinen Saft haben, möchte ich lieber 'ne Coke.«

Hoke besorgte sich am Wechselautomaten ein wenig Kleingeld und zog zwei Schinken-Käse-Sandwiches, zwei Tüten Doritos und zwei Viertelliter-Kartons Orangensaft aus den Automaten. Er trug alles zur Bank, reichte Aileen ein Sandwich und gab Dolly den Rest.

»Wenn Sue Ellen an meiner Stelle wäre«, sagte Aileen, »*die* würdest du nicht nach L. A. schicken. Sue Ellen hast du immer lieber gehabt als mich. Aber eines Tages wirst du das noch bereuen, wart's nur ab! Ich werde das jedenfalls nicht vergessen – mir Handschellen anzulegen wie einer Verbrecherin!«

»Iß dein Sandwich.«

»Ich hab' keinen Hunger.«

»Du solltest aber welchen haben, nachdem du dein Abendessen ausgespuckt hast.«

»Wer hat dir das erzählt?«

»Darauf kommt es nicht an. Ich habe euch beide gleich lieb, und wenn Sue Ellen das gleiche Problem hätte wie du, würde ich sie auch nach L. A. schicken.«

»Du wolltest immer einen Jungen an meiner Stelle haben!«

»Das glaubst du?«

»Ich habe gehört, wie du's mal zu Ellita gesagt hast: Du wünschtest, du hättest einen Sohn.«

»Aber zusätzlich zu euch beiden Mädchen, nicht an eurer Stelle, um Himmels willen. Willst du deswegen dünn bleiben? Willst du aussehen wie ein Junge, nicht wie ein Mädchen?«

»Du weißt nichts über mich, und es ist dir auch egal!« Aileens braune Augen füllten sich mit Tränen, und sie schüttelte den Kopf, um wieder klar zu sehen. »Nichts weißt du!«

»Nicht weinen, Honey«, sagte Dolly und hielt ihr die offene Tüte entgegen. »Nimm ein paar Doritos.«

Hoke ging zu einer Reihe Münztelefone und rief Patsy in Glendale mit seiner Telefonkreditkarte an. Es klingelte zehnmal, ehe Patsy den Hörer abnahm. Hoke seufzte, als sie sich meldete.

»Patsy, ich bin's, Hoke.«

»Du hast mich in der Haustür erwischt, also mach's kurz. Ich muß Curly im Studio abholen. Er dreht einen Werbefilm für dieses neue ›California Chili-Size‹. Weißt du, was er da für einen Dreißig-Sekunden-Spot kriegt?«

»Nein, und es mir auch scheißegal. Dies ist ein Notfall, Patsy, sonst hätte ich nicht angerufen. Aileen hat Anorexie, und ich schicke sie mit einer ausgebildeten Krankenschwester zu dir. Sie kommt mit Eastern-Flug 341. Ich möchte, daß du mit einem Arzt zum Flughafen kommst und sie sofort ins Krankenhaus bringen läßt.«

»Was hat sie?«

»Anorexie. Das ist eine auszehrende Erkrankung, und wenn sie nicht von einem Experten behandelt wird, kann sie daran sterben.«

»Kann man sie denn nicht in Florida behandeln?«

»Nein, es ist eine typisch kalifornische Krankheit. Man versteht dort mehr davon als hier. Jane Fonda hat sie gehabt, und Karen Carpenter ist dran gestorben. Aileen braucht einen Spezialisten. Dein Hausarzt wird wissen, wen er konsultieren muß; du solltest ihn deshalb mitbringen, wenn du zum Flughafen kommst. Ich weiß nicht, ob du einen Krankenwagen brauchst oder nicht. Wahrscheinlich nicht, aber auch danach solltest du ihn fragen.«

»Wie lange hat sie das schon?«

»Ich weiß es nicht. Ich hab's selbst erst heute erfahren. Aber die Kleine ist sehr krank. Sie wiegt nur noch ungefähr achtzig Pfund.«

»Vor sechs Monaten hat sie noch fünfundneunzig gewogen!«

»Siehst du, was ich meine? Hast du was zum Schreiben?«

»Moment –«

Hoke wiederholte die Flugnummer und nannte ihr die Ankunftszeit für Los Angeles. »Bitte ruf mich bei Dad zu Hause an, wenn sie da ist, und sag mir, was der Arzt meint.«

»Bist du bei Grandpa?«

»Ich erwarte deinen Anruf bei ihm. Ich wohne im El Pelicano, hier auf Singer Island, und ich habe kein Telefon.«

»Was treibst du denn da oben?«

»Ich habe bei der Polizei gekündigt, und ich verwalte das El Pelicano für Frank.«

»Was ist mit meinem Unterhalt? Du schuldest mir schon drei Schecks.«

»Herrgott, Patsy, dein Mann macht dreihundertfünfundzwanzigtausend Dollar im Jahr!«

»Mehr, wenn man die Werbung mitrechnet, aber was hat das mit unserer Scheidungsvereinbarung zu tun?«

»Laß uns später über Geld reden, okay? Jetzt mußt du erst mal einen Arzt auftreiben, damit du Aileen in ein Krankenhaus einweisen lassen kannst, wenn sie kommt.«

»Als die Mädchen noch bei mir lebten, waren sie nicht einen einzigen Tag krank.«

Hoke dachte an die Kinderarztrechnungen, die Patsy ihm in den zehn Jahren, die die Mädchen bei ihr verbracht hatten, zugeschickt hatte, und beinahe hätte er etwas dazu gesagt, aber er hielt sich zurück. »Wenn das so ist«, erwiderte er, »hättest du sie nicht zu mir schicken sollen.« Er hängte ein, bevor sie antworten konnte. Vielleicht hatte er mit Aileens Krankheit übertrieben, aber bei Patsy mußte er immer übertreiben, sonst hörte sie nicht zu. Er hoffte jetzt nur, er habe Aileens Zustand hinreichend beschrieben, damit Patsy dafür sorgen würde, daß dem Mädchen geholfen wurde.

Die Zeit bis zum Abflug um zwei Uhr früh schien nicht enden zu wollen. Aileen starrte Hoke haßerfüllt und mit zusammengepreßten Lippen an, aber allmählich besserte sich ihre Laune. Hoke ließ sich von Dolly Turner den Schlüssel geben und schloß die Handschellen auf, als Dolly sagte, sie müßten zur Toilette.

»Okay, Dolly, aber lassen Sie sie da drin nicht kotzen.«

Als sie zurückkamen, legte er ihnen die Handschellen nicht wieder an, sondern ließ sie in seiner Gesäßtasche verschwinden. Als der Flug aufgerufen wurde, ging er mit ihnen zum Gate. Aileen schien sich mit der Reise nach L. A. abgefunden zu haben. Sie lächelte ihn müde an und gab ihm die Hand.

»Ich liebe dich, Daddy.«

»Ich liebe dich auch, Schatz. Und wenn du wieder gesund bist, will ich dich wieder bei mir haben. Ich hoffe, das weißt du.«

Aileen nickte. »Ich bin bald wieder da, Daddy.« Er umarmte sie und gab ihr einen Kuß auf die Wange.

»Wenn Sie Mr. Farnsworth morgen sehen sollten«, sagte Dolly, »bitten Sie ihn, er soll denen im Hotel sagen, ich hätt' gekündigt und wär' nach Hollywood gegangen.«

»Ich werd's ihm sagen.

Hoke fuhr zurück auf die Insel; er fühlte sich betreten und gleichzeitig schuldbewußt. Es war peinlich, wenn ein Fremder – ein Mieter – einem sagen mußte, daß die eigene Tochter an einer psychischen Erkrankung wie Anorexie litt, und sein Gewissen plagte ihn, weil er selbst nicht auf die Alarmzeichen geachtet hatte. Er hatte sich so sehr von seinen eigenen Sorgen in Anspruch nehmen lassen, daß er die beiden Mädchen vernachlässigt hatte; und zu Ellita war er übrigens auch ziemlich schroff gewesen, als er mit ihr telefoniert hatte.

Hoke parkte auf seinem Platz vor dem »El Pelicano« und warf einen Blick in den Briefkasten, zum erstenmal seit Donnerstag. Er fand einen Reklamezettel von einer Reinigungsfirma, die eine Teppichsäuberung für einundzwanzig Dollar pro Zimmer anbot, und einen Telebrief von Ellita.

Bei Telebriefen, das wußte Hoke, wurde der Text dem Adressaten telefonisch durchgegeben und am folgenden Tag als Brief zugesandt. Aber er hatte kein Telefon, und daher konnte der Telebrief schon seit Freitag oder Samstag morgen im Kasten liegen. Die Mitteilung war kurz: HOKE, BITTE BALDMÖGLICHST ANRUFEN. ELLITA.

Hoke verließ die Lobby und ging über den Parkplatz zu dem Münztelefon neben dem hell erleuchteten »Seven/Eleven«-Laden. Die Filiale hier auf Singer Island war vierundzwanzig Stunden lang durchgehend geöffnet, wodurch das »Seven/Eleven«-Schild bedeutungslos wurde. Hoke brauchte drei Anläufe, um Ellita ans Telefon zu bekommen; wenn er seine Telefonkarte benutzte, mußte er insgesamt sechsunddreißig Zahlen wählen: die 1-800, die Gebietsvorwahl 305 und seine eigene Nummer in Green Lakes. Dann mußte er noch einmal die Nummer in Green Lakes und schließlich seine Kennziffer wählen. Selbst wenn er sich damit Zeit ließ, war es schwierig, im trüben Licht der Zelle alle Zahlen in der richtigen Reihenfolge im Kopf zu behalten.

Ellita meldete sich beim fünften Klingeln. »Hallo?«

»Ich bin's, Ellita. Ich weiß, es ist spät – oder früh –, aber ich habe eben erst deinen Telebrief bekommen.«

»Wie spät ist es? Ich habe geschlafen.«

»Kurz nach drei.«

»Und eben erst haben sie den Telebrief zugestellt? Ich habe am Freitag angerufen.«

»Es ist meine Schuld, Ellita. Ich bin jetzt erst dazu gekommen, einen Blick in den Briefkasten zu werfen. Du hättest mich bei Frank zu Hause anrufen können. Wir haben fast den ganzen Nachmittag dort verbracht.«

»Ich wollte ihn nicht belästigen. Als ich vorher anrief, um nach dir zu fragen, kam er mir ein bißchen ungehalten vor. Aber da hat sich ein Problem ergeben, Hoke, und ich wollte mit dir darüber reden. Du erinnerst dich, daß Dr. Gomez mir sagte, ich sollte eine Fruchtwasseruntersuchung machen lassen, und daß du mir abgeraten hast?«

»Das hab' ich allerdings getan. Du brauchst dir nicht mit einer Nadel in den Bauch stechen zu lassen; er will dir nur noch mehr Geld abknöpfen.«

»Die Versicherung zahlt achtzig Prozent, Hoke –«

»Ich weiß, aber die restlichen zwanzig kommen aus deiner Tasche. Außerdem geht es dabei ums Prinzip. Wir haben darüber diskutiert –«

»Aber jetzt gibt es ein Problem, Hoke. Er will, daß ich eine Erklärung unterschreibe, die ihn von der Verantwortung für mögliche Geburtsdefekte des Babys entbindet – nur weil ich die Fruchtwasseruntersuchung abgelehnt habe. Meine Mutter meint, ich soll sie durchführen lassen und das Papier nicht unterschreiben.«

»Hör mal, Ellita, an dem, was ich dir neulich gesagt habe, hat sich nichts geändert. Du bist eine gesunde Frau, und du brauchst nicht zu wissen, ob du einen Jungen oder ein Mädchen bekommst –«

»Es wird ein Junge, Hoke. Er tritt wie ein Junge.«

»Also gut. Und wenn sich herausstellt, daß er einen Schaden hat, würdest du ihn trotzdem zur Welt bringen, oder?«

»Selbstverständlich. Er ist mein Baby. Ich weiß, ich werde ihn auf jeden Fall lieben.«

»Dann gib Gomez deine Unterschrift, damit er aus dem Schneider ist. Deine Mutter ist altmodisch und glaubt immer noch, die Ärzte wissen alles. Sie ist autoritätsgläubig, das ist alles. Aber laß dich nicht von mir beeinflussen, Ellita. Wenn du es machen willst, mach es. Ich sage dir nur, was ich denke.«

»Ich glaube ja auch nicht, daß es notwendig ist, Hoke, aber ich wollte zuerst mit jemandem sprechen. Ich werde die Erklärung einfach unterschreiben.«

»Tut mir leid, daß ich nicht schon eher angerufen habe, aber, wie gesagt, ich habe den Telebrief jetzt erst bekommen.«

Hoke wollte ihr von Aileens Erkrankung und ihrem plötzlichen Abflug nach Kalifornien erzählen, doch dann besann er sich; dies war nicht der rechte Augenblick dazu. Es wäre besser, abzuwarten, bis er etwas von Patsy gehört hätte.

»Ich bin ein bißchen neugierig, Hoke. Wieso schaust du um drei Uhr morgens in deinen Briefkasten?«

»Oh, ich dachte, ich hätte unten Geräusche gehört, und deshalb ging ich hinunter, um nachzusehen. Es waren aber nur ein paar Katzen, die sich zankten. Und als ich mal unten war, hab' ich in den Briefkasten geschaut. Das ist alles. Wie geht es Sue Ellen?«

Ellita lachte, bezwang sich aber gleich. »Sue Ellen? Ich weiß nicht, ob Sue Ellen noch okay ist oder nicht.«

»Was soll das heißen? Sie ist doch nicht krank, oder?«

»Nein, es geht ihr prima, aber sie hat was Schreckliches mit ihrem Haar angestellt. Sie hat es sich an den Seiten ganz kurz schneiden und dann grün färben lassen, in der Mitte.«

»Das klingt nicht so, als hätte sie es freiwillig getan. Meinst du, daß –?«

»Sie hat es für ein Konzert gefärbt, sagt sie. Die ganze Meute aus der Waschanlage will zum Konzert der Dead Kennedys ins Hollywood Sportatorium. Und Sue Ellen wollte den neuen Punklook haben, sagt sie.«

»Dann ist es okay.« Hoke seufzte erleichtert. »Ich dachte, sie wäre krank oder so was. Hier am Strand sehe ich oft junge Mädchen mit gefärbten Haaren.«

»Grün?«

»Klar. Grün, blau und andere Farben. Das ist 'ne Modeerscheinung; in einem Monat oder in einem Jahr lassen sie sich was anderes einfallen.«

»Du hast also nichts dagegen?«

»Nein, was sollte ich dagegen haben? Sue Ellen arbeitet schließlich als einziges Mädchen mit all den Schwarzen und Kubanern in der Waschanlage; also muß sie beweisen, daß sie genauso taff ist wie die. Grüß' sie von mir, und sag ihr, sie soll sich gut amüsieren in ihrem Konzert.«

»Mach ich. Sie war ein bißchen beunruhigt, weil sie nicht wußte, was du davon halten würdest. Und für die Eintrittskarte hat sie fünfunddreißig Dollar bezahlt.«

»So viel? Na ja, warum nicht. ›She works hard for the money‹, singt Donna Summer. Sag ihr, sie soll sich mal einen Samstag freinehmen und fürs Wochenende raufkommen. Wenn sie den Bus nimmt, kann ich rüberfahren und sie in Riviera Beach abholen.«

»Dieses Wochenende nicht. Da geht sie ins Konzert.«

»Ich weiß, aber vielleicht am nächsten Wochenende. Und sag ihr, Grandpa läßt sie auch grüßen. Geht's dir jetzt wieder besser, Ellita?«

»Klar, mir geht's gut. Ich fühle mich ziemlich wohl. Ich wollte nur mit dir sprechen, bevor ich Dr. Gomez' Wisch unterschreibe.«

»Schön. Dann schlaf jetzt weiter, und ich rufe dich übermorgen an.«

Hoke kaufte einen Viererpack Weinlimo im »Seven/Eleven« und trank alle vier Flaschen aus, ehe er in einen unruhigen Schlaf fiel. Sein Wecker läutete um halb sieben. Er duschte und rasierte sich, zog einen sauberen Overall an und fuhr zum Haus seines Vaters, um Patsys Anruf abzuwarten. Aileen fehlte ihm schon jetzt, und er war froh, daß er dem Mädchen gesagt hatte, er wolle es zurückhaben. Vielleicht würde Sue Ellen wirklich für ein Wochenende heraufkommen. Frank, das wußte er, würde sie gern wiedersehen, mit grünen Haaren und allem Drum und Dran, und wenn sie hier war, könnte sie mit Aileens Fahrrad fahren.

12

Nachdem Stanley und Troy das Haus verlassen hatten, fuhr Troy schweigend dahin, bis er an einer roten Ampel halten mußte. Er wandte sich zur Seite und zwinkerte den Alten an. »Ich finde, es ist heiß genug für ein Bier.«

»Ein Bier kann ich immer vertragen. Manchmal auch zwei«, pflichtete Stanley ihm bei.

»Ich habe über dein Wägelchen hier nachgedacht, Pop. Wir brauchen ein viel größeres Auto für uns alle. An James' kleinem Morris rutscht außerdem die Kupplung.«

Troy parkte vor einer Bier-und-Wein-Bar an der Second Avenue, und sie gingen hinein. Abgesehen von einem Barmann mittleren Alters und einigen summenden Insekten, die immer wieder gegen die rote Budweiser-Neonreklame im Fenster prallten, war die dunkle Bar leer. Es gab drei Nischen und ein halbes Dutzend Hocker – die Sitze zumeist mit grauem Isolierband kreuz und quer überklebt – vor der Theke mit der Aluminiumplatte. Troy orderte zwei langhalsige Flaschen Bud und trug dem Barmann auf, sie mit kalten Steinkrügen zu einer der Sitznischen zu bringen. Pop bezahlte, und Troy füllte die vereisten Krüge.

»Aus langhalsigen Flaschen schmeckt Bier besser als aus kurzhalsigen«, stellte Troy fest. »Aber das weißt du vermutlich?«

Stanley nickte. Troy nahm einen Schluck, Stanley ebenfalls.

»Das ist genau richtig«, meinte Troy. »Sag mir, Pop – was hältst du von Dale Forrest?«

»Ich habe sie grade erst kennengelernt, Troy, und deshalb habe ich noch nicht viel über sie nachgedacht. Sie scheint ganz nett zu sein, aber was ist mit ihrem Gesicht passiert? Hatte sie einen Automobilunfall?«

Troy lachte. »Nein, keinen ›Automobilunfall‹. Es ist komisch – du nennst ein Auto ein ›Auto‹, bis du von einem Unfall sprichst, und da wird's ganz plötzlich zu 'nem ›*Automobil*unfall‹. Ich will dir was sagen, Pop –« Troy schnippte mit den Fingern »– ich werde diesem Mädchen helfen. Und wenn du nur ein bißchen Mitgefühl für Dale hast, dann möchte ich, daß du mir dabei hilfst, ihr zu helfen.«

»Klar, Troy, ich tu, was ich kann, aber ich weiß nicht –«

»Du kannst 'ne Menge tun, Pop, eine gottverdammte Menge. Wenn du sie jetzt so anschaust, würdest du nie darauf kommen, daß sie mal ›Miss Kronkorkenindustrie‹ von Daytona Beach gewesen ist, oder?«

»Sie hat eine hübsche Figur.« Stanley befeuchtete seinen Daumen. »Das kann man auf jeden Fall sagen.«

»Das ist dir aufgefallen, was?« Troy grinste.

»Ich meine es ernst, mein Junge. Es ist einfach viel leichter, ihre Figur anzusehen als ihr Gesicht. Das war alles, was ich damit sagen wollte.«

»Kann sein, Pop, daß ich in Dale was sehe, was du nicht siehst. Ich sehe die leuchtende innere Schönheit der Frau. Für mich ist das, was in ihr steckt, viel schöner als ein zerdelltes Äußeres. Weißt du, wovon ich rede?«

Stanley nickte. »Klar. Schönheit reicht nicht unter die Haut. Das kann ich nicht bestreiten.«

»Ja –« Troy nickte und nahm noch einen Schluck Bier »– aber da steckt noch mehr dahinter, Pop, in geistigem Sinne. Ich werd' dir was über Dales Herkunft erzählen, und dann wirst du zu schätzen wissen, wie schön sie wirklich ist – nicht nur körperlich, sondern auch seelisch. Man muß sich selbst helfen in dieser Welt, aber manchmal braucht man auch ein bißchen Verständnis von anderen Leuten. Ich glaube, Dale hat einen Schritt vorwärts auf ein besseres und reicheres Leben hin getan, indem sie mir zugehört hat, aber jetzt, wo mir diese Verantwortung auferlegt worden ist, fühle ich sie hier, tief drinnen.« Troy klopfte sich an die Brust, nahm noch einen Schluck Bier und seufzte. »Ich habe nicht nur die Verantwortung für Dale Forrest, sondern auch eine Verpflichtung gegenüber James Frietas-Smith, und noch viel mehr schulde ich dir.«

»Meinetwegen brauchst du dir nicht den Kopf zu zerbrechen, mein Junge. Ich sorge schon seit vielen Jahren selbst für mich, und ich kann's noch ein paar Jährchen länger tun.«

»Genau!« Troy schlug mit der Faust auf den Tisch. »Das meine ich ja! Weshalb solltest du das tun? Wieso soll ein Mann in deinem Alter selbst für sich sorgen müssen? Weil niemand dich liebt, deshalb. Na, das hat sich jetzt geändert, Pop. Du bist nicht mehr allein auf der Welt. Zumindest einen Mann gibt es jetzt, den es kümmert, was aus dir wird, und dieser Mann bin ich! Du hast doch mehr Pfeffer in dir als irgendeiner von diesen Yuppies in Miami. Und ganz bestimmt mehr als die Schnecken da oben in Ocean Pines Terraces. Wie viele gibt's da – überleg mal kurz –, die ihre Klamotten packen und nach Miami runterkommen würden, um mir zu helfen, wie du es getan hast? Nur um einem Freund in der Not zu helfen?«

»Nicht viele vermutlich«, meinte Stanley voller Unbehagen. »Aber ich –«

»Keine Ausflüchte, Pop, bitte. Ich hab' dich gebraucht, und du bist gekommen. So einfach ist das. Laß es uns vergessen; ich werde dich nicht verlegen machen, indem ich versuche, dir zu danken. Statt dessen –« Troy langte mit beiden Händen über den Tisch und umfaßte Stanleys Rechte »– werde ich versuchen, dir der Sohn zu sein, den du dir immer gewünscht und nie bekommen hast . . .«

Stanleys Augen verschwammen ein wenig. Um seine Gefühle zu verbergen, trank er sein Bier aus. Er öffnete den Mund, um etwas zu sagen, aber Troy schüttelte den Kopf.

»Ich will dir von Dale Forrest erzählen, Pop. Im Moment brauchen dieses Mädchen und der junge bajanische Maler unsere Hilfe, und wir müssen etwas tun, um sie ihnen zu geben. Sag mir die Wahrheit, Pop: Was hältst du von James' Malerei?«

»Na ja, ich bin kein Kunstfachmann, Troy, aber ich würde sagen, der Junge braucht Unterricht bei irgendeinem Kunstlehrer. Lernbegierig genug scheint er mir zu sein, das muß man sagen. Ich habe ihm gezeigt, wie man Streifen malt, und er fing langsam an zu begreifen, als du mit Miss Forrest angefahren kamst.«

»Das muß man dir wirklich lassen, Pop: Du hast sofort erfaßt, was James' Problem ist, und du hast mit der Nadel mitten in den Nerv getroffen. James braucht dringend Kunstunterricht, auch wenn er vor lauter angeborenem bajanischem Talent aus den Nähten platzt. Du und ich, wir können dafür sorgen, daß er zur Art Students League nach New York kommt. Und eines Tages, wenn James erst ein berühmter Maler geworden ist, dann können wir uns zurücklehnen und sagen: ›Wir haben diesem Jungen weitergeholfen, als er es am nötigsten brauchte, und darauf sind wir stolz!‹ Hab' ich nicht recht?«

»Moment mal, Troy.« Stanley beugte sich nach vorn und runzelte die Stirn. »Ich würde dem Bajaner genauso gern helfen wie du, aber mein Einkommen ist genau geregelt, und –«

»Herrgott, du glaubst doch nicht, ich will dein Geld, oder? Ich bin derjenige, der das Geld für James' Studium in New York ausspukken wird. Das wird alles aus meiner Tasche kommen. Was du beisteuern sollst, ist dein festigender Einfluß. Ich will, daß du James und Dale deine Weisheit und deine Erfahrung zugute kommen läßt, sonst nichts. Du mußt mich mißverstanden haben. Ich nehme an, du hast sowieso nicht mehr als ein paar hundert Dollar mitgebracht, oder?«

»Na ja, ich wußte ja nicht genau, wie lange ich bleiben würde. Ich habe fünfhundert in Reiseschecks mitgenommen. Natürlich habe ich auch mein Scheckbuch dabei, und die VISA-Karte.«

»Das wird reichen. Deine Bedürfnisse sind schlicht, und solange du bei mir wohnst, bist du selbstverständlich mein Gast. Das letzte, worum du dir Sorgen machen sollst, ist Geld. Aber jetzt muß ich dir von Dale erzählen.

Vor ein paar Monaten, ob du's glaubst oder nicht, war sie drauf und dran, hier an der Gold Coast zum Star zu werden. Sie war als Stripperin die Hauptnummer im ›Kitty Kat Theatre‹, und vor ihrer Show sang sie ein Solo, ›Deep Purple‹. Das ›Kitty Kat‹ ist ein Kino für Erwachsene, und da gibt's Live-Auftritte zwischen den einzelnen Filmen, verstehst du? Acht Mädchen, alles in allem, und Dale war der Star; an der Plakatwand in der Lobby hing ein lebensgroßes Bild von ihr. Sie hatte sogar schon einen Slogan, den ihr Manager für sie geschrieben hatte: ›Dale Forrest – man muß sie sehen, um's zu glauben!‹« Troy schüttelte den Kopf. »Keine Frage, sie war auf dem Weg nach oben.

Ihr Manager hatte ihr ein neues Engagement in East Saint Louis besorgt. Der nächste Schritt wäre ein Cabaret in der State Street in Chicago gewesen. Dann, unausweichlich, New York, und dann das Fernsehen. Irgendwann, da bin ich sicher, hätte sie eins der hübschen Girls im Tages-TV werden können, in einer der Talkshows, wo sie dann die Gäste auf die Bühne und wieder runtergeführt hätte. Und dann – paff!« Troy schlug so hart auf den Tisch, daß der Bartender aufsprang.

»Jawohl, Sir!« sagte der Barmann. »Zwei langhalsige Bud! Kommen sofort!«

»Was ist passiert?« Stanley zupfte an der Kruste an seiner Oberlippe.

Troy lehnte sich zurück und senkte die Stimme. »Sie hat sich verliebt.«

Der Barmann nahm Geld von dem Stapel der Scheine und Münzen vor Stanley. »Nehmen Sie einen Dollar für sich«, sagte Troy zu ihm.

»Danke, Sir.«

»Nun ist es ja nichts Ungewöhnliches, wenn sich jemand verliebt«, fuhr Troy fort. »Dale ist jung. Sie wird erst in fünf Monaten einundzwanzig, auch wenn sie älter aussieht. Und der Typ, in den sie sich verliebte, war ein gutaussehender junger Taxifahrer. Nebenher studierte er auch am Community College, um Immobilienkaufmann zu werden. Und Sportler war er, hat Dale mir erzählt; jeden Sonntag hat er in Tropical Park Softball gespielt. Sie waren ein Liebespaar voller Gegensätze, Pop. Dale war bereits ein flimmernder Stern, für den es nur eine Richtung gab: geradewegs nach oben. Aber hier war nun ein Typ, der nichts weiter wollte als eine Maklerlizenz, damit er sonntags in leeren Häusern herumsitzen konnte, statt Softball zu spielen. Verglichen mit Dale, hatte der Junge überhaupt keine Zukunft. Verstehst du, was ich meine?«

»Ich glaube ja. Und dann fuhr sie in seinem Taxi mit, und sie hatten einen Unfall.«

»Nein, so war es nicht. Ich will dir nur den Hintergrund schildern, damit du begreifst, daß eine Heirat nicht in Frage kam. Er war ein gutaussehender Mann, aber er hatte kein richtiges Ziel im Leben. Dale war auf dem besten Wege, ein Star zu werden, aber wenn sie ihn geheiratet hätte, dann hätte sie ihren Traum aufgeben müssen. Das ist der *American Way*, Pop. Wenn ein Mann seine Frau nicht unterhalten kann, dann hat er sie nicht zu heiraten.«

»Das stimmt. Aber es ist okay, wenn die Frau einen Teilzeitjob annimmt.«

»Ich rede nicht von einem Teilzeitjob. Es ist schön für eine Frau, wenn sie jeden Tag für ein paar Stunden aus dem Haus gehen kann; aber Dale hätte das Showbusiness aufgeben müssen.«

»Und was ist passiert?« Stanley füllte sein Glas nach.

»Wir sind alle keine Heiligen, Pop. Wir sind alle nur Menschen, und so fing Dale an, mit dem Taxifahrer zu ficken. Wenn da weiter nichts gewesen wäre, hätte es keine Probleme gegeben. Wenn man so was anfängt, hat man nach ’ner Weile genug voneinander, und dann ist es wieder zu Ende. Sie wäre ein Star geworden, und er hätte höchstwahrscheinlich seine Maklerausbildung beendet. Aber zufällig fickte Dale auch mit ihrem Manager. Schließlich hatte er sie ja entdeckt; er hatte sie bei einem ›Nasse T-Shirts‹-Wettbewerb oben in Daytona Beach aus einem ganzen Schwarm von Mädchen herausgepickt. Er hatte ihr die erste Chance gegeben, und er pushte sie nach oben. Für diese Mühe hatte er das Recht, sie zu vögeln, denn noch verdiente sie nicht das große Geld. Im Showbusiness läuft das so. Wahrscheinlich hast du das gleiche schon im Kino gesehen.«

Stanley nickte. »Und im Fernsehen.«

»Aber das hier ist ’ne Geschichte aus dem wirklichen Leben. Dale ist nicht allzu clever, und ihr Manager war auch nicht eben gerissen. Aber er erfuhr von diesem Taxifahrer, und das ist es, was mit Dales Gesicht passiert ist. Mitten in der Nacht platzte der Manager zu ihr herein und verabreichte ihr eine höllische Tracht Prügel, und das war das Ende ihrer Bühnenkarriere. Ganz gleich, wie schön ihr Körper ist, ihr Gesicht wird die Kunden vergraulen.«

»Dieser Mann gehört ins Gefängnis, wenn er ihr Gesicht derart ruiniert hat.«

»Nicht so hastig, Pop. Du siehst die Sache nicht objektiv. Es ist alles viel komplizierter. Man könnte zum Beispiel zu bedenken geben, daß Dale es verdiente, daß er sie ein bißchen in die Mangel nahm. Schließlich investierte ihr Manager eine Menge Zeit und Mühe in den Ausbau ihrer Karriere. Das durfte sie nicht mit einem Taxifahrer aufs Spiel setzen. Und Tatsache ist, daß ihr Manager auch nicht die Absicht hatte, sie in dieser Weise zu zeichnen. Sie war Brot und Butter für ihn. Aber leider war er betrunken, als es passierte, und er vergaß, seine Ringe abzunehmen. Er trug einen großen dicken Siegelring und noch einen Ring am kleinen Finger. Damit hat er ihr das Gesicht so bös zerschnitten. Und weil er betrunken war, schlug er noch lange auf sie ein, als er schon längst hätte aufhören sollen. Daß sie eine Tracht verdient hatte, mußt du zugeben.«

»Nein, Sir.« Stanley schüttelte den Kopf. »Ein Mann sollte eine Frau niemals mit der Faust schlagen.«

»Was hättest du denn getan, wenn du ihr Manager gewesen wärst?«

»Ich weiß es nicht, Troy. Es dauert eine ganze Weile, bis ich wütend werde, aber geschlagen hätte ich sie niemals, nüchtern oder betrunken.«

»Genau. Du hättest sie bestraft, und ich auch, aber wir haben beide genug Verstand, um eine Frau nicht so zu schlagen, daß sie im Gesicht gezeichnet ist. Jetzt, wo Dale sich unter meinen Schutz gestellt hat, kann ich ihre Situation nicht objektiv betrachten. Jetzt ist es an mir, ihr Gesicht wieder herrichten zu lassen, damit ihre Karriere weitergehen kann. Ich finde einfach nicht, daß ein schönes Mädchen wie Dale für einen einzigen Fehler so viel leiden sollte. Du etwa?«

»Natürlich nicht. Aber was –?«

»Hier ist die Antwort, Pop. Genau hier.« Troy riß die oberen Knöpfe seines Hemdes auf und zog einen braunen Umschlag hervor. Er öffnete ihn und reichte Stanley einen bunten Prospekt von Haiti mit einem Foto des Grand Hotel Olofsson auf dem Titelblatt. »Haiti. Das ist die Antwort, Pop. Als ich James in New Orleans kennenlernte, erzählte er mir eine Menge über die westindischen Inseln, und er hat mir die Idee in den Kopf gesetzt, auf den Inseln zu leben. Ich bin hier zu einem Reisebüro gegangen und hab' mir Unterlagen über die verschiedenen Inseln angeschaut, und Haiti sieht am besten aus. Abgesehen von Grenzstädten in Mexiko, Tijuana und Juarez, hab' ich außer den Vereinigten Staaten noch nichts gesehen.«

»Ich auch nicht – außer Kanada. In Kanada war ich schon oft, aber noch nicht in Mexiko. Wo liegt dieses Haiti?«

»Auf der anderen Seite von Kuba. Ursprünglich hatte ich die Idee, mit dem Flugzeug von Insel zu Insel zu hüpfen, bis ich eine gefunden hätte, die mir wirklich gefiel. Aber Dale hat meine Pläne geändert. Es gibt einen plastischen Chirurgen auf Haiti, einen deutschen Arzt, der seine Lizenz für die Staaten verloren hat; auf Haiti darf er noch praktizieren. In Soledad im Knast kannte ich einen, der hat mir von ihm erzählt – du weißt schon, für den Fall, daß man sein Aussehen verändern will. Er gilt als der Beste. Na, und ich gehe nach Haiti, Pop, und ich werde diesen Chirurgen für Dale finden.«

Stanley tippte auf den Prospekt. »Das wird aber viel Geld kosten, oder?«

»Findest du nicht, daß Dale es wert ist? Und hat James nicht die Chance verdient, in New York Kunst zu studieren?«

»Doch.« Stanley nickte.

»Und was ist mit dir, Pop? Würdest du Haiti nicht gern sehen?«

»Ich weiß nicht genau. Ich weiß ja nicht mal, wo es liegt.«

»Von Miami aus sind's nur zwei Stunden, Pop, mit der Air France. Und nächsten Sonntag morgen fliegen wir hin, du, Dale und ich.«

»Ich weiß nicht recht. Das ist ziemlich kurzfristig. Braucht man da keinen Paß und Fotos und so weiter?«

»Nicht für Haiti, nein. Ich hab' mich schon im Reisebüro erkundigt. Ohne Paß oder Visum kannst du sechzig Tage bleiben, und solange du Geld und ein Rückflugticket hast, verlängern sie deine Aufenthaltserlaubnis immer wieder. Endlos. Und Fotos brauchst du auch nicht. Die Rückflugtickets für uns drei, ohne Steuer, kosten sechshundertneunundsechzig Dollar. Zweihundertdreiundzwanzig das Stück.«

Stanley pfiff leise. »Das ist eine Menge Geld.«

»Nicht für mich. Samstag abend hab' ich zwanzig-, vielleicht dreißigtausend Dollar. Viertausend kriegt James, damit er nach New York kann, und wenn ich dir zweitausend, plus Zinsen, zurückgezahlt habe, bleibt immer noch mehr als genug für uns drei, damit wir nach Haiti fliegen, in einem schönen Hotel wohnen und Dales Operation bezahlen können. Und solange wir da sind, geht alles auf meine Rechnung, Pop. Reisekosten, Hotel, Drinks, was du willst und solange du willst.«

»Was heißt das, du zahlst mir zweitausend zurück?« Stanley richtete sich auf seinem Stuhl auf.

»Ich denke, das ist nur recht und billig, Pop. Ich weiß, es ist nur ein kurzfristiger Kredit, aber trotzdem hast du ein Anrecht auf Zinsen. Ich brauche jetzt zweitausend von dir, und am Samstag abend zahle ich dir zwei-fünf zurück. Ich finde, das ist nur fair, meinst du nicht?«

»Woher willst du so viel Geld bekommen? Die fünfundzwanzig- oder dreißigtausend, meine ich, um es mir zurückzuzahlen?«

»Ich werde den neuen Green Lakes Supermarket überfallen, hier in Miami. Ich dachte, das hätte ich dir schon erzählt. Und James und Dale sollen mir helfen.«

»Nein, davon hast du mir nie etwas erzählt. Ich kann dir doch kein Geld leihen, damit du einen Raubüberfall begehen kannst! Einer der Hauptgründe dafür, daß ich hergekommen bin, war der, daß ich dir helfen wollte, nicht in Schwierigkeiten zu geraten. Und wozu brauchst du überhaupt die zweitausend?«

»Erstens, um die Flugtickets zu bezahlen. Am Sonntag um zwölf Uhr vierzig geht eine Maschine ab Miami, und wir werden drinsitzen, um ein paar Sachen für den Job zu besorgen. Lauter normale Geschäftskosten. Du weißt so gut wie ich, man braucht ein bißchen Geld, um viel Geld zu machen.«

»Aber wenn du geschnappt wirst, kommst du ins Gefängnis, Troy. Und was soll dann aus dir werden?«

»Dieses Ding ist narrensicher, Pop. Einen besseren Laden als den hab' ich noch nie gesehen. Verflucht. Herrgott, das ist mein Beruf. Hey – du hast doch keine Vorurteile, weil James 'n Schwarzer ist, oder?«

»Ein Schwarzer? James? Du hast gesagt, er ist Bajaner. Ich finde nicht, daß er aussieht wie ein Schwarzer.«

»Nun, er ist aber ein Schwarzer, und Bajaner ist er auch. Er ist mindestens zu einem Viertel schwarz, und nach den Südstaatengesetzen ist er damit schwarz. Aber das ist nur noch ein weiterer Grund, weshalb er meine professionelle Hilfe braucht. Wenn er dieses Ding selbst drehen würde, wie es ursprünglich seine Absicht war, dann würde er erwischt werden. Hast du je vom Integrationsprogramm gehört, Pop?«

»Natürlich. Das hatten wir bei Ford. Ford setzt sich als Arbeitgeber für Chancengleichheit ein.«

»Na schön. Dann denk jetzt mal kurz über folgendes nach: Nur ungefähr zehn Prozent der Leute in diesem Land sind schwarz, vielleicht ein bißchen mehr. Aber von denen, die im Gefängnis sitzen, sind ungefähr vierzig Prozent schwarz. In den Großstadtgefängnissen liegt der Prozentsatz noch höher. Wie kommt das wohl, Pop? Daß so viele Schwarze im Knast sitzen?«

»Ich weiß nicht. Ich habe nie besonders darüber nachgedacht.«

»Na, aber ich. Es kommt daher, daß es kein Integrationsprogramm für schwarze Ex-Kriminelle gibt. Ohne die richtige Führung und Ausbildung werden sie fast immer erwischt und landen im Gefängnis. Aber ich glaube an Integrationsprogramme, und das ist ein weiterer Grund dafür, daß ich James helfen will. Ursprünglich war dieses Ding seine Idee, aber ich hab's geplant, und ich werde dafür sorgen, daß es richtig gedreht wird. James ist ein ziemlich verzweifelter gegenstandsloser Maler, und er braucht meine Hilfe fast so nötig wie Dale. Aber ich hätte nie gedacht, daß du Vorurteile hast –«

»Ich habe keine Vorurteile, Troy. Ich gebe zu, daß man durch das Integrationsprogramm manchmal einen ziemlich dämlichen schwarzen Vormann ans Fließband gestellt kriegt. Aber ich habe immer gefunden, daß ein paar der weißen Vorarbeiter genauso dämlich waren. Wenn man bedenkt, wieviel Ärger und Verantwortung es mit sich bringt, Vormann zu sein, dann ist es den Extralohn nicht wert.«

»Das stimmt, Pop. Ich konnte auch nie verstehen, weshalb die sogenannten Bewährungshelfer für so wenig Geld arbeiten, aber es findet sich eben immer einer, der blöd genug ist, den Wärter zu machen. Viele weiße Berufsverbrecher wie mich wirst du dagegen nicht finden, die bereit wären, im Rahmen eines Integrationsprogramms einen Schwarzen auszubilden. Und dies wird mein letzter professioneller Raubüberfall sein. Wenn wir in Haiti sind und der Arzt seine Arbeit mit Dale begonnen hat – die mehrere Monate in Anspruch nehmen wird –, dann mache ich da drüben auf die eine oder andere Weise ein Geschäft auf. Die Haitianer machen und tragen diese Voodoo-Masken, weißt du. Ich denke mir, Dale mit ihrer Figur und ihrer Striptease-Nummer könnte, wenn sie eine Voodoo-Maske trägt, in einem der Touristen-Nightclubs Arbeit finden. Auf diese Weise kann sie weiter tanzen, während ihr Gesicht verheilt, und an ihrer Karriere weiterarbeiten, sobald alles vorüber ist. Wir können uns ein Haus am Strand mieten und jeden Tag frischen Hummer zu Mittag essen. Wie findest du das?«

»Es klingt gut, Troy, aber zweitausend Dollar –«

»Zweitausend Dollar Kredit bei zweieinhalbtausend Rückzahlung ist ein profitables Geschäft, Pop. Außerdem brauch' ich es nicht mal cash. Ich leihe mir einfach deine VISA-Karte, und wenn nächsten Monat deine Rechnung kommt, hast du längst deine zwei-fünf in bar. Wenn du natürlich findest, daß der Zins nicht hoch genug ist, mußt du mir sagen, wieviel du willst.«

»Es geht nicht um den Zins, Troy. Ich will dir ja helfen, aber –«

»Und James und Dale auch?«

»Denen auch. Aber ich möchte nicht, daß du ins Gefängnis kommst.«

»Hast du Bedenken, weil der Supermarkt einen Verlust erleidet? Na, darüber mach dir keine Sorgen. Die sind versichert, und so verlieren sie keinen Cent. Im Gegenteil, wahrscheinlich werden sie ihren Verlust aufblasen und behaupten, es sei mehr gewesen, als es tatsächlich war. Bei einem Unternehmen wie diesem verliert niemand. Alle gewinnen.«

»Erzähl mir mehr von diesem Unternehmen.«

»Lieber nicht, Pop. Je weniger du weißt, desto besser für dich. Wenn alles vorbei ist und du von Haiti zurückkommst, könnten die Cops dich danach fragen. Und wenn du nichts weißt, kannst du ihnen auch nichts erzählen. Ich möchte dich aus dieser Sache ganz heraushalten, Pop. Verstehst du, was ich meine? Ich möchte dich beschützen, genauso wie ich James und Dale beschütze.«

»Laß mich kurz überlegen, Troy. Es ist ein bißchen viel auf einmal, wenn du verstehst, was ich meine . . .«

»Natürlich. Nimm dir so viel Zeit, wie du brauchst. Es hat keine Eile. Wir haben Zeit bis Samstag abend. Möchtest du ein paar Brezeln?«

»Sind ein bißchen zu salzig.« Stanley schüttelte den Kopf. »Aber ich hätte gern eins von diesen kleinen Päckchen Barbecue-Chips.«

Troy nahm einen Dollar von dem kleinen Stoß Geldscheine und ging an die Bar, um den Chipstütenständer zu mustern. Stanley nahm einen Schluck Bier.

Was würde geschehen, überlegte er, wenn er Troy zurückwiese? Alles zwischen ihnen würde sich ändern, und zwar sofort. Wenn er noch ein paar Tage bliebe, würde ihr Verhältnis angespannt sein, und dabei hatte er sich hier richtig wohl gefühlt. Es war alles so interessant und aufregend, hier mit James und Troy in der Großstadt. Sogar Dale war jetzt, da er von ihrer Showbusiness-Laufbahn wußte, eine aufregende Frau. Andererseits, wenn er Troy das Geld lieh – wehtun würde es ihm nicht, denn er könnte es von seinem Ersparten nehmen, auch wenn er es für ein Weilchen nicht zurückbekäme – und wenn Troy seinen großen Raubüberfall durchführte, dann würde Troy vielleicht wieder im Gefängnis landen. Und dafür wollte er nicht verantwortlich sein, nicht einmal indirekt . . .

Troy kam zur Nische zurück und reichte Stanley eine Tüte Barbecue-Kartoffelchips. »Die sind genauso salzig wie Brezeln, oder nicht?«

»Vielleicht, aber durch das Barbecue-Aroma schmecken sie besser. Sie passen gut zum Bier.« Stanley riß die Tüte auf, ließ ein paar Chips in die linke Hand rieseln und bot sie Troy an. Troy schüttelte den Kopf und zog seine Blitzgrimasse.

»Was passiert, Troy, wenn ich dir das Geld nicht leihe?«

Troy zuckte die Achseln und grimassierte noch einmal; seine schmalen Lippen spannten sich straff über die kleinen Zähne. »James und ich werden es cowboymäßig auftreiben müssen, das ist alles. Dann müssen wir abends rumfahren und ein paar Schnapsläden und Tankstellen überfallen. Zweitausend sind nicht viel. Zwei oder drei

Nächte, und wir haben die Kohle. Das tu ich meistens, wenn ich schnelles Geld brauche. Aber James ist unerfahren und ein bißchen nervös. Deshalb hab' ich dich statt dessen gefragt.«

»Mit anderen Worten, du wirst diesen großen Raubüberfall, den du geplant hast, durchführen, ob ich dir nun helfe oder nicht?«

»Das weißt du doch, Pop. Ich hab' dir schon gesagt, daß ich es tun werde. Aber ich werde dich nicht drängen. Wenn du findest, daß du für deine Investition keinen guten Ertrag bekommst, vergiß, daß ich dich gefragt habe. Und wenn du mir nicht traust –«

»Ich traue dir, Troy.« Stanley leckte sich die Finger ab. »Verdammt, wenn ich dir nicht trauen kann, wem dann? Außerdem, wie man so sagt – eine Hand wäscht die andere.«

»Das sind bessere Töne. Leih mir nur deine VISA-Karte, deinen Gewerkschaftsausweis und deinen Wählerausweis, damit ich mich identifizieren kann. Danach kannst du nach Hause fahren, und ich nehme mir ein Taxi und kümmere mich ums Geschäftliche.«

»Ich habe keinen Wählerausweis. Hier unten in Florida nehmen sie einem Gebühren ab, wenn man sich als Wähler registrieren läßt.«

»Deine Sozialversicherungskarte genügt auch.«

»Damit darf man sich nicht ausweisen. Steht auf der Karte.«

»Der Mann, mit dem ich zu tun habe, wird sie akzeptieren, Pop. Vertraue mir.«

Stanley holte seine Brieftasche hervor, suchte die Karten heraus und gab sie Troy. Troy schob sie in seine Hemdtasche und drückte die Taschenklappe zu. »Das restliche Kleingeld hier auf dem Tisch nehme ich als Taxigeld mit. Du kannst den Reiseprospekt behalten und ihn Dale zeigen, wenn du zu Hause bist. Sie hat ihn noch nicht gesehen. Einen oder zwei Reiseschecks solltest du auch einlösen. Aber schreib jeden Cent auf, den du Dale zum Einkaufen gibst. Das Geld können wir nächsten Samstag zu deinen zweieinhalbtausend addieren.«

Troy warf den Honda-Schlüssel auf den Tisch und schob sich aus der Nische. »Kannst mein Bier austrinken, Pop –«

»Moment mal, Troy. Was ist eigentlich aus dem Taxifahrer geworden?«

»Aus welchem Taxifahrer?«

»Du weißt schon – der es mit Dale getrieben hat.«

»Ach, der? Der hat Dale im Krankenhaus besucht und sie einmal genau angeschaut. Danach hat sie ihn nie wiedergesehen. So sind manche Männer.«

»Das arme Mädchen.« Stanley goß sich den Rest von Troys Bier in seinen Krug. »Sie hat Glück, daß sie dich gefunden hat.«

»Ich glaube, das weiß sie, Pop.« Troy gab dem alten Mann einen Kuß auf die Wange und verließ die Bar.

Stanley hatte Vertrauen zu Troy, was das Geld anging. Schließlich, dachte er, war bisher alles so eingetroffen, wie Troy es gesagt hatte, und so hatte Stanley keinen Grund, ihm nicht zu vertrauen; außerdem merkte er, daß Troy ihn ehrlich gern hatte. Stanley hatte sein Leben lang mit anderen Leuten zusammengearbeitet, und er merkte, ob jemand aufrichtig war oder nicht; und Troy war der einzige Mensch, der ihm Beachtung geschenkt hatte, seit er nach Florida gekommen war. Andererseits lag das Kreditlimit für Stanleys VISA-Karte bei zweitausendzweihundert Dollar. Ohne ihn auch nur zu fragen, hatte die Bank das Limit um zweihundert Dollar erhöht, als er zwei Monate zuvor die Karte erneuert hatte. Und wie er die Sache auch betrachtete, er konnte sich nicht leisten, zweitausend Dollar tatsächlich zu verlieren, auch wenn Troy, wie er gesagt hatte, beabsichtigte, ihm fünfhundert Dollar Zinsen zu zahlen, nur weil er das Geld bis Samstag brauchte. Stanley nahm sein Bier und seinen Spazierstock und ging an die Theke.

»Kann ich Ihr Telefon benutzen?«

»Da ist ein Münztelefon hinten im Gang, neben dem Klo. Brauchen Sie Kleingeld? Man muß Vierteldollar-Münzen einwerfen.«

»Nein, ich habe Kleingeld. Aber ich kann das Telefonbuch nicht allzu gut lesen, nicht mal mit meiner Lesebrille. Könnten Sie mir wohl die Servicenummer von VISA heraussuchen? Und aufschreiben?« Stanley legte eine Dollarnote auf den Tresen und schob sie dem Barkeeper hinüber. Der Barkeeper stopfte den Schein in ein Glas unter der Theke und nahm das zerfledderte Telefonbuch, Band L–Z, vom Regal, um die Nummer herauszusuchen.

Stanley wählte die VISA-Nummer, die der Barmann ihm gegeben hatte, und teilte der Frau, die sich meldete, mit, er habe seine VISA-Karte verloren.

»Haben Sie die Kartennummer?«

»Nein, aber ich kann Ihnen meine Sozialversicherungsnummer und meine Adresse geben.«

»Sagen Sie mir erst mal Ihren Namen.«

Stanley nannte seinen Namen, die Adresse in Ocean Pines Terraces und seine Sozialversicherungsnummer.

»Wann haben Sie die Karte verloren?«

»Gestern, glaube ich. Aber vermißt habe ich sie jetzt erst.«

»Okay. Sie bekommen Ihre Ersatzkarte in etwa einer Woche, aber sie hat eine neue Nummer. Das heißt, eigentlich keine neue Nummer;

es werden in der Mitte nur vier zusätzliche Nullen eingefügt. Und notieren Sie sich die Nummer bitte diesmal, und bewahren Sie sie sicher auf, für den Fall, daß Sie die Karte noch einmal verlieren.«

»Wenn jemand die Karte findet und benutzt, kostet mich das nicht mehr als fünfzig Dollar, oder?«

»So ist es. Aber Sie sollten gut achtgeben auf Ihre VISA-Karte. Sie ist nicht genauso gut wie Bargeld, sie ist besser als Bargeld.«

»Ja, Ma'am. Vielleicht habe ich sie ja nur verlegt, aber soweit ich's jetzt übersehe, ist sie weg.«

»Ja, Sir. Falls Sie sie doch noch wiederfinden, benutzen Sie sie nicht. Schneiden Sie sie in zwei Hälften und schicken Sie sie uns. Warten Sie, bis Sie Ihre Ersatzkarte haben, bevor Sie Ihr Konto wieder belasten.«

»Ja, Ma'am. Es tut mir leid, daß ich meine Karte verloren habe.«

»Das tut uns auch leid. Aber ich danke Ihnen, daß Sie uns den Verlust prompt gemeldet haben. Ich wünsche Ihnen trotzdem einen schönen Tag.«

»Ja, Ma'am.«

Stanley faltete den Zettel mit der VISA-Telefonnummer zusammen und steckte ihn in seine Brieftasche. Die VISA-Leute würden einen oder zwei Tage brauchen, um die Nummer der verschwundenen Karte auf ihre Listen zu setzen, vielleicht noch länger, und inzwischen würde Troy hinreichend Gelegenheit haben, damit zu bezahlen, was er wollte. Er verspürte leise Gewissensbisse, weil er seine Karte als verloren gemeldet hatte, aber wenn alles klappte, könnte er VISA noch einmal anrufen und sagen, er habe sie doch noch wiedergefunden. Ein Verlust von fünfzig Dollar würde ihn nicht sonderlich schmerzen, aber zweitausend waren für einen Mann mit seinem Einkommen einfach zuviel. Er würde, beschloß Stanley, Troy bitten, ihm zweihundert statt fünfhundert Dollar Zinsen zu zahlen, wenn er ihm das Geld zurückgab. Das Geld, das Troy erbeuten wollte, war schließlich hauptsächlich für Dale und James gedacht, und Stanley hatte Mitleid mit beiden.

Er tankte sein Auto voll und löste einen Reisescheck über fünfzig Dollar ein, ehe er zu James' Garagenapartment zurückfuhr.

13

Patsy rief Hoke in Frank Moseleys Haus erst kurz vor Mittag an. Sie hatte sich von Curly Petersons Arzt beraten lassen, berichtete sie, und hatte Aileen daraufhin in der Klinik eines katholischen Konvents in

Verdugo Woodlands, einem Bezirk von Glendale, untergebracht. Dort würde sie rund um die Uhr beaufsichtigt werden, und zwar von den im Hause ansässigen Schwestern, die das Internat führten.

»Das ist viel besser als ein richtiges Krankenhaus, Hoke«, meinte Patsy, »denn niemand wird wissen, daß sie keine ganz normale Schülerin ist. Curly hat Angst um sein Image; er würde nicht gut aussehen, wenn in der Zeitung stände, daß seine Stieftochter verhungert. Nicht bei seinem Einkommen.«

»Sie ist nicht Curly Petersons Tochter. Sie ist *unsere* Tochter.«

»Na, wir beide würden auch nicht besonders gut dastehen, nicht wahr, wenn unsere Tochter verhungert, oder? Außerdem wird Dr. Jordan jeden Tag nach ihr sehen. Curly sagt, Dr. Jordan hat ein Buch über Sportmedizin geschrieben, und er hat großes Vertrauen zu ihm.«

»Sie braucht psychiatrische Hilfe, keinen Sportmediziner. Diese Typen können doch nichts weiter, als Leuten Schmerzspritzen ins Knie zu jagen.«

»Du hast gut reden. Wenn du die Überbeine an Curlys Füßen sehen könntest, du würdest auch eine Schmerzspritze haben wollen. Aber die Mutter Oberin wird täglich mit Aileen sprechen, und sie sagt, sie hat eine Menge Erfahrung mit Anorexiefällen. Anscheinend haben einige unter den Nonnen darunter gelitten, und manche Internatsschülerinnen kriegen's von den Novenen, sagt sie.«

»Was sind Novenen? Eins weiß ich sicher, Drogen nimmt Aileen nicht –«

»Ich weiß nicht, was es ist, und ich habe auch nicht gefragt. Ich sage dir nur, was die Mutter Oberin mir gesagt hat, weiter nichts. Wichtig ist, daß sie über Anorexie Bescheid weiß, und sie wird Aileen wie ein Falke beobachten und ihre Ernährung beaufsichtigen. Sie hat kleine schwarze Augen, wie glänzende Kümmelkörner.«

»Wie ernst ist es in Aileens Fall? Und wann wird sie wieder gesund sein?«

»Es erfordert nur Zeit und Geduld, hat Dr. Jordan gesagt. Zuerst einmal muß sie ein bißchen zunehmen und die Vorstellung akzeptieren, daß sie nicht zu dick ist. Ich habe ihr schon versprochen, daß ich sie nach Hause hole, wenn sie hundert Pfund wiegt. Jetzt müssen wir nur noch abwarten, weiter nichts. Sie hat gefrühstückt, bevor der Arzt ihr eine Spritze gab, und das ist ein gutes Zeichen. Die verrückte Krankenschwester, die du mit Aileen hergeschickt hast, habe ich übrigens schon entlassen. Wo hast du die eigentlich aufgegabelt?«

»Es war schwierig, so kurzfristig eine Schwester zu finden, die bereit war, nach L. A. zu fliegen. Ich hoffe, du hast sie bezahlt –«

»Hab' ich, und dafür schuldest du mir noch mal hundert Dollar.«

»Kriegst du, Patsy, sobald ich meine Pension habe. Wenn meine Kündigung durch ist, lasse ich mir meine gesamte Pension auf einmal auszahlen. Und sobald es Aileen wieder gutgeht, will ich sie zurückhaben. Im Moment ist das Geld ein bißchen knapp.«

»Du *mußt* sie zurücknehmen, Hoke. Ich fahre mit Curly zu allen Auswärtsspielen, und wir können sie nicht mitnehmen. Curly hat mir gut hundertmal gesagt, er hat mich geheiratet, nicht meine Töchter. Manchmal, wenn er am Schlag ist, richten sie die Kamera auf mich, und dann sagen sie im Fernsehen, daß ich seine Frau bin, und das gefällt ihm.«

»Das verstehe ich alles. Wenn du die Klinik- und Arztrechnungen übernimmst, nehme ich Aileen zurück, und das Geld gebe ich dir nach und nach. Sue Ellen hat einen guten Job in Miami; um sie muß ich mir keine Sorgen machen –« von dem grünen Irokesenhaarschnitt sagte er nichts »– aber Aileen muß im September wieder in die Schule.«

»Sue Ellen hat einen Job? Das ist schwer zu glauben. In Vero Beach konnte ich sie nicht mal dazu bringen, ihre Sachen vom Boden aufzuheben.«

»Was soll ich dazu sagen, Patsy? Sie arbeitet für den Mindestlohn plus Trinkgelder im Green Lake Car Wash.«

»Sie muß doch auch wieder zur Schule, oder?«

»Nein, sie steigt aus. Sie ist beliebt in der Waschanlage, und der Chef dort hat ihr eine feste Stelle gegeben.«

»Was für ein Beruf ist das für ein Mädchen? Hier in Kalifornien arbeiten nur illegale Einwanderer als Autowäscher.«

»Hier unten sind es hauptsächlich Haitianer. Sue Ellen ist das einzige weiße Mädchen. Aber das ist ein Vorteil für sie, sagt sie. Es wird ihr nicht schaden, zwei oder drei Jahre zu arbeiten. Wenn sie dann aufs College will, kann sie eine Sonderprüfung machen und aufs Miami-Dade Community College gehen. Mach dir wegen Sue Ellen keine Sorgen. Es reicht, wenn du an Aileen denkst. Und sag ihr, sie kann jederzeit per R-Gespräch bei Grandpa anrufen; ich rufe sie dann zurück, wenn ich mit ihr sprechen darf. Okay?«

Patsy erkundigte sich, wie es Frank und Helen gehe, und bat Hoke, die beiden von ihr zu grüßen, und dann legte sie auf.

Hoke war irgendwie unzufrieden und verärgert nach diesem Gespräch. Patsy schaffte es, ob am Telefon oder von Angesicht zu Angesicht, immer wieder, ihn in die Defensive zu drängen. Sie waren beide nicht katholisch, und er wußte wenig über diese Religion – abgesehen davon, daß bei den Nonnen harte Disziplin herrschen sollte. Aber vielleicht war es ja das, was Aileen nötig hatte. Was religiöse Fragen anging, so waren Hoke und Patsy beide ungläubig, und sie hatten die Mädchen nie in die Sonntagsschule geschickt, weil sie fanden, daß die beiden sich selbst würden entscheiden können, wenn sie erst alt genug wären, um sich ihre eigene Meinung zu diesen Dingen zu bilden. Die Nonnen würden Aileen zweifellos in die Mangel nehmen, aber Hoke hatte die Mädchen bereits vor religiösen Kulten und ihren Techniken der Gehirnwäsche gewarnt, und er war sicher, daß Aileen mit jeder Art von Propaganda, der sie bei den Nonnen ausgesetzt sein würde, fertigwerden könnte. Curly Peterson, der Ballspieler, den Patsy geheiratet hatte, war vermutlich Southern Baptist, wenn er überhaupt einer Religion angehörte; also war es wahrscheinlich der Sportarzt – mit seinem etwas biblisch klingenden Namen – gewesen, der auf der katholischen Klinik bestanden hatte.

Hoke hatte mit seinem Vater gefrühstückt, aber Frank hatte die Nachricht von Aileens Erkrankung ohne Beunruhigung aufgenommen. »Wenn ein Mädchen krank ist«, meinte er, »gehört es zu seiner Mutter, und du hast das Richtige getan. Wenn wir genau wissen, wo sie ist, werde ich ihr ein paar Blumen schicken.«

»Unter diesen Umständen wäre es vielleicht besser, du schickst ihr einen Korb Obst.«

»Was? Ach so – ich verstehe, was du meinst. Aber jetzt muß ich ins Geschäft.«

Helen schlief meistens bis mittags, und so konnte Hoke das Haus verlassen, ehe sie nach Inocencia rief, damit sie ihr das Frühstückstablett bringe.

Im »El Pelicano« hatte Hoke alle Hände voll zu tun. Bevor er sich rasieren konnte, war Mr. Winters, ein Mann in einem khakifarbenen Safarianzug, erschienen; er wollte ein Apartment für zwei Monate, vielleicht sogar bis Oktober mieten. Er hatte einen Bankscheck über zwölftausend Dollar bei sich, aber er hatte kein Bargeld und kein Konto. Um die Miete für den ersten und letzten Monat im voraus zu kassieren, mußte Hoke schon wieder gegen seine Regel verstoßen und Mr. Winters zur Bank nach Riviera Beach fahren, damit er dort den Scheck einlösen und ein Konto eröffnen konnte. Der Weg zur Bank war das, was Hoke früher einmal als »Zwei-Zigaretten-Fahrt« bezeichnet hätte – eine auf dem Hin- und eine auf dem Rückweg –, aber er rauchte ja nicht mehr. Mr. Winters – »Beefy« Winters, wie der neue Mieter sich selbst nannte – war Elefantendompteur; der Ringling

Brothers Circus in Kansas City hatte ihn entlassen. Während sie über die Brücke in die Stadt fuhren, versuchte er, zu erklären, wie es dazu gekommen war, aber Hoke konnte den politischen Wirrungen im Zusammenhang mit dieser Entlassung nicht folgen. Winters hatte auch seine Frau verlassen; sie arbeitete immer noch beim Zirkus, »bei den Kostümen«. Winters war nach Sarasota, ihr Winterdomizil, zurückgekehrt, hatte die gemeinsamen Ersparnisse flüssig gemacht und war nach Singer Island hinübergefahren, um sich dort bis zum Ende der Saison vor seiner Frau zu verstecken. In Sarasota hatte er einen festen Winterjob in einer Apotheke, und so hatte er beschlossen, den Rest der Zirkussaison auf Singer Island abzusitzen; sollte seine Frau sich doch den Kopf darüber zerbrechen, wohin er und das Geld verschwunden waren. Er war ziemlich sicher, daß sie ihn bis Ende September doch wieder aufnehmen würde. Die drei Elefanten, mit denen er gearbeitet hatte, vermißte er bereits, aber seine Frau nicht – vorläufig jedenfalls nicht. Aber wenn der Zirkus in sein Winterquartier nach Sarasota zurückkäme, würde er wahrscheinlich einigermaßen froh sein, sie wiederzusehen.

Als Hoke ihm anschließend im »El Pelicano« seinen Schlüssel und eine Quittung aushändigte, erzählte Beefy, daß er als Apotheker leicht dreißigtausend im Jahr machen könne, wenn er in einem Drugstore arbeitete, aber das Zirkusleben gehe einem doch ins Blut.

»Sie haben etwas mit Professor Hurt im ersten Stock gemeinsam«, sagte Hoke. »Er ist Pferdefliegen-Fachmann, und wahrscheinlich würde es ihm Spaß machen, mit Ihnen über Elefanten und über Afrika zu plaudern . . .«

Hoke rasierte sich, duschte und wusch währenddessen seinen schmutzigen Overall. Den feuchten Anzug hängte er mit einem Kleiderbügel an den Duschkopf zum Trocknen. In ungefähr drei Stunden würde der Popelinestoff knochentrocken sein. Bislang waren die beiden Overalls das einzige, was sein Leben vereinfacht hatte. Alles andere schien genauso kompliziert zu sein wie vorher, und noch immer hatte er es nicht geschafft, sein Leben auf das behagliche Tempo zu verlangsamen, das er sich vorgestellt hatte, als er den Verwalterposten im »El Pelicano« angenommen hatte.

Im Apartment standen mehrere Kartons mit Aileens Sachen, und das kleine Zimmer war viel zu voll. Er beschloß, das alte Büro unten auszuräumen und ihr Fahrrad und die Kartons dort zu lagern. Die Schachteln waren offen, und sein Blick fiel auf den gelb-schwarzen Kommentar zum *Fänger im Roggen.* Er erinnerte sich, wie er den Roman gelesen hatte, und es wäre schwierig gewesen, eine simplere Story zu finden. Wieso brauchte Aileen die Hilfe eines Kommentars, um einen Jungen wie Holden Caulfield zu verstehen? Er blätterte den Kommentar durch. Holden Caulfield war sechzehn, aber das war 1951 gewesen, als das Buch herausgekommen war; also war Holden jetzt zweiundfünfzig. Hoke trug die beiden Schachteln rechts und links unter dem Arm nach unten und dachte, daß Caulfield wahrscheinlich entweder ein glatzköpfiger Makler an der Börse oder einer von diesen graugesichtigen Unternehmensjustitiaren sein müsse, die noch nie ein Gerichtsgebäude von innen gesehen hatten. Beide Vorstellungen waren deprimierend.

Hoke schloß die Bürotür hinter der kurzen Kunststofftheke auf. Er stellte seine Pappkartons auf der Theke ab und warf einen Blick in das Büro. Der Raum maß etwa zwei mal zweieinhalb Meter, und dazu gehörte ein abgeteilter Toilettenraum mit Klo und Waschbecken, aber ohne Dusche. Wenn er hier saubermachte und renovierte und wenn es ihm irgendwie gelang, noch eine Duschkabine hineinzuquetschen, dann könnte er die Kammer vielleicht noch als Ein-Personen-Apartment vermieten. Entweder das, oder er könnte sie als Zweitzimmer für eine Familie mit einem erwachsenen Kind verwenden. Wenn er eine Kochplatte hineinstellte, könnte er das Zimmer vielleicht an jemanden vermieten, der fest auf der Insel arbeitete – etwa an eine Tellerwäscherin wie Dolly Turner –, und das für hundertfünfzig oder zweihundert Dollar pro Monat. Und wenn er seinem Vater nichts davon erzählte, könnte er das Geld in die eigene Tasche fließen lassen, und Frank würde gar nichts merken. Tolle Idee. Innerhalb von einer Stunde würde Frank Bescheid wissen. Es gab keine Geheimnisse auf der Insel.

Jetzt war das Zimmer ein Chaos. Ein verstaubter Stahlschreibtisch nahm den größten Teil des Platzes in Anspruch; darauf lagerten zwei rostige Rollbetten. Kisten mit ausrangierter Bettwäsche und verbeulten Kochutensilien waren regellos an den Wänden entlang gestapelt. Hoke drückte auf die Toilettenspülung, aber sie funktionierte nicht. Auch aus den Hähnen am Waschbecken kam kein Wasser.

»Vielleicht ist das Wasser abgestellt, Sergeant Moseley?«

Hoke sah sich um. Ein dünner, dunkler Mann mit einem flauschigen Banditenschnauzbart stand in der Tür. Er hatte dunkelblaue Augen, aber Hoke erkannte einen Latino, wenn er einen vor sich sah. Er trug einen hellbraunen Sommeranzug, darunter ein gelbes Hemd und eine infanterieblaue Krawatte. Mit den Fingerspitzen hielt er einen großen braunen Umschlag.

»Ich bin Jaime Figueras«, sagte er und schüttelte Hoke die Hand. »Sie sind schwer zu finden, Mr. Moseley. Ich bin gegen zehn herübergekommen, hab' ein Weilchen hier herumgelungert und mir dann zwei Bier im ›Greenery‹ genehmigt. Dann hab' ich mir gedacht, ich versuch's noch mal; wenn ich Sie jetzt nicht angetroffen hätte, wäre ich zum Revier zurückgefahren. Wieso haben Sie kein Telefon?«

»Fünfzig Schritte weiter, in der Mall, ist ein Münztelefon.«

»Aber die Nummer wußte ich nicht. Außerdem meldet sich nie jemand, wenn man ein Münztelefon anruft. Und wenn doch mal einer abnimmt, sagt er einem bloß, es ist ein öffentliches Telefon, und legt wieder auf.«

»Ich versuche, mein Leben ein bißchen zu vereinfachen, das ist alles. Wenn ich das einzige Telefon im Haus hätte, wäre ich die Nachrichtenzentrale für sämtliche Mieter. Außerdem würden sie um Mitternacht an meine Tür klopfen, weil sie telefonieren wollen. Wie auch immer – was kann ich für Sie tun, Figueras?«

»Keine Ahnung. Chief Sheldon meinte, Sie könnten mir vielleicht bei diesen Einbruchsfällen helfen.« Er klopfte mit dem Umschlag gegen die kunststoffüberzogene Theke. »Das ist es auch schon. Er sagt, Sie sind ein berühmter Detective vom Morddezernat in Miami, und wahrscheinlich könnte ich 'ne Menge von Ihnen lernen.«

»Berühmt? Was hat er sonst noch über mich gesagt?«

»Das war's ungefähr. Außer, daß Sie Frank Moseleys Sohn sind und daß Sie früher beim Revier Riviera waren, ehe Sie nach Miami gingen.«

»Sie sind ziemlich jung, um schon Zivilpolizist zu sein.«

»Ich bin vierundzwanzig, und ich bin jetzt seit drei Jahren Cop. Nach meinem Examen am Palm Beach Junior College bin ich zur Polizei gegangen. Ich wollte mich rauf nach Gainesville versetzen lassen, aber dann hab' ich mir überlegt, daß es sich nicht lohnt, für zwei Jahre Fortbildung an der University of Florida einen Kredit über zwanzigtausend plus Zinsen aufzunehmen. Außerdem bot man mir hier eine Stelle an, und da hab' ich zugegriffen.«

»Als Cop könnten Sie in Miami aber mehr Geld verdienen.«

»Ich weiß. Ich bin dagewesen und hab' mit ein paar Leuten von der Latinoabteilung bei der Einstellungsbehörde gesprochen. Aber die haben mir abgeraten, als sie herausfanden, daß ich *Mondalero* bin.«

Hoke lachte. »Was haben Sie erwartet? In den Augen kubanischer Cops ist jeder, der nicht Reagan wählt, ein kommunistischer Sympathisant. Wenn Sie Mondale gewählt haben, dann sollten Sie diese Information für sich behalten.«

»Wollte ich ja, aber ich bin aus Puerto Rico, nicht aus Kuba. Das Problem mit den Kubano-Amerikanern ist, daß sie sich immer zuerst als Kubaner und *dann* als Amerikaner betrachten, selbst wenn sie hier geboren sind. Wir lieben unsere Insel genauso wie sie angeblich ihre, aber wir wissen, daß eine Insel mit wachsenden Bevölkerungszahlen sich nicht selbst ernähren kann, wenn sie nicht irgendeine Art von Hilfe bekommt. Reagans Etatkürzungen bringen uns um da unten, Mann.«

»Sie haben wahrscheinlich recht.« Hoke zuckte die Achseln. »Sie müssen die richtige Wahl getroffen haben, als Sie hier in Riviera geblieben sind, denn sonst wären Sie nicht schon Detective. Wollen Sie einen Kaffee?«

»Nein, aber ich würde gern Ihr Klo benutzen. Wie gesagt, ich hab' im ›Greenery‹ zwei Bier getrunken.«

Hoke stellte die beiden Kartons in die Kammer, verschloß die Tür wieder und ging voran, die Treppe hinauf. Er zeigte auf die Tür zum Bad und nahm Figueras den Umschlag ab. Er enthielt zwei Fotokopien von Listen mit den Namen von bestohlenen Bewohnern des Supermare. Die Gegenstände, die jeder Bewohner vermißte, waren unter den Namen verzeichnet. Häufig handelte es sich um kleine Dinge, aber es waren auch drei Gemälde und eine Skulptur von Giacometti darunter. Die Maße des Giacometti waren nicht angegeben, aber die Gemälde waren von Corot, von Klezmer und von einem unbekannten Zeichner der Renaissance. Mit Ausnahme von Klezmer kamen Hoke die Namen der Künstler irgendwie bekannt vor.

»Was haben Sie bisher unternommen?« fragte er, als Figueras, seinen Reißverschluß hochziehend, ins Wohnzimmer kam.

»Ich habe mit diesen Leuten gesprochen, und mit dem Verwalter, Mr. Carstairs. Die Bewohner dort kommen und gehen, wissen Sie. Mr. Olsen – er ist Vorsitzender der Eigentümerversammlung im Supermare – ist vor zwei Monaten mit seiner Frau für vierzehn Tage auf den Galapagos-Inseln gewesen, aber sie haben ihre Sachen nicht sofort vermißt. Die Zeichnung hat in der Diele gehangen, sagt er, und sie hat ihm sowieso nie besonders gefallen. Aber sie war verdammt wertvoll. Er wußte nicht, ob sie schon vor der Abreise weg gewesen war oder nicht. Seiner Frau fehlen ein Diamantring und ein halbes Dutzend Elefantenhaar-Armbänder. In ihrem Schmuckkasten befand sich noch eine Diamantnadel, aber die wurde nicht entwendet.«

»Was für eine Zeichnung war das?«

Figueras grinste. »Hab' ich auch gefragt. Eine Witzzeichnung war es nicht. Es war ein Vorentwurf für eine Madonna mit Kind, und sie galt als post-raffaelitisch, sagt Mrs. Olsen. Anders gesagt, es war 'ne Rötelzeichnung, wie ein Künstler sie anfertigt, bevor er ein Gemälde malt. Eine Skizze. ›Post-raffaelitisch‹ bedeutet, daß sie von Raffael sein könnte, es wahrscheinlich aber nicht ist. Sie könnte von einem Schüler Raffaels stammen.«

»So was kann doch nicht viel wert sein.«

»Ich weiß es nicht. Mrs. Olsen sagt, sie ist ziemlich wertvoll. So, wie sie jetzt ist, ohne Echtheitsnachweis, wird sie mit zwanzig Riesen bewertet. Wenn jemals ein Echtheitsnachweis erbracht würde, könnte der Wert sich verdreifachen. Über den Diamantring regt Mrs. Olsen sich nicht so sehr auf, aber die Elefantenhaar-Armbänder will sie zurückhaben, denn die hat sie voriges Jahr von ihrer Enkelin zu Weihnachten bekommen.«

»Von wem haben Sie diese Liste?«

»Von dem Verwalter. Carstairs. Dann hab' ich mit den Mietern gesprochen.«

»Lassen Sie uns noch mal hingehen, Figueras. Die Frau meines Vaters hat dort ein Apartment, und ich habe ihr versprochen, einen Blick hineinzuwerfen. Sie ist seit ein paar Monaten nicht mehr dagewesen; es könnte also sein, daß dort auch etwas verschwunden ist.«

»Ihre Stiefmutter hat dort ein Apartment?«

»Stiefmutter – ich bitte Sie. Wir sind etwa gleichaltrig; sie ist nur die zweite Frau meines Vaters.«

»Entschuldigung.«

»Sie brauchen sich nicht zu entschuldigen. Technisch gesehen ist sie vermutlich meine Stiefmutter, aber so hab' ich sie noch nie betrachtet. Meine Kinder nennen sie Helen, nicht Grandma.«

»Wollen Sie mit meinem Wagen fahren?«

»Nein, fahren Sie nur schon voraus. Ich nehme das Fahrrad meiner Tochter und packe meine Badehose ein. Wenn wir uns umgesehen haben, will ich im Pool schwimmen. Ich würde Sie auch einladen, aber ein Gast kann keinen weiteren Gast einladen.«

»Ich habe auf dem Revier reichlich zu tun. Ich sollte eigentlich öfter hierher an den Strand kommen, aber wenn ich Feierabend habe und nach Hause fahren kann, komme ich irgendwie nicht auf die Idee.«

»Verheiratet?«

»Nein, aber ich wohne mit 'ner Frau zusammen. Arbeitet in der International Mall. Bei ›Suave Shoes‹. Nichts Ernstes. Sie wollte nur weg von ihren Eltern und konnte sich keine eigene Wohnung leisten.«

»Scheint heutzutage vielen Mädchen so zu gehen.«

Figueras zuckte die Achseln. »Einer auf jeden Fall.«

Mr. Carstairs, ein braungebrannter Mann mittleren Alters in Khaki-Shorts, einem kurzärmeligen blauen Arbeitshemd und blauen Filzpantoffeln, stand draußen am Swimmingpool des Supermare. Mit einem dreieinhalb Meter breit gespannten Reinigungsnetz schöpfte er tote Libellen und verdorrte Grashalme von der Wasseroberfläche des Pools. Als Hoke sich vorstellte, legte Carstairs sein Netz auf den Boden, nickte Figueras zu und zündete sich eine *Menthol True* an.

»Ihre Stiefmutter hat mich Ihretwegen schon angerufen, Mr. Moseley. Der Pool ist von morgens neun bis abends neun geöffnet, aber es gibt keinen Bademeister; Sie schwimmen also auf eigene Gefahr. Und Kinder haben keinen Zutritt.«

»Das hat Mrs. Moseley mir bereits erzählt. Was ist, wenn ich früher schwimmen möchte – sagen wir, um sechs oder halb sieben in der Frühe?«

»Ich achte nicht darauf. Ich wohne drüben in Riviera und bin nicht vor acht hier. Aber Mrs. Andrews, die da drüben in 101-A wohnt, hat gedroht, auf jeden, der vor neun Uhr ins Wasser geht, mit ihrem Luftgewehr zu schießen.« Carstairs lachte rauh, und das rief einen Hustenanfall hervor. Er krümmte sich nach vorn, und sein Gesicht lief leuchtend rot an. Haltsuchend klammerte er sich an die Lehne eines Aluminium-Sonnenstuhls, hustete noch ein wenig und schaffte es schließlich, noch einen kurzen Zug von seiner Zigarette zu nehmen. Das schien zu helfen; er hörte auf zu husten.

»Alles okay?« fragte Hoke.

Carstairs nickte atemlos. »Das kommt von dem verdammten Menthol. Ich hätte genausogut bei Camel bleiben können. Ich glaub' natürlich nicht, daß sie es wirklich tun würde, Mrs. Andrews, mit ihrem Luftgewehr. Aber sie hat's angekündigt, und seit sie in der monatlichen Versammlung mal damit gedroht hat, wollte es niemand mehr riskieren. Sie hat ihre *Red Ryder*-Flinte auf die Versammlung mitgebracht, um zu zeigen, daß sie eine hat.«

»Wenn das so ist«, meinte Hoke, »werde ich mich an die Vorschriften halten.« Er zog eine der zusammengefalteten Listen aus der Tasche und reichte sie Carstairs. »Haben Sie Ihrer Liste noch etwas hinzuzufügen? Sind weitere Diebstähle gemeldet worden?«

Carstairs fuhr mit dem Finger an der Liste entlang und schüttelte den Kopf. »Nein, sie ist vollständig. Aber 'ne Menge Leute sind über den Sommer nicht hier. Wenn sie zurückkommen, gibt's vielleicht mehr. Die unbewohnten Apartments hab' ich mir nicht weiter angesehen, weil ich ja gar nicht weiß, was drin sein muß und was nicht.

Und wenn in einem Apartment Unordnung herrscht, kann es sein, daß der Besitzer es so hinterlassen hat, als er nach Norden fuhr.«

»Begreiflich.«

»Routinemäßig«, sagte Figueras, »hab' ich die beiden Pfandleihen in der Stadt überprüft, aber da ist nichts aufgetaucht. Es ist aber auch nicht die Sorte von Gegenständen, die man in die Pfandleihe trägt. Einen Corot zum Beispiel, der vielleicht hunderttausend Dollar wert ist, versetzt man ja nicht. Ein Gemälde, das wertvoll ist, läßt man normalerweise von der Versicherung auslösen.«

»Ich weiß nicht, was ich Ihnen sonst erzählen soll, Mr. Moseley«, sagte Carstairs. »Wir haben rund um die Uhr einen Wachmann am Tor, aber die Eigentümer haben gegen ein TV-Überwachungssystem gestimmt. Die meisten Leute, die hier wohnen, sind so alt, daß sie früh zu Bett gehen. Ab zehn Uhr abends kontrolliert der Wachmann die Lobby und den Poolbereich ungefähr stündlich.«

»Haben Sie Schlüssel zu allen Apartments?« fragte Hoke.

»Selbstverständlich. Das ist gesetzlich vorgeschrieben. Ich habe einen Generalschlüssel für die Türknopfschlösser, und wer sich zusätzlich ein Riegelschloß anschafft, muß mir einen Schlüssel geben. Ich verwahre die Schlüssel an einem Brett in meinem Büro.«

»Was ist mit dem Kammerjäger?«

»Der kommt monatlich. Ich schicke hektographierte Terminankündigungen herum, denen die Leute entnehmen können, an welchem Tag und um welche Zeit er kommt, und sie müssen ihn hereinlassen, damit er sprühen kann. Wenn er mit den bewohnten Apartments fertig ist, kommt er zu mir, und dann begleite ich ihn, wenn er in den unbewohnten Einheiten arbeitet. Wenn die Leute hier sind und ihn nicht hereinlassen, wird bei ihnen nicht gesprüht – damit hat sich's. Unser Kammerjäger kommt von ›Cliffdwellers Exterminators‹; wir haben einen Vertrag mit denen. Sie arbeiten in den meisten Apartmenthäusern hier auf der Insel.«

»Was ist mit UPS und mit anderen Lieferanten?«

»Der Wachmann am Tor zeichnet die Lieferscheine ab und bringt die Pakete selbst herauf. Das gilt sogar für Außer-Haus-Pizza. Auf die Weise –« Carstairs lachte »– kriegt der Wachmann die Trinkgelder, die sonst die Boten kriegen. Warum auch nicht? Wir zahlen den Wachmännern nur vier Dollar die Stunde.«

»Und wenn er in einem der oberen Stockwerke ist und eine Lieferung abgibt, ist das Tor nicht bewacht.«

»Das stimmt. Aber dann ist es verschlossen. Niemand muß deshalb lange warten, und die Besitzer haben alle eine Plastikkarte, mit der sie das Tor öffnen können. Es hat sich noch niemand beschwert – nur die Pizza-Boten.« Carstairs lachte rauh und verfiel in einen neuerlichen Hustenanfall. Er ließ sich schwer auf einen Liegestuhl fallen und keuchte fast eine Minute lang, bevor er wieder zu Atem kam. »Nicht jeder, der hier wohnt, weiß von den Einbrüchen, aber wenn das Haus sich im November allmählich wieder füllt und sich herausstellt, daß noch weitere Eigentümer in ihrer Abwesenheit beklaut worden sind, dann wird hier die Hölle los sein, und mir wird man's in die Schuhe schieben. Der Job hier gefällt mir. Ich hab' drei Jahre lang ein Apartmenthaus in North Miami Beach geführt, bevor ich herkam, und da unten haben sich alle beschwert, weil sie fanden, ich wäre überbezahlt. Zweiundzwanzigtausend im Jahr, und die fanden, ich wäre überbezahlt. Hier findet jeder, ich wäre *unter*bezahlt, und ich kriege jede Menge Trinkgeld und Mitgefühl.«

»Wieviel verdienen Sie denn hier?«

»Auch zweiundzwanzigtausend im Jahr. Das ist normal für ein Haus dieser Größe, aber diese reichen Leute glauben, ich muß mich nach der Decke strecken, und so verlangen sie nicht viel von mir. Unten in N. M. B. haben ein paar von den alten Ladys sogar erwartet, daß ich mit ihnen, verdammt noch mal, zum Einkaufen fuhr. Auch zu Weihnachten geht's mir hier wirklich gut. Da schicken mir Eigentümer, die nicht hier sind, Obst aus Oregon. Letztes Jahr hab' ich vier Kisten Comice-Birnen bekommen.«

»Bei Ihrer nächsten Versammlung«, schlug Hoke vor, »könnten Sie doch Detective Figueras bitten, den Eigentümern einen flotten Vortrag über Sicherheitsmaßnahmen zu halten. Jeder, der sechs Monate oder länger wegbleibt und Schmuck in seinem Apartment zurückläßt, sorgt auch für eine kalte Spur, wenn etwas gestohlen wird.«

»Würden Sie das tun, Officer Figueras?« fragte Carstairs.

»Natürlich. Das schafft uns vielleicht beiden ein bißchen Luft. Rufen Sie mich nur einen oder zwei Tage vor Ihrer Versammlung auf dem Revier an.«

»Danke, Mr. Carstairs«, sagte Hoke. »Wir sehen uns jetzt ein bißchen um.»

Der Verwalter nickte und zündete sich mit seinem Zippo-Feuerzeug eine neue Zigarette an. Hoke und Figueras traten in den Aufzug, und Hoke drückte auf den Knopf.

»Vielen Dank für Ihre Gratislektion«, sagte Figueras. »Aber jetzt ist es etwas spät für einen Vortrag über Sicherheitsmaßnahmen, oder?«

»Wenn die Leute nicht tun, was Sie ihnen sagen, ist Carstairs vielleicht aus dem Schneider. Er scheint ganz anständig zu sein.«

»Ja, das stimmt. Aber er sollte bald wieder auf Camel umsteigen. Diese Mentholzigaretten bringen ihn um.«

Der Aufzug hielt am Dachausgang, und die Tür öffnete sich automatisch. Sie traten auf eine umzäunte Rotholzterrasse hinaus, die ein Fünfzehn-mal-fünfzehn-Meter-Quadrat auf dem flachen Dach bedeckte. Ein Teil dieser Terrasse lag unter einem blau-weißen Aluminiumdach. Unter dem Sonnendach standen blau-weiße Terrassenmöbel aus Stahlrohr, ein Tisch und vier Stühle. Der Tisch und alle vier Stühle waren an den Holzboden genietet, damit ein starker Windstoß sie nicht davonwehen konnte. Die roten, vertikalen Levolor-Jalousien hinter einer Doppelglastür am Rande der Sonnenterrasse waren geschlossen. Hoke drückte auf den weißen Knopf neben der Penthouse-Tür. Figueras zog ein zerknülltes Päckchen Lucky Strike und ein Streichholzheftchen aus der Jackentasche, betrachtete sie einen Moment lang und steckte sie wieder ein. Während sie warteten, schaute Hoke auf das Meer hinaus. Aus dieser Höhe sah es aus wie ein gebügeltes Laken. Vier oder fünf Meilen weit draußen im Golfstrom dampften drei Tanker auf Südkurs. Dank ihnen, sinnierte Hoke, würden Hunderte von Füßen unter den Sohlen und zwischen den Zehen von Teerbröckchen verschmiert werden, wenn sie am Strand entlanggingen. Alle Motels und Apartmenthäuser hatten Metallcontainer mit Benzin und Papiertüchern neben ihren Außenduschen aufgestellt, damit die Badegäste ihre Füße reinigen konnten. Soweit Hoke zurückdenken konnte, war es mit dem Teer noch nie so schlimm gewesen wie in diesem Jahr.

Mr. E. M. Skinner, angetan mit königsblauen Slippern und einem gelbseidenen kurzen Hausmantel über seinem purpurnen Seidenpyjama, öffnete die Tür. Er blinzelte in das grelle Sonnenlicht.

»Ich habe gerade ein Nickerchen gemacht«, erklärte Skinner. »Mir war, als hätte ich die Klingel gehört, aber ich war nicht sicher. Hirohito hat heute seinen freien Tag.«

»Hirohito?« Hoke nahm die Sonnenbrille ab.

Skinner lächelte. »Mein japanischer Boy. In Wirklichkeit ist er in Amerika geboren, und sein richtiger Name ist Paul Glenwood. Manchmal nenne ich ihn Hirohito, nur so zum Spaß. Kommen Sie herein, meine Herren.«

»Das ist Detective Figueras«, sagte Hoke. »Er ist der Polizist aus Riviera, der im Zusammenhang mit den Einbruchsfällen ermittelt, von denen Sie mir unten am Strand erzählt haben.«

Skinner nickte und gab Figueras die Hand. »Ich glaube, Carstairs hat Ihren Namen erwähnt.« Hoke ging hinein, bevor Skinner ihm die Hand geben konnte, und sah sich im Wohnzimmer um.

Das Zimmer war groß, aber es wirkte noch größer, weil es so karg möbliert war. Kein Teppich verbarg den glänzenden Parkettfußboden. Am Nordende des Raumes stand eine schwarzlederne Sesselgarnitur mit kleinen schwarzen Lacktischen. Eine mit schwarzem Leder überzogene Bar mit zwei rotgepolsterten Rattanhockern befand sich unmittelbar hinter der Sitzgruppe. Am anderen Ende des Raumes lag anscheinend der Eßbereich; ein Mahagonitisch mit Glasplatte war von acht schmiedeeisernen, mit Kissen gepolsterten Stühlen umgeben. Ein Nautilus-Trimmgerät mit vier Lederwalzen, das hier fehl am Platze wirkte, füllte den Raum zwischen Eß- und Sitzbereich. Eine lange Theke bildete die Grenze zur Küche, aber die Theke war mit einem Rolladen versehen, der herabgelassen war, und durch den offenen Durchgang konnte Hoke nur einen Teil der Küche sehen. Entlang der Diele gab es ein halbes Dutzend Türen, und Hoke folgerte daraus, daß Skinner separate Räumlichkeiten für Arbeit und für Spiel sowie mindestens drei Schlafzimmer hatte.

»Ich habe Sergeant Moseley schon erzählt, Mr. Figueras«, sagte Skinner mit schmalem Lächeln, »daß ich meine Martinis nicht vor fünf zu mir nehme, aber diese Beschränkung gilt nicht für Sie. Was möchten die Herren trinken?«

»Ich schätze, ein Bier könnte ich vertragen«, meinte Figueras.

Skinner trat hinter die Bar und rieb sich die Hände. »Ist Ihnen ein Michelob recht?«

»Wenn es nur kalt ist«, sagte Figueras.

Skinner öffnete die Flasche und goß einen Teil des Inhalts in ein Glas; dann stellte er Glas und Flasche auf die Bar. Figueras hatte seine Luckies und die Streichhölzer aus der Tasche geholt. Er schaute zur Bar und dann auf die Tische, aber nirgends war ein Aschenbecher, und zum zweitenmal steckte er seine Zigaretten wieder ein. Auf einem der kleinen Lacktische standen zwei zierlich geschnitzte Holzfische. Die Fenster an drei Seiten des Raumes reichten vom Boden bis zur Decke, aber da die vertikalen Levolor-Blenden geschlossen waren, war es dunkel. Die Leuchtröhren über der Bar strahlten nur matt. Auf dem Eßtisch stand ein Kandelaber, aber die Kerzen brannten nicht.

»Als Sie zum erstenmal von den Einbrüchen hörten, Mr. Skinner«, sagte Hoke, »haben Sie da in Ihrer eigenen Wohnung nachgesehen, ob etwas fehlte?«

»Das brauchte ich nicht. Ich bin das ganze Jahr über hier. Und wenn ich nicht hier bin, ist Hirohito hier.«

»Sie sind niemals gleichzeitig weg?«

»Das habe ich nicht gemeint. Paul wohnt hier, meine ich. Er hat sein eigenes Zimmer. Manchmal, wenn ich abends ausgehe, fährt er mich. Wenn ich in Palm Beach auf eine Party gehe, nehme ich gern zwei oder drei Drinks, und ich will meinen Führerschein nicht riskieren. Zwei doppelte Martinis, selbst wenn man sie mit Eis verwässert, bringen satte Eins-Komma-vier, falls man ins Röhrchen blasen muß, hab' ich gehört.«

»Kommt drauf an, wie groß man ist«, sagte Figueras und nahm einen Schluck aus seinem Glas. »Aber bei Alkohol am Steuer greifen sie hart durch. Wer früher mit einer Verwarnung davongekommen ist, bekommt jetzt gleich eine kleine Haftstrafe oder muß Sozialdienst leisten.«

»Was für einen Sozialdienst würde ich denn leisten müssen«, fragte Skinner grinsend, »falls ich zufällig erwischt würde? Nicht, daß es je dazu kommen wird.«

»Das liegt beim Richter. Aber vor zwei Wochen wurde ein Unternehmensjustitiar aus Palm Beach dazu verurteilt, sechzig Tage lang bei der Erneuerung der Teer- und Kies-Bedachung der Schulgebäude im County mitzuarbeiten. Die Arbeit mit kochendem Teer, den ganzen Tag draußen in der Sonne – das ist ein ziemlich harter Sozialdienst für einen Rechtsanwalt. Aber eine Barfrau, die ich kenne, kam ziemlich glimpflich davon. Sie mußte im Büro des Richters Briefmarken lecken, als der für die Wiederwahl kandidierte. Verbindliche Richtlinien sind noch nicht erlassen; infolgedessen entscheidet der Richter nach Lust und Laune.«

Hoke räusperte sich. »Sie haben also nichts vermißt?«

»Nicht das geringste. Und wenn etwas fehlte, würde Paul es mir sagen.«

»Ich stelle fest, daß Sie keine Bilder haben.«

»Ich habe keine Bilder. Man braucht ein bißchen Sammlerkunst aus Gründen der Diversifikation. Aber ich verwahre meine Bilder in meinem Tresor, zusammen mit Investmentzertifikaten, Krügerrands und so weiter. Da kann niemand hinein außer mir. Nicht einmal mein Boy hat die Kombination. Ich habe den Tresorraum einsetzen lassen, als das Supermare gebaut wurde.«

»Was sind das für Bilder?«

»Nun, ich habe fünf Picassos – Zeichnungen, keine Gemälde – und zwei Milton Averys.«

»Könnten wir sie anschauen?«

»Es sind Investitionsobjekte; sie sind nicht zum Anschauen. Ich würde sie Ihnen zwar gern zeigen, aber sie sind in Packpapier eingewickelt und versiegelt. Als Milton Avery starb, stieg der Wert meiner Averys auf das Doppelte, aber mir gefällt weder das eine noch das andere. Kunstsammlungen sind ein Deich gegen die Inflation, wie wir zu sagen pflegen.«

»Figueras«, sagte Hoke, »hätten Sie etwas dagegen, für ein paar Minuten nach draußen auf die Terrasse zu gehen, um Ihr Bier auszutrinken und eine Zigarette zu rauchen?«

»Warum?«

»Weil ich Sie nett gefragt habe und weil ich weiß, daß Sie gern rauchen möchten.« Hoke legte seine Sonnenbrille auf die Bar.

Figueras warf Hoke einen Seitenblick zu und goß sich den Rest Bier in sein Glas. Dann zündete er sich eine Lucky an, nahm sein Glas Bier und ging zur Wohnungstür hinaus. Als die Tür klickend hinter Figueras ins Schloß fiel, trat Hoke einen Schritt vor und schlug Skinner mit der rechten Faust in den Bauch. Der Hieb war hart und kam unerwartet, und er trieb die Luft pfeifend und in einem würgenden Aufschrei voller Angst, Schmerz und Überraschung aus Skinners Lunge. Skinner krallte beide Hände in seinen Bauch und stürzte zu Boden, und mit leisem *ah, ah, ah* rang er nach Luft. Diesem Mann, dachte Hoke, hatte man noch nie wehgetan. Vielleicht von Zahnschmerzen abgesehen, hatte er noch nie echten Schmerz gefühlt. Auf jeden Fall nahm Skinner den Schmerz wie ein Waschlappen. Er trommelte mit den Fersen auf den Boden, bis ihm die Slipper von den Füßen fielen. Als er wieder Luft bekam, fing er an zu weinen, und rückwärts kriechend wich er vor Hoke zurück. Seine Finger fanden auf dem glatten Boden keinen rechten Halt, als er blindlings hinter sich tastete. Es dauerte fast eine halbe Minute, bis er mit dem Rücken gegen den schwarzen Ledersessel stieß. Die Augen quollen ihm wild aus den Höhlen, als er zu Hoke hinaufstarrte, und Tränen liefen ihm die Wangen herunter. Behutsam drückte er mit den Fingern auf seinen Bauch. »Sie – Sie haben da drin etwas kaputtgemacht...«

Hoke nickte. »Viele Kleinigkeiten. Blutgefäße, hauptsächlich, und ein paar Muskelfasern. Aber ich habe zwei, drei Zentimeter weit unter den Solarplexus getroffen. Haben Sie noch nie einen Schlag in den Bauch bekommen?«

Skinner schüttelte den Kopf. »Mein Gott, das hat wehgetan! Es tut immer noch weh!«

Hoke packte Skinners rechte Hand und zog ihn auf die Beine. Skinner wehrte sich nicht, als er ihm den Arm auf den Rücken drehte und dann leicht nach oben drückte, sondern er quiekte nur. »Herr im Himmel, Mann!«

»Lassen Sie uns mal einen Blick in Ihren Tresorraum werfen, Skinner. Ich möchte Ihre Kunstsammlung mit meiner Diebstahlsliste vergleichen.«

»Es ist alles da, Sergeant. Jedes einzelne Stück! Sie brechen mir den Arm, verdammt!«

Es war tatsächlich alles da: die Rötelzeichnung, der winzige Corot, nur dreißig mal fünfunddreißig Zentimeter groß, aber mit vergoldetem Rahmen, und die Skulptur von Giacometti, eine anorektische Gestalt, einen Fuß hoch, auf einem dicken Ebenholzsockel. Der Klezmer erwies sich als ein Gemälde, das ein kleines Stück Garn darstellte, zwei oder drei Zentimeter lang, aber der Rahmen um das Bild maß einen halben Meter im Quadrat. Ein kleines Vergrößerungsglas war mit einer Kette am Rahmen befestigt, so daß ein Betrachter die einzelnen, zart gemalten Fasern des Garns erkennen konnte. Der Schmuck – und es war eine ganze Menge, einschließlich der Elefantenhaar-Armbänder – war säuberlich in weißen Zellstoff eingewickelt und in einem Karton verpackt.

Skinner saß jetzt in einem der Ledersessel. Seine Gesichtsfarbe war eine Mischung aus Rosa und Grau. Er war jetzt ruhiger, aber er hatte das Gesicht in den Händen vergraben. Nachdem Hoke alle Gegenstände mit denen auf der Liste verglichen hatte, klopfte er Skinner auf die Schulter.

»Keine Angst«, sagte er. »Sie kommen nicht ins Gefängnis. Ich möchte nicht, daß so etwas in die Zeitung kommt. Es wäre schlecht für die Insel und schlecht für Supermare. Die Frau meines Vaters hat immer noch ein Apartment hier, und eine solche Affäre könnte es im Wert beeinträchtigen.«

»Ich wollte nichts davon behalten.« Skinner blickte auf und wischte sich neue Tränen aus den Augen. »Ich bin kein Dieb – ich weiß nicht mal, woher Sie wußten –«

»Ich wußte es nicht. Aber ich hatte Sie im Verdacht. Manchmal habe ich ein gutes Gedächtnis für Details, Skinner. Als Helen mir erzählte, daß Mr. Olsen und Mrs. Higdon maßgeblich daran mitgewirkt haben, Sie Ihres Amtes zu entheben, und als dann ihre Namen auf der Liste standen, da dachte ich mir, daß Sie es gewesen sein mußten. Als Ex-Vorsitzender hatten Sie immer noch einen Schlüssel zum Büro, und da haben Sie vermutlich einen Weg gefunden, in jedes beliebige Apartment zu gelangen. War es nicht so?«

»Ich habe Carstairs meinen Generalschlüssel zurückgegeben, aber vorher hatte ich mir im Haushaltswarengeschäft Ihres Vaters einen Nachschlüssel anfertigen lassen. Ich dachte, dadurch hätten Sie es herausgefunden.«

»Darüber habe ich nie nachgedacht. Aber ich nehme an, er hat noch einen Kassenbeleg in seinen Unterlagen. Ich dachte mir einfach, Sie sind nachts ins Büro gegangen, haben sich die Riegelschloß-Zusatzschlüssel besorgt und ganz nach Belieben abgeräumt. Wenn ich nicht dabei wäre, meinen Abschied von der Polizei zu nehmen, hätte ich Sie nicht geschlagen. Ich war mehr als vierzehn Jahre lang Cop, und Sie sind der erste Tatverdächtige, den ich geschlagen habe. Ich hole jetzt lieber Figueras.« Hoke setzte seine dunkle Brille auf und rückte sie zurecht.

»Was wird er tun? Ich meine –«

»Inzwischen wird er wahrscheinlich ein neues Bier nötig haben. Ziehen Sie Ihre Pantoffeln wieder an und gießen Sie ihm ein kaltes ein.«

Hoke ging zur Wohnungstür, öffnete sie und winkte Figueras heran. Als Figueras hereintrat, stand Skinner hinter der Bar und öffnete eine Flasche Michelob. »Möchten Sie noch ein Bier, Officer Figueras?«

Figueras' Blick fiel auf die Bilder und den Pappkarton neben dem Ledersessel. Er sah Hoke scharf an. »Was ist hier los, verdammt?«

»Gestern abend hat Mr. Skinner all dieses Zeug auf der Feuertreppe gefunden. Er hat es nicht sofort dem Verwalter ausgehändigt, weil er befürchtete, man könnte ihn für den Dieb halten. Deshalb wollte er mich allein sprechen. Ja, er war im Begriff, die Polizei anzurufen, als Sie und ich hier erschienen. Wir werden deshalb folgendes tun, Figueras: Wir werden einfach sagen, wir hätten es selbst draußen auf der Treppe gefunden. Okay? Dann können wir alles Mr. Carstairs geben, und niemand wird jemals etwas merken. Mr. Skinner ist ein reicher Mann, der selbst einen ganzen Tresorraum voller Kunstgegenstände hat. Er braucht solches Zeug nicht. Aber er hat ein paar Feinde hier im Haus, sagte er, und auf diese Weise kommt nichts in die Zeitung.«

»Wenn Sie es so regeln wollen«, meinte Figueras.

Skinner kam mit sachten Bewegungen hinter der Bar hervor und reichte Figueras die offene Bierflasche. Figueras nahm sie und schüttete das Bier über die beiden holzgeschnitzten Fische auf dem Lacktisch. Die leere Flasche warf er hinter die Bar, und er lauschte mit kritischer Miene, als sie zersplitterte. Dann hob er den Karton mit dem Schmuck auf. »Ich hole den Aufzug, Sergeant. Helfen Sie mir tragen?«

»Sicher«, sagte Hoke. »Aber ich steige im zwölften Stock aus. Sie können alles zu Carstairs hinunterbringen, und er kann das Zeug den Eigentümern zurückgeben. Ich werde jetzt im Pool schwimmen.«

Figueras ging mit dem Karton zur Tür hinaus.

»Was ist mit mir?« fragte Skinner heiser flüsternd. »Was passiert jetzt mit mir?«

Hoke schlug Skinner noch einmal mit seiner harten Rechten, und Skinner faßte nach seinem Magen und fiel zu Boden. Hoke nahm die magere Skulptur und öffnete die Tür. Figueras ging noch einmal hinein, um die Bilder zu holen, und kam damit zum Aufzug, wo Hoke ihn erwartete. Falls er neugierig war, weshalb Skinner sich stöhnend auf dem Parkettboden wand, erwähnte er es nicht.

Hoke zog den roten Knopf heraus, um den Aufzug freizugeben, und drückte auf die Zwölf.

Als Hoke im zwölften Stock ausstieg, sagte Figueras: »Ich würde gern gelegentlich mal bei Ihnen vorbeikommen und über die Arbeit im Morddezernat plaudern.«

»Gern. Ich bin abends immer zu Hause. Spielen Sie Monopoly?«

»Seit ich Kind war, nicht mehr.«

»Die kurze Version macht immer noch Spaß. Aber wenn Sie vorbeikommen, müssen Sie sich Ihren eigenen Sechserpack mitbringen. Ich will noch ein bißchen abnehmen, und deshalb habe ich kein Bier im Kühlschrank, damit ich gar nicht erst in Versuchung komme.« Hoke klopfte sich auf den Bauch und ging den Korridor hinunter zum Apartment 12-C.

14

Dale brachte das Essen auf den Tisch und war fast fertig damit, als Troy Louden zum Garagenapartment zurückkehrte. Stanley saß in seinem Sessel neben dem Fenster und beobachtete, wie alles kam und ging. Als Troy hereinkam, trug er einen großen Kunstlederkoffer in der Linken und seine Cowboystiefel in der Rechten. Einen Moment lang blieb er stehen und schnupperte mit geschlossenen Augen nach dem Duft des dampfenden Essens. Dann verschwand er im Schlafzimmer. Er trug ein dunkelgraues Guayabera-Hemd, eine Khakihose mit Bügelfalte und ein Paar neue graulederne Turnschuhe mit schrägen purpurroten Streifen.

Einen Augenblick später erschien Troy wieder in der Schlafzimmertür und winkte James mit dem Zeigefinger zu sich. Als James das Zimmer durchquerte, flüsterte Dale ihm zu: »Sag ihm, wir können jederzeit essen.«

James nickte, folgte Troy ins Schlafzimmer und schloß die Tür hinter sich.

Stanley erhob sich aus seinem Sessel und musterte den Eßtisch. »Das riecht aber alles gut.«

»Das sind die Koteletts«, sagte Dale. Ihr Gesicht war gerötet und das Haar an ihren Schläfen feucht. »Was ich damit mach', ist, ich pfeffre sie kräftig und wälz' sie einfach in Ei und Mehl. Dann werden sie in Schmalz gebraten. Dazu gibt's kandierte Süßkartoffeln mit kleinen Marshmallows oben drauf, Rübensprossen in Weinessig, pikante Apfelsauce und Buttermilchbiskuits. Ich mach' jetzt noch die Milchsauce fertig, und dann können wir essen. Ich hab' eine ›Mrs. Smith‹-Apfeltorte im Ofen, die gibt's zum Nachtisch. Mr. Louden tut so viel für uns alle; da soll er anständig essen.«

Der Tisch war für vier Personen gedeckt; Teller, Tassen und Untertassen paßten allerdings nicht alle zusammen. Es gab nur drei Metallgabeln; Stanley sah, daß Dale an ihren Platz eine aus Plastik gelegt hatte. Ein paar Augenblicke später kamen Troy und James aus dem Schlafzimmer, und sie setzten sich zu Tisch.

James war während des Essens sichtbar nervös. Er befingerte seine Ohren, seine Lippen und seine Augenbrauen, und er aß nur ein Kotelett. Troy lobte das Essen, und Dales verquollene Lippen verzogen sich zu einer erfreuten Grimasse.

»Ich hatte zwei Brüder und zwei kleine Schwestern«, sagte Dale. »Momma hat uns allen das Kochen beigebracht. Sie meinte, wir Mädchen müßten wissen, wie man sich einen Mann angelt, und die Jungs müßten es tun, damit sie es ihren Frauen beibringen könnten, wenn sie verheiratet wären.«

»Laß uns nicht weiter über deine Familie reden«, sagte Troy. »Wir haben hier unsere eigene kleine Familie. Wir fangen alle noch mal von vorn an, und die Vergangenheit ist vorbei. Weshalb bohrst du dir bei Tisch in der Nase, James?«

»Ich bin nur nervös . . . es ist . . . es ist dieses Gemüse, Troy«, sagte James. »Ich mag das Gemüse nicht mit Essig.«

»Ob du es magst oder nicht, du mußt es essen, denn sonst wirst du Dale kränken. Und in Amerika bohrt man sich bei Tisch nicht in der Nase. Jeder muß sich hin und wieder mal in der Nase bohren. Das ist geschenkt, aber es ist eine Privatsache, James, und man sollte es nicht tun, wenn andere Leute dabei zusehen müssen. Ich weiß noch, als ich in Whittier war – das ist das Erziehungsheim in Orange County in Kalifornien –, da hat bei Tisch mal ein Junge in der Nase gebohrt, und der Typ, der neben ihm saß, rammte ihm den Finger bis zum letzten Knöchel rauf in die Nase. Die Nase schwoll an, so schnell, daß er den Finger nicht mehr rausziehen konnte. Schließlich führte die Leiterin ihn aus dem Speisesaal und in die Klinik. Es war ein komischer Anblick, und wir mußten natürlich alle lachen, aber es war auch eine Lektion in Manieren für uns Jungs. Niemand hat danach je wieder im Speisesaal in der Nase gebohrt. Es ist nicht nur unhöflich, es ist unamerikanisch. Mir ist klar, daß du als Ausländer und als Schwarzer unsere Sitten teilweise merkwürdig finden mußt, James, aber du mußt dich trotzdem daran halten.«

»Verzeihung«, sagte James. »Ich werd's nicht wieder tun.«

»Wenn du nach New York kommst, James«, fuhr Troy fort, »dann solltest du dir ein Zimmer bei einer amerikanischen Familie mieten, statt mit anderen Bajanern da oben zusammenzuziehen. So kannst du lernen, wie es bei uns zugeht. Wenn du nämlich deine erste Ausstellung veranstaltest und mit zwei Fingern in der Nase in der Galerie herumstehst, wird keiner deine Bilder kaufen.«

»Ich *tu's* ja nicht wieder, Troy.«

»Gut. Und jetzt iß dein Gemüse. In Whittier, wenn wir da nicht unsere Teller leergegessen haben, kriegten wir keinen Nachtisch. Man konnte sich nehmen, soviel man wollte, aber was man sich einmal auf den Teller getan hatte, mußte man aufessen.«

»Ich hab' mir das Gemüse nicht auf den Teller getan«, widersprach James. »Das war Dale.«

»Ich esse dein Gemüse, James«, erbot sich Stanley. »Mir schmeckt es.«

»Wenn du noch Gemüse willst, Pop«, sagte Troy, »dann wird Dale dir welches geben. James muß sein Gemüse selbst essen.«

James rümpfte die Nase und aß.

»Ich hol' die Apfeltorte«, sagte Dale und stand auf.

»Ich möchte sie mit Eiscreme«, sagte Troy.

»Ich habe keine Eiscreme.« Dale blieb zögernd in der Tür stehen.

»Dann schneide mir 'ne Ecke Cheddar dazu ab. Käse ist mir auch recht.«

»Käse ist auch keiner da.« Dale legte eine Hand auf den Mund.

»Wenn das so ist, brauchst du mir keine Torte zu bringen. Dann will ich nur einen Kaffee.«

Dale räumte den Tisch ab und servierte Stanley und James die Apfeltorte. Sie goß allen dreien Kaffee ein und zog sich in die Küche zurück. James schaufelte sich drei Löffel Zucker in die Tasse und rührte lärmend um. Der Löffel rutschte ihm aus den Fingern und fiel auf den Boden.

»Vielleicht solltest du keinen Kaffee trinken«, sagte Troy, »wenn er dich so nervös macht.«

James warf Stanley einen Blick zu, fuhr sich mit der Zunge über die Lippen und sah wieder Troy an. »Das ist nicht der Kaffee, was mich nervös macht. Ich hab' Angst vor dem, was ich tun soll.«

»Soll ich statt dessen Mr. Sienkiewicz losschicken? Soll ein alter Mann einen Auftrag für kleine Jungs erledigen?« Troy schüttelte den Kopf und zog die Lippen in einem Blitzlächeln zurück.

»Das hab' ich nicht gesagt, Troy. Ich *will* es ja tun. Es ist nur so, daß ich so was noch nie getan habe.«

»Was ist es denn, James?« fragte Stanley. »Vielleicht kann ich dir helfen?«

»Bitte halte dich raus, Pop.« Troy hob warnend die Hand. »Du hast schon genug getan. Ich will nicht, daß du irgendwie in dieses Unternehmen verwickelt bist. Das hab' ich dir schon gesagt. Dale, James und ich sind die drei, die den größten Nutzen davon haben werden; also erledigen wir auch die Dreckarbeit. Und jeder von uns muß das tun, wozu er fähig ist. Als Oberhaupt der Familie und Leiter des Unternehmens muß ich entscheiden, was jeder zu tun hat. Du bist selbstverständlich im Ruhestand, und auch wenn du ein wichtiges Mitglied unserer kleinen Familie bist - ich hoffe, das weißt du auch -, bist du gleichzeitig unser geehrter Gast. Hier, bevor ich's vergesse - ich will dir deine Karten zurückgeben.« Troy nahm Stanleys VISA-Karte, die Versicherungskarte und eine zusammengefaltete gelbe Rechnung aus seiner Brieftasche und schob alles über den Tisch.

Stanley steckte die beiden Karten ein und sah sich die Rechnung an. Auf dem Briefkopf stand »Overseas Supply Company Inc.«, und die Adresse war ein Postfach in Miami. Am Fuße des gelben Bogens stand in Kursivschrift *Se habla Español.* Die Rechnung für »gebrauchte Jagdausrüstung« belief sich auf 1565 Dollar, aber die einzelnen Ausrüstungsgegenstände waren nicht aufgeführt. Stanleys VISA-Beleg war an die Rechnung geheftet.

»Wo ist dieser Laden?« fragte Stanley. »Die ›Overseas Supply Company‹?«

Troy lachte. »Das ist kein Laden, Pop. Es ist eine Idee. Heute ist es ein Zimmer im Descanso Hotel. Morgen ist es ein Haus in San Juan auf Puerto Rico. Jeder braucht heutzutage Jagdgeräte.«

Stanley konnte diesem Gedankengang nicht folgen. Er senkte den

Blick, faltete Rechnung und Beleg zusammen und brachte sie in seiner Brieftasche unter.

»Aber wie du siehst, Pop, hab' ich die vollen zweitausend nicht gebraucht. Und ich hab' trotzdem alles bekommen, was ich brauchte, einschließlich der neuen Hose hier: Handschuhe aus Ziegennappa, das Hemd, die Turnschuhe. Stiefel sehen zwar gut aus, aber zum Laufen, wenn man rennen muß, taugen sie einen Dreck.«

Stanley räusperte sich. »Ich habe nachgedacht, Troy. Und ich finde, fünfhundert Dollar Zinsen sind zuviel. Jetzt hast du nur fünfzehnhundert gebraucht; laß es uns auf, sagen wir, hundertfünfzig senken.«

Troy schüttelte den Kopf und lächelte James an. »Schau dir diesen Burschen an, James. Ohne Pops Hilfe säßen wir hier ohne Material, und wir müßten uns entweder auf der Straße zu mörderischen Zinsen Geld leihen oder ein halbes Dutzend Schnapsläden ausrauben. Nichts da, Pop. Du kriegst nach wie vor deine fünfhundert, und du kriegst sie Samstag abend. Aber James hier, der von der Sache sehr viel mehr profitieren wird als du, kriegt schon kalte Füße, weil ich ihn mit einem kleinen Projekt beauftragt habe.«

»Ich *mach's* doch, Troy«, sagte James hastig. »Ich hab' nie gesagt, ich mach's nicht. Ich hab' nur gesagt, ich hab' Angst, weil ich so was noch nie getan hab'.«

»Ich weiß, du wirst es machen.« Troy nickte. »Denn du mußt. Aber ich möchte nicht, daß du nervös bist. Wenn du willst, gehe ich alles noch mal mit dir durch.«

»Nehmen wir mal an, ich finde keins? Was mach' ich dann?«

»Okay, ich gehe noch mal alles durch. Zuerst fahre ich dich zur Metrorail-Station an der Brickell Avenue. Du fährst runter zur Station Dadeland North und gehst zu Fuß zum Parkplatz Dadeland. Abends um diese Zeit werden da mindestens tausend Autos parken, wahrscheinlich viel mehr. Wenigstens einer von hundert Autofahrern läßt seinen Schlüssel im Wagen, und zwar im Zündschloß. Das ist 'ne statistische Binsenweisheit; ich hab's in der Zeitung gelesen. Da gab's mal 'ne Pfadfindertruppe, die an 'nem Sonntagmorgen ihre gute Tat tun wollte. Sie ließen sich kleine Karten drucken, auf denen stand: ›Lassen Sie die Schlüssel nicht im Wagen, sonst laden Sie zum Diebstahl ein.‹ Sie stellten fest, daß in fast einem Fünftel der Autos, die sie am Westchester Shopping Center untersuchten, der Schlüssel im Zündschloß steckte. Da klemmten sie dann ihr Kärtchen unter den Scheibenwischer, verstehst du, damit die Besitzer sie fanden, wenn sie zurückkamen. Wenn du also sagst, du glaubst nicht, daß du unter *tausend* Autos in Dadeland nicht wenigstens *eins* findest, bei dem der Schlüssel steckt, dann redest du einfach einen Haufen Scheiße.

Ich könnte es selbst tun, und innerhalb von einer Stunde wäre ich mit einem schönen großen Auto für uns wieder hier, aber ich will, daß du es tust, als Teil deiner praktischen Ausbildung. Ich habe anderes zu tun. Dale kann nicht gehen, weil ihr Gesicht zu auffällig ist, auch wenn sie den Wagen nachher fahren wird. Außerdem mußt du wegen Dale einen Wagen mit Automatikgetriebe nehmen. Einen Schaltwagen kann sie nicht fahren. Was hab' ich dir sonst noch gesagt?«

»Dunkelblau oder schwarz, hast du gesagt.«

»Richtig. Aber eine andere dunkle Farbe tut's auch. Komm nur nicht mit 'nem knallgelben oder roten Auto an, denn dann schick' ich dich gleich wieder zurück. Und einen Geländewagen will ich auch nicht, mit lauter Chrom und diesen Reifen mit den dicken weißen Buchstaben drauf. Verstanden?«

»Ich bin bereit«, sagte James und stand vom Tisch auf.

»Was tust du denn, Troy?« fragte Stanley. »Schickst du James etwa los, damit er ein Auto stiehlt?«

»Ich versuche, dich da rauszuhalten, Pop. Du solltest dir deine Fragen wirklich verkneifen, bis alles vorbei ist. Aber die Antwort ist: Nein, James wird kein Auto stehlen. Er wird uns ein Auto für unser Unternehmen *beschaffen*, und später, am Sonntag morgen, werden wir damit zum Flughafen fahren. Dem Besitzer werden wir per Postkarte mitteilen, wo wir es am Flughafen abgestellt haben, und ich werde eine großzügige Mietgebühr für die Benutzung ins Handschuhfach legen. Ich garantiere dafür, daß derjenige, dessen Wagen wir benutzen, davon profitieren wird. Kannst du mir folgen? Du siehst, ich erkläre dir im Laufe des Unternehmens alles, was du wissen mußt.«

Stanley nickte. »Klar, Troy. Nur, wie du darüber sprachst, klang es, als sollte James ein Auto stehlen; das ist alles.«

»Zwischen Mieten und Stehlen ist ein himmelweiter Unterschied, Pop. Während ich James zur Station Brickell rüberfahre, kannst du unten in der Garage nachsehen, ob du nicht 'n paar Metallsägeblätter findest. Auf der Werkbank, wo James seine Farben aufbewahrt, ist ein Schraubstock, und ich erinnere mich, unter der Bank einen Werkzeugkasten gesehen zu haben. Wenn ich dann zurückkomme, kannst du mir helfen.«

Troy und James fuhren mit dem Morris davon, und Stanley ging in die Küche. »Das Essen war gut, Dale, und es hat mir wirklich geschmeckt. Soll ich Ihnen den Müllsack in den Hof tragen?«

»Nein, das mach' ich besser selbst.« Die Tränen liefen ihr über die Wangen. »Sie müssen nach den Sägeblättern suchen, wie Troy gesagt hat. Wenn er Ihnen sagt, Sie sollen etwas tun, dann meint er, was er sagt. Woher sollte ich denn wissen, daß er Eiscreme auf seine Torte haben will? Wenn er es mir gesagt hätte, dann hätte ich Eis besorgen können, und Käse auch. Wenn Sie wüßten, wie oft im Leben ich zurückgestoßen worden bin, Mr. Sienkiewicz, dann hätten Sie Mitleid mit mir.«

»Ich habe schon Mitleid mit Ihnen, Dale. Deshalb habe ich Troy doch das Geld geliehen, das er brauchte.«

»Hab' ich Ihnen von dem Anwalt erzählt, mit dem ich mal in Coconut Grove zusammengelebt hab'?« Dale wischte sich mit nassen Händen durch die Augen und mußte dann die trockene Ecke eines Geschirrtuchs benutzen, um die Seife aus den Augen zu entfernen. »Zwei Monate hatte ich mit ihm in seinem Apartment gewohnt, wissen Sie, und ich dachte, er hätte mich wirklich gern. Herrgott, jeden Morgen, bevor er in sein Büro ging, hab' ich ihm einen geblasen, und nie hat er sich bei mir beschwert. Dann, eines Nachts, es war schon nach Mitternacht, sagte er: ›Hol deinen Mantel.‹ Ich hatte ein Nachthemd an; also fing ich an, mich anzuziehen. Da sagte er: ›Nein, nur den Mantel.‹ Ich hatte einen Pelzmantel, den er mir geschenkt hatte, aber den hatte ich noch nie getragen. Es war 'n guter Pelz – gefärbtes Kaninchen –, aber hier unten braucht man nie einen Pelzmantel. Jedenfalls, ich zog ihn über mein Nachthemd und schlüpfte in ein Paar Sandalen. Ich hatte kein Höschen, keine Strumpfhose und auch sonst nichts weiter an. Nur das Nachthemd und den Pelzmantel. Wir stiegen in seinen Mercedes, und er fuhr in die Stadt, zum Biscayne Boulevard, und da hielt er an und befahl mir, auszusteigen. Nichts weiter. Kein Wort des Lobes oder des Dankes – nichts. Und das nach zwei Monaten. Ich hatte keine Handtasche, keine Kleider, kein Geld, nichts. Zu meinem Glück hielt gleich, nachdem er weggefahren war, ein anderes Auto an – ein Versicherungsmann aus Hialeah. Wir fuhren zu einem Motel in der 79th Street, und ich war wieder im Geschäft. Aber mein Leben lang bin ich immer wieder auf diese Weise verstoßen worden, und manchmal glaube ich einfach nicht, daß ich es noch mal aushalten könnte.«

»Zum Glück haben Sie ja jetzt Troy.« Stanley tätschelte ihr die Schulter. »Ich bin sicher, er wollte Sie wegen der Eiscreme nicht kränken. Sie haben doch gesehen, wie er James dazu gebracht hat, sein Gemüse zu essen. Das zeigt, mit welchem Zartgefühl er darauf achtet, daß man Sie nicht kränkt. Beim nächsten Mal wissen Sie jetzt, daß Sie Eiscreme besorgen müssen, wenn Sie Apfeltorte machen.«

»Ich schätze, ich sollte es von der guten Seite aus betrachten, hm?«

Dales verzerrtes, zahnloses Lächeln veranlaßte Stanley, sich abzuwenden. »Ich finde Sie sehr nett, Mr. Sienkiewicz, und wenn Sie mal Lust auf ein bißchen Action haben, und Troy ist nicht in der Nähe, dann sagen Sie mir einfach Bescheid. Ja?« Freundschaftlich wollte sie Stanley zwischen die Beine greifen, aber er wich zurück, bevor sie ihn berühren konnte.

»Ich gehe jetzt besser nach unten in die Garage und suche nach den Sägeblättern.«

Stanley fand einen eisernen Werkzeugkasten unter der Werkbank, aber er hatte offengestanden, und die unbenutzten Werkzeuge waren verrostet, weil sie so lange der feuchten Luft ausgesetzt gewesen waren. Ein halbes Dutzend in Wachspapier gewickelte Metallsägeblätter war auch dabei, und die verrostete Säge war brauchbar. Die Garage war von mehreren 150-Watt-Birnen unter der Decke hell erleuchtet. Eine der schirmlosen Glühbirnen hing direkt über James' Staffelei, so daß er auch abends malen konnte. Stanley schaute sich James' Gemälde an, bis Troy zurückkäme; James, dachte er, hatte Glück, daß er keine Gegenstände benötigte, um zu malen. Der Bajaner konnte bei Tag und bei Nacht malen, wann immer er dazu Lust hatte – es kam nicht darauf an. Stanley fragte sich, ob James wohl irgendwelche Gegenstände würde malen müssen, wenn er oben in New York bei der Art Students League studierte. Wenn sie das von ihm verlangten, saß er aber in der Tinte ...

Troy kehrte mit dem Morris zurück und parkte neben Stanleys Honda. Troy zeigte ihm die Sägeblätter, und Troy ging nach oben, um sein, wie er sagte, »neues, aber gebrauchtes Schrotgewehr« zu holen. Er kam damit in die Garage zurück, spannte das Schrotgewehr in den Schraubstock und sägte die Läufe ab, so dicht am Schaft, wie es nur ging. Dann spannte er das Gewehr umgekehrt ein und sägte den Kolben ab. Durch das Holz zu schneiden, dauerte sehr viel länger als das Kürzen der stählernen Läufe. Als Troy fertig war, sah die Waffe merkwürdig aus. Er würde sie wie eine Pistole halten müssen, um damit zu schießen. Stanley fand sie unhandlich.

»Wird dir das Ding nicht aus der Hand fliegen, wenn du damit schießt?« fragte Stanley. »Und genau zielen kannst du auch nicht, wenn du damit auf Taubenjagd gehst.«

»Ich werde doch nicht damit *schießen*, Pop. Du lieber Himmel, da sind nachher Doppel-Null-Patronen drin. Wenn ich damit, vor allem auf kurze Distanz, schieße, dann fetze ich einem Mann große Löcher in den Körper. Ich hab' nur die Läufe abgesägt, damit es nicht aussieht wie eine Sportflinte, die man im Sears-Katalog finden kann, sondern wie ein abgesägtes Schrotgewehr, was es jetzt auch ist. Das ist ein psychologischer Trick, Pop. Einen langen Lauf assoziieren die Leute mit der Vogeljagd. Aber ein abgesägtes Schrotgewehr assoziieren sie mit Gangsterfilmen, und dann haben sie Angst. Auf diese Weise braucht man auf niemanden zu schießen; es genügt, wenn man das Ding vorzeigt. Wenn ich doch schießen sollte, dann werde ich in die Decke schießen oder so was; in der Jackentasche hab' ich dann ein paar Ersatzpatronen.«

»Es sieht jedenfalls bösartig aus, und für die Vogeljagd hast du es verdorben.«

»Zielgenauer – oder bösartiger, wie du es nennst – war es mit langem Lauf, Pop, und daß ich recht habe, hast du gerade bestätigt. Aber ich würde niemals mit einem Schrotgewehr auf Vögel schießen. Ich finde, jede Art von Jagd stinkt, und ich bin dagegen. Jagen ist nur dann gerechtfertigt, wenn du dich im Wald verirrt hast oder so was; dann mußt du einen Vogel oder ein Kaninchen umbringen, damit du überlebst. Aber die Jagd als Sport ist grausam. Man sollte sie verbieten. Bist du anderer Meinung?«

»Ich esse gern Wachteln, und ich hatte einen Nachbarn oben in Hamtramck, der –«

»Ich will davon nichts hören, Pop. Wenn du Wachteln essen willst, kann Dale dir im Supermarkt welche kaufen. Soviel du willst. Sie werden für den Zweck gezüchtet, und man kann sie frisch eingefroren kaufen. Du jagst doch nicht, oder?«

»Nein, ich nicht, aber ich hatte diesen Nachbarn, der ging immer –«

»Ich habe gesagt, ich will nichts davon hören. Wo ist Dale?«

»Nachdem sie gespült hatte, ist sie, glaube ich, unter die Dusche gegangen. Ich habe vor einer Weile das Wasser laufen hören.«

»Was hältst du von Dale, Pop – jetzt, wo du sie kennengelernt und Gelegenheit gehabt hast, mit ihr zu sprechen?«

»Sie scheint ganz nett zu sein. Ein bißchen direkt vielleicht.«

»Hat sie dich vollgequatscht, während ich weg war?«

»Ach, ich weiß nicht. Ein bißchen vielleicht. Sie war bedrückt, weil du die Apfeltorte nicht gegessen hast.«

»Das war meine Schuld, nicht Dales. Ich muß ihr eine Liste machen und aufschreiben, was ich mag und was ich nicht mag; dann können ihr solche Fehler nicht mehr unterlaufen. Ich kann es ihr nicht zum Vorwurf machen, wenn ich etwas versäume. Aber sie wird noch früh genug lernen, was ich mag und was nicht. Es ist ihr Gesicht, was sie so empfindsam macht, Pop. Dale ist ihr Leben lang immer wieder zurückgewiesen worden; wenn sie dir also einen Fick anbietet, solltest du ihr den Gefallen tun, denn sonst wird sie denken, du magst sie nicht.«

»Ich mag sie, Troy, aber ich habe so was seit drei oder vier Jahren nicht mehr getan, und ich glaube, ich habe kein Verlangen mehr danach. Aber wenn noch Koteletts übrig sind, dann hätte ich nichts gegen ein kaltes Kotelett-Sandwich einzuwenden, ehe ich schlafen gehe.«

»Gut. Ich werde Dale sagen, wie du die Dinge siehst, und ich weiß, sie wird dir nachher mit Vergnügen ein Sandwich machen. Wenn du willst, kannst du auch mein Stück Apfeltorte und ein Glas warme Milch bekommen.«

»Lieber hätte ich ein Kotelett-Sandwich.«

Die verkürzte Waffe klemmte immer noch im Schraubstock. Troy nahm die Feile und glättete die Enden der rauh und ungleichmäßig abgesägten Läufe. Dann schliff er die Splitter vom Kolben ab.

James kam in einem marineblauen Chrysler New Yorker in den Hof gefahren und parkte neben dem Honda und dem Morris Minor. Neben dem großen Chrysler sahen die beiden ausländischen Autos zwergenhaft klein aus. James hupte einmal und sprang dann aus dem Wagen, als ob er in Flammen stünde. Er kam auf sie zu und rang die Hände.

»Oh, es ist etwas Schreckliches passiert, Troy! Und ich wußte nicht, was ich machen sollte! Ich wurde gejagt, und wenn ich es nicht geschafft hätte, an der Ausfahrt Miller einen Pickup zu schneiden, hätten sie mich bestimmt geschnappt!«

»Du hast doch niemanden hierher geführt, oder?«

»Nein, darauf habe ich geachtet. Aber ich wollte doch das Baby nicht mitnehmen! Ich hab's da hinten nicht gesehen, als ich mich in den Wagen setzte. Da stand so 'ne alte Lady mit lauter Paketen am Straßenrand in Dadeland, und 'ne jüngere Frau saß am Steuer –« Er versuchte, zu Atem zu kommen. »Und als die Frau ausstieg, um der alten Lady mit ihren Paketen zu helfen, sprang ich 'rein und fuhr weg. Die Schlüssel steckten, und der Motor lief. Die beiden Frauen rannten hinter mir her, und dann jagte mich ein Taxi den Kendall Drive hinunter. Ich fuhr über 'ne rote Ampel, und er auch, dicht hinter mir, die ganze Palmetto runter bis zur Miller –«

»Was für ein Baby?« fragte Troy; er ging zu dem New Yorker hinüber und öffnete die hintere Tür. »Oh, Scheiße«, sagte er, als er das auf seinem Kindersitz angeschnallte Baby auf dem Rücksitz erblickte.

»Ich hab' nicht hinten reingeguckt, Troy. Dazu war keine Zeit. Ich hab' nur den Wagen genommen; ich hatte ja bloß ein oder zwei Sekunden Zeit, um reinzuspringen und loszufahren. Und er fing erst an zu weinen, als ich auf dem Kendall Drive war.«

»Das ist ein hübsches Auto, James – genau das, was ich haben wollte. Aber jetzt ist es für uns nutzlos. Jedermann in der Stadt wird die Augen nach diesem Auto offenhalten. Ich habe versucht, an alles zu denken, aber ich habe dir nicht gesagt, du sollst kein Auto mit einem Baby drin klauen. Ich dachte, du hättest mehr Grips im Kopf.«

»Ich hab' ihn nicht *gesehen*«, wiederholte James. »Und als das Taxi anfing, hinter mir herzujagen, konnte ich doch nicht mehr anhalten und aussteigen. Erst mußte ich den Kerl abhängen.«

»Was ist es denn?« fragte Stanley. »Ein Junge oder ein Mädchen? Es ist ja völlig eingewickelt –«

»Es ist ziemlich scheißegal, ob es ein Junge oder ein Mädchen ist, Pop«, unterbrach ihn Troy. »Was immer es ist, sie werden es zurückhaben wollen, und die Cops werden das ganze gottverdammte County nach diesem New Yorker absuchen. Stecken die Schlüssel noch, James?«

»Ja, Sir.«

»Ich hab' dir schon mal gesagt, du sollst mich nicht so anreden, James. Wir sind hier alle gleich; also will ich von dieser Ja-Sir-Nein-Sir-Scheiße nichts mehr hören. Ich habe nur gefragt, ob die Schlüssel noch stecken.«

James nickte und schluckte. Die Nacht war heiß und schwül, und sein Hemd war naßgeschwitzt. Das Wasser lief ihm über das gerötete Gesicht, als wäre er mit einem Schlauch abgespritzt worden.

»Okay«, sagte Troy. »Ich werde dieses Auto verschwinden lassen und mit einem anderen zurückkommen. Ihr beide geht nach oben; aber erzählt Dale nichts von dem Baby. Frauen regen sich über solche Mißverständnisse auf. Ich weiß nicht, wann ich zurückkomme, aber wenn ich zurückkomme, James, dann werde ich dich für diesen Fehler bestrafen müssen; ich hoffe, das ist dir klar.«

James nickte und wischte sich mit den Fingern durchs Gesicht. »Es ist aber nicht ganz und gar meine Schuld, Troy. So was kann doch vorkommen.«

»Ich verstehe das. Und ich werde auch berücksichtigen, daß du als Ausländer mit einem Studentenvisum hier bist. Aber wenn ich dich nicht irgendwie bestrafe, könnte es sein, daß du weitere, noch ernstere Fehler begehst. Also geht jetzt nach oben, alle beide. Und bitte Dale, dir dein Kotelett-Sandwich zurechtzumachen, Pop.«

»Im Moment möchte ich keins.«

»Wann immer du eins möchtest.«

Troy nahm sein Schrotgewehr aus der Zwinge, lud es und steckte ein paar Reservepatronen in die Tasche seines Guayabera-Hemdes. Dann stieg er in den Chrysler New Yorker, setzte zurück, wendete und fuhr vom Hof.

James ging unter die Dusche und zog eine saubere Jeans an. Die alten Jeans, die er in Dadeland getragen hatte, waren fleckig, weil er sich in die Hose gepinkelt hatte, als er von dem Taxi gejagt worden war. James rollte die verschmutzte Jeans zu einem Knäuel zusammen und trug sie zusammen mit den Mülltüten zum Abfalleimer in den Hof hinunter.

Stanley zog sich bis auf die Unterhose aus und legte sich auf der Veranda ins Bett. Es war zu warm, um sich mit einem Laken zuzudekken, wenngleich es durch die Brise, die von der Bay heraufstrich, auf der Veranda ein wenig kühler war als im Wohnzimmer. Der Mond schien, und durch sein Fenster konnte er alles sehen, was im Hof war. Das riesige, zweistöckige Haus ragte als bedrohliche Masse jenseits des Lichtkreises, der von den Glühbirnen in der Garage in den Hof geworfen wurde. James schlief, offenbar erschöpft, auf der Couch im Wohnzimmer, nackt bis auf seine Jeans. Stanley konnte nicht schlafen. Er machte sich Sorgen um Troy, der mit dem Baby auf dem Rücksitz in der Stadt herumfuhr. Wenn sie ihn mit dem Auto erwischten, würden sie ihn nicht nur wegen Autodiebstahls, sondern auch wegen Kindesentführung vor Gericht stellen. Troy hätte James den Auftrag geben sollen, das Auto nach Dadeland zurückzubringen. Aber das war nicht seine Art: Troy war zu verantwortungsbewußt, trotz aller Fehler, die er sonst hatte.

Dale kam im Nachthemd auf die Veranda und setzte sich auf die Bettkante. »Haben Sie was dagegen, wenn ich mich hier zu Ihnen lege, Mr. Sienkiewicz? Nur bis Troy zurückkommt. So ganz allein kann ich nicht schlafen. Ich fürchte mich in dem riesigen Schlafzimmer, wenn niemand bei mir ist.«

»Von mir aus. Aber kuscheln Sie sich nicht an mich. Für so was ist es zu heiß.«

Dale rollte sich zu einer Kugel zusammen, seufzte einmal und schlief ein. Einen Augenblick später schnarchte sie durch ihre zerstörte Nasenscheidewand.

Es war lange nach zwei Uhr, als Troy mit einem dunkelblauen Lincoln in den Hof gefahren kam und an der hinteren Veranda des zweistöckigen Hauses parkte. Stanley weckte Dale und schickte sie ins Schlafzimmer zurück. Troy kam die Treppe herauf, weckte James und flüsterte ihm etwas zu, das Stanley nicht verstand. Die beiden gingen wieder nach unten. Das Licht in der Garage wurde ausgeschaltet. Ohne das Licht konnte Stanley sie auf dem Hof kaum sehen, als sie zum Lincoln gingen. Er hörte, wie der Kofferraum geöffnet und wieder zugeschlagen wurde. Für ein paar Minuten ging das Licht im großen Haus an, dann erlosch es wieder. Etwa zehn Minuten vergingen, und dann kamen die beiden Männer leise die Treppe herauf. Stanley stellte sich schlafend. James legte sich wieder auf die Couch, und Troy ging ins Schlafzimmer und schloß die Tür.

Jetzt, da Troy unversehrt wieder da war, wurde Stanley so schläfrig, daß er die Augen kaum noch offenhalten konnte. Aber warum sollte er sie schließlich auch offenhalten? Einen Moment lang fragte er sich, was Troy und James im großen Haus getan haben mochten; vermutlich hatte Troy mit James geschimpft, weil er das Auto mit dem Baby genommen hatte. Aber es war nicht so wichtig. Wie Troy gesagt hatte, wenn er es wissen mußte, würde er es erfahren. Schließlich war er hier Gast und nicht Mitarbeiter des Unternehmens.

15

Hoke trug zwar seine Badehose unter dem Overall, aber als er Helens Apartment betreten hatte, entschied er, lieber nicht im Pool zu schwimmen. In seiner rechten Schulter pochte es, und er rieb sie kräftig. Das Massieren half nichts. Er hatte eine leichte Schleimbeutelentzündung, die periodisch kam und ging und die jetzt wieder da war, weil er Skinner mit allzu heftigem Schultereinsatz in den Bauch geschlagen hatte. Es hatte ihm Spaß gemacht, Skinner zu schlagen – beide Male –, und er hätte nichts dagegen gehabt, stehenden Fußes wieder ins Penthouse hinaufzufahren und es noch einmal zu tun. Aber er würde den Millionär nie wieder schlagen, und er hätte es wohl auch von vornherein nicht tun sollen. Zweifellos hing Skinner in diesem Augenblick am Telefon und sprach mit seinem Anwalt, um sich für fünfundzwanzig Dollar die Minute einen Rat geben zu lassen.

Und was würde der Anwalt ihm sagen? Wenn Skinner einen guten Berater hatte – und daran war nicht zu zweifeln –, würde dieser ihm raten, sein Glück nicht herauszufordern. Damit wäre die Sache beendet. Hoke war nicht zornig, obwohl Skinner ihn offenbar für dumm hatte verkaufen wollen, denn sonst hätte er ihn bei ihrer ersten Begegnung am Strand nicht so hinterhältig gefragt, ob er etwas über die sogenannten Einbrüche wisse.

Hoke sah sich ohne Neugier in Helens Zweihunderttausend-Dollar-Apartment um; er betrachtete die beigefarbenen Ledersessel und den Dufy-blauen Teppichboden, in dem die Töne des Swimmingpool-Gemäldes von Hockney über der fünfsitzigen Couch wiederkehrten. Er kam zu dem Schluß, daß Skinner vom Leben im Supermare ebenso angeödet sein mußte, wie Helen es gewesen war. Wie John Maynard Keynes, der, wie es hieß, jeden Morgen den Telefonhörer abgenommen und zwei- oder dreihundert Pfund verdient hatte, ehe er überhaupt aufgestanden war, führte Skinner ein langweiliges Leben. Wenn er morgens den Markt begutachtet und Aktien ge- und verkauft hatte, wußte er nicht, was er mit dem Rest seiner Zeit anfangen sollte. Helen hatte in ihrem vom Innenarchitekten ausgestatteten Apartment mit ihrer Zeit auch nichts anzufangen gewußt, und deshalb war sie zu Frank gezogen. Sie schlief zwar immer noch bis mittags, aber sie hatte zumindest inzwischen angefangen, sich an ein paar sozialen Aktivitäten zu beteiligen, und sie und Frank konnten jederzeit darüber diskutieren, welches Fernsehprogramm sie sich am Abend ansehen wollten. Die Tatsache, daß sie nie dazu gekommen waren, tatsächlich zu heiraten, war eigentlich gar nicht von Bedeutung.

Das geräumige Apartment hatte zwei Schlafzimmer, zwei Bäder und einen riesigen begehbaren Kleiderschrank. Nur wenige von Helens Kleidern hingen hier. Auf allem lag eine Staubschicht, und eine Anthurie, die sich in einem verzweifelten Fünfundvierzig-Grad-Winkel dem Fenster zuneigte, war mangels Sonne und Wasser erschlafft und gestorben.

Hoke schenkte sich aus einer angebrochenen Flasche Booth's Gin, die auf der Bar neben der TV-Hifi-Konsole stand, zwei Fingerbreit in ein Glas. Die Kühlschranktür stand offen; ein gelber Küchenschemel verhinderte, daß sie zufiel, und der Stecker war aus der Dose gezogen. Also trank er seinen Gin ohne Eis. Abgesehen von Helens Meerblick – und der war ausgezeichnet, vor allem vom Schlafzimmer aus, wo die Fenster vom Boden bis zur Decke reichten – war ihr Apartment, fand Hoke, keine zweihunderttausend Dollar wert – genaugenommen war das *kein* Apartment. Wenn die Bewohner des Supermare sich morgens ihre Aussicht angeschaut hatten, was fingen sie dann mit dem Rest des Tages an?

Es war klug, daß Frank jeden Tag in sein Haushaltswarengeschäft ging; zu diesem Schluß kam Hoke, als er unten in der Lobby die Kette von Aileens Fahrrad aufschloß. Natürlich hatte Frank nur noch wenig oder gar nichts mit der Geschäftsführung zu tun. Mrs. Renshaw leitete die Geschäfte in jeder Hinsicht. Aber Frank hatte sein privates Büro in den hinteren Räumen, und er telefonierte viel. Ein Vermögen zu verwalten brachte eine große Verantwortung mit sich. Gelegentlich, wenn Frank sein Büro verließ, um zur Bank zu gehen oder mit seinem Anwalt zu sprechen, bediente er einen Kunden – nur um die Hand im Spiel zu behalten. Aber wenigstens hatte er einen Ort, zu dem er morgens gehen konnte.

Was hatte er, Hoke, jetzt, nachdem er beschlossen hatte, den Polizeidienst aufzukündigen? In Miami hatte sein Leben sich – von seinem Job und seinen beiden Töchtern einmal abgesehen – in Scheiße verwandelt, in ein großes *nada.* Aber als sie auch im Department angefangen hatten, ihn zu überlasten und mit Scheiße zuzudecken, hatte sein unbewußter Verstand offenbar auch gegen die Arbeit rebelliert. Und jetzt waren seine beiden Töchter ebenfalls so gut wie fort, oder sie würden es bald sein.

Hoke hatte so großes Mitleid mit sich selbst, daß ein weißes Mercury-Cabrio ihn fast auf den Asphalt gewalzt hätte, weil er mit seinem Fahrrad mitten auf dem Ocean Boulevard herumwackelte. Bevor er am Parkplatz der Mall angekommen war, stieg Hoke ab und schob das Rad den Rest des Weges bis zum »El Pelicano«. Er schloß das Fahrrad in das kleine Büro im Erdgeschoß und beschloß, die Rumpelkammer ein andermal aufzuräumen.

Die Tür zu Hokes Apartment stand offen. Er wußte, daß er sie abgeschlossen hatte, als er gegangen war; also stellte er sich seitlich daneben und trat sie mit dem Fuß auf. Major Willie Brownley, Leiter des Morddezernats im Miami Police Department, Hokes Chef, saß am Eßtisch und spielte Klondike mit Hokes Kartenspiel. Vor ihm auf dem Tisch dampfte eine Tasse Kaffee, und er rauchte eine Zigarre. Er blickte auf, als Hoke hereinkam, und klopfte die Asche von seiner Zigarre in die Untertasse seiner Kaffeetasse.

»Wie ich höre, sind Sie jetzt Verwalter in diesem Apartmenthaus«, sagte Brownley; er zählte drei Karten ab und betrachtete eine Herz Drei. Der Chief trug ein »Miami Dolphins«-T-Shirt mit der Nummer 12; in weißen, aufgenähten Lettern stand »Free Mercury Morris« auf der Brust. Hoke hatte den Major selten ohne Uniform gesehen; der Schwarze, der entspannt an seinem Eßtisch saß, war ein merkwürdiger Anblick.

»Ich – ich versuch's, Willie«, brachte Hoke endlich hervor. »Wie sind Sie reingekommen?«

»Mit einem Passepartout. Ich hab' mich ein Weilchen unten herumgetrieben und auf Sie gewartet, aber die Leute haben mich ständig so komisch angeguckt, als ob sie noch nie 'nen Schwarzen gesehen hätten. Deshalb hab' ich beschlossen, hier oben in Ihrem Apartment zu warten. An Ihrer Stelle, Hoke, würde ich mir ein Riegelschloß anbringen lassen – vor allem, wenn Sie sich anderswo hin verpissen, statt hierzubleiben und Ihre Apartments zu vermieten.«

»Ich hatte etwas anderes zu erledigen.«

»Wissen Sie, die Karo Zehn und die Kreuz Vier fehlen in diesem Spiel, und ich glaube, Sie spielen mit gezinkten Karten. Ich habe zwei Spiele verloren, bevor ich's gemerkt habe.« Der Major schob die Karten zusammen und mischte sie. Willie Brownleys Gesicht hatte die Farbe einer Aubergine, und seine Mundwinkel waren scharf abwärts gebogen. Sein graues krauses Haar war kurzgeschnitten, und über die linke Seite zog sich ein rasiermesserscharfer Scheitel. Das gelbliche Weiß seiner Augen ließ ihn aussehen, als habe er einen Leberschaden.

»Setzen Sie sich«, sagte Brownley. Er legte die Karten hin und deutete mit der linken Hand auf einen Stuhl. »Zwingen Sie mich nicht, zu Ihnen aufzuschauen, Sie hinterhältiger Hund.«

»Wer ist hier hinterhältig?« Hoke setzte sich dem Chief gegenüber. »Sie sind in meine Wohnung eingedrungen.«

»Sie und Bill Henderson sind nicht halb so gerissen, wie Sie glauben, Hoke. Ich habe Ihren Antrag auf unbezahlten Noturlaub unterschrieben, weil ich Henderson geglaubt habe, als er sagte, Ihr Vater liege im Sterben. Aber daß ich ihm zunächst glaubte, bedeutete nicht, daß ich es nicht später überprüfen würde. Und das hab' ich getan. Ihr Daddy erzählte mir am Telefon, es ginge ihm prima. Sie wären anscheinend wieder ganz der alte, und es wäre nett, Sie daheim zu haben. Dann wies ich meine Sekretärin an, Ellita anzurufen. Ellita gab Rosalie natürlich einen umfassenden Bericht und erzählte ihr, daß Sie unter ärztlicher Aufsicht hier oben auf Singer Island wären. Da nahm ich mir Bill Henderson vor, und er verriet mir, was wirklich passiert war. Zum Lohn für Bills unloyales Verhalten hab' ich ihm alle Ihre unbearbeiteten Mordfälle übertragen – zusätzlich zu seinen anderen Aufgaben selbstverständlich. Damit dürfte er vorläufig so beschäftigt sein, daß er ein paar Wochen lang nicht dazu kommen wird, noch irgend etwas anderes vor mir zu vertuschen. Während ich über verschiedene womöglich anzuwendende Disziplinarmaßnahmen nachdachte, habe ich mich gefragt, weshalb Sie nicht mit Ihren Problemen zu mir gekommen sind, auch wenn es imaginäre Probleme waren. Sicherlich, dachte ich, traut Hoke mir doch inzwischen zu, daß ich das richtige tue. Hoke –« Brownley schüttelte den Kopf und klopfte sich mit der flachen Rechten auf die Brust »– es tut mir hier weh, mitten drin, daß mein Vertrauen zu Ihnen verletzt worden ist.«

Hoke räusperte sich. »Ich kann Ihnen das nicht erklären, Willie. Aber ich habe nicht versucht, Sie zu übergehen oder so was. Es hat mich plötzlich überwältigt, das ist alles, und ich hatte 'ne Art Blackout. Was mir fehlte, war vermutlich ein bißchen Ruhe. Ich hatte hart gearbeitet, und –«

»Ersparen Sie mir Ihre Labergeschichten, Hoke. Mike Sheldon hat mich angerufen.«

»Wer?«

»Mike Sheldon. Der Polizeichef von Riviera Beach. Wollen Sie jetzt noch so tun, als hätten Sie nicht mit ihm gesprochen?«

»Ach so, klar, Chief Sheldon. Den hab' ich bei meinem Vater getroffen. Scheint ein ganz netter Kerl zu sein. War früher beim Morddezernat in New Jersey. Was ist daran nicht in Ordnung?«

»Er hat mich angerufen und mich um ein Empfehlungsschreiben gebeten, das ist daran nicht in Ordnung. Anscheinend haben Sie sich in seinem Revier um eine Lieutenantsstelle beworben, und er wollte etwas Schriftliches von mir, damit er den Papierkram erledigen kann.«

»Er hat mir versuchsweise ein Angebot gemacht, aber ich habe abgelehnt, Willie. Ich habe ihn nicht *gebeten*, mir –«

»Quark! Was mir wehtut, Hoke, ist, daß Sie hinter meinem Rücken hantiert haben. Wieso haben Sie mir nicht gesagt, Sie wollen Lieutenant werden? Wie oft hab' ich Ihnen in den letzten drei Jahren vorgeschlagen, die Prüfungen abzulegen?«

»Ein paarmal. Aber ich habe Ihnen gesagt, ich will nicht Lieutenant werden.«

»Sie meinen, Sie wollen nicht Lieutenant in Miami werden und für mich arbeiten, aber Sie möchten gern hier oben Lieutenant sein und für die Hälfte des Gehaltes arbeiten, das Sie als Sergeant jetzt schon verdienen. Darin steckt doch kein Sinn.«

»Nein, ich will auch hier oben kein Lieutenant sein. Es stimmt, ich habe den Plan, vorzeitig aus dem Polizeidienst auszuscheiden, aber ich gehe nicht nach Riviera, Willie. Der Job ist zuviel für mich – das glaube ich zumindest. Eigentlich weiß ich es nicht mehr.«

»Aber wenn Sie einen leichteren Job wollten, weshalb sind Sie dann nicht zu mir gekommen? Meine Tür ist immer offen.«

»Ich *bin* zu Ihnen gekommen! Ich habe ein dutzendmal wegen meiner Überlastung gemeckert, um Himmels willen.«

»Jeder hat viel zu tun, Hoke. Habe ich Ihnen nicht Speedy Gonzales als Assistenten gegeben?«

»Der verbringt die Hälfte seiner Zeit an Tankstellen und fragt dort nach dem Weg –«

»Er lernt die Stadt kennen, Hoke, und was Sie sagen, bestätigt, daß ich recht habe. Es dauert lange, einen Mann für die Arbeit im Morddezernat auszubilden, und deshalb kann ich mir nicht leisten, Sie an ein Kuhkaff wie Riviera Beach zu verlieren. Verflucht, Sie würden hier doch an Langeweile eingehen. Und daß sie dieses kleine Apartmenthaus hier nicht verwalten können, haben Sie bereits bewiesen.«

»Wieso?«

»An Ihrer Tür hing ein Zettel, auf dem stand, wann Sie zurück sein würden. Und irgendein alter Spießer aus Alabama, der mich für den Hausmeister hielt, hat mich gebeten, sein Klo zu reparieren. Er sagt, er kann noch so lange am Griff wackeln, die Spülung hört nicht auf zu laufen. In solchen Fällen sollten Sie mal was unternehmen.«

»Der soll mich am Arsch lecken.«

»Sehen Sie, was ich meine? Hier, ich hab' was für Sie.« Brownley klappte seinen Aktenkoffer auf, der auf einem Stuhl neben ihm lag, und nahm einen großen braunen Umschlag heraus. »Sie brauchen ihn jetzt nicht aufzumachen, Hoke, aber wenn Sie wieder bei Sinnen sind, können Sie's vielleicht gut gebrauchen. Ich trage Sie für die Leutenantsprüfung im nächsten Monat ein. In Teil zwei der Prüfung müssen Sie selbst einen Aufsatz schreiben, aber hier sind sämtliche hundertfünfzig Antworten auf die Multiple-Choice-Fragen in Teil eins. Wenn Sie die Antworten auswendig lernen, müßten Sie die Nummer eins auf der Liste sein, wenn die Ergebnisse bekanntgegeben werden. Bei der nächsten freien Stelle werden nur Bewerber aus ethnischen Minderheiten vor Ihnen Priorität haben; es liegt am Integrationsprogramm, und dagegen bin ich machtlos. Aber davon abgesehen müßten Sie Nummer eins auf der Bewerberliste sein.«

Mit dem Daumennagel schlitzte Hoke den Umschlag auf und nahm die fotokopierten Blätter heraus.

»Ich sage doch, Sie brauchen ihn jetzt nicht aufzumachen«, sagte Brownley. »Wenn Sie all diese Antwortblätter auswendig lernen wollen, müssen Sie ein paar Stunden lang ununterbrochen studieren.«

Hoke lachte. »Zum Teufel, das sind doch keine Antworten, Willie. Das sind Buchstaben. Ohne die Fragen, die dazugehören, ergibt es doch keinen Sinn.«

»Es braucht keinen Sinn zu ergeben, und die Fragen brauchen Sie auch nicht zu kennen. Kopien von den Fragebögen konnte ich auch nicht bekommen. Die richtigen Antworten sind alle angestrichen; Sie müssen sie also nur in ihrer Reihenfolge auswendig lernen. Sehen Sie? Nummer eins ist C. Nummer zwei ist A. Nummer drei ist wieder C. Sie lesen das wieder und wieder durch, bis Sie es im Kopf haben und wie von einer Tafel ablesen können. Verflucht, Sie haben einen Monat Zeit. Jetzt gebe ich Ihnen einen Finger, und Sie wollen die Hand, um Himmels willen.«

Hoke schob die Blätter wieder in den Umschlag. »Warum tun Sie das, Willie?«

»Ich möchte Sie in meinem Dezernat behalten, und ich mag Sie, Hoke. Ich bin auch auf den Gedanken gekommen, daß ich Sie vielleicht wirklich zu sehr beansprucht habe. Aber so geht es immer. Wer mehr kann als andere, kriegt auch mehr zu tun. Aber ich sag's Ihnen jetzt gleich – wenn Ihr Urlaub vorbei ist, werde ich dafür sorgen, daß Ihnen ein Teil Ihrer Last abgenommen wird.«

»Ich will die Antwortblätter nicht haben, Willie. Wenn ich beschließe, mich um eine Beförderung zu bewerben, was ich bezweifle, dann werde ich dafür lernen wie jeder andere auch. Außerdem habe ich noch keine Entscheidung getroffen. Lassen Sie mich meinen Urlaub beenden, und ich verspreche Ihnen, ich werde keinen Entschluß fassen, ohne vorher mit Ihnen zu sprechen.«

»Das ist fair. Aber behalten Sie die Antwortbögen trotzdem, für den Fall, daß Sie sich's anders überlegen.«

»Nein.« Hoke schüttelte den Kopf. Er legte den Umschlag in den offenen Aktenkoffer des Majors und klappte den Deckel zu. »Mir wäre nicht wohl dabei. Außerdem hab' ich das Gefühl, ich würde auch dann, wenn ich nicht für die Prüfung lernte, ziemlich hoch auf der Liste stehen. Sie wissen's vielleicht nicht mehr, aber im FBI-Kurs war ich der erste in meiner Klasse.«

»Das weiß ich noch. Wie viele Jahre haben Sie denn noch vor sich? Genau?«

»Bis zu meiner regulären Pensionierung? Ungefähr siebeneinhalb.«

»Das ist nicht allzu lange, Hoke. Und wenn Sie nicht Cop in Miami wären, müßten Sie woanders Cop sein. Etwas anderes können Sie nicht.«

»Vielleicht haben Sie recht. Aber ich kann etwas lernen.«

»Ich habe bestimmt recht.«

Es klopfte. Hoke stand vom Tisch auf. Es war Professor Hurt. Hoke machte ihn mit Major Brownley bekannt.

»Ich wollte Sie zum Essen einladen, Mr. Moseley, aber es ist genug da; die Einladung gilt auch für Sie, Major Brownley.« Hurt schüttelte Brownley die Hand.

»Ich muß nach Miami zurückfahren.«

»Hat keinen Sinn, mit leerem Magen zu fahren. Außerdem habe ich vier Liter ›Riunite‹ auf Eis gelegt.«

»Ich schätze, ein oder zwei Glas könnte ich mit Ihnen trinken, aber ich muß wirklich nach Miami zurück.«

»Warten Sie, bis der Verkehr nachläßt, Willie«, schlug Hoke vor. »Essen Sie mit uns.«

»Beefy Winters kommt auch«, sagte der Professor. »Er ist Elefantendompteur im Zirkus Ringling Brothers, Major.«

»Er war es«, verbesserte Hoke. »Aber mit ihm sind wir vier. Vielleicht könnten wir dann ein bißchen Monopoly spielen?«

»Ich müßte zurück«, sagte Brownley. »Aber ich denke, für ein Spiel kann ich bleiben. Wenn wir die kurze Version spielen. Auf die normale Art dauert's zu lange.«

»Die kurze Version ist mir auch lieber«, sagte Hoke.

»Okay.« Hurt rieb sich die Hände. »Ich habe ein Dutzend ›Swanson's Hungry Man‹-Fertiggerichte. Was möchten Sie? Ich habe Brathuhn, Makkaroni mit Käse, Spaghetti mit Fleischklößchen – was Sie wollen. Ich habe festgestellt, daß man bei Swanson's Fertiggerichten von einem nie ganz satt wird, und zwei sind immer zuviel. Meistens wärme ich mir deshalb zwei verschiedene auf, und dann esse ich gleichzeitig von beiden soviel, wie ich mag. Ich schlage vor, Sie tun das auch. Ich schieb' sie in den Ofen, und in einer knappen halben Stunde sind sie fertig. Bis dahin können wir ›Riunite‹ trinken und mit dem Spiel anfangen.«

»Gehen Sie beide schon voraus«, sagte Hoke. »Ich muß noch das Monopoly-Spiel herauswühlen.«

Major Brownley nahm seinen Aktenkoffer und ging mit dem Professor hinaus; unterwegs erzählte er ihm, daß ihm das Gericht mit dem kleinen viereckigen Stück Apfeltorte lieber sei als das mit dem kleinen viereckigen Stück Biskuit. Ansonsten sei es ihm, fuhr er fort, ziemlich egal, ob er Makkaroni mit Käse oder Schinken mit Süßkartoffeln esse.

Bevor Hoke zu den anderen hinunterging, nahm er das Monopoly aus dem Karton und sortierte die Straßenkarten so, daß er, wenn er sie für die kurze Version verteilte, die Schloßallee und die Parkstraße bekam. Hoke wußte, wenn er gegen Major Brownley Monopoly spielte, brauchte er einen kleinen Vorteil.

16

Es war genau zehn Uhr neunundzwanzig, als Stanley Sienkiewicz seinen Honda auf dem Asphaltparkplatz vor dem Supermarkt im Green Lake Shopping Center parkte. Sieben Autos standen auf dem

Platz, sein eigenes nicht gerechnet – mehr als er erwartet hatte –, aber einige davon, folgerte er, gehörten Geschäftsangestellten. Die unregelmäßige Front der unvollendeten Gebäude erstreckte sich fast dreihundert Meter weit am Parkplatz entlang bis zu dem zweistöckigen, fensterlosen Kaufhaus, das sich am nördlichen Ende erhob. Nur der Supermarkt war beleuchtet. Dutzende hoher Straßenlaternen standen hier und dort verstreut auf dem Gelände, aber keines der Natriumdampf-Flutlichter war eingeschaltet. Ein paar kaum anderthalb Meter hohe Palmen, von Pfählen gehalten, waren vor kurzem in einige der Betoninseln auf dem Platz gepflanzt worden.

Stanley schloß seinen Wagen ab. Dann fiel ihm sein Spazierstock ein. Troy hatte ihm aufgetragen, ihn mitzunehmen. Der Stock verleihe ihm ein distinguiertes Aussehen, hatte er gesagt – was vermutlich heißen sollte, daß er aussehen würde wie ein harmloser Rentner, der niemandem auffiele. Stanley schloß den Wagen auf, nahm den Stock heraus, knöpfte sich die Jacke seines Anzugs zu und ging zielstrebig auf die Glastüren des Supermarktes zu. Dabei ließ er sich Troys Anweisungen noch einmal durch den Kopf gehen. Wieder dachte er mit Bewunderung daran, wie es Troy gelungen war, ihn an dem Unternehmen teilhaben und gleichzeitig allem Unziemlichen fernbleiben zu lassen und zu vermeiden, daß er sich am eigentlichen Raubüberfall beteiligen müßte. Das Geschäft schloß um elf; in der Regel stand vorher einer der Tütenträger oder der Assistent des Geschäftsführers an den Türen, um die Nachzügler hinauszulassen, aber sie ließen dann niemanden mehr hinein. Stanley hatte den Auftrag, um halb elf in den Laden zu gehen und ein paar Kleinigkeiten zu kaufen. Bis zehn vor elf oder noch etwas länger sollte er zwischen den Regalen umherwandern, bevor er sich schließlich an der Kasse anstellte.

»Wenn es möglich ist«, hatte Troy ihm gesagt, »und es *ist* möglich – solltest du als letzter in der Schlange stehen. Um halb elf wird sowieso nur noch eine Kasse geöffnet sein. Die übrigen Kassiererinnen liefern gegen Viertel nach zehn ihren Kassenbestand ab und gehen, sagt James. Du brauchst also nichts weiter zu tun, als herumzutrödeln, Pop. Wenn du jemanden übersehen hast, der sich dann noch hinter dich stellt, dann läßt du ihm den Vortritt und sagst, du hättest noch was vergessen.«

»Was denn, zum Beispiel?«

»Ist nicht so wichtig. Brot, Toilettenpapier, was du willst. Du läßt deinen Wagen stehen und kommst erst zurück, wenn du hundertprozentig sicher bist, daß du der letzte bist. Weil du lauter Kleinkram kaufst und deinen Wagen damit vollgepackt hast, wird die Kassiererin 'ne ganze Weile brauchen, bis sie das Zeug registriert hat. Wenn du der letzte Kunde im Geschäft bist, werde ich an die Tür hämmern. Der Boy wird mich natürlich nicht reinlassen, aber du sagst zu der Kassiererin: ›Das ist mein Sohn. Ich habe meine Brieftasche zu Hause vergessen, und er bringt sie mir.‹ Ich werde dem Boy mit der Brieftasche vor der Nase herumwedeln. Sie werden den Berg von Zeug in deinem Wagen sehen, und ein Teil davon ist schon registriert; also wird der Boy mich reinlassen.«

»Und was tue ich dann?«

»Wenn ich ihnen sage, daß es ein Überfall ist, nimmst du wie ein vernünftiger Kunde die Hände hoch, und damit bist du aus dem Schneider.«

»Und wenn sie mich später fragen, weshalb ich gesagt habe, du wärest mein Sohn?«

»Davor brauchst du keine Angst zu haben. Aber wenn sie es tun, sagst du einfach, du bist alt, was ja offensichtlich ist, und einen Augenblick lang wärst du verwirrt gewesen, weil du deine Brieftasche nicht hättest finden können. Deshalb hättest du *geglaubt*, ich wäre dein Sohn. Der springende Punkt ist, Pop: Ich will nicht, daß du in irgendeiner Weise in die Sache verwickelt wirst. Deshalb hab' ich mir diese narrensichere Methode ausgedacht, wie du uns helfen kannst und zugleich doch nicht mit hineingezogen wirst. Aber wenn du glaubst, du schaffst das nicht, dann sag's mir jetzt, und ich überlege mir etwas anderes.«

»Nein, nein, Troy, ich bin sicher, ich schaffe es. Es ist nur, daß ... Na ja, was ist nach dem Überfall?«

»Mit uns kannst du natürlich nicht verschwinden. Du bleibst also einfach da, und wenn die Polizei kommt, tust du ein bißchen verdattert und erschrocken. Wenn du es vermeiden kannst, sag einfach gar nichts. Tu einfach so, als hätte das Ganze dich überwältigt, so daß du dich überhaupt nicht erinnern kannst, wie einer von uns ausgesehen hat. Wenn sie dich ein Weilchen haben ausruhen lassen, sagst du den Cops schließlich, wir hätten Masken und Plastikhandschuhe getragen, aber geredet hätten wir wie Schwarze. Das werden sie ohne weiteres fressen. Bleib nur immer bei deiner Geschichte. Dann lassen sie dich gehen.«

»Angenommen – nur angenommen –, sie fragen mich, weshalb ich den weiten Weg bis Green Lakes in Miami auf mich nehme, um einzukaufen, wenn ich siebzig Meilen weit weg in Riviera Beach wohne?«

»Das ist kein Problem. Sie werden dich nicht danach fragen, aber wenn sie es doch tun, sagst du ihnen, du wärest nach Miami gekommen, um dir die Stadt anzusehen, und du hättest in diesem neuen Supermarkt in Green Lakes eingekauft, weil es hier unten billiger ist.«

»Ist es aber nicht, Troy. Oben in Riviera Beach ist alles viel billiger als hier.«

»Herrgott, Pop, das wissen doch die Cops nicht! Sie werden kein Verhör dritten Grades mit dir veranstalten. Du trägst Anzug und Krawatte, du bist Hausbesitzer, und du hast einen eigenen Wagen. Du bist über jeden Verdacht erhaben. Begreifst du nicht, wie das alles läuft?«

»Ich denke schon, Troy. Aber diese Fragen kommen mir in den Kopf, und ich möchte alles richtig machen. Das ist alles.«

»Du wirst es prima machen. Jetzt zieh deine Schuhe aus; James soll sie blank putzen. Räum auch deine Taschen aus und gib mir alles. James' Sachen hab' ich schon einkassiert, so daß man ihn nicht identifizieren kann. Wenn du keine Brieftasche bei dir hast, wird man dir deine Geschichte abnehmen. Tu deine Reiseschecks in Dales Handtasche, da drüben auf dem Tisch. Sie wird alles sicher für dich aufbewahren, für den Fall der Fälle.«

»Für welchen Fall?«

»Für den Fall, daß unvorhergesehene Eventualitäten eintreten. Manchmal treten unvorhergesehene Eventualitäten ein, mit denen niemand rechnen konnte. Jedenfalls, wenn sie dich laufenlassen – und das werden sie bald tun –, fährst du hierher zum Haus zurück. Dann machen wir uns reisefertig, damit wir am nächsten Morgen nach Haiti fliegen können.«

»Vielleicht wäre es das beste, Troy, wenn ich nicht mitkäme. Nach Haiti. Nicht sofort, meine ich.«

»Verdammt, ich hab' doch schon dein Ticket.«

»Das kannst du zurückgeben, wenn ihr abfliegt. Ich kann mir später ein neues kaufen. Ich fahre besser vorher noch mal nach Ocean Pines Terraces zurück, und später stoße ich zu euch. Könnte sein, daß Maya es sich anders überlegt, und wenn ich dann nicht da bin und sie die Polizei alarmiert, dann werden sie mich vielleicht suchen, und dann finden sie dich und Dale. Aber ich kann jetzt für ein paar Tage nach Hause fahren und meinen Sohn anrufen, und in ein paar Tagen kann ich ihn noch mal anrufen und ihm sagen, ich fahre auf die Inseln, um Urlaub zu machen. Weißt du, ich kann das alles irgendwie inszenieren. Wenn ich meinen Wagen unterstelle und den Nachbarn auch erzähle, daß ich in Urlaub fahre, dann wird niemand nach mir suchen.«

»Okay, Pop. Wenn du's so machen willst. Dale und ich werden in Haiti auf dich warten. Bis du kommst, habe ich ein Haus gemietet und ein Zimmer für dich vorbereitet. Wenn du in Port-au-Prince ankommst, gehst du zur amerikanischen Botschaft; ich werde die Adresse dort für dich hinterlassen. Entweder das, oder ich rufe dich aus Port-au-Prince an und sag dir, wo wir sind.«

»Kannst du denn von dort anrufen?«

»Na klar.«

»Ich habe mein Telefon schon stillegen lassen. Vielleicht hinterläßt du lieber einfach die Adresse in der Botschaft. Wie finde ich die?«

»Du fährst mit dem Taxi vom Flughafen zur Botschaft. Das Taxi läßt du warten, und wenn du die Adresse hast, kommst du zu uns. Wenn wir noch kein Haus haben, wohnen wir im Gran Hotel Olofsson. Das Hotel nimmt keine Reservierungen an, aber die Hotels da unten haben alle freie Zimmer, wegen der Unruhen, die es dort gegeben hat. Es wird also kein Problem sein, uns zu finden. Die Leute erinnern sich für gewöhnlich an Dales Gesicht. Du wirst uns schon finden.«

Dabei hatten sie es belassen.

In den letzten paar Tagen war das Apartment von starken Spannungen erfüllt gewesen. James war so verängstigt, daß er beim kleinsten Geräusch zusammenzuckte, und Troy hatte ihm Geld gegeben, damit er sich im Schnapsladen Rum kaufen konnte. James stocherte in seinem Essen herum, und nachts saß er, statt zu schlafen, auf seiner buckligen Couch und rauchte eine Zigarette nach der anderen. Er trank »Mount Gay«-Rum aus der Flasche, ohne auch nur einen Schluck Wasser. Irgendwann, lange nach Mitternacht, schlief er dann schließlich ein. Einmal hatte er dabei noch eine brennende Zigarette zwischen den Fingern gehalten, und Stanley hatte es gerade noch rechtzeitig gesehen. Die Folge war, daß Stanley sich von da an nicht mehr traute, einzuschlafen, ehe James sich auf seiner Couch bewußtlos getrunken hatte.

Tagsüber konnte James wegen seiner zitternden Finger nicht mehr malen. Von morgens bis abends betrachtete er seine Bilder und überlegte, was er damit anfangen sollte. Er gedachte geradewegs nach New York zu fahren, wenn er seinen Anteil – fünftausend Dollar – bekommen hätte, aber in seinem kleinen Morris Minor war kein Platz für alle Bilder. Seine Farben und seine Kleider waren bereits im Auto, und seinem Plan zufolge würde er bis Valdosta, Georgia, durchfahren und erst dort an einem Motel haltmachen. Schließlich bat er Stanley um Rat.

»Was ich tun würde, James? Ich würde die alten Bilder einfach hierlassen und vergessen. Sollen die Shapiros sie behalten. Du schuldest ihnen etwas, weil du dich nicht um den Rasen und den Garten gekümmert hast. Du wirst studieren und noch mal von vorn anfangen. Wenn du erst ein bißchen Unterricht hattest, wirst du du dich an deine alten Arbeiten nicht mehr erinnern lassen wollen. Das ist meine Meinung.«

»Sie sind ein Teil von mir«, sagte James. »Ich finde es gräßlich, sie einfach hierzulassen.«

»Ich weiß, was du empfindest. Bei mir war es genauso, wenn ich den Streifen auf einen neuen Wagen gemalt hatte. Er war ein Teil von mir, könnte man vermutlich sagen, und jetzt verließ er das Fließband, und die ganze Welt würde ihn sehen. Aber du wirst in New York neue Bilder malen, und mit den alten würdest du nur dein neues Atelier verstopfen.«

»Ich werde kein Atelier haben. Ich werde mir nur irgendwo ein kleines Zimmer mieten. Malen muß ich im Atelier der Schule.«

»Laß die Bilder hier und vergiß sie.«

James nickte finster und stapelte alle Bilder in einer Ecke der Garage. Trotzdem kehrte er hin und wieder zu dem Stapel zurück und studierte die Kompositionen, als versuche er sie auswendig zu lernen.

Dale war pausenlos beschäftigt. Sie wusch, putzte und kochte einfache, aber reichhaltige Mahlzeiten, und sie backte Kuchen und Pasteten. Zum Frühstück servierte sie ihnen nicht nur Spiegeleier, sondern auch Schinken, Würstchen und Pfannkuchen. Sie schrubbte und bohnerte die Hartholzfußböden des Apartments, und dann putzte sie sämtliche Fenster. Sie polierte die Möbel mit »Lemon Pledge«, so daß es in der ganzen Wohnung wie in einem Zitronenhain roch. Mit »Bon-Ami« und Bizeps gelang es ihr, fast alle Kacheln vom Schimmel zu befreien.

Troy brachte James und Dale bei, ihre Schußwaffen zu halten und damit zu zielen. James hatte einen .38er Smith & Wesson, und für Dale hatte er eine kleine halbautomatische, mit einem Perlmuttgriff verzierte Pistole vom Kaliber .25 besorgt. James weigerte sich, seinen Revolver zu laden. Beharrlich blieb er dabei, daß er den Raubüberfall mit einer leeren Waffe ausführen wolle, aber Troy zwang ihn trotzdem, an einem Ziel, das er auf das Garagentor malte, die Ziel- und Schießbewegungen zu üben.

»Auch wenn du nicht die Absicht hast, damit zu schießen«, sagte Troy, »muß es so aussehen, als ob du wüßtest, was du tust. Es ist wie mit dem Schrotgewehr. Die Leute müssen glauben, daß du schießen wirst. Dale dagegen muß ihre Pistole wirklich laden, denn es kann sein, daß sie vom Wagen aus schießen muß, um uns zu warnen, wenn ich aus dem Supermarkt komme. Wenn jemand versuchen sollte, mir nach draußen zu folgen, wird ihr Schießen dafür sorgen, daß er drin bleibt.«

Troy ölte und lud sein Schrotgewehr. Er kaufte sich bei Sears eine

Khaki-Windjacke, wie James eine hatte, und stopfte sich Doppel-Null-Patronen in die Taschen.

Manchmal blieb Troy stundenlang stumm. Dann hockte er mit nacktem Oberkörper im Garten, brütete regungslos vor sich hin und sog die Sonne auf.

Abends nach dem Essen, wenn Dale in der Küche saubergemacht hatte, ließ Troy sie tanzen. Sie müsse in Übung bleiben, sagte er, damit sie für ihr Nightclub-Debüt in Haiti bereit sei.

Nach Stanleys Einschätzung war Dale keine sehr gute Tänzerin, aber diese Meinung behielt er für sich. Troy stellte im Radio einen Rocksender ein, und Dale drehte sich, nur mit einem winzigen Stoffdreieck bekleidet, im Kreise. Ihre nackten Brüste hüpften auf und nieder, aber sie war unbeholfen: Sie stolperte oft, und sie schien sich nicht im Takt der Musik zu bewegen, fand Stanley. Aber er dachte sich auch, daß die Nightclub-Gäste in Haiti so kritisch nicht sein würden. Schließlich hatte Dale wirklich eine spektakuläre Figur, und sie würde, wie Troy gesagt hatte, eine Voodoo-Maske tragen, um ihr Gesicht zu verbergen.

James, der seinen Rum pur trank, sah Dale düster und kommentarlos zu. Eines Abends, überschwenglich vom Rum, zeigte er ihnen allen, wie man Limbo tanzte. Stanley und Dale hielten ihm einen Besenstiel, und im Radio plärrte Salsamusik. James rief immer wieder: »Tiefer, tiefer, tanzt Limbo wie ich!« Schließlich schlängelte er sich, ohne den Besenstiel zu berühren, darunter hindurch, als sie ihn weniger als einen Fuß hoch über den Boden hielten. Troy und Stanley versuchten es beide, aber sie kamen nicht unter drei Fuß. Dale, deren Hintern schwerer war, kam nicht einmal so tief wie Stanley und Troy. Stanley hatte es Spaß gemacht, James beim Limbo zuzusehen, aber bei seinem dritten eigenen Vesuch verknackste er sich den steifen Rücken und mußte sich hinlegen.

Nach dem schweren Essen und der Tanzerei gingen alle, außer James, früh zu Bett. Stanley vermißte seinen Farbfernseher. Er schlief immer noch nachmittags, und deshalb konnte er so früh nicht einschlafen. So lag er in seinem Bett auf der Veranda und hörte zu, wie Troy und Dale nebenan miteinander schliefen. Hinterher schickte Troy die Frau immer zu Stanley hinaus, damit sie dort die Nacht verbrachte, denn es störte ihn in seinem Schlummer, wenn jemand neben ihm im Bett lag. Dale, erschöpft von einem langen Tag mit Hausarbeit, Tanz und Liebe, angetan mit einem Babydoll, schlief dann beinahe augenblicklich ein. Manchmal kuschelte sie sich im Schlaf an Stanley; ihr Körper war so heiß, daß er sich dabei an ein überhitztes Heizkissen erinnert fühlte. James war um diese Zeit meist ziemlich betrunken; er murmelte vor sich hin und ließ Zigarettenasche auf Dales blanken Fußboden fallen. Es würde schöner werden, dachte Stanley, wenn das Unternehmen erst zu Ende und James oben in New York wäre und wenn sie unten auf Haiti angelangt wären. Während Dale sich von ihrer Operation erholte, würden er und Troy durch die Stadt streunen, nur sie beide, und alles besichtigen, und sie könnten die kreolische Küche probieren, von der Troy erzählt hatte. Aber er konnte wirklich nicht sofort nach dem Unternehmen mit ihnen kommen, nicht bei all seinen Pflichten. Wenn man in Detroit sein Auto eine Woche lang am Flughafen stehen ließ, war es weg – oder doch wenigstens die Batterie –, wenn man zurückkam. Bestimmt war es am Flughafen in Miami genauso. Außerdem mußte er sich um das Haus kümmern; er mußte mit der Bank arrangieren, daß in seiner Abwesenheit die Hypothekenraten überwiesen wurden. Und Stanley Junior war auch noch da. Wenn Junior ihn nicht erreichen könnte, würde er bei der Polizei eine Vermißtenanzeige erstatten. Am besten, er fuhr erst einmal nach Hause, rief Junior an und erzählte ihm und den Nachbarn, daß er in Urlaub fahren werde. Auf diese Weise könnte er den Wagen an seinem eigenen Haus unterstellen, mit dem Bus zum Flughafen nach West Palm Beach fahren und von dort nach Haiti fliegen; gleichzeitig würde er dadurch zehn Dollar pro Tag an Flughafenparkgebühren sparen. Von West Palm konnte er ebensogut nach Haiti fliegen wie von Miami aus. Außerdem wußte er ja nicht, wie lange er weg sein würde. Wenn es ihm dort unten nicht gefiel, könnte er so sein Rückflugticket nehmen und nach West Palm zurückfliegen, wann immer er Lust dazu hatte.

Troy hatte es nicht gepaßt, als er ihm gesagt hatte, er wolle später zu ihnen nach Haiti kommen. Stanley erkannte es an den schmalen Augen, die Troy gemacht hatte. Besser hätte er es so gedreht, daß der Vorschlag von Troy gekommen wäre – so, wie Maya es immer geschafft hatte, ihn dazu zu bringen, daß er etwas vorschlug, was sie wollte. Aber Troy würde über seinen Ärger hinwegkommen, wenn sie sich erst alle dort unten wiedergetroffen hätten ...

Stanley schob seinen Einkaufswagen in den hinteren Teil des Geschäftes, vorbei an einem pickligen Teenager, der mit einem nassen Mop den Boden wischte und dabei eintönig vor sich hin pfiff. Der Junge trug eine schwarze Fliege, ein weißes Hemd mit kurzen Ärmeln und Bluejeans. Ein rotes Plastikschild, auf dem in weißen Lettern der Name RANDY stand, war an der Brusttasche des Hemdes festgesteckt. Stanley blieb vor der Fleischtheke stehen, aber das Fleisch war bereits abgeräumt und für die Nacht eingelagert worden. Die Kühlboxen waren leer, und die Metzger hatten Feierabend. Stanley begab sich in die Gourmetabteilung und fing an, Kleinigkeiten in seinen Wagen zu werfen, die er wahllos aus den Regalen nahm – eine Dose Anchovis, ein Röhrchen Kapern, eine flache Büchse mit geräucherten Austern, ein Glas Cocktailzwiebeln, eine ovale Dose Leberpastete. Er tastete in seiner Tasche nach den Autoschlüsseln; einen panischen Augenblick lang glaubte er, er habe sie draußen im Honda vergessen. Aber da waren die Schlüssel . . .

Stanley sah auf die Uhr. 10 Uhr 25. Sein Wagen war voll bis zum Rand; er war so schwer von all den Konserven, daß er ihn kaum noch schieben konnte. Auf der Ablage unter dem Warenkorb hatte er eine Apfelsine, einen Apfel, eine Süßkartoffel, eine Tomate, einen Weißkohl und ein Sechserpack Stroh's *Light* untergebracht. Stanley nahm Kurs auf den vorderen Teil des Ladens. Randy, der Junge, der den Boden gewischt hatte, stand jetzt neben der verschlossenen Eingangstür. Der Schlüssel steckte im Schloß. Der Chef der Spätschicht, ein Mann mittleren Alters mit langärmeligem weißen Hemd und gelokkerter brauner Wollkrawatte, saß mit einer grauhaarigen Angestellten in einer blau-weißen Uniform in dem oben offenen Käfig hinter der Servicetheke. An der zweiten Kasse saß eine Kassiererin; sie gab die Einkäufe einer rundlichen, hochschwangeren Latino-Frau in die Kasse ein. Die Frau wohnte drei Straßen weiter; sie war noch hergefahren, um ein kubanisches Brot, ein Dutzend Eier, einen Karton fettarme Milch und eine Schachtel Müsli mit Frucht zu kaufen. Die Kassiererin, eine junge Frau mit straffen gelben Löckchen, purpurrotem Lippenstift und Eyeliner und zuviel Rouge auf den Wangen, fragte die schwangere Frau eben, wann es denn soweit sei, als Stanley hinter dem Wagen der Frau stehenblieb. Die Kassiererin warf einen Blick hinüber auf Stanleys überfrachteten Warenkorb und stöhnte gutmütig, als sie all die Lebensmittel sah.

»Es dauert noch mindestens eine Woche, vielleicht zehn Tage«, antwortete die Kubanerin und lachte kurz. »Aber vielleicht geht's auch schneller« – sie nahm ihre Einkaufstüte auf – »falls ihm danach ist.«

Stanley nahm seinen Spazierstock aus dem Einkaufswagen und klemmte ihn unter die linke Achsel. Mit der rechten Hand nahm er seine Waren aus dem Korb und legte ein Stück nach dem anderen auf die Kassentheke.

»'n Abend, Sir«, sagte das Mädchen fröhlich. »Sieht ja so aus, als ob Sie 'nen eigenen Laden aufmachen wollten.«

»Nur ein paar Vorräte auffrischen«, murmelte Stanley, ohne von seinem Wagen aufzublicken.

Am Ausgang wollte Randy der schwangeren Frau ihre Einkaufstüte abnehmen, aber sie lächelte und schüttelte den Kopf. »Das schaffe ich schon – Randy«, sagte sie nach einem Blick auf sein Namensschild. »Sind Sie doch, oder?«

»Bin ich was, Ma'am?«

»Randy?«

»Ja, Ma'am«, sagte er und ließ sie hinaus. Dann schloß er die Tür wieder ab.

»Vielleicht«, meinte Stanley, »sollte ich erst mal die Sachen von unten nehmen.« Er bückte sich und griff nach dem Sechserpack Bier. Als er sich aufrichtete, sah er Troy an der Tür. Troy schwenkte die Brieftasche in der Hand und grinste Randy durch die Glastür wölfisch an.

Wie es ihm aufgetragen war, klopfte Stanley seine leeren Taschen ab. Er hatte leichtes Herzflimmern, und es fiel ihm schwer, zu atmen. Haltsuchend klammerte er sich an den Griff seines Einkaufswagens, und sein Stock klapperte zu Boden.

»Das ist mein Sohn da draußen«, sagte Stanley zu der Kassiererin. »Ich habe meine Brieftasche zuhause gelassen, und da ist mein ganzes Geld drin.«

Die Kassiererin hatte inzwischen Lebensmittel im Wert von achtundzwanzig Dollar registriert, und der Wagen war immer noch zu zwei Dritteln voll.

»Um Gottes willen, Randy«, rief sie dem Ladenjungen zu, »laß ihn rein.«

Randy schloß die Tür auf und ließ Troy herein. Bevor er wieder abschließen konnte, gab Troy dem Jungen einen Fußtritt zwischen die Beine.

Randy klappte zusammen, heulte und preßte beide Hände auf seine Genitalien. James schlüpfte durch die unverschlossene Tür herein, einen zusammengefalteten schwarzen Müllsack in der Linken, seinen .38er in der Rechten. Er hatte sich das eine Bein einer Strumpfhose von Dale über Kopf und Gesicht gezogen, und die beiden Fußteile der Strumpfhose baumelten wie zwei Fuchsschwänze über seinen Rücken. Der Revolver tanzte in seiner behandschuhten Hand, und für einen Augenblick sah es so aus, als würde er ihn fallenlassen.

»Das ist ein Überfall!« verkündete Troy und zog das abgesägte Schrotgewehr unter seiner Jacke hervor. Er klappte die Servicetheke auf, um in den Käfig zu gelangen.

James stand in der Mitte zwischen Randy, der immer noch am Boden lag, und der zweiten Kasse. Erst zielte er mit seinem Revolver auf die Kassiererin, dann wirbelte er herum und richtete die Waffe auf Randy. Vor lauter Angst und Aufregung drückte er immer wieder auf den Abzug, und der ungeladene Revolver klickte wie ein billiger Wekker.

Der Safe stand offen, wie James es vorhergesagt hatte. Der Geschäftsführer und seine Assistentin hielten die Hände hoch über die Köpfe, als Troy in den engen Käfig kam. Der Geschäftsführer trat mit dem linken Fuß hinter sich und stieß gegen einen Knopf an der Wand. Glocken schrillten überall im Geschäft, und draußen über dem Eingang blitzte ein rotes Blinklicht auf.

Troy schoß dem Manager in den Bauch. Sofort bildete sich ein dunkelroter Fleck, so groß wie eine Grapefruit, auf dem weißen Hemd. Das dunkle Blut wirkte beinahe schwarz neben der braunen Krawatte. Als die schweren Schrotkörner aus seinem Rücken herausdrangen und das Blut auf die Frau neben ihm spritzte, war der Fleck schon größer geworden. Die grauhaarige Frau japste einmal, als die Schrotflinte losging, und ihre leicht hervorquellenden Augen drehten sich in ihren Höhlen nach oben. Ihre Beine gaben nach, und ohnmächtig kippte sie seitwärts über die Leiche des Geschäftsführers. Troy drückte ihr den kurzen Lauf in den Nacken und feuerte die zweite Patrone ab. Der Schrot trennte ihren Kopf halb vom Körper.

Troy lud die Schrotflinte und verließ den Käfig. Die leeren Patronenhülsen steckte er in die Tasche. James gelang es, seinen Revolver in die Tasche zu stecken, und er kam durch die aufgeklappte Theke in den Käfig. Schaudernd kniete er neben den beiden Toten nieder und fing an, das Geld aus dem Safe in seinen Müllsack zu packen.

Beim Knall des ersten Schusses aus der Schrotflinkte hatte Stanley sich auf den Boden geworfen und war zur nächsten Kasse gekrochen. Ausgestreckt blieb er am Boden liegen und bedeckte den Kopf mit beiden Händen. Da war etwas schiefgegangen, dachte er. Troy hatte ihnen gesagt, es würde nicht geschossen werden. Bestimmt hatte der Geschäftsführer versucht, zur Waffe zu greifen.

Die Kassiererin zitterte, aber davon abgesehen hatte sie sich nicht mehr gerührt, seit Troy den Überfall angekündigt hatte. Ihr Gesicht war grünlich fahl unter dem dicken Make-up, und ein schmaler weißer Ring umgab ihre purpurroten Lippen. Sie fing an zu urinieren und konnte nicht mehr aufhören, und eine große Pfütze bildete sich rings um ihre Füße. Ihre Lippen bebten, aber mit ihrer trockenen Kehle brachte sie keinen Laut hervor, als Troy auf sie zukam, die Schrotflinte in der ausgestreckten Rechten. Als er kaum mehr als einen halben Meter von ihr entfernt war, schoß Troy ihr ins Gesicht, und der blonde Kopf zerplatzte zu Blut und Hirn. Sie kippte rückwärts und rutschte auf den Boden. Mit der Linken raffte Troy die Geldscheine aus der Registrierkasse und stopfte sie in die Tasche seiner Windjacke. Als er sich wieder dem Käfig zuwandte, hatte Randy sich aufgerappelt und humpelte geduckt, so schnell er konnte, auf die Milch- und Käseabteilung im hinteren Teil des Ladens zu.

Troy rannte dem Jungen in seinen Nikes leichtfüßig nach, holte ihn ein und schoß ihn in den Hinterkopf. Der Körper des Jungen fiel vornüber und rutschte über den glatten Fußboden in eine zwei Meter hohe Pyramide aus Pfirsichdosen. Der Stapel stürzte ein, und die schweren Dosen kullerten und rollten scheppernd über das braune Linoleum.

Stanley hob den Kopf über die Kassentheke, gerade so hoch, daß er sehen konnte, wie Troy den Jungen erschoß. Als die Pyramide zusammenstürzte, ließ Stanley sich auf Hände und Knie fallen und kroch, so schnell er konnte, von den Kassen weg in den quadratisch-U-förmigen Warenbereich. Verstecken konnte er sich hier nirgends, aber er preßte sich, so gut es ging, an einen großen Behälter mit »White Rose«-Kartoffeln.

»Sieh zu, daß du auch das Kleingeld mitnimmst, James!« rief Troy durch das Gellen der Alarmglocken, während er seine Schrotflinte nachlud.

»Hab' ich schon! Ich hab' *alles*, Mann!« brüllte James. Er kam aus dem Käfig und schob sich seitwärts durch den Durchgang der Servicetheke. Sein Müllsack enthielt Stapel von gebündelten Geldscheinen, aber die Rollen der Halb- und Vierteldollarstücke und der Fünfer und Zehner machten den Sack schwerer als erwartet. Troy hob sein Schrotgewehr, drückte James die Mündung gegen die Brust und feuerte. Dann hob er den Müllsack auf, sprang auf die Theke und spähte durch den Supermarkt.

»Plan geändert, Pop!« rief er. »Es ist jetzt besser, wenn du nicht hierbleibst, sondern mitkommst. Ich meine, was ich sage, Pop. Diese Glocken läuten auch auf dem Polizeirevier, und ich kann hier nicht herumtrödeln, bis du dich entschieden hast!«

Nirgends rührte sich etwas.

»Pop, laß uns abhauen. *Komm* schon!« Troy sprang von der Theke herunter und tat einen Schritt auf den nächstgelegenen Gang zu – Getreideprodukte. Er blieb stehen. In diesem Supermarkt gab es mindestens ein Dutzend Gänge, und hinten waren zwei unverschlossene Betriebstüren, die ins Lager führten. »Scheiße«, sagte er leise.

Troy drehte sich um und ging zum Ausgang, den Müllsack über der Schulter.

»Okay, Pop, wir sehen uns in Haiti, und danke für die Hilfe!«

Unbeholfen, da er die Schrotflinte noch in der Hand hielt, schloß Troy die Tür auf. Er stieß sie auf und lief in die schwüle Nacht hinaus.

Ellita Sanchez war bei ihrem Wagen angekommen und hatte die Tür aufgeschlossen, als der erste Schuß aus dem Schrotgewehr fiel. Sie stellte ihre Lebensmittel hinter den Sitz, als der zweite Schuß abgegeben wurde, und nahm ihren .38er *Chief's Special* aus der Handtasche. Das alles tat sie automatisch, ohne nachzudenken, aber jetzt, als sie den Revolver in der Hand hielt, zauderte sie und starrte zu dem hell erleuchteten Supermarkt und dem roten Blinklicht hinüber. Sie hatte Mutterschaftsurlaub; technisch gesehen war sie also nicht einmal ein Cop außer Dienst. Ein Funkgerät hatte sie auch nicht. Vielleicht sollte sie losfahren, eine Telefonzelle suchen und die 911 anrufen? Niemand könnte ihr daraus einen Vorwurf machen. Andererseits, wenn da jemand mit einer Schrotflinte im Supermarkt herumballerte – und dem Klang nach war es unverkennbar ein Schrotgewehr –, dann war es nach neun Jahren bei der Polizei schlichtweg ausgeschlossen, daß sie einfach in ihren Wagen sprang und wegfuhr, ohne nachzusehen, was da vor sich ging. Die Alarmglocken schrillten beharrlich. Sie konnte wenigstens versuchen, einen Blick hineinzuwerfen.

Ellita nahm ihre Dienstmarke aus der Handtasche. Mit der Marke in der Linken und dem Revolver in der Rechten stapfte sie schwerfällig auf die erleuchteten Glastüren des Supermarktes zu. Wieder fielen zwei Schüsse aus der Schrotflinte, und sie umklammerte ihren Revolver fester. Zögernd sah sie sich nach einer geeigneten Deckung um, als es drinnen zum fünftenmal knallte. Sie kniete sich hinter eine frisch gepflanzte Palme, ein paar Schritte weit neben einem braunen Honda mit Dachgepäckträger; von hier aus konnte sie die Tür beobachten. Ein ziemlich großer Mann mit einem Müllsack und einer abgesägten Schrotflinte stürzte aus dem Laden. Vor der Innenbeleuchtung war nur seine Silhouette zu sehen, und seine Gesichtszüge waren so dunkel überschattet, daß Ellita nicht erkennen konnte, wie er aussah. Das Blitzen des Rotlichts ließ seine Bewegungen ruckartig erscheinen.

»Halt! Polizei!« schrie Ellita und bemühte sich, ihren massigen Körper hinter dem Bäumchen zu verstecken. Sie feuerte einen Warnschuß in die Schrift über den Eingängen.

Der Räuber schoß einmal in ihre Richtung und duckte sich nieder. Dann schoß er noch einmal. Auf diese Entfernung streuten die Doppel-Null-Patronen über die ganze Breite des Parkplatzes; ein Schrotkorn traf Ellita ins Gesicht, ein anderes grub sich in ihre rechte Schulter. Sie hörte, wie ein Teil des Rehpostens den Honda traf und schwirrend von ihm abprallte. Ellita ließ sich auf den Asphalt fallen und versuchte, ihren schwangeren Leib unter den Honda zu schieben, doch es gelang nicht. Ihr Gesicht und ihre Schulter brannten wie Feuer. Ihr rechter Arm war taub, und so feuerte sie ihre restlichen Patronen blindlings in Richtung des Ladens; nur mühsam konnte sie den Revolver mit der linken Hand ruhig halten.

Dale Forrest, die mit laufendem Motor hinter der Ecke des Gebäudes geparkt hatte, fuhr vor dem Doppeleingang vor und bremste, während Ellita noch schoß. Eine von Ellitas Kugeln traf den rechten vorderen Kotflügel des Lincoln. Troy schleuderte den Müllsack durch das offene Fenster auf den Rücksitz und befahl Dale, auf den Beifahrersitz zu rutschen, damit er ans Steuer könne. Dale schoß ihm mit ihrer .25er ins Gesicht, und Troy kippte seitwärts auf den Asphalt. Er ließ seine Schrotflinte fallen und preßte beide Hände ins Gesicht. Dale fuhr an. Sie trat das Gaspedal so hart nieder, daß sie beinahe den Motor abgewürgt hätte. In weitem Bogen jagte sie über den Parkplatz und fuhr auf die State Road 836, Richtung Westen.

Ellita fühlte die ersten starken Kontraktionen und befürchtete gleich, die Wehen könnten zu früh eingesetzt haben. Sie wälzte sich auf den Rücken und biß sich auf die Unterlippe, als zwei gleichförmige Schmerzen sie unverhofft packten; sie begannen im Kreuz, zogen sich um ihren Leib herum und trafen sich vorn, wo sie verschmolzen. Die Schmerzen dauerten nicht lange, und als sie nachgelassen hatten, richtete Ellita sich auf den Knien auf. Sie sah, wie ein alter Mann aus dem Supermarkt kam, schwer auf seinen Stock gestützt. Sie wich rückwärts kriechend in die Dunkelheit zurück, als sie erkannte, daß der alte Mann auf den braunen Honda zukam; sie duckte sich hinter den Wagen, und er sah sie nicht. Sie zog den Kopf ein. Ihr Revolver war leer und nutzlos. Wo zum Teufel war ihre Handtasche?

Der alte Mann stieg in sein Auto, ohne Ellita zu entdecken. Er fuhr zu dem Verwundeten hinüber, der auf dem Gehweg kniete und sich das Gesicht hielt. Der alte Mann stieg aus, half dem Stöhnenden in seinen Wagen und fuhr davon. An der Zufahrt zur State Road 836 bog er nach links und tauchte im Verkehr unter.

Auf wackligen Beinen wankte Ellita in den Supermarkt, warf einen Blick auf die Leichen und lehnte sich an ein Münztelefon, während sie

Commander Bill Henderson zuhause anrief. Noch während sie ihm schilderte, was geschehen war, überkam sie eine zweite Wehe, und das Fruchtwasser strömte in einem Schwall an ihren Beinen hinunter.

»Alle sind tot, Bill. Alle. Aber Sie sollten lieber trotzdem einen Krankenwagen herschicken. Ich bin leicht verletzt, aber die Schmerzen ziehen sich immer mehr zusammen, und – o Gott, ich werde jeden Augenblick mein Baby kriegen!«

Aber Ellitas Baby, ein Junge von neuneinhalb Pfund, kam erst am nächsten Morgen um zehn im Jackson Memorial Hospital zur Welt. In Ellitas rechter Schulter war ein Nerv halb durchtrennt, und sie hatte ein häßliches Loch im Gesicht. Dicht unter dem Auge war vom rechten Wangenknochen ein sauberer Splitter abgeschossen, und in der rechten Wange klaffte ein zerklüfteter, drei Zentimeter breiter Riß.

Der Strumpfhosenräuber mit dem leeren Revolver war auf der Stelle tot gewesen. Sein Partner mit der abgesägten Schrotflinte hatte Ellita Sanchez verwundet und vier Supermarktangestellte ermordet, um einen Betrag zu erbeuten, der auf weniger als zwanzigtausend Dollar geschätzt wurde.

17

Das Überfallmassaker im Supermarkt erregte beträchtlichen Wirbel in der Presse von Miami und auch in Rundfunk und Fernsehen. Das Morddezernat gab nur wenige Informationen an die Medien, aber die Zeitungen druckten Fotos, und die Schlagzeile SUPER-MASSAKER IM SUPERMARKT jagte jedem, der sie las, einen Schrecken ein, vor allem den alteingesessenen Bewohnern von Miami. In der Story hieß es, sämtliche Opfer seien Weiße gewesen, Protestanten, eingeborene Amerikaner. Mini-Massaker waren in Miami schon früher vorgekommen, bei denen vier oder fünf Männer mitsamt ihren Frauen und Kindern auf einen Schlag umgebracht worden waren, aber die Opfer waren Kolumbianer oder andere Latinos gewesen oder Schwarze, und meistens hatten sie irgend etwas mit der Rauschgiftindustrie oder mit dem organisierten Verbrechen zu tun gehabt. Diese unschuldigen Opfer hingegen waren nicht nur weiß gewesen, sondern auch geachtete Angehörige der Mittelklasse, und alle hatten aus dem vorwiegend von alteingesessenen Bürgern bewohnten Unterbezirk Green Lakes gestammt.

Der diensthabende Geschäftsführer, Victor Persons, fünfundvierzig, war verheiratet und Vater von drei Kindern gewesen, und Sonntag abends hatte er in der Methodistenkirche von Green Lakes die Orgel gespielt.

Seine Assistentin, Miss Julia Riordan, achtundfünfzig, war eine ehemalige Lehrerin, die in Dade County Viertkläßler unterrichtet hatte, und zwar zweiundzwanzig Jahre lang und in verschiedenen Schulen. Nach Angaben einer Nachbarin aus Green Lakes war sie noch unter dem alten Pensionssystem des Staates Florida in den Ruhestand gegangen, zu einer Zeit also, da man den Lehrern die Beiträge zur Rentenversicherung noch nicht vom Gehalt abgezogen hatte; daher hatte sie einen Job in der Spätschicht im Supermarkt angenommen, um noch einige Beiträge zur Rentenversicherung zahlen und so eine zweite Pension beziehen zu können, wenn sie erst zweiundsechzig wäre. Die grausigen Fotos von Mr. Persons und Miss Riordan neben dem offenen Safe, die in beiden Zeitungen von Miami erschienen – allerdings nicht im Fernsehen –, brachten den Redaktionen beider Zeitungen Dutzende von erbosten Leserbriefen ein, in denen dagegen protestiert wurde, daß man so etwas druckte.

Sally Metcalf, dreiundzwanzig, die blonde Kassiererin – oder »Scanner-Assistentin«, wie ihr Beruf von der Supermarktkette bezeichnet wurde (offenbar hatte sie die Aufgabe, dem elektronischen Scanner bei seiner Arbeit zu assistieren) –, war vor ihrem Examen Mitglied der Volleyballmannschaft vom South Campus des Miami-Dade Community College gewesen; sie war mit ihrem Freund von der High School verlobt gewesen, und die beiden hatten heiraten wollen, sobald er seine Militärzeit in Fort Benning, Georgia, hinter sich gebracht hätte.

Randolph Perkins, siebzehn, der Tütenträger, Schüler an der High School Miami-Norland, war den Erinnerungen seiner Mitschüler zufolge »ein echt guter Typ gewesen, immer zu 'nem Witz aufgelegt und hat andauernd rumgealbert *(sic)*«. Der Schulleiter berichtete demselben Reporter, Randy habe bereits die staatlichen Leistungstests der elften Klasse bestanden und in sämtlichen Fächern einen sehr hohen Notendurchschnitt erreicht. Ein Schwarzweißfoto in der Zeitung zeigte vier von Randys Kumpeln und zwei weinende Mädchen; alle hatten sich, zum Zeichen der Trauer um ihren Schulkameraden, schwarze Bänder an ihre T-Shirts geheftet.

Fred Pickering, achtundzwanzig, der Warenverkaufsleiter, der seine Abschlußaufgaben hastig erledigt hatte, um frühzeitig Feierabend machen und nach Hause gehen zu können, weil er sich noch die Kassette mit *Ghostbusters* hatte ansehen wollen, die seine Frau am Nachmittag ausgeliehen hatte, meinte, sein Sony VCR habe ihm das Leben gerettet. »Gott«, erzählte er dem Fernsehreporter, »hat offenbar andere Pläne mit mir!« Dann brach er vor der Kamera zusammen und weinte. »Da saß ich«, schluchzte er, »und lachte mich über *Ghostbusters* scheckig, während Miss Riordan im Laden der Kopf weggepustet wurde! Ich hätte es auch sein können! Ich hätte es auch sein können!«

Der aus Kuba stammende Bürgermeister und die Mitglieder des Stadtrates, die unterschiedlicher ethnischer Herkunft waren, erhielten zahlreiche Briefe. Die Briefe unterschieden sich im Tonfall, aber der Inhalt war im Grunde immer der gleiche: Die Ratsmitglieder wurden daran erinnert, daß sie bei der Kandidatur um ihre Sitze, die ihnen sechstausend Dollar im Jahr einbrachten, behauptet hätten, sie würden im Falle ihrer Wahl *allen* Bürgern von Miami dienen, nicht nur ihren eigenen ethnischen Gruppen. Zudem rief man ihnen ins Gedächtnis zurück, daß die weißen, angelsächsischen Protestanten in Miami zwar nur einen Bevölkerungsanteil von rund acht Prozent darstellten, bei künftigen Wahlen aber immer noch eine Menge Geld auszugeben hätten.

Der Bürgermeister und die übrigen Stadträte machten dem Stadtdirektor gehörig Dampf. Der Stadtdirektor, zu dessen Befugnissen es gehörte, Polizeichefs zu heuern und zu feuern, machte dem Chef der Polizei noch mehr Dampf, damit die Mörder gefunden würden. Der Polizeichef wiederum bildete eine Sondereinheit, die das Verbrechen aufklären sollte, und zwar unter Leitung von Major Willie Brownley. Major Brownley seinerseits machte Commander Bill Henderson zum Operationsleiter, der alle Aktionen koordinieren sollte. Bill Henderson nun strich unverzüglich den Rest von Hoke Moseleys unbezahltem Urlaub und rief ihn zurück, damit er, unterstützt von Detective Speedy Gonzalez, die eigentliche Ermittlungsarbeit übernehme.

Hoke und Gonzalez bekamen jede erdenkliche Hilfe vom Dezernat und vom Department. Ellita war bei allen Detectives im Morddezernat beliebt, nicht nur, weil sie ein verwundeter Cop war, sondern auch wegen ihrer fröhlichen Art und wegen ihrer steten Bereitschaft, kleine Geldsummen zu verleihen. Daher boten die Kollegen Hoke an, ihm nach Feierabend in ihrer Freizeit behilflich zu sein. Hoke gab ihnen etwas zu tun – etwa die routinemäßige Überprüfung hochgewachsener Schwarzer, die wegen früherer Raubüberfälle vorbestraft waren; diese Leute wurden dann vernommen und nach ihrem Aufenthalt zum Zeitpunkt des Überfall-Massakers befragt. Konkrete Resultate erbrachten diese Befragungen nicht, aber sie galten als notwendig, weil so mögliche Verdachtspersonen eliminiert wurden und weil die kleine Chance bestand, daß doch irgendwelche Informationen ans Licht kamen.

Gonzalez und Sergeant Armando Quevedo befragten die Tagschicht im Supermarkt, und der Geschäftsführer hatte den toten Mulatten nach dem Foto rasch als den Ladenboy identifiziert, den er zwei Monate zuvor wegen Diebereien gefeuert hatte. Der Name des Mannes lautete der kleinen Personalkarte zufolge John Smith, aber die als Adresse angegebene Pension existierte nicht, und die Sozialversicherungsnummer gehörte zu einem siebenundvierzigjährigen John Smith in Portland, Oregon.

»Bei den Ladenboys überprüfen wir den Hintergrund nicht«, erklärte der Geschäftsführer. »Sie haben nichts mit Geld zu tun, und sie kommen und gehen auch zu schnell. Smith hatte einen karibischen Akzent; vielleicht hat er einen falschen Namen und eine falsche Sozialversicherungsnummer angegeben, weil er illegal in Florida war. Das kommt bei Ausländern mit Studentenvisum manchmal vor; die dürfen hier ja auch nicht arbeiten. Über Smith weiß ich nichts weiter, als daß er ein Dieb war, und ich habe ihn rausgeschmissen, als ich ihn beim Klauen erwischte.«

Quevedo überprüfte die Kleidung des Toten mit dem Cheftechniker im Labor. Hier wendete sich das Glück, und sie stießen auf eine handfeste Spur.

Hoke mußte selbstverständlich jeden einzelnen Supplementarbericht lesen und mit allen anderen vergleichen, und der Berg von Papier auf seinem Schreibtisch wuchs stündlich. Hokes Telefone – wie auch die bei Bill Henderson – klingelten Tag und Nacht, nachdem die Nummern in der Zeitung gestanden hatten. Aber Hoke begrüßte diese Aktivität, denn er wußte aus Erfahrung, daß eben das, was sie jetzt taten, bei jeder Ermittlung irgendwann zum Durchbruch führte.

Hoke wäre sowieso nach Miami zurückgekehrt, ob sein Urlaub nun gestrichen worden wäre oder nicht. Er fühlte sich teilweise verantwortlich dafür, daß seine Partnerin verwundet worden war. Wenn er daheim gewesen wäre, statt oben auf Singer Island zu versuchen, »sich selbst zu finden«, dann wäre er an Ellitas Stelle einkaufen gefahren, und ihr wäre nichts passiert. Ihr Gesicht, hatte der Arzt ihm gesagt, als Hoke im Krankenhaus ein längeres Gespräch mit ihm geführt hatte, würde wieder in Ordnung kommen, wenn die Operationswunden verheilten. Das Loch konnte man mit einem Stück Plastik füllen, und die Haut ließ sich drüberspannen. Abgesehen von einer kleinen Delle und einer feinen Narbe auf der Wange, die sich mühelos mit Schminke überdecken ließe, würde man die Reparatur nur bei äußerst aufmerksamem Hinschauen bemerken. Unglücklicherweise war die Armverletzung wegen des beschädigten Nervs ernster. Mit der Zeit würde Ellita den Arm wieder teilweise benutzen können, vielleicht zu achtzig bis fünfundachtzig Prozent, und das nach langer Therapie, aber die Behinderung bedeutete das Ende ihrer Laufbahn, soweit es den vollen Einsatz als Polizistin betraf.

Der Arzt wollte für Ellita eine Dreißig-Prozent-Behindertenrente empfehlen, und weil die Invalidenrente höher war als die normale Polizeipension, würde Ellita fast soviel Geld bekommen wie ihr zugestanden hätte, wenn sie noch weitere zwanzig Jahre im Polizeidienst geblieben wäre. Langfristig würde sie sogar noch etwas mehr herausbekommen, denn bis zum regulären Pensionsalter hatte sie noch elf Jahre zu warten, und in diesen elf Jahren würde sie ihre Invalidenrente beziehen, ohne zu arbeiten. Darüber hinaus würde sie die Invalidenrente für den Rest ihres Lebens bekommen, und zwar mit einer jährlichen Inflationsausgleichssteigerung von drei Prozent. Außerdem verlieh der Polizeichef ihr eine Heldenmedaille, und die Zeitungen berichteten ausführlich über sie.

Ein weiterer, noch beachtlicherer Vorteil war, daß sie zu Hause bleiben und ihren Sohn großziehen konnte. Der Junge, Pepé Roberto St. Xavier Armando Goya y Goya Sanchez, war ein gesundes, hübsches, blauäugiges Baby. Und der Arzt wünschte, wie er noch hinzufügte, daß Hoke, falls er auch nur den geringsten Einfluß auf Ellita hätte, sie bitte, es sich noch einmal zu überlegen und ihm zu erlauben, den Jungen zu beschneiden, ehe sie ihn aus der Klinik mit nach Hause nehme.

Hoke erwiderte, er werde darüber nachdenken; aber er hatte nicht vor, irgend etwas dazu zu sagen.

Mr. und Mrs. Sanchez, Ellitas Eltern, waren in Ellitas Zimmer, als Hoke und Sue Ellen sie im Krankenhaus besuchten. Seit man Ellita von der Entbindungsstation in das Privatzimmer verlegt hatte, war wenigstens einer der beiden immer dort gewesen. Ruhig saßen sie auf Stahlrohrklappstühlen neben dem Bett. Mr. Sanchez, der seine Tochter verstoßen hatte, als er erfahren hatte, daß sie schwanger war, sprach immer noch nicht mit ihr, aber die Tatsache, daß er da war und wider Willen lächeln mußte, als das Baby zum Stillen hereingebracht wurde, war ein Anzeichen dafür, daß es am Ende doch noch zu einer Art Versöhnung kommen könnte. Hoke gab dem schmallippigen Mr. Sanchez die Hand und lächelte Mrs. Sanchez zu, die nur die Lippen spitzte und den Kopf schüttelte. Ellita gab er einen leichten Kuß auf die Stirn.

»Hast du das Baby gesehen?« fragte Ellita lächelnd.

»Na klar. Er ist ein Monster mit schwarzen Haaren und blauen Augen.«

»Hab' ich dir nicht gesagt, es wird ein Junge?«

»Ich hab's nie bezweifelt. Aber sie wollten Sue Ellen nicht rauflassen, und sie möchte ihn zu gern auch sehen.«

»Sie kann ihn hier sehen, wenn sie ihn mir zum Stillen bringen. Aber du mußt dann raus.«

»Ich hab' meinen Job aufgegeben, Ellita«, erzählte Sue Ellen. »Also bin ich da, um dir mit dem Baby zu helfen, wenn du nach Hause kommst.«

»Das hättest du nicht tun müssen –«

»Es war meine Idee«, sagte Hoke. »Aileen kommt nächsten Samstag aus L. A. zurück, und den Rest des Sommers verbringt sie bei meinem Dad auf Singer Island. Die Schwestern in dem Internat haben sie im Handumdrehen wieder in Ordnung gebracht. Wenn die Schule anfängt, kommt sie nach Hause, und der Chef der Waschanlage meinte, Sue Ellen kann ihren Job jederzeit zurückhaben, wenn sie will.«

»Wie laufen die Ermittlungen?«

Hoke sah Sue Ellen an. »Geh ins Wartezimmer, Schatz. Du kannst zurückkommen, wenn sie das Baby bringen. Könntest du deine Eltern bitten, hinauszugehen, während wir darüber reden, Ellita?«

Ellita sagte zu ihren Eltern etwas auf spanisch. Sie antworteten nicht, aber sie rührten sich auch nicht von der Stelle.

»Sie wollen nicht gehen«, sagte Ellita. »Aber keine Sorge, sie werden nicht wiederholen, was sie hier hören.«

Sue Ellen ging hinaus und schloß die Tür leise hinter sich.

»Der Tote mit der Strumpfmaske ist identifiziert«, berichtete Hoke. »Ein numeriertes gelbes Reinigungsetikett war an seiner Jacke festgeklammert; ich habe Sergeant Quevedo beauftragt, festzustellen, woher es kam. Vier Stunden hing er am Telefon, und dann hatte er die Reinigung ausfindig gemacht: Bayside Cleaners. Er fuhr hin, aber sie hatten keinen Beleg für diesen Auftrag in ihren Akten. Aber die Frau im Laden, eine Frau aus Eleuthera, erkannte ihn auf dem Bild, seines kleinen Autos wegen. Er hatte einen alten Morris Minor, und als er hereingekommen war, hatte sie ihm erzählt, sie habe ein solches Auto nicht mehr gesehen, seit sie vor fünfzehn Jahren aus Nassau gekommen sei. Sie hatten sich ein bißchen über die Inseln unterhalten, und sie erinnerte sich, daß er ihr erzählt hatte, er habe den Wagen von Barbados mitgebracht. Quevedo lief also ein bißchen in Bayside herum; er traf den Briefträger, und der Briefträger kannte ihn, weil er ihm Post aus

Barbados gebracht hatte. Er wohnte in einem Garagenapartment, das einem Sidney Shapiro gehörte; er bewachte das Haus, während die Leute oben in Maine waren. Sein Name war James Frietas-Smith, und der kleine Morris parkte hinter dem Haus, vollgepackt mit seinem Zeug, und in der Garage waren ein paar unheimliche Gemälde gestapelt. Quevedo rief Smiths Vater in Barbados an, und der wird jetzt dafür sorgen, daß ein Spediteur den Leichnam auf die Insel überführt.«

»Da hat Quevedo aber gute Polizeiarbeit geleistet.«

Hoke grinste. »Deshalb ist Quevedo Sergeant, und deshalb denke ich auch daran, Gonzalez wieder zum Streifendienst nach Liberty City zurückzuschicken. Gonzalez wird nie ein guter Detective werden; er sollte wieder Uniform tragen.«

»Gib ihm Zeit, Hoke.«

Hoke zuckte die Achseln. »Wie auch immer – das Apartment über der Garage war unglaublich sauber. Die Möbel waren poliert, und du würdest nicht glauben, wie aufgeräumt alles war. Nicht ein schmutziger Teller. Aber nichts deutete darauf hin, daß sonst noch jemand dort wohnte. Das war allerdings nicht die wichtigste Entdeckung. Quevedo forderte Shapiro auf, herunterzukommen, um festzustellen, ob irgend etwas Wertvolles im großen Haus vor der Garage abhanden gekommen sei. Shapiro flog her, und als er und Quevedo durch das Haus gingen, fanden sie in einem der Gästezimmer im zweiten Stock einen toten Mann und ein totes Baby, eingerollt in einen Teppich.«

»Ein totes Baby? Ich verstehe nicht –«

»Das Baby, ungefähr achtzehn Monate alt, war erwürgt worden, aber der Mann, sein Name war James C. Davis, war mit einer Schrotladung erschossen worden. Das Baby war in Dadeland entführt worden; die Mutter hat es bereits identifiziert. Sie haben ein Auto mitsamt dem Baby geklaut, und sie haben das Auto irgendwo abgestellt und das Baby behalten, um es umzubringen. Davis war ein Pharmareferent –«

»Ein was?«

»Vertreter für eine Arzneimittelfirma. Lee-Fromach Pharmaceuticals in New Jersey. Einer von denen, die rumlaufen und mit den Ärzten über ihre Produkte reden. Diese Typen arbeiten allein, verstehst du, und Dade County war Davis' Revier. Deshalb hat ihn niemand als vermißt gemeldet. Er war Junggeselle und hatte ein Apartment in Coconut Grove. Wir haben seinen Wagen gefunden, einen blauen Lincoln; er parkte am Biscayne Boulevard, vor einem ›Denny's‹-Laden.«

»Ich verstehe immer noch nicht, weshalb sie ein Baby umgebracht haben, Hoke.« Sie fuhr sich mit dem Handrücken über die Augen.

»Ein achtzehn Monate altes Baby konnte doch niemanden identifizieren. Er hätte ja kaum seine Mutter erkannt!«

»Sie. Es war ein kleines Mädchen. Ich weiß, es war völlig sinnlos. Aber damit haben wir es hier zu tun, Ellita: mit einem wahnsinnigen, ausgerasteten Schweinehund. Der Kerl, der auf dich geschossen hat, ist wahrscheinlich auch der Mörder des Babys, und Davis müssen sie erschossen haben, als sie seinen Wagen für den Raubüberfall stehlen wollten. Bei diesem Killer kann einem angst und bange werden.«

»Wie sieht's mit Fingerabdrücken am Fahrzeug aus?«

»Fehlanzeige – nur ein paar Schmierer und Abdrücke von Davis. Du hast gesagt, die Person am Steuer kann ein Mann oder eine Frau gewesen sein, und wahrscheinlich war es eine Frau, weil sie ein Kopftuch trug; aber das können wir nicht verifizieren. Den Kerl mit der Schrotflinte kannst du nicht beschreiben, weil du ihn nur als Schattenriß gesehen hast; wir wissen also nicht, ob er schwarz oder weiß war.«

»Das Rotlicht, das ständig blinkte, wirkte wie ein Stroboskop, Hoke. Ich konnte nichts richtig erkennen.«

»Na, wir wissen, daß der Bajaner ein Mulatte war; deshalb haben wir uns gedacht, daß der Kerl mit der Schrotflinte wahrscheinlich auch schwarz war. Aber das erklärt immer noch nicht, was es mit dem weißen alten Mann auf sich hatte. Du sagst, er hat in dem Laden eingekauft, aber er muß zu der Bande gehört haben, wenn er mit dem Verletzten weggefahren ist. Die Sammlung von Lebensmitteln in seinem Einkaufswagen war eine so verrückte Mischung, daß die Vermutung naheliegt, er hat aus irgendeinem Grunde da drin die Zeit totgeschlagen. Jedenfalls haben wir das Phantombild des Alten nach deiner Beschreibung in Umlauf gegeben, und jetzt habe ich die Fernsehanstalten gebeten, es in der Serie ›Crime Stoppers‹ über den Bildschirm gehen zu lassen. Anfangs dachten wir, was du dachtest – daß der Alte nämlich ein Kunde war, der den barmherzigen Samariter spielte und den Verletzten in ein Krankenhaus fuhr. Aber keines der Krankenhäuser hat eine Schußverletzung gemeldet, die nicht irgendwie erklärt worden wäre. Wenn der Schrotkiller so schwer verletzt war, wie du sagst, dann hatte er medizinische Versorgung nötig. Wir haben telefonisch die Kliniken und Krankenhäuser von Key West bis West Palm Beach überprüft, aber bisher nichts erfahren. An den beiden Waffen, die gefunden wurden, waren auch keine Fingerabdrücke. Der Kerl muß also Handschuhe getragen haben.«

»Wieviel haben sie bei dem Überfall erbeutet?«

»Rund achtzehntausend. Es hätte mehr sein müssen, aber wegen der Überfälle auf die Geldtransporter im letzten Monat hat Wells-

Fargo die Abholfahrpläne immer wieder abgewandelt. Diesmal hatten sie das Geld am Samstag mittag abgeholt, statt bis Montag zu warten. Die Supermarktkette ist gegen den Verlust versichert, aber vielleicht müssen sie den Laden trotzdem schließen. Die Leute haben eine Heidenangst. Der Supermarkt ist jetzt abends geschlossen, und ein paar der Geschäfte, die Mietverträge für die neue Mall unterzeichnet hatten, haben sie jetzt aufgelöst. Willie Brownley hat die Ladenkette gebeten, die Belohnung von zehn- auf fünfundzwanzigtausend zu erhöhen, und das werden sie wahrscheinlich auch tun. Wenn wir den Mörder nicht fangen, wird kein Mensch diese Mall besuchen, wenn sie schließlich eröffnet wird – abends jedenfalls nicht.«

»Ich hätte mehr Geistesgegenwart haben müssen, Hoke. Ich habe hinter dem Honda gekauert, und ich hab' das Kennzeichen nicht. Ich hab' nicht mal daran gedacht. Aber den Dachgepäckträger habe ich bemerkt, und der gehört nicht zur Standardausstattung.«

Hoke tätschelte ihr den Arm. »Wenn ich einen Schuß ins Gesicht und gleich darauf die Wehen bekommen hätte, dann hätte ich auch nicht auf das Kennzeichen geachtet. Die Phantomzeichnung ist gut, sagst du; aber ist dir klar, wie viele alte Männer es gibt, die in Florida ihren Ruhestand verleben und so aussehen? Jeder Rentner in Dade County besitzt mindestens einen solchen *Wash-and-Wear*-Sommeranzug.«

»Und was ist mit dem Spazierstock, Hoke? Am Knauf war ein Hundekopf aus Messing, glaube ich. Nicht jeder alte Mann hat einen Stock. Warum gibst du nicht ein Bild von diesem Stock zu dem Phantombild dazu?«

»Was für ein Hund war es denn?«

»Ich weiß nicht. Aber es war ein Hundekopf aus blankem Messing. Kein Entenkopf, kein Schlangenkopf, da bin ich beinahe sicher.«

»Mit steifen oder mit herabhängenden Ohren?«

»Mit herabhängenden Schlappohren, und die Nase war einigermaßen spitz, meine ich; aber eine besondere Rasse war es nicht. Ich habe nicht weiter darauf geachtet, aber den Stock habe ich gesehen, als er ihn vor der Kasse unter den Arm klemmte.«

»Okay. Wir werden auch ein Bild von dem Stock in Umlauf bringen. Vielleicht mit 'nem Cockerspaniel.«

»Ich wünschte, es gäbe noch mehr, Hoke.« Wieder füllten sich Ellitas Augen mit Tränen. »Wenn ich an das tote Baby denke . . .«

»Denk nicht dran. Ich lasse Sue Ellen hier, damit sie dein Baby sehen kann; heute abend, auf dem Heimweg, hole ich sie ab. Brauchst du irgendwas?«

»Na, wenn du kannst, schmuggle mir eine Dose Stroh's herein.« Ellita wischte sich mit dem Zipfel der Bettdecke die Tränen aus den Augen. »Meine Mutter sagt, ein Bier dann und wann macht die Milch kräftiger. Das kommt vom Hopfen und so. Und der Arzt sagt, ich darf keins trinken.«

»Na klar, ich werd' dir ein paar Dosen hereinmogeln, Kleines. Brauchst du etwas gegen deine Schmerzen? Ich kann dir Codein-Tabletten bringen, wenn du welche willst.«

»Nein, so etwas brauche ich nicht. Es ist ein stetiger Schmerz in der Schulter; nur ab und zu schießt er in den Arm runter, aber das kann ich aushalten. Sie geben mir alle vier Stunden eine Darvon-Tablette, und das hilft.«

»Ich weiß, wie diese Schweinehunde sind, Ellita. Ärzte nennen Schmerz ›ein unangenehmes Gefühl‹, und es ist ihnen scheißegal, ob du leidest oder nicht. Wenn es zu schlimm wird, sagst du Bescheid, und ich besorge dir Codein.«

Hoke tätschelte Ellitas gesunde Schulter, nickte dem Ehepaar Sanchez zum Abschied zu und fuhr zurück zum Revier. Mr. und Mrs. Sanchez hatten ihn, wie er belustigt festgestellt hatte, im Verdacht, der Vater von Ellitas Baby zu sein, und sie haßten ihn, weil er es nicht zugab und ihre Tochter heiratete, nachdem er sie geschwängert hatte. Ellita hatte ihnen gesagt, daß Hoke nicht der Vater war, aber sie hatten ihr nicht geglaubt. Hoke war es natürlich gleichgültig, was das Ehepaar Sanchez von ihm dachte oder weshalb er es ihrer Meinung nach für nötig gehalten hatte, ihnen, während Ellita im Operationssaal war, in seinem stockenden Spanisch zu erklären, er werde den Hurensohn, der auf sie und ihr Baby geschossen habe, finden, und wenn er täglich fünfundzwanzig Stunden arbeiten müsse.

Der nächste Durchbruch in der Untersuchung kam, als ein Schwarzer, der sich nur als Marvin vorstellte, Commander Bill Henderson anrief und ihm mitteilte, er habe Informationen über den Raubüberfall. Aber er wolle einen Handel abschließen, erklärte er, bevor er diese Informationen weitergebe. Die Belohnung wolle er, erklärte er weiter, und zuvor eine schriftliche Erklärung, daß sie ihm zustehe. Erst dann werde er Henderson irgend etwas sagen.

»Wir kriegen viele seltsame Anrufe, Marvin«, erwiderte Henderson. »Was haben Sie zu bieten?«

»Krieg' ich vorher meinen Deal?«

»Kommt auf Ihre Informationen an, und auf den Deal, den Sie machen wollen.«

»Ich bin auf Kaution draußen«, sagte Marvin. »Ich hab' 'n Verfahren wegen Kuppelei mit Minderjährigen und Zuhälterei, und ich will, daß dieses Verfahren eingestellt wird.«

»Das ist aber ein schwerer Vorwurf. Wie alt war das Mädchen?«

»Es war kein Mädchen, es war ein Junge. Er ist vierzehn, aber als ich ihn in die Finger bekam, ging er längst auf den Strich. Die Anklage stinkt, aber sie haben was gegen mich hier drüben in Beach, und deshalb haben sie mich reingelegt.«

»Ihnen ist klar, daß Miami und Miami Beach zwei verschiedene Zuständigkeitsbereiche sind?«

»Das weiß ich, aber ich weiß auch, daß man Deals machen kann, vor allem bei 'nem Ding wie diesem Massaker.«

»Ich will sehen, was ich tun kann, Marvin. Aber Sie müssen aufs Revier kommen, um mit mir zu sprechen.«

»Kann ich nicht machen. 'n Bulle von Miami Vice hat mir gesagt, wenn ich noch mal nach Miami komme, knallt er mich ohne Anruf ab.«

»Wer hat Ihnen das gesagt? Wie heißt er?«

»Ein Bulle von Miami Vice. Ich weiß nicht, wie er heißt, aber er weiß, wie ich heiße, und er kennt mich. Wir können uns heute nachmittag um halb fünf auf Watson Island treffen. Im japanischen Garten, am Tor. Ich zeige Ihnen Beweise für meine Informationen, und dann können wir feilschen.«

»Okay, Marvin. Bis halb fünf dann.«

Bill Henderson gab die Neuigkeit an Hoke weiter, und dann wandte er sich wieder den Dienstplänen für die kommende Woche zu. Die Aufstellung für die Überstundenvergütung im Dezernat mußte er auch noch fertigmachen.

An diesem Nachmittag fuhren Hoke und Gonzalez nach Watson Island. Die Fahrt vom Revier dorthin dauerte nur acht Minuten. Sie parkten auf dem Platz vor dem japanischen Garten. Den Garten hatte Miami 1961 von einem Millionär aus Tokio geschenkt bekommen; er war nicht mehr gepflegt worden, aber immer noch bis fünf für das Publikum geöffnet.

Am Tor stand niemand. Gonzalez spähte in das dschungelhafte Gewucher des Gartens und schüttelte den Kopf. »Vor ein paar Jahren war das hier wirklich noch was, Sergeant. Ich weiß noch, daß ich sonntags mit meiner Freundin hergefahren bin, bloß um rumzulaufen und zu gucken. Da drüben stand 'ne wunderschöne Steinlaterne, neben der Brücke.«

»Die hat wahrscheinlich jemand gestohlen. Die Stadt kann sich nicht leisten, eine Anlage wie diese rund um die Uhr bewachen zu lassen.«

»Das vielleicht nicht, aber es ist 'ne Schande, es so verlottern zu lassen. Meinen Sie, dieser Marvin-Typ kreuzt noch auf?«

»Weiß man nie, Gonzalez. Meistens zeigen sich anonyme Anrufer nicht beim ersten Mal, aber wenn sie wirklich was haben, rufen sie wieder an. So läuft's normalerweise. Wenn dieser Typ irgendwas Handfestes hat, wird er sich schließlich mit uns treffen. Die Belohnungen treiben diese Leute ans Tageslicht, und erst heute morgen hat in der Zeitung gestanden, daß die Belohnung auf fünfundzwanzigtausend Dollar erhöht werden soll.«

Um halb fünf verließ Marvin Grizzard sein Versteck hinter dem japanischen Teehaus mit dem durchhängenden Schrägdach, schlenderte zu der Bogenbrücke hinüber und stellte sich vor. Er war ein großer Schwarzer, bekleidet mit einer grauen Gabardinehose mit Bügelfalten, einem langärmeligen, geblümten Sporthemd und blanken weißen Gucci-Schuhen. Der linke Hemdsärmel war einmal aufgekrempelt, damit man die goldene Rolex am Handgelenk sehen konnte. Er reichte Hoke ein viereckiges Stück schwarzes Plastik, etwa fünfzehn Zentimeter im Quadrat.

»Hier ist ein Stück davon«, sagte Marvin.

»Ein Stück wovon?« fragte Hoke.

»Von dem Beweis, Mann. Ich hab's aus dem Müllsack rausgeschnitten.«

»Aus welchem Müllsack?«

»Aus dem Sack, in dem das Geld war, das bei dem Überfall erbeutet wurde.«

»Scheiße«, sagte Gonzalez. »Ein Stück Plastik aus 'nem Müllsack, das bedeutet doch nichts.«

»Doch«, widersprach Marvin und reckte das Kinn in die Höhe. »Wenn man den Rest des Müllsacks auch hat – komplett, bis auf das Stückchen, das ich rausgeschnitten hab'. Genaugenommen sind es zwei Säcke, ineinandergesteckt. Und das ganze Geld hab' ich auch.«

Marvin knöpfte sein Hemd auf und nahm ein Bündel Zwanzigdollarnoten heraus. Die Banderole war grün, und die Initialen »V.P.« waren mit schwarzer Tinte daraufgekritzelt. Hoke blätterte das Bündel mit dem Daumen durch und studierte die Initialen einen Augenblick lang.

»Handschellen«, sagte Hoke zu Gonzalez. Dann ging er zu einer Steinbank, setzte sich und zählte die Scheine sorgfältig durch. Es waren genau tausend Dollar. Es war eine fast allzu kühne Hoffnung, aber es konnte sein, daß die Initialen Victor Persons gehörten, dem ermordeten Spätschichtleiter des Green Lakes Supermarket.

Marvin protestierte gegen die Handschellen, doch es half ihm nichts. Hoke befahl ihm, sich auf die Bank zu setzen und zu erklären, wie er an die banderolierten tausend Dollar gekommen war.

»Was ist mit meinem Deal und mit der Belohnung?«

»Machen Sie sich keine Sorgen wegen der Belohnung. Das Geld wird nur ausbezahlt, wenn eine Festnahme zur Verurteilung führt. Aber wenn Sie als Täter in den Fall verwickelt sind, können Sie nicht kassieren.«

»Bin ich aber nicht! Ich hab' nichts damit zu tun, und für die Tatzeit hab' ich 'n Alibi. Ich war im Stadion in Dania, bis dort geschlossen wurde, und ich hab' Freunde, die bei mir waren.«

»Wir haben noch keine Anschuldigung erhoben«, erinnerte ihn Gonzalez. »Und Sie brauchen uns nichts zu sagen. Wir können Sie festnehmen mit dem, was wir haben, und alles, was Sie sagen, kann gegen Sie verwendet werden.«

»Sie können auch darauf bestehen, daß ein Anwalt zugegen ist, wenn Sie wollen«, fügte Hoke hinzu. »Und wenn Sie sich keinen leisten können, besorgen wir Ihnen einen. Haben Sie das begriffen?«

»Ich brauche keinen Rechtsanwalt. Sie können mir nicht mal Beihilfe vorwerfen. Ich bin ein anständiger Bürger, der gegen Belohnung seine öffentliche Pflicht tut, und ich bin registrierter Wähler.«

»Sie sind ein überführter Straftäter«, erwiderte Gonzalez. »Wie können Sie da als Wähler registriert sein?«

»Wer hat Ihnen das erzählt? Außerdem hab' ich mich mal registrieren lassen, und ich dachte, das gilt noch. Die Karte hab' ich hier in der Brieftasche.«

»Sagen Sie uns nur, woher das Geld kommt, Marvin«, unterbrach Hoke. »Wir werden alles überprüfen, was Sie uns erzählen, und wenn Sie eine weiße Weste haben, wird es kein Problem für Sie sein, die Belohnung zu kassieren.«

»Und was ist mit der Anklage wegen Zuhälterei?«

»Das ist Sache der Staatsanwältin. Aber sie ist eine vernünftige Frau, und ich bin sicher, wenn Sie uns helfen, wird sie etwas für Sie tun. Wir können nicht für die Staatsanwältin sprechen, aber wir können ihr eine Empfehlung geben. Damit hat sich's. Versprechen können wir Ihnen einen feuchten Dreck.«

Ein Latino mittleren Alters fuhr am Tor vor, stieg aus, schloß das

Tor, öffnete das Vorhängeschloß, das an einer Kette baumelte und schloß die Kette um das Gittertor.

»Hey!« brüllte Hoke. »Schließen Sie das verdammte Tor nicht ab! Sehen Sie uns denn nicht?«

»*Cerrado!*« Der Mann tippte auf seine Armbanduhr, stieg in seinen Escort, setzte zurück und fuhr die Kiesstraße hinunter zum Brückendamm.

»Mein Gott!« sagte Hoke. »Was für Arschlöcher doch für diese Stadt arbeiten –«

»Dazu gehören wir aber auch, Sergeant«, meinte Gonzalez, »wenn wir hier endlose Debatten mit diesem öden Schweinehund führen. Ich hab' Beinfesseln im Kofferraum. Warum legen wir sie unserem Marvin hier nicht einfach an, ketten ihn über Nacht unter der Brücke an und kommen morgen früh irgendwann zurück. Wenn es fünf ist, haben wir jetzt auch Feierabend, und ich könnte ein Bier vertragen.«

»Das ist nicht nötig«, sagte Hoke. »Marvin will uns jetzt alles erzählen. Stimmt's nicht, Marvin?«

Marvin wollte, und er tat es auch.

Seine Geschichte führte sie zurück zum Abend des Raubüberfalls. Dale Forrest, die hinter der Ecke des Supermarktes geparkt hatte, die Nase des Lincoln so weit vorgeschoben, daß sie die Glastüren im Auge behalten konnte, hatte die Anweisung bekommen, drei Minuten zu warten und dann am Eingang vorzufahren, um Troy und James einsteigen zu lassen. Nach Troys Schätzung würde das Unternehmen drei, höchstens vier Minuten dauern. Als Dale jedoch die beiden ersten Schüsse und die schrillenden Alarmglocken gehört hatte, war sie in Panik geraten, und beinahe wäre sie ohne die anderen weggefahren. Es war eine instinktive Eingebung, aber sie fuhr nicht weg, denn einen Sekundenbruchteil später wußte sie, wenn sie tatsächlich wegfuhr, würde Troy sie finden, wohin sie auch flüchtete, und er würde sie töten. Außerdem hatte Dale im ganzen Leben noch nie derart unabhängig gehandelt. Immer hatte ein Mann ihr gesagt, was sie tun sollte, solange sie sich erinnern konnte – erst ihr Vater und ihr Onkel Bob, der bei der Familie gewohnt und sie verführt hatte, als sie elf gewesen war, und alle ihre Brüder und auch die Männer, mit denen sie hier und da zusammengelebt hatte, seit sie nicht mehr zu Hause war. Also umklammerte sie das Lenkrad fest mit beiden Händen und blickte starr auf die Leuchtziffern der Uhr am Armaturenbrett. Sie zuckte zusammen und biß sich auf die Lippe, als die Schrotflinte wieder losging, aber sie wartete, bis die drei Minuten um waren, ehe sie ihren versteckten Parkplatz verließ. Als sie durch das Fenster in den Laden blickte, sah sie gerade noch, wie Troy absichtlich James erschoß. Da wußte sie, daß Troy wahrscheinlich auch sie ermorden würde, daß Troy nicht vorhatte, sie nach Haiti mitzunehmen, und daß es in Haiti auch keinen plastischen Chirurgen gab, der ihr Gesicht wieder herrichten würde. Die .25erHalbautomatik mit dem Perlmuttgriff lag auf ihrem Schoß. Als Troy den Müllsack auf den Rücksitz warf und ihr befahl, hinüberzurutschen, damit er fahren könne (das war gegen den ursprünglichen Plan; *sie* sollte fahren), da wußte sie verdammt genau, daß er sie umbringen würde, und sie geriet in Panik. Mit einer flinken Bewegung griff sie nach der kleinen Pistole, schoß und trat das Gaspedal bis zum Bodenblech. Die Automatikschaltung stand bereits auf Fahrbetrieb, und der schwere Wagen schoß mit kreischenden Reifen voran, während Troy auf den Asphalt kippte. Dale hörte ihn schreien, und daher wußte sie, daß er nicht tot war, als sie auf die State Road 836 einbog. Mr. Sienkiewicz hatte sie auch nicht gesehen, und sie vermutete, daß Troy ihn gleichfalls umgebracht hatte.

Zunächt wollte Dale dem ursprünglichen Plan folgen und zum Garagenapartment zurückfahren, doch das überlegte sie sich rasch anders. Ihr Koffer lag bereits gepackt hinten im Lincoln, und Troys Sachen ebenfalls. Da Mr. Sienkiewicz' Honda noch auf dem Parkplatz stand, würde Troy ihr zweifellos mit dem Wagen des alten Mannes zum Apartment folgen. Bei der nächsten Ausfahrt fuhr Dale von der Hochstraße herunter und durch unbekannte Straßenzüge bis zum Biscayne Boulevard. Vor einem »Denny's«-Imbiß hielt sie an; sie parkte den Wagen auf dem Platz hinter dem Lokal und schloß ihn ab. Dann ging sie hinein und setzte sich in eine Nische in der Ecke. Sie bestellte sich zu dem Kaffee, den sie wollte, ein Schinkensandwich, das sie nicht wollte, und versuchte sich darüber klar zu werden, was sie als nächstes tun sollte. Es fiel ihr schwer, einen Gedanken zu fassen, und die Tasse mußte sie mit beiden Händen halten, um den Kaffee zu trinken, der nur lauwarm war. Dale hatte ernsthaft Angst um ihr Leben. Alles, was Troy ihr über Haiti erzählt hatte, von der plastischen Gesichtsoperation, von dem schönen Heim auf der Insel, das sie kaufen würden und wo sie am Strand liegen und sich erholen könnte – alles, einschließlich ihrer Karriere als Tänzerin, hatte sie zerstört, als sie ihm ins Gesicht geschossen hatten. Jetzt, da sie ein bißchen Zeit hatte, das Ganze zu überdenken, kam sie zu dem Schluß, daß er ihr vielleicht doch nichts angetan hätte. Wahrscheinlich hatte er bloß James und Mr. Sienkiewicz erschossen, um das Geld nicht mit ihnen teilen zu müssen. Troy hatte sie schließlich geliebt, und das hatte er ihr gesagt, viele Male, besonders wenn sie es im Bett miteinander getrieben hatten. Zum erstenmal im Leben hatte sie einen Mann kennengelernt, der sie liebte, der sie um ihrer selbst willen schätzte, nicht nur wegen ihres Körpers, und da hatte sie alles verdorben, indem sie in Panik geraten war und auf ihn geschossen hatte. Aber wenn Troy sie jetzt fände, würde er sie *bestimmt* umbringen, und sie konnte es ihm kaum zum Vorwurf machen. Troy würde glauben – und was sollte er auch sonst denken? –, daß sie die ganze Zeit über vorgehabt hatte, ihn zu erschießen und das Geld für sich zu behalten. Sie wußte nicht, was sie jetzt anfangen sollte, sie wußte nicht, wohin sie jetzt gehen sollte, und sie hatte keine Ahnung, wo sie sich verstecken könnte und wo Troy sie nicht finden würde. Mit ihrem Gesicht, ihrem scheußlich entstellten Gesicht, konnte man sie aufspüren, wohin sie sich auch wandte.

Nicht nur das – der Wagen, den sie fuhr, war gestohlen. Troy und James hatten die Leiche des Besitzers im großen Haus der Shapiros versteckt. Mr. Sienkiewicz hatten sie nichts davon erzählt, denn Troy hatte gemeint, der alte Mann würde sich darüber aufregen. Aber jetzt waren der Mann und sein Auto seit drei Tagen verschwunden, und wahrscheinlich war die Polizei schon auf der Suche nach dem Fahrzeug. Und wenn man sie am Steuer erwischte und dann die Leiche des Besitzers fand, würde man ihr den Mord zur Last legen, und dann würde alles herauskommen, der Überfall auf den Supermarkt und James' und Mr. Sienkiewicz' Tod, und dann würde man sie auch wegen dieser Morde anklagen. Troy war selbstverständlich viel zu gerissen, um entdeckt und erwischt zu werden; also würde man ihr alles in die Schuhe schieben! Und das konnte den elektrischen Stuhl bedeuten.

Sie bestellte noch eine Tasse Kaffee.

»Was nicht in Ordnung mit dem Sandwich?« erkundigte sich die Kellnerin, als sie Dales Tasse nachfüllte.

»Doch, doch. Aber ich glaube, ich nehm's mit nach Hause und esse es später. Haben Sie 'n *Doggie bag*?«

»Ist kein Problem.« Die Kellnerin verschwand mit dem Sandwich.

Doggie bag, dachte Dale. Der Hundebeutel. Sie hatte das ganze Geld in dem Sack auf dem Rücksitz des Lincoln. Sie brauchte einen Rat und ein Versteck und beides sofort. Und da dachte Dale an Marvin Grizzard, den Zuhälter, für den sie auf den Strich gegangen war, als sie frisch von Daytona nach Miami heruntergekommen war. Wegen ihres Aussehens hatte sie von Glück sagen können, wenn sie von den kubanischen Flüchtlingen aus Mariel, die drüben in Miami Beach wohnten, zehn Dollar pro Nummer kassiert hatte. Sie war für Marvin nicht lukrativ genug gewesen, und so hatte er sie nach zwei Wochen über den Brückendamm nach Miami gefahren, sie am Biscayne Boulevard abgesetzt und sich selbst überlassen. Immerhin war er so nett gewesen, ihr einen Zwanziger zu geben, so daß sie sich ein Motelzimmer hatte nehmen können, aber er hatte ihr gesagt, daß sie mit ihrem Gesicht einfach nicht soviel Geld einbringe, daß es sich für ihn lohne, für sie zu sorgen. Das wenige, was sie pro Nacht anschaffte, reichte nicht mal für den Anwalt, dem er ein festes Honorar dafür zahlte, daß er die Mädchen aus dem Gefängnis holte, wenn die Cops von der Sitte sie aufgelesen hatten. Dale hatte es Marvin nicht verdenken können. Auf seine Art war er anständig zu ihr gewesen, aber Geschäft war Geschäft, und Marvin hatte eine Menge Kosten.

Aber jetzt hatte sie eine Menge Geld im Auto.

Wenn sie Marvin das Geld gab, würde er ihr helfen, die Stadt zu verlassen, oder er würde eine Möglichkeit für sie finden, sich zu verstecken, damit Troy sie nicht finden könnte. Sie war sicher, daß sie Troy nie etwas von Marvin erzählt hatte. Nein, sie hätte fast selbst nicht mehr an ihn gedacht. Er war der einzige Mann, der ihr einfiel, der wissen würde, was jetzt zu tun war.

Dale bezahlte an der Kasse ihr Sandwich und den Kaffee. Auf dem Weg zum Auto warf sie das eingepackte Sandwich und Mr. Sienkiewicz' unterschriebene Reiseschecks in einen Abfalleimer. Sie nahm ihren Koffer und den Müllsack aus dem Wagen, wischte das Lenkrad und den Türgriff mit einer Papierserviette aus dem Restaurant ab, ging zum Taxistand am Omni Hotel und fuhr mit dem Taxi hinüber nach Miami Beach. Dort nahm sie ein Zimmer im »Murgatroyd Manor«, einem rosa-grünen Art deco-Hotel am Ocean Boulevard, bezahlte die Miete für eine Woche im voraus und bekam ein Zimmer mit Blick aufs Meer. Sie suchte sich Marvins Telefonnummer heraus, rief in seiner Wohnung an und sprach nach dem kurzen Pfeifton auf seinen Anrufbeantworter.

»Marvin, hier ist Dale Forrest. Ich hab' das Geld, das ich dir schulde. Fünftausend Dollar. Wenn du daran interessiert bist – ich bin im Murgatroyd Manor, Zimmer 314.« Sie legte auf und wartete ein Weilchen. Dann rief sie an der Rezeption an und bat den Portier, ihr eine Flasche *Early Times* und einen Behälter mit Eis heraufbringen zu lassen.

Eine Stunde später hatte sie drei Gläser Whiskey getrunken und war ein wenig ruhiger geworden; sie beschloß, jetzt nichts mehr zu trinken. Da klopfte es.

Marvin befürchtete irgendeinen Trick, aber andererseits interessierte er sich brennend für die Summe von fünftausend Dollar, obgleich Dale Forrest ihm kein Geld schuldete – niemand schuldete

Marvin besonders lange Geld –, und er hatte Hortensia, eines seiner Mädchen, vorgeschickt, um festzustellen, ob die Luft rein sei, während er eine Straße weiter in seinem Cadillac wartete. Dale gab Hortensia zweihundert Dollar in Zwanzigern.

»Sag Marvin, das ist eine Probe von dem Geld, aber sag ihm, ich will ihn persönlich sprechen.«

Hortensia kehrte zum Wagen zurück, gab Marvin das Geld und sagte, Dale sei allein in ihrem Hotelzimmer. Sie hatte auch nicht gesehen, daß irgend jemand in der Nähe herumlungerte. In der Lobby war kein Mensch gewesen, und der Portier hatte halb schlafend hinter seiner Theke gesessen.

Marvin ging um das Hotel herum zur Rückseite, stieg über die Feuertreppe in den dritten Stock hinauf, ging den Gang entlang und klopfte an Dales Tür.

Das Geld, fast neunzehntausend Dollar, lag gezählt und gebündelt auf dem Doppelbett. Neben den Reihen der Banknotenstapel lagen die Hartgeldrollen, und die Müllsäcke, säuberlich zu Quadraten gefaltet, lagen nebeneinander auf den Kopfkissen.

Dale gab Eiswürfel in einen Plastikbecher, schenkte Marvin einen Drink ein und erzählte ihm von dem Raubüberfall. Sie erzählte ihm auch, daß sie auf Troy geschossen hatte, daß aber Troy nur verwundet sei und zweifellos nach ihr und dem Geld suche, höchstwahrscheinlich sei er in einem braunen Honda Civic unterwegs. Marvin nickte und stellte ein paar Fragen, aber er sah das Geld an, nicht Dale. Als sie mit ihrem Bericht fertig war, nahm er noch einen Schluck *Early Times*, diesmal aber aus der Flasche, nicht aus dem Becher.

Alles dies nahm ziemlich viel Zeit in Anspruch. Der Morgen graute, bevor sie ihre Unterredung beendet hatten. Er werde folgendes tun, sagte Marvin zu ihr: Er werde sie außer Landes schaffen. Er werde ihr ein Ticket nach Puerto Rico besorgen, und einen Paß, damit sie dort einreisen könne; er werde allerdings nach West Palm Beach hinauffahren und das Ticket am Flughafen Palm Beach kaufen, nicht in Miami, denn wahrscheinlich würde Troy Louden nicht damit rechnen, daß sie von Palm Beach aus fliegen würde. Den Flughafen von Miami würde er vielleicht im Auge behalten, aber den von Palm Beach nicht.

Es koste dreitausend Dollar, erklärte Marvin weiter, einen falschen Paß für sie zu beschaffen. Bis auf tausend Dollar, die sie brauchen würde, um in San Juan einen Anfang zu machen, sei das restliche Geld die Gebühr für seine Dienste. Es könne wohl zwei Tage dauern, den Paß zu besorgen, aber wenn sie das Zimmer nicht verlasse, würde ihr hier im Hotel keine Gefahr drohen; unterdessen würde er nach West

Palm fahren und das Ticket kaufen. Er sah ein, daß er einen hohen Preis verlangte, aber dieser Troy, von dem sie ihm erzählt hatte, war ein gefährlicher Schweinehund, und er hielt schließlich seinen Arsch hin –

An dieser Stelle fiel Gonzalez ihm ins Wort. »Arschloch. Man braucht keinen Paß für Puerto Rico. Das gehört zu den Vereinigten Staaten!«

»Seit wann? Ich dachte, es ist wie El Salvador –«

»Schon gut«, unterbrach Hoke. »Erzählen Sie uns den Rest, Marvin.«

»Ich nehme an, Dale wußte das mit Puerto Rico auch nicht«, meinte Marvin achselzuckend. »Jedenfalls war das der Plan, den ich ihr vorschlug. Ich nahm dreitausend für den Paß und noch zweihundert, um das Ticket zu kaufen, aber das restliche Geld ließ ich bei ihr im Zimmer – um ihr mein Vertrauen zu zeigen und so weiter. Dann bin ich gegangen. Ich hab' in meinem Apartment gefrühstückt und dabei ferngesehen. Es kam was über den Überfall und das Massaker, aber nicht viele Details. Ich ging runter, um mir den *Miami Herald* zu kaufen, wissen Sie, aber in der Zeitung stand nichts. Sie hatten die Story nicht mehr bringen können, weil sie zu spät abends passiert war. Aber um zehn, als die *Miami News* rauskam, die erste Straßenausgabe, mit Bildern und allem Drum und Dran, da begriff ich, daß die Situation zu heavy war für mich. Ich wollte Dale zur Flucht verhelfen. Ich wollte ihr einen falschen Paß machen lassen und sie selber nach Palm Beach rauffahren, wie ich's ihr versprochen hatte. Aber das hier war 'ne große Mordsache, und da tat ich erst mal gar nichts, verstehen Sie; erst wollte ich mir überlegen, was das beste für mich wäre. Wenn ich was nicht gebrauchen kann, dann ist es 'ne Anklage wegen Beihilfe zum Mord, und außerdem – wenn ich an diese Type Troy dachte, gefroren mir die Eier zu Eis. Spät am Nachmittag ging ich zu Dale aufs Zimmer und erzählte ihr, es würde länger dauern, den Paß zu kriegen, als ich gedacht hätte. Dann machte ich 'n Polaroid-Foto von ihr; der Paßtyp brauchte eins, sagte ich. Jetzt halte ich sie schon seit drei Tagen hin.«

»Wie heißt der Paßtyp?« wollte Gonzalez wissen.

»Es gibt keinen Paßtypen. Ich wollte Dales Foto einfach auf Hortensias Paß kleben. Hortensia ist mit 'nem Studentenvisum aus der Dominikanischen Republik hier. Aber je mehr ich drüber nachdachte, desto mehr Sorgen machte ich mir. Und als sie heute morgen in der Zeitung mit der neuen Belohnung rausrückten, mehr als die neunzehntausend, da hatte ich 'ne neue Idee: Ich zeige Dale an.«

»Wo ist Dale jetzt?« fragte Hoke.

»Sag ich doch– in 314, Murgatroyd Manor.«

»Okay, Gonzalez«, sagte Hoke. »Wir fahren rüber zum Beach und holen sie.«

»Sollten wir den Cops vom Beach nicht Bescheid sagen, daß wir sie festnehmen?«

»Sollten wir. Tun wir aber nicht. Dies ist ein Notfall, und das Massaker hat in Miami stattgefunden, nicht in Miami Beach. Bei ihrem Zustand ist damit zu rechnen, daß sie jederzeit verduftet. Würden Sie einem Arschloch wie Marvin vertrauen?«

»Nicht 'ne Minute«, sagte Gonzalez.

»Das paßt mir nicht«, sagte Marvin. »Ich hab' euch alles gesagt, wie'n anständiger Bürger. Außerdem ist sie ganz ruhig, weil ich ihr Perdocan-Tabletten gegeben hab'. Hortensia paßt vor dem Haus auf, und wenn Dale rauskommt, wird sie ihr folgen.«

Sie nahmen Marvin die Handschellen nicht ab, als sie ihn über das Tor hoben, bevor sie selbst hinüberkletterten. Weil ihm die Hände auf den Rücken gefesselt waren, fiel Marvin aufs Gesicht, und einige Stückchen Splitt gruben sich in seine rechte Wange. Sie brachten Marvin auf dem Rücksitz ihres ungekennzeichneten Fairlane unter und fuhren über den MacArthur Causeway hinüber nach Miami Beach.

Als Hoke im Hotel an Dales Tür klopfte, rührte sich nichts. Aber der Fernseher im Zimmer lief, und so ging Gonzalez nach unten und ließ sich vom Portier an der Rezeption den Ersatzschlüssel geben. Als er wieder da war, schloß Hoke die Tür auf und stieß Marvin vor sich hinein, für den Fall, daß Dale auf sie schießen sollte. Gonzalez deckte Hoke und Marvin mit seinem Revolver.

Dale lag schnarchend auf dem Rücken, eine halbverzehrte »Domino«-Pizza neben sich auf dem Bett zwischen Geldbündeln und Münzenrollen. Sie hatte die erste Flasche *Early Times* ausgetrunken und sich mit sichtbarem Erfolg über die zweite hergemacht. Auf Kanal zehn machten zwei grinsende Nachrichtensprecher scherzhafte Bemerkungen zum Wettermann im Fernsehen. Gonzalez schaltete das Gerät ab und nahm Dales Handtasche vom Nachttisch. Die kleine .25er war darin. Gonzalez ließ die Handtasche zuschnappen, ohne die Waffe anzurühren, und klemmte sich die Ledertasche unter den Arm. Hoke gelang es nicht, Dale aus ihrem Tabletten- und Alkoholschlummer zu reißen. Er faltete die Müllsäcke auseinander und stopfte das Geld hinein, ohne es zu zählen.

»Wo ist die Stelle, wo Sie das kleine Viereck aus dem Müllsack geschnitten haben?« fragte er Marvin.

»Hab' ich nicht aus diesem Sack rausgeschnitten; ich hätte Dale ja nicht sagen können, wieso. Das ist aus 'nem anderen Müllsack, den ich zuhause hatte.«

»Jesusmaria.« Gonzalez schüttelte den Kopf.

Bevor sie gingen, durchsuchten Hoke und Gonzalez das Zimmer. In Dales Koffer fanden sie nichts Interessantes. Sie fuhren zurück nach Miami, um Marvin und Dale einzubuchten. Hoke hatte Dale auf der Schulter die Treppe hinuntergetragen, und Gonzalez hatte Dales Koffer, den Geldsack, ihre Handtasche und den kleinen Beutel mit Toilettenartikeln mitgenommen, der Troy Louden gehörte.

Marvin wurde in Vernehmungsraum zwei isoliert. Die Geschichte, die er Major Brownley und Bill Henderson erzählte und mehrfach wiederholte, war im wesentlichen die, die er auch Hoke und Gonzalez erzählt hatte.

Als Dale im Frauentrakt des Stadtgefängnisses wieder nüchtern genug war, um zu begreifen, daß man sie wegen Raubes und wegen Mordes vor Gericht stellen würde, beschloß sie, kein Wort mehr zu irgend jemandem zu sagen. Im Gefängnis, das wußte sie, war sie einigermaßen sicher vor Troy Louden, und die Aussicht darauf, ein paar Jahre in der Todeszelle oder, mit etwas Glück, fünfundzwanzig Jahre im Knast zu verbringen, erschien ihr im Augenblick als ein akzeptabler Preis für ihr Leben.

Dale bereute, daß sie Marvin alles erzählt hatte, aber das meiste davon könnten sie vor Gericht nicht gegen sie verwenden. Und auf keinen Fall würde sie der Polizei erzählen, was sie über Mr. Sienkiewicz und über Troy wußte. Troy war jetzt schon wütend genug auf sie, und selbst im Frauengefängnis würde sie nicht weit genug von ihm weg sein, wenn er wüßte, daß sie ihn bei den Cops verpfiffen hätte.

In den nächsten beiden Tagen saßen Hoke und Gonzalez stundenlang an ihren Schreibtischen und schrieben Berichte und Supps, Supps und wieder Supps.

19

Am Samstag morgen holte Hoke Aileen vom Miami International Airport ab und fuhr sie nach Singer Island hinauf. Aileen hatte sich anscheinend – falls ihr überhaupt ernstlich etwas gefehlt hatte – wieder prächtig erholt. Sie hatte elf Pfund zugenommen, und sie trug eine schwarzsamtene Röhrenhose und einen dazu passenden Bolero; ihre Mutter hatte ihr die Sachen für die Reise gekauft. Curly Peterson hatte ihr in seiner Freude darüber, sie aus seinem Haus und seinem Leben verschwinden zu sehen, zwei knisternde Fünfzigdollarscheine als Abschiedsgeschenk in die Handtasche gesteckt. Aileen war froh, wieder da zu sein, wenngleich die Reise und all die Aufregung ein Abenteuer gewesen waren, an das sie sich erinnern würde, und obwohl sie einen Jungen kennengelernt hatte, der drei Häuser neben ihrer Mutter in Glendale wohnte. Sein Name war Alfie, und sein Vater war Komponist und schrieb Filmmusiken. Sie hatte ein Foto von Alfie mitgebracht, das sie Hoke zeigte, und sie erzählte ihrem Vater, daß sie und Alfie Brieffreunde sein würden.

Hoke betrachtete das Foto – ein grinsender Teenanger mit zerzaustem Haar, dünn wie ein Handtuch – und meinte, es sei wirklich ein netter Junge; im stillen fand er, der Bengel sehe aus, als sei er schon schwachsinnig zur Welt gekommen, aber er betrachtete es als günstiges Zeichen, daß Aileen anfing, sich für Jungen zu interessieren. Schließlich war Aileen seine Tochter; folglich war sie bestimmt helle genug, um zu wissen, daß Jungen nichts für dürre, knochige Mädchen übrig hatten, die selber eher wie Jungen denn wie Mädchen aussahen.

Trotzdem würde er sie und Sue Ellen von jetzt an ein bißchen aufmerksamer beobachten. Und das war vielleicht auch nicht so schlecht.

Als sie auf dem Sunshine Parkway dahinfuhren, erzählte Hoke ihr detaillierter als am Telefon, wie sich der Raubmord im Supermarkt zugetragen hatte und welche Fortschritte sie in ihren Ermittlungen bislang gemacht hatten. Aileen jedoch machte sich mehr Sorgen um Ellita als um die Jagd nach dem Täter. Überdies war sie enttäuscht, weil sie noch keine Gelegenheit gehabt hatte, Ellita und das neue Baby zu sehen.

»Wäre es nicht besser, wenn ich zu Hause wohne, statt bei Granddad? Ich kann Sue Ellen bei der Hausarbeit und mit dem Baby helfen, während Ellita ihre Therapie macht.«

»Daran habe ich auch gedacht, Schatz. Aber Mrs. Sanchez wird für ungefähr einen Monat zu uns ziehen, wenn Ellita nach Hause kommt, und dann wäre es wirklich zu eng im Haus. Außerdem möchte ich, daß du noch ein bißchen gemästet wirst, Inocencia wird dich mit einer eigenen Diät versorgen, die der Arzt uns mitgegeben hat. Ich habe mir mehr Sorgen um dich als um Ellita gemacht. Ich hätte mich besser um dich kümmern sollen, statt mich von meinen eigenen Problemen auffressen zu lassen. Wahrscheinlich hätte ich dich gar nicht erst nach L. A. schicken sollen.«

»Nein.« Aileen schüttelte ihre Locken und legte Hoke eine Hand auf den Arm. »Das war meine Schuld, Daddy. Ich weiß jetzt, daß ich nur versucht habe, mehr Aufmerksamkeit von dir zu bekommen, als mir zustand, und es hat nur allzugut geklappt. Deshalb hab' ich immer vor dem Fenster des Professors gekotzt. Ich schätze, ich wußte, daß er's dir früher oder später erzählen würde.«

»Von jetzt an, Baby, kommst du zu mir, wann immer dich was plagt, und wir reden drüber, okay? Ich hatte in letzter Zeit soviel zu tun, daß ich nicht wußte, wo mir der Kopf stand, und manchmal vergesse ich dann, daß ich Vater bin.«

Aileen fing an zu weinen, aber ebenso abrupt hörte sie wieder auf. Sie wischte sich mit dem Handrücken die Tränen ab, beugte sich herüber und küßte Hokes rechte Hand, die das Lenkrad umfaßt hielt.

»Was hängt da an deiner Halskette?«

»Das ist ein St.-Josephs-Medaillon«, sagte Aileen und hielt es hoch, damit er es sehen konnte. »Die Mutter Oberin hat es mir gegeben. Sie meinte, ich wäre ein hübsches Mädchen, und wenn ich dicker wäre, würden die Jungs mich küssen wollen. Statt mich von ihnen küssen zu lassen, sagte sie, soll ich sie das St.-Josephs-Medaillon küssen lassen.«

»Das ist ein guter Rat, falls du in Miami je mit kubanischen Jungs ausgehen solltest, aber bei protestantischen Angelsachsen wird's nicht funktionieren. Nächstes Jahr um diese Zeit wirst du einen Knüppel brauchen, um dich der Jungs zu erwehren.«

»Vielleicht kann Alfie im nächsten Sommer aus Kalifornien zu Besuch kommen? Er war noch nie in Florida, aber sein Vater hat 'ne Menge Geld.«

»Warum nicht? Aber ein Jahr ist eine lange Zeit. Frag' mich im nächsten Sommer noch mal, und wenn du dann immer noch willst, daß er kommt, werde ich seinem Vater schreiben und ihn fragen – oder ich rufe ihn an.«

»Würdest du das machen?« Aileen lehnte sich zurück und sah Hoke mit neuer Achtung an.

»Klar. Warum nicht?«

Hoke hielt vor dem »El Pelicano«, um seine Siebensachen, Aileens Kartons und ihr Fahrrad abzuholen, ehe er zu Frank fuhr. Als alles im Wagen verstaut war, schickte er Aileen mit dem Rad zu Frank. Dann sah er sich noch einmal in dem Apartment um und verabschiedete sich von Professor Hurt.

Hokes kleines Apartment mußte geputzt werden, aber er fand, daß es trotzdem noch gut aussah, und er wußte, daß er es bedauern würde, hier nicht mehr zu wohnen. Er hatte nichts vergessen. Eine ganze Weile schaute er zum Fenster hinaus, über den übervölkerten Strand hinweg und aufs Wasser. Als Experiment war es gescheitert, aber gelohnt hatte es sich dennoch, trotz negativer Resultate. In der Wissenschaft galten negative Ergebnisse immer als positiv, denn dann brauchte man nicht zu versuchen, das fehlgeschlagene Experiment zu wiederholen. Man konnte mit etwas anderem weitermachen. Hoke hatte gelernt, daß es unmöglich war, sein Leben zu vereinfachen. Bei der Verwaltung des Apartmenthauses, so einfach sie ihm erschienen war, hätte er genauso viele Probleme gehabt wie als Detective Sergeant. Es wären jedoch lauter belanglose Problemchen gewesen, ärgerliche Kleinigkeiten, die hätten erledigt werden müssen, aber die seine Zeit in Anspruch genommen hätten, ohne dabei das befriedigende Gefühl hervorzubringen, etwas erreicht zu haben. Mit der Jagd nach dem Killer ging es zwar im Moment nicht recht voran, aber im Grunde seines Herzens wußte er, daß er ihn am Ende finden würde.

Der Gedanke daran, daß die grimmig blickende Mrs. Sanchez zu ihnen ziehen würde, behagte ihm nicht, aber wenigstens kam Mr. Sanchez nicht mit. Das aber bedeutete, daß sie nur vorübergehend da sein würde. Ohne seine Frau, die ihn versorgte, war der alte Sanchez so gut wie hilflos; sie würde also nicht länger als nötig bleiben. Bis zum Schulbeginn würde sich alles wieder normalisiert haben – nur, daß Ellita nicht wieder als seine Partnerin arbeiten würde. Die Mädchen würden mehr Verantwortung für ihr eigenes Leben tragen müssen, aber sie wurden rasch reifer, und Sue Ellen war, trotz ihrer grünen Haare, standfest wie ein Steinhaus. Hoke zuckte die Achseln, nahm die drei Bände Pferdefliegenliteratur und ging hinunter zu Dr. Hurts Apartment, um die Bücher zurückzugeben.

Itai war erfreut, ihn zu sehen.

»Wie wär's mit einem Glas Wein?« Itai grinste. »Ich habe bei Crown im Sonderangebot eine Kiste Beaujolais Nouveau vom letzten Jahr erstanden.«

»Ich habe keine Zeit, Itai. Ich fahre zum Lunch zu meinem Vater, und dann muß ich nach Miami zurück.«

»Wir werden Sie hier vermissen, Hoke. Aber ich habe beschlossen, im September selbst wieder nach Gainesville hinaufzufahren. In den letzten zwei Tagen habe ich nur achtzehn Wörter geschrieben. Deshalb habe ich den Entschluß gefaßt, den Roman für ein Weilchen ruhen zu lassen – so, wie man, sagt Valéry, ein Gedicht aufgeben soll. Mir fehlen der Unterricht und mein Labor, und vom Urlaub habe ich genug.«

»Was wird Ihr Dekan sagen, wenn Sie ohne vollendetes Manuskript zurückkommen?«

»Der wird froh sein, mich wieder bei sich zu haben, und ich habe ihm schon geschrieben, daß ich meinen Urlaub vorzeitig abbrechen werde. Jetzt braucht er keinen Vertreter für mich einzustellen. Außerdem schreibe ich das Buch vielleicht an der Uni zu Ende. Ich habe genug zu Papier gebracht, um daran weiterzuarbeiten. Aber es gibt schon zu viele Romane und nicht annähernd genug Bücher über Pferdefliegen. Ich werde ein bißchen Geld sparen und irgendwann im nächsten Jahr unbezahlten Urlaub nehmen, und dann fliege ich nach Äthiopien. Die Fliegen werden immer noch da sein und auf mich warten.«

Hoke gab ihm seine Karte. »Behalten Sie meine Karte, Itai, und schreiben Sie mir. Oder rufen Sie mich an, wenn Sie je mal nach Miami runterkommen, und wir trinken ein paar Bier zusammen. Unsere kleine Dinnerparty hat mir wirklich Spaß gemacht.«

»Mir auch, obwohl Major Brownley jedes verdammte Spiel gewonnen hat. Ein Würfelspiel sollte ein Glücksspiel sein, aber sein Glück war schon gespenstisch, fand ich. Er ist immer nur auf seinen eigenen Straßen gelandet.«

»Er spielt dauernd mit seinen Kindern Monopoly, deshalb ist er so gut darin. Zumindest hab' ich darauf geachtet, daß er Sie nicht überredet hat, mit echtem Geld zu spielen.«

»Wollen Sie wirklich kein Glas Wein?«

»Nein, ich muß los.«

»Ich bringe Sie zum Wagen. Übrigens, Hoke, dieser Detective aus Riviera Beach war heute morgen hier und hat nach Ihnen gesucht.«

»Detective Figueras?«

»Yeah, so hieß er.«

»Hat er gesagt, was er wollte?«

»Nein. Nur, daß Sie sich bei ihm melden sollen. Ich schätze, er hat gehört, daß Sie fortgehen, und wollte sich verabschieden. Jeder auf der Insel verfolgt diesen Fall, wissen Sie. Ihr Name steht in allen Zeitungen, obwohl die meisten Leute rund um die Mall Sie den ›Mann im gelben Overall‹ nennen.«

Hoke lachte. »Zuhause trag' ich die Dinger immer noch.« Sie reichten einander die Hand. »Na, wenn Figueras noch mal kommt, sagen Sie ihm, ich rufe ihn an.«

Aileen bekam das große Gästezimmer an der Rückseite des Hauses, das Zimmer, in dem Hoke drei glückliche Tage in stiller Kontemplation verbracht hatte. Hier konnte sie durch die Schiebetür auf die Terrasse hinaus gelangen und im Pool schwimmen, wann immer sie Lust dazu hatte. Hoke und Frank trugen ihre Kartons ins Zimmer, und Helen blieb bei ihr, um alles einzuräumen. Hoke und Frank genehmigten sich ein Glas Gin mit Eis, während sie auf den Lunch warteten.

»Ich hab' keinen großen Hunger, Frank«, sagte Hoke. »Und ich muß wirklich zurück nach Miami. Du solltest meinen gottverdammten Schreibtisch sehen. Da stapeln sich Autopsieberichte, Akten und Unterlagen bis hier hin. Du ahnst nicht, wieviel Papier ein solcher Fall hervorbringt. Alles muß man aufschreiben, überprüfen, neu schreiben, verteilen –«

»Das alles kann noch ein Stündchen warten, Junge, Detective Figueras hat angerufen; ich hab' ihm gesagt, du bist zum Mittagessen hier. Er sagt, er kommt gegen Mittag vorbei.«

Hoke warf einen Blick auf seine Timex. »Es ist jetzt halb zwölf. Ich rufe ihn auf dem Revier an, dann kann er sich den Weg sparen.«

Hoke benutzte das Telefon in der Küche, um das Revier Riviera Beach anzurufen. »Was gibt's, Jaime?« fragte er, als Figueras sich meldete. »Hier ist Hoke Moseley.«

»Ich glaube, ich habe vielleicht eine Spur in Ihrem Supermarkt-Massaker, Hoke. Kann sein, daß nichts dahintersteckt, aber es sieht ziemlich gut aus, und ich wollte heute nachmittag mal los, um es zu überprüfen. Aber als Ihr Vater mir sagte, Sie wollten heute herkommen, dachte ich, Sie würden vielleicht gern mitgehen. Wie gesagt, vielleicht steckt nichts dahinter, aber es scheint, als hätte ich das Bild des alten Mannes positiv identifiziert. Weniger ihn als den Stock. Die Frau sagt, der Alte hätte einen solchen Spazierstock gehabt – einen mit einem Hundekopf als Griff.«

»Welche Frau?«

»Mrs. Henry Collins. Ihre Geschichte klang so verrückt, daß was Wahres dran sein konnte; also hab' ich sie überprüft. Dieser alte Mann, erzählt sie, hat sie aufgefordert, ihrem Mann zu sagen, er soll die Anzeige gegen einen Typen namens Robert Smith fallenlassen, sonst würde ihr Mann umgebracht werden. Dieser Typ war ein Anhalter, den Collins mitgenommen und der ihn dann mit der Pistole bedroht hatte. Collins fuhr seinen Wagen an einer Brücke am Stadtrand von Riviera zu Schrott, und der Anhalter kam ins Gefängnis von Palm Beach County. Jedenfalls nahm Collins die Drohung ernst und zog seine Anzeige zurück. Eine Waffe war nicht gefunden worden, und so ließ man Smith laufen. Ich hab' einen Blick in die Gefängnisakten geworfen: Der alte Mann, Stanley Sienkiewicz, war ein paar Stunden lang mit Smith in einer Zelle gewesen. Er war verhaftet worden, weil er ein Kind belästigt hatte, aber es war kein Verfahren eröffnet worden, weil der Vater des kleinen Mädchens ausgesagt hatte, das Ganze sei ein Mißverständnis gewesen. Interessante Parallele, nicht wahr? In beiden Fällen zog der Kläger seine Anzeige zurück. Der alte Mann wurde auf freien Fuß gesetzt, und der Vater der Kleinen, ein Mann namens Sneider, fuhr ihn nach Hause.«

»Und Mrs. Collins hat ihn nach dem Bild in der Zeitung hundertprozentig identifiziert?«

»So ist es. Ihr Mann war oben in Jacksonville, als sie mich anrief, und ich war gestern da, um mit ihm zu sprechen, als er wieder zuhause war. Er ist Lastwagenfahrer, und er kam erst gestern nach Hause. Er war stinksauer auf seine Frau, weil sie mich angerufen hatte, und er wollte mit der Sache nichts zu tun haben. Er ist drei, manchmal vier Tage in der Woche nicht zuhause, und er hatte Angst, diese Smith-Type könnte seiner Frau und seinem Kind was antun, während er unterwegs wäre. Ich hab' mich jedenfalls noch mal rückversichert; als der Bericht über die Fingerabdrücke endlich vom FBI gekommen war, hatten sie ihn einfach abgeheftet, weil Smith inzwischen in Freiheit war, und niemand hatte sich mehr darum gekümmert. Aber dieser Smith ist in Wirklichkeit ein Berufsverbrecher namens Troy Louden. Er wird in L. A. gesucht, und zwar wegen Mordes an einem Schnapsladenbesitzer und seiner Frau; er hat die beiden bei einem Raubüberfall umgebracht. Als ich die Kopie von seinem Vorstrafenregister bekam, war das Scheißding über einen halben Meter lang. Er ist ein gefährlicher Schweinehund, und Collins war gut beraten, seine Anzeige zurückzuziehen.«

»Haben Sie die Adresse des alten Mannes?«

»Klar. Kommen Sie mit, um nachzusehen, ob er zuhause ist? Ich bezweifle, daß er da ist, aber wir finden vielleicht etwas, das uns weiterbringt.«

»Wo treffen wir uns?«

»Auf dem Parkplatz hinter dem ›Double X Theater‹, Ecke Dixie und Blue Heron Road.«

Hoke hängte ein und teilte seinem Vater mit, er könne nicht zum Essen bleiben. Vielleicht werde er später noch einmal kommen, um sich zu verabschieden, aber jetzt müsse er mit Jaime Figueras etwas überprüfen.

»Ich verstehe«, sagte Frank. »Aber ich sage Inocencia, sie soll dir ein paar Sandwiches zurechtmachen, bevor du nach Miami zurückfährst.«

»Ist mir recht.«

Figueras fuhr, und schon nach wenigen Minuten waren sie draußen in Ocean Pines Terraces.

»Als ich aus Riviera wegging«, sagte Hoke, »haben hier überall noch Milchkühe gegrast.«

Figueras rollte langsam die gewundenen Straßen hinunter, fuhr schräg über die Bodenwellen, die den Verkehr beruhigen sollten, und hielt Ausschau nach Sienkiewicz' Haus.

»Jetzt ist es ein gemischter Wohnbezirk, Hoke. Die Hälfte der Leute sind Rentner, die andere Hälfte Familien mit Kindern. Ich glaube nicht, daß Riviera noch weitere Unterbezirke wie diesen bekommt. Die meisten Weißen bauen inzwischen nördlich von North Palm Beach. Noch zehn Jahre, und das hier ist wahrscheinlich ein total schwarzer Vorort, wenn die Zinsen noch ein bißchen sinken.«

Auf Stanley Sienkiewicz' Stellplatz stand ein brauner Honda. Figueras fuhr an den Straßenrand und stoppte am Bordstein, zwei Häuser weiter. »Da ist ein Auto. Ist also doch jemand zuhause.«

»Und der Honda hat einen Dachgepäckträger. Sie gehen zur Haustür, Jaime, und ich schleiche mich hinten herum. Kein Mensch schließt einen ›Florida-Room‹ ab; also dringe ich durch die Hintertür ein.«

»Meinen Sie nicht, wir sollten vorher ein bißchen Verstärkung anfordern?«

»Wenn niemand da ist, brauchen wir keine Verstärkung. Und wenn jemand da ist und Widerstand leistet, möchte ich mir den Scheißkerl zur Brust nehmen. Was gedenken Sie zu tun?«

»Ich bin dabei, Sergeant. Mal sehen, was passiert.«

Hoke zog seine Waffe. Er umrundete das nächste Haus und durchquerte zwei Gärten. Figueras wartete, um Hoke genug Zeit zu geben, in Sienkiewicz' Garten zu gelangen; dann ging er den zementierten Weg zur Haustür hinauf. Mit dem Lauf seiner Waffe klopfte er an.

Stanley Sienkiewicz öffnete die Tür, ließ sie offen und kehrte zu seinem Eßtisch zurück. Er sagte kein Wort, sondern setzte sich an den Tisch und fing an, Tomatensuppe zu löffeln. Figueras folgte ihm hinein und schloß die Tür mit dem Fuß; dabei hielt er den alten Mann mit seinem Revolver in Schach. Hoke kam von der Glasveranda ins Eßzimmer, die Waffe ebenfalls auf Stanley gerichtet. Er betrachtete das runzlige, taubengraue Gesicht und schüttelte den Kopf. Hoke erkannte einen alten Knastbruder, wenn er einen vor sich sah, und schon nach dem ersten Blick auf diesen alten Ganoven wußte er, daß der Mann den größten Teil seines Lebens im Gefängnis verbracht hatte. Wenn er schließlich sein Vorstrafenregister bekäme, würde es wahrscheinlich einen Meter lang sein.

»Sienkiewicz?« fragte Hoke. »Wir sind von der Polizei.«

»Ich habe schon gewartet.« Stanley nickte. »Aber ich habe jetzt seit zwei Tagen nichts mehr gegessen. Eben habe ich mir diese Suppe gemacht; eigentlich wollte ich sie nicht, aber ich wußte, daß ich ziemlich bald etwas würde essen müssen. Maya – das ist meine Frau – hat immer ein bißchen Schlagsahne hineingetan, wenn sie mir so eine Suppe gemacht hat. Die Milch im Kühlschrank ist mir sauer geworden, und deshalb mußte ich sie mit Wasser statt mit Milch verdünnen. Aber sie schmeckt trotzdem ganz gut, wenn man erst mal angefangen hat.«

»Sind Sie allein, Sienkiewicz?«

Stanley nickte und bröselte zwei Cracker in seine Suppe.

»Kennen Sie Troy Louden?« fragte Hoke.

Stanley nickte.

»Wissen Sie, wo er ist?«

Stanley deutete mit seinem Löffel durch die Diele. »Im Schlafzimmer.«

»Sie sagten, Sie wären allein, dachte ich?« Hoke hatte seinen Revolver in das Halfter geschoben, aber jetzt zog er ihn rasch wieder heraus. »Handschellen, Jaime.«

Hoke ging den Flur hinunter. Figueras bog Stanley die Hände auf den Rücken und legte ihm Handschellen an. Hoke zögerte vor der geschlossenen Schlafzimmertür und wartete, bis Figueras ihm Deckung geben konnte. Figueras umfaßte seine Waffe mit beiden Händen und blieb drei Schritte hinter ihm. Hoke drehte den Türknauf, warf die Tür auf und sprang ins Zimmer, den Revolver vor sich gestreckt.

Niemand war im Zimmer. Figueras kam zu ihm. Das Bett war mit einem halben Dutzend Laken zugedeckt, darüber lagen eine Schlummerrolle und eine Tagesdecke und obenauf ein roter Damenplastikregenmantel. Unter all diesen Lagen war eine Erhebung sichtbar. Hoke trat ans Kopfende und zog die Schichten zurück, eine nach der anderen, und legte Troy Louden bis zur Taille frei. Die Leiche stand vor der Verwesung, und der Waschlappen auf Troys Gesicht war getrocknet; Hoke zog ihn mit spitzen Fingern beiseite, und ihm war, als nehme er den Geruch von gebrannten Mandeln wahr, aber später konnte er nicht mit Sicherheit sagen, ob er ihn wirklich gerochen hatte. Dale Forrests kleine .25er-Kugel, ein Dumdumgeschoß aus kreuzweise eingeritztem Blei, hatte Troys linke Wange getroffen und den Knochen durchschlagen; Splitter davon waren nach oben hin abgelenkt worden, hatten das Auge zerfetzt und die Augenhöhle zerschrammt. Troy hatte große Schmerzen gelitten, bevor er gestorben war. Hoke bedeckte das Gesicht des Toten wieder mit dem trockenen Waschlappen und zog dann das untere Laken über den Oberkörper und den Kopf. Zusammen mit Figueras kehrte er ins Eßzimmer zurück.

Stanley, die dünnen Arme auf dem Rücken gefesselt, starrte auf seine kalt werdende Suppe, aber anscheinend hatte er das Interesse daran verloren.

»Seit wann ist er schon tot?« fragte Figueras den alten Mann.

»Seit drei Tagen. Ich wußte nicht, was ich sonst tun sollte. Er hat gelitten, aber er hat mir nicht erlaubt, einen Arzt zu holen oder ihn ins Krankenhaus zu bringen. Ich habe ihn mit nach Hause genommen, und als ich dachte, er kann es nicht mehr aushalten, habe ich ihm zwei Zyanidtabletten gegeben. Ich wußte nicht, was ich sonst für ihn tun sollte.«

»Zyanid?« fragte Hoke. »Woher zum Teufel hatten Sie Zyanid?«

»Es war in meinem Spazierstock. Die Leute halten sich manchmal bösartige Hunde, die Fremde und kleine Kinder beißen. Ihre Besitzer beißen sie nicht, weil die sie füttern, wissen Sie, aber da geht man irgendwo den Gehweg entlang, und sie fallen über einen her, ehe man sich versieht. Deshalb hatte ich immer ein paar Tabletten, um hin und wieder einen bissigen Hund zu vergiften, wenn ich Gelegenheit dazu hatte. Troy war ein guter Junge, zu mir jedenfalls war er gut, vielleicht auch, weil ich ihn gefüttert habe. Aber er hatte viel Ähnlichkeit mit einem bösen Hund. Ich wollte es nicht tun, aber ich wußte nicht, was ich sonst tun sollte. Ich habe sogar daran gedacht, selber ein paar von den Tabletten zu nehmen, aber dann dachte ich: Warum sollte ich das tun? Ich habe nichts Böses getan. Troy hat es geschafft, mich aus allem herauszuhalten, so daß ich nicht in die Sache verwickelt wurde; also habe ich nichts weiter zu verantworten, als daß ich dem einzigen Menschen, der mich je wirklich geliebt hat, beim Einschlafen geholfen habe. Jeder, der gehört hätte, wie Troy weinte und tobte, hätte das gleiche getan. Sie können es sich einfach nicht vorstellen.«

»Weshalb hat er all die Leute umgebracht?« fragte Hoke. »Hat er das gesagt?«

Stanley schüttelte den Kopf. »Er hat's nie gesagt, aber ich glaube, ich weiß, warum. Es war die Verantwortung. Ich und Dale und James. Wir waren zu viel für ihn, und er konnte die Verantwortung nicht tragen. Das war der Grund . . .«

Und dann fing Stanley an zu weinen, und Hoke versuchte nicht, ihn daran zu hindern. Er begriff, daß der alte Mann lange an sich gehalten hatte und daß es das beste war, alles herauskommen zu lassen. Zeit für weitere Fragen würde er immer noch haben.

»Ich lese ihm seine Rechte vor, Jaime, und Sie rufen Chief Sheldon an. Es wird zwar einen Zuständigkeitshickhack geben, aber ganz gleich, was ihr hier oben in Palm Beach County gern tun möchtet, ich werde diesen alten Furz nach Miami mitnehmen, damit ihm zuerst für die Morde im Supermarkt der Prozeß gemacht wird.«

»Wieso kommt es drauf an, Hoke«, fragte Jaime, »ob er nun zuerst da unten vor Gericht kommt oder zuerst hier, für den Typen da hinten?« Figueras deutete den Flur hinunter.

»Da gibt's eine Menge Gründe, aber ich werde Ihnen einen nennen, den Sie verstehen können. Bevor der Alte und die Hure vor Gericht gestellt und auf den elektrischen Stuhl geschickt werden, macht dieser Fall mich zum Lieutenant. Wenn die nächste Beförderungsliste ausgehängt wird, stehe ich auf Platz eins.«

Hoke war so befriedigt vom Klang dieser Worte, daß er die Sache mit den Antwortbögen, die Major Willie Brownley immer noch in seinem Aktenkoffer hatte, wegließ.

Es war lange nach neun Uhr, als Hoke an diesem Abend auf den Sunshine Parkway einbog und südwärts in Richtung Miami fuhr. Stanley war mit der Handschelle an den Stahlring gefesselt, den Hoke sich an die Beifahrertür hatte schweißen lassen; er saß ruhig neben ihm im Dunkeln. Stanley hatte ihm versprochen, keinen Fluchtversuch zu unternehmen, und so hatte Hoke ihm keine Beinfesseln angelegt. Normalerweise hätte die Fahrt nach Miami sechs, vielleicht sieben Zigarettenlängen gedauert, und zum erstenmal vermißte Hoke seine Kool ernsthaft. Aber er hatte es sich abgewöhnt, und er würde nicht wieder rauchen. Jetzt, da er nicht mehr rauchte, und in Anbetracht der verlorenen Pfunde war sein Blutdruck nahezu normal für einen Mann seines Alters.

Um den dichten, verrückten Verkehr am Kreuz Golden Glades zu umgehen, um das jeder vernünftige Einwohner von Florida einen Bogen machte, verließ Hoke den Sunshine Parkway an der Ausfahrt Hollywood und fuhr den Rest des Weges bis zur Stadt über die I-95. Als die vielen tausend erleuchteten Fenster in den hohen Gebäuden von Miami in Sicht kamen, sprach Stanley zum erstenmal auf dieser Fahrt.

»Was wird jetzt mit mir passieren, Sergeant?«

»Verdammt, Pop«, sagte Hoke nicht unfreundlich, »abgesehen von dem Papierkram ist es schon passiert.«